Harry Schneider

PICCHIO ROSSO

Ein Schweizer im Netz der Gestapo

Teil 1   1925 bis 1936

Historischer Roman

Sistabooks

Die Handlung des Romans beruht in den Grundzügen auf historischen Begebenheiten der Jahre 1926 bis 1936. Die geschichtlich nachweisbaren Ereignisse und Namen stehen dabei im Kontext einer frei erfundenen Erzählung und erheben, wie auch die übrigen frei erfundenen Romanfiguren, keinen Anspruch auf Ähnlichkeiten mit lebenden oder verstorbenen Persönlichkeiten.

Schneider, Harry
Picchio Rosso – 1. Teil: Ein Schweizer im Netz der Gestapo
Originalausgabe – 2. Auflage – Horgen 2014
Sistabooks GmbH, Churfirstenstr. 5, CH-8810 Horgen
Homepage: www.sistabooks.ch
(Sistabooks – Historische Romane)
ISBN 978-3-907860-09-0
2. Auflage 2014 (1. Auflage 2008)
© Sistabooks GmbH, 2014
Alle Rechte vorbehalten

Titelbild: Hotel Monte Verità, Ascona, um 1930
Bauhausarchitektur nach Plänen von Prof. Emil Fahrenkamp, Düsseldorfer Kunstakademie
Foto Copyright: Archiv Dr. Christoph Heuter, Wuppertal / BRD
mit freundlicher Genehmigung der Stiftung Monte Verità Ascona

Herstellung: Books on Demand, Norderstedt

Meinem Bruder gewidmet.

Inhaltsverzeichnis

Prolog 2

1. Kapitel 1925 bis 1928 6

2. Kapitel 1928 bis 1931 67

3. Kapitel 1931 bis 1933 139

4. Kapitel 1933 bis 1936 198

Epilog 273

Anhang Hauptpersonen 276

Quellennachweis 277

Prolog

Der Seetag verlief zunächst ohne nennenswerte Ereignisse. Die *Ile de France,* das Flaggschiff der französischen Kreuzfahrtsflotte, zog das Kielwasser schnurgerade hinter sich.

Filippo begnügte sich damit, den Tag lesend zu verbringen und zwischendurch die Menschen zu beobachten. Zu diesem Zweck platzierte er seinen Liegestuhl auf dem Promenadendeck in einer dafür geeigneten und mehr oder weniger windgeschützten Position. Er wickelte sich in Wolldecken ein. Aus der Schiffsbibliothek hatte er sich zuvor ein Buch geholt. Es stand zwar keine grosse Auswahl zur Verfügung. Die meisten Bücher waren in Französisch oder Englisch verfasst. Dennoch entdeckte er eine deutsche Übersetzung über den Bau des Panamakanals.

Interessiert blätterte Filippo im Buch und beschaute sich die zahlreichen Bilder und Zeichnungen. Besonders faszinierten ihn die technischen Details der Schleusen, welche die Schiffe über mehrere Stufen hoch – sage und schreibe 85 Meter vom Meer zum Gatunsee – zu heben vermochten.

Zu den Essenszeiten liess er sich von der exquisiten Bordküche verwöhnen. So plätscherten die Stunden dahin.

Mehr Bewegung kam allerdings nach dem Dîner in die Sache. Nach dem Essen suchte Filippo die Toiletten auf. Danach begab er sich gut gelaunt auf den Weg zu seiner Kabine. Dort angekommen, stellte er erstaunt fest, dass die Tür nur angelehnt war. Er war sich jedoch sicher, diese vor dem Essen abgeschlossen zu haben. Seine fröhliche Laune war wie weggeputzt. Zaghaft stiess er die Tür auf und spähte misstrauisch in den Raum. Zunächst konnte er nichts Auffälliges erkennen, sah aber bald, dass zwischen dem Schrank und dem Bett am Boden überall Kleidungsstücke herumlagen und die Schranktüre offen stand! Filippo wusste nun sofort was die Eindringlinge gesucht hatten: Den Koffer mit den Fayencen, denn dort, wo er den Koffer hingestellt hatte, klaffte gähnende Leere.

«*Verdammt – was tu ich jetzt? Die bringen mich um!*», war Filippos erster Gedanke.

Nach einer kurzen Überlegung eilte er in die Halle an die Rezeption. Dort wollte er sich nach der Kabine von Justus von Richtfeld erkundigen. Sie hatten zwar vereinbart, die wahre Identität von Justus von Richtfeld zu wahren. Doch darauf konnte er jetzt keine Rücksicht mehr nehmen. Der Koffer musste unter allen Umständen wieder her.

Der beflissene Rezeptionist nannte ihm die Kabinennummer, und schon eilte Filippo davon. Als er in den Gang einbog, wo sich die Kabine seines Verbündeten befand, versperrte ihm plötzlich ein stämmiger Mann den Weg. In der Hand trug er einen Koffer – seinen Koffer!

Filippo erschrak dermassen, dass er wie zur Salzsäule erstarrt stehen blieb. Ungläubig und überrascht starrte er den Mann an und dann wieder den Koffer. Er realisierte aber sofort: Gegen diese menschliche Mauer hatte er nicht die geringste Chance. Der Mann war ihm vom Körperbau her um einiges überlegen.

Blitzschnell schätzte Filippo die Situation ein und erkannte, dass sich die Kabine von Justus von Richtfeld nur wenige Meter hinter dem Fremden befinden musste.

Filippo versuchte unter einem fadenscheinigen Grund an seinem Gegenüber vorbei zu kommen und steuerte auf ihn zu. «Guten Abend», begrüsste Filippo den Mann mit einem möglichst höflichen Unterton.

Der Fremde liess ihn ohne Weiteres vorbei und erwiderte sogar den Gruss. Aber kaum war Filippo ein paar Schritte weitergegangen, versperrte ihm eine andere Person den Weg. Wie aus dem Nichts stand Filippo nun dem Hakennasigen gegenüber, der ihn mit hämischem Gesichtsausdruck anlachte.

Jetzt erst realisierte Filippo, weshalb ihn der Kofferträger hatte vorbeigehen lassen. Er war in eine gut vorbereitete Falle getappt.

Für einen Augenblick standen sich Filippo und der Hakennasige reglos gegenüber. Filippo getraute sich nicht umzuschauen, vermutete jedoch, hinter ihm schnitt ihm der Kofferträger jeden Fluchtweg ab. Entweder war jetzt Gewalt angesagt oder eine List, schoss es ihm durch den Kopf. In letzter Verzweiflung schätzte er seine Chancen ein, wenigstens einen der beiden zu überwältigen.

Er nahm den Hakennasigen ins Visier, der ihm körperlich eher unterlegen erschien. Filippo nahm Mass, rannte los und rammte diesen sein linkes Knie heftig in den Unterleib, so dass der Angegriffene wie ein Klappmesser zusammensackte und zur Seite fiel. Der Weg war nun frei, Filippo spurtete los und hoffte, der andere Mann wäre wegen seiner Körpermasse zu träge, um ihm folgen zu können.

Filippo rannte um sein Leben. Ein kurzer Blick zurück zeigte ihm, dass er schneller war. Der Abstand dazwischen wurde grösser.

Bald erreichte er das grosse Treppenhaus, welches zur grossen Halle führte. Er hoffte, dass sich dort auch jetzt Personen aufhalten würden. So wäre er wenigstens für einen Augenblick sicher.

Aber weit gefehlt. Ein weiterer Verfolger stand bereits oben auf der Galerie und schaute nach unten, wo er ihn entdeckte.

Filippo beschloss, auf das Promenadendeck zu flüchten. Hier gab es genug Verstecke, wo er warten wollte, bis sich die grösste Aufregung gelegt hatte.

Kaum hatte er die Tür geöffnet, welche nach draussen führte, stand ihm schon wieder der Hakennasige gegenüber. Keine zehn Meter lagen zwischen ihm und seinem Widersacher. Das hämische Grinsen von vorhin war ihm allerdings aus dem Gesicht gewichen. Blanker Zorn sprühte ihm aus den Augen.

Filippo wollte eben zum Sprung über die Reling ansetzen, um auf das darunter liegende Deck zu gelangen, da bemerkte er eine verdächtige Bewegung seines Gegenübers. Blitzschnell griff der Hakennasige unter sein Jackett und zog eine Faustfeuerwaffe hervor.

Was sich jetzt ereignete, daran konnte sich Filippo später nicht mehr genau erinnern. Er wusste zwar noch, dass er instinktiv auf Distanz zu seinem Gegenüber geblieben war. Auch prägte es sich noch in sein Hirn ein, wie der Fremde die Körperhaltung drohend veränderte und einige Schritte auf ihn zukam, und kaum einen Herzschlag später realisierte Filippo – wie durch einen Nebel hindurch – wie der Hakennasige, die Waffe mit beiden Händen haltend, sich breitbeinig vor ihm aufbaute und genau auf ihn zielte. Mit der rechten Hand lud er dann die Waffe durch; er hörte noch das metallische Klicken, welches ihm verriet, dass sich die tödliche Patrone nun im Lauf befand.

Willkürlich stoppte Filippo in seinen Bewegungen und wollte blitzschnell zur Seite hechten. Doch vorher bemerkte er ein kleines blaues Wölkchen am Laufende der Waffe. Ein aufpeitschender Knall drang noch an seine Ohren. Der Schlag gegen seinen Körper war dumpf.

Was dann folgte, war Stille. Nur der Fahrtwind säuselte das Promenadendeck entlang. Filippo fiel auf die Planken und blieb reglos liegen. Der Hakennasige rollte ihn mit den Füssen zur Seite. Offenbar war er mit seiner Tat zufrieden, liess sein Opfer liegen und verliess das Promenadendeck durch die nächste Tür.

1. Kapitel
1925 bis 1928

Filippo Negri, kaum 17 Jahre alt, verliess das Elternhaus im *Pedemonte*[1], nicht als Folge der Pubertät, die ihn mit aller Gewalt von der Nestwärme loslösen wollte, oder gar, weil er sich mit seinen Eltern zerstritten hatte. Vielmehr verliess er sein geliebtes Zuhause, weil die wirtschaftliche Not der Familie bald grösser wurde, als der gemeinsame Wille, unter einem Dach zu leben.

Vater Negri, einer der letzten *Muratore*[2] aus dem Norden des ehemaligen Königreichs Italiens, war schon lange Zeit arbeitslos. Die guten Zeiten vor dem ersten Weltkrieg, als das Ausland noch viele seiner Berufsgenossen mit offenen Armen empfangen hatte, gehörten längst der Vergangenheit an. Nichts war mehr vom Bauboom um die Jahrhundertwende zu verspüren, als Fachleute des Schlags von Vater Negri noch gefragte Leute gewesen waren.

Die später als Jugendstil bekannt gewordene Strömung löste die klassizistischen Elemente der Jahrhundertwende endgültig ab, und da hatte man für Stuckateure und Maurer der alten Garde, wie es noch der Vater von Filippo Negri gewesen war, kaum mehr Verwendung. Die stagnierende Wirtschaft der ersten Zwanzigerjahre hinterliess Heerscharen von Arbeitslosen und machte auch vor dem Hause Negri nicht Halt. Der unselige Erste Weltkrieg hatte ausserdem vieles zerstört und unendliche Not über die Menschen gebracht.

Einem Naturgesetz aber folgend, hatten sich die meisten aufgerafft und versuchten, danach neues Leben entstehen zu lassen. So entwickelte sich besonders in den europäischen Kulturmetropolen eine neue, beinahe revolutionäre Architekturepoche. Neue Bauformen wurden geprägt. Funktionalismus und absolut strenge Linien beherrschten fortan nun die Bauszene. Bauhauskünstler,

---

[1] Pedemonte: Gebiet der Gemeinden Tegna, Verscio, Cavigliano und Intragna im Bezirk Locarno, Kanton Tessin

[2] Muratore: Maurer ital.

wie Fahrenkamp und andere, wie Bayer, Breuer, Gropius, Schawinsky und Schlemmer, entdeckten ihre Chance eine Gegenwelt zur herrschenden Architektur entstehen zu lassen.

Das mickrige Einkommen des Vaters stammte aus dem Taglohn für Gelegenheitsarbeiten, den er sich hin und wieder bei einem Maurer in Solduno verdiente.

Die Mutter, eine gebürtige Deutschschweizerin, hatte Filippos Vater während ihres Aufenthalts in Mailand kennengelernt. Sie arbeitete damals als Haushälterin bei einem renommierten Arzt. Als ihr Padrone ein neues Haus am Lago di Como erstellen liess, fiel ihr besonders der junge Maurer auf, der dort als Muratore tätig gewesen war.

Wenig später heirateten sie und zogen in die Schweiz. Im Pedemonte, jener Talfläche am Eingang ins Centovalli, wo sie seither in einem einfachen Hause lebten, kamen auch ihre beiden Kinder, Filippo und Cynthia, zur Welt.

Danach arbeitete die Mutter oft im nahen Asylheim und half dort zeitweise in der Küche mit, besonders dann, wenn die alte Köchin krankheitshalber ausfiel. So verdiente sie ein kleines Zubrot und bekam neben dem doch eher kärglichen Lohn zuweilen auch Lebensmittel, welche sie nach Hause nehmen durfte. Wo überall möglich, halfen die beiden Kinder mit, die wirtschaftliche Not der Familie zu lindern, doch alle Centesimi und Franci zusammengezählt reichten kaum, um einigermassen über die Runden zu kommen. Wer hatte schon für die Fähigkeiten von Schulkindern Verwendung, und zahlte ihnen obendrein noch einen Lohn, von dem eine ganze Familie leben konnte?

Der Entschluss wurde allen nicht leicht gemacht. Nach einem gemeinsamen Familienrat beschlossen sie eines Tages, wenn Filippo sein Glück in der Fremde versuchen würde, so wäre zuhause wenigstens ein Magen weniger zu füllen. Filippo war vielseitig begabt; davon waren die Eltern überzeugt. Ihm würde bestimmt in der Fremde das Glück des Tüchtigen lachen.

Der Entscheid, Filippo in die Fremde ziehen zu lassen, hatte also einen rein existenziellen Hintergrund. Die Familie war sich einig, auch allein würde er sich durchs Leben schlagen. Sein Einfallsreichtum und das ihm angeborene Improvisationstalent sowie seine beispiellose Anpassungsfähigkeit würden ihm dabei bestimmt behilflich sein. Und obendrein war Filippo überdurchschnittlich sprachbegabt, und er war überdies ausdauernd und schlau, was er allerdings, wenn es sein musste, geschickt hinter seinem leicht naiv wirkenden Auftreten zu verstecken wusste.

Überhaupt täuschte sein Äusseres. Die von der Mutter vererbten tiefblauen Augen passten eigentlich nicht zu seiner schwarzen Haartracht, die er, leicht gewellt, nach hinten gekämmt trug. Durch seinen schlanken und muskulösen Körperbau wirkte er trotz seiner Jugend und dem noch spärlichen Bartwuchs bereits erwachsen, und die scharf geschnittenen Gesichtszüge verrieten grosse Willenskraft.

Ganz anderer Natur war seine um zwei Jahre jüngere Schwester, Cynthia. Bei ihr traten äusserlich die mütterlichen Attribute in den Vordergrund, obwohl sie innerlich völlig dem Vater glich. Ein Blick in die von langen Wimpern umgebenen, grossen und dunklen Augen hatte schon manchen Jüngling erröten lassen und hinterliess Sympathiegefühle für das nicht mehr so kindliche Wesen. Dem aufmerksamen Beobachter entging es kaum, dass Filippos Schwester jene Grenzlinie des weiblichen Lebens bereits überschritten hatte, welche das bisher wilde, ungezähmte und zuweilen gedankenlose Mädchen von einer aufblühenden denkenden jungen Frau trennt. Cynthia war bereits auf dem besten Weg, sich einmal zu einer attraktiven Frau zu entwickeln und entsprach jetzt schon ganz dem vordergründig sanft und herzlich wirkenden Frauentyp, der aber – wenn es darauf ankam – psychisch und physisch weit stärker belastbar blieb als ihr älterer Bruder.

Wenn ihr etwas nicht in den Kram passte, konnte sie ganz schön aufmüpfig und kratzbürstig sein. Es kam daher nicht wenige Male vor, dass sie sich mit ihrem Bruder wegen einer Lappalie anlegte, nur weil er an ihrem Stolz und ihrem ausgeprägten Rechtsempfinden kratzte. Der Groll dauerte dann sehr lange an, bis sich die Wogen endlich wieder langsam zu glätten begannen.

Die Eigenheiten seiner Schwester waren Filippo vertraut. Wenn sie zuweilen in ihrer temperamentvollen Art ausrastete und das südländische Blut ihres Vaters aufwallen liess, nahm er es gelassen. Selbst dann, wenn ihre Augen zu blitzen begannen, als gälte es, ihn damit zu erdolchen. Trat wieder einmal einer dieser zwar eher seltenen Fälle ein, zeigte Filippo sich stets ritterlich und zierte sich in der Grösse des Geduldigen. Er wusste, ihre Herzensgüte war die ihrer Mutter, wenn sie es auch anders vorzugeben schien. Filippo liebte seine Schwester, mit allen ihren Charaktereigenschaften, weshalb er ihr auch vieles verzeihen konnte. Sie war eben das Nesthäkchen, welches sich zuweilen gegen ihren älteren Bruder zu behaupten hatte.

Es war ein denkwürdiger Abend gewesen, als sie sich zum Familienrat getroffen hatten. Die gemeinsam getragene Entscheidung, Filippo aus wirtschaftlichen Gründen seinen Bündel zu packen, geschah schliesslich aus reiner Vernunft. Trotzdem waren alle traurig, obwohl sie wussten, die Trennung würde ja nur physischer Natur sein und nicht ewig dauern. In ihren Seelen, das wussten sie, blieben sie sich immer nah.

⌘

Voller Energie pusteten die beiden Dampflokomotiven dicke graue Rauchsäulen aus ihren Schloten und zogen die Waggons die steile Südrampe der Gotthardlinie hinauf. Immer wieder verschwand die Doppeltraktion in den Kehrtunnels, um einige Höhenmeter weiter oben wieder mit lautem Gezische ans Tageslicht zu gelangen.

Filippo genoss die Bahnfahrt trotz des schmerzlichen Gefühls, welches der Abschied von seinem Elternhaus hinterliess. Die Abwechslung der Bahnfahrt kam ihm gelegen. Dadurch liess sich das schwelende Heimweh etwas vergessen.

Er kannte die Gotthardlinie bisher nur vom Hörensagen. Aber was er da nun erlebte, übertraf selbst seine kühnsten Vorstellungen. Der Anblick war überwältigend. Das kleine Centovallibähnchen, welches er aus seiner Jugendzeit her kannte, hielt gegenüber diesem Monumentalwerk überhaupt keinem Vergleich stand.

Hier war alles viel imposanter; selbst die Schienen lagen weiter auseinander, was das Ganze noch beeindruckender erscheinen liess. Das kleine weiss-blaue Züglein, das einige Male am Tag vor seinem Elternhaus vorbeirumpelte und sich auf den schmalen, unebenen Gleisen um enge Kurven zwängte, erschien ihm jetzt im Vergleich beinahe wie eine Spielzeugeisenbahn.

Ursprünglich hatte Filippo jedoch gehofft, er könnte mit der neuen Reisezugkomposition der Gotthardbahn nach Zürich reisen. Auf diese Weise hätte er sicherlich auch eine dieser hochmodernen elektrisch betriebenen *Wechselstromlokomotiven*[1] zu Gesicht bekommen, die seit der Elektrifizierung der Nord-Süd-Bahnverbindung auf dieser Strecke verkehrten. Als damals diese Wunderwerke der Technik in Betrieb genommen wurden, wussten nämlich alle Zeitungen davon zu berichten.

Filippo fand sich jedoch gut damit ab, mit Dampfloks zu reisen. Die beiden urgewaltigen Dampf und Russ speienden Ungetüme beeindruckten ihn nicht weniger. Zudem faszinierten ihn die zuweilen unwahrscheinlich waghalsigen Streckenabschnitte und Brückenbauwerke. Was mussten die Ingenieure, die ein solches Werk vollbringen konnten, für Genies gewesen sein, und mit welcher Ausdauer und mit welchem Mut mussten wohl die zahllosen Mineure, Bergmänner, Gleisarbeiter und Brückenbauer beseelt gewesen sein, um ein solches Werk überhaupt vollbringen zu können!

Als Filippo bei einem kurzen Halt in Airolo jedoch eine der neuen Elektrolokomotiven erblicken konnte, kam er nicht mehr aus dem Staunen heraus.

Der Anblick blieb ihm jedoch nicht lange vergönnt. Bald setzte sich der Zug mit einem Ruck wieder in Bewegung, und wenig später tauchte er durch das Portal in das wuchtige Gotthardmassiv ein. Nach wenigen hundert Metern Fahrt durch den finstern schwarzen Tunnel beschlich Filippo ein Unbehagen. Beklemmen-

---

[1] Erste Wechselstromlokomotive Be 4/7 der SBB mit Drehgestell und Einzelachsantrieb

des Gefühl machte sich in seinem Magen breit. Enge Räume waren ihm seit jeher nicht geheuer.

Um sich den Mitreisenden nicht als Feigling erkennen zu geben, versuchte er sich abzulenken. Neugierig schnupperte er die eigenartig nach Gas riechende Luft, die ihn tief im Berg umgab, und versuchte, sich die Bilder von draussen in Erinnerung zu rufen. Das Gesehene erinnerte ihn an seine Schulzeit, als im Geschichtsunterricht der Lehrer von diesem Tunnelbau zu berichten wusste und erzählte, dass schon lange, bevor mit den Bauarbeiten begonnen werden konnte, politische und wirtschaftliche Probleme zu meistern gewesen waren. Und als die Arbeiten endlich in Angriff genommen wurden, begannen erst die Schwierigkeiten. Menschliche Tragödien waren sozusagen an der Tagesordnung. Gefährliche Methangase und herab fallendes Gestein forderten über dreihundert Menschenleben. Selbst nach seiner Inbetriebnahme am 1. Juni 1882 forderte der Tunnel noch zahlreiche Opfer. Denn damals kannte man im Bergbau das Lungenleiden noch nicht, welches erst später als die todbringende Staubkrankheit bekannt werden sollte.

Als Filippo im Licht der winzigen Lampe, die an der Decke des Drittklassewaggons baumelte, seinen Gedanken nachhing und sich in seiner Fantasie die Bilder von damals ausmalte, bemerkte er, wie plötzlich die Bremsen des Zugs zu quietschen und zu greifen begannen. Die Fahrt verlangsamte sich spürbar. Er schaute um sich. Vor den Fenstern war es aber noch immer rabenschwarz.

«Der Zug wird doch nicht mitten im Tunnel anhalten?», fragte sich Filippo besorgt und spürte wieder jene eigenartige Empfindung in der Magengegend, wenn ihm etwas nicht geheuer war. Besonders in seiner frühesten Kindheit hatte er oft dieses Gefühl erlebt, und jedes Mal empfand Filippo diesen Zustand so, als versuchte ein unbekanntes Wesen ihm Angst einzujagen. Seinen Eltern war diese Veranlagung nicht unbekannt. Deswegen hatten sie auch einmal den Dorfarzt aufgesucht. Dieser aber zeigte sich ebenfalls

ratlos und vertröstete sie damit, dass solche *Phobien*[1] besonders bei Kindern normal seien, und mit dem Heranwachsen ohnehin bald wieder verschwinden würden.

Damit begnügte sich Filippos Mutter jedoch nicht. Sie versuchte, seine Ängste auf ihre Weise zu kurieren. Wenn der kleine Filippo wieder einmal vor Angst am ganzen Körper zu zittern begann, umarmte sie ihn fürsorglich, strich ihm über den Kopf und tröstete ihn stets mit den gleichen Worten: «*Hab keine Angst, Liebling. Du bist doch kein Coniglio*[2]. *Sei tapfer, da ist nur wieder dein innerer Angsthase, der dir Bange machen will. Denk in deinem Leben immer daran, alles hat seinen Sinn, und lässt sich einmal etwas nicht erklären, dann tue es wie der Picchio Rosso*[3]*: Der hackt auch so lange in die Rinde, bis er weiss, was sich darunter verbirgt.*»

Noch jetzt, wenn ihn sein innerer Feigling wieder mürbe machen wollte, setzte er sich dem mütterlichen Rate folgend, mit seinem *Coniglio* – wie er ihn inzwischen nannte – auseinander und führte mit ihm stumme Zwiegespräche. So auch, als er die beklemmende Dunkelheit im Tunnel verspürte. Als sich aber kurze Zeit später die Umgebung wieder nach und nach erhellte, atmete Filippo erleichtert auf. Der Blick durchs Fenster bestätigte ihm: Das Ende des rund fünfzehn Kilometer langen doppelspurig ausgebauten Tunnels durch massives Alpengestein war erreicht.

«*Na kleiner Coniglio, hast Pech gehabt. Der Berg hat uns nicht behalten*», triumphierte Filippo über seinen inneren Feigling, erhob sich und öffnete sichtlich zufrieden das Fenster, um den ekelhaften Tunnelgeruch los zu werden. Tief zog er die würzige Alpenluft in seine Lungen.

---

[1] Phobie: (altgriech.*fóbos/fobía*) Furcht/Angst, phobische Störung, krankhafte oder unbegründete und anhaltende Angst vor Situationen, Gegenständen, Tätigkeiten oder Personen, Äußert sich im übermässigen, unangemessenen Wunsch, den Anlass der Angst zu vermeiden.

[2] Coniglio: Kaninchen ital., auch italienische Umgangssprache für Feigling (Angsthase)

[3] Picchio Rosso: Buntspecht ital.

Die herrlich empfundene Luftdusche war allerdings leider nur von kurzer Dauer. Denn genau in diesem Moment stiess die Lokomotive eine dicke schwarze Wolke durch den Schornstein und spie damit schwarze Asche hoch in die Luft. Dabei gelangten – durch den Fahrtwind begünstigt und weil Filippo die Fenster geöffnet hatte – die Abgase und winzige Aschenpartikel direkt in den Waggon.

Schnell schob Filippo das Fenster wieder nach oben, um sich vor dem Gestank zu schützen. Trotzdem überkam ihn ein Hustenreiz, da er offenbar doch zuviel von den Abgasen abbekommen hatte.

Er schnäuzte sich, und ein unflätiges Wort kam über seine Lippen. Ein schräg gegenüber im anderen Abteil sitzender Passagier beobachtete das Intermezzo schmunzelnd. Langsam legte er die Zeitung, in der er gelesen hatte, beiseite. «Na junger Mann, Sie reisen wohl das erste Mal?»

Es war nicht zu überhören: Der Mann war Deutscher. Das Stakkato seiner Sprache liess daran keinen Zweifel.

«Wieso? Merkt man das?» Filippo lachte verlegen und strich sich über die Jacke, als wollte er sie vom Staub befreien. «Sie haben Recht, ich fahre das erste Mal diese Strecke. Ich muss schon sagen, das ist ganz schön aufregend.»

«Wissen Sie», fuhr der Fremde fort, «dies erscheint Ihnen nur das erste Mal interessant. Wenn Sie schon so viele Male hier durchgefahren sind wie ich, dann gewöhnen Sie sich daran.»

Filippo schwieg. Er fand diese ingeniösen Brücken und Tunnels trotzdem faszinierend. Sein Blick wanderte auf die andere Seite und stellte fest, dass sie in Göschenen angekommen waren.

Filippo wagte es noch einmal, das Fenster zu öffnen. Er wollte sehen, was sich nun draussen abspielen würde.

Einige Passagiere verliessen den Zug, andere stiegen zu. Beim Postwaggon am hinteren Ende des Zuges wurden Säcke ein- und ausgeladen. Die Prozedur dauerte eine geraume Zeit. Das gab Filippo Gelegenheit, alles genau zu beobachten.

Plötzlich ging ein kurzer Ruck durch die Zugskomposition. Filippo schaute nach vorne. Zu seinem grossen Erstaunen stellte er fest, dass die beiden bulligen Dampfloks inzwischen abgehängt worden waren und anstelle dieser nun eine völlig andere Lokomotive vorgespannt wurde. Filippo traute seinen Augen nicht: Es war eine dieser nagelneuen Elektrolokomotiven.

«Also doch! Die werde ich in Zürich dann noch genauer betrachten», dachte Filippo hocherfreut.

Was sich hier im Bahnhof abspielte, erinnerte an einen Hospiz, zu einer Zeit als noch Postkutschen über den Gotthard verkehrten. *«So musste es damals zu- und hergegangen sein. Nur werden heute Lokomotiven und nicht mehr Tiere ausgewechselt»*, dachte Filippo und setzte sich wieder auf die Bank. Neugierig betrachtete er sein Gegenüber. Dieser aber schien sich nicht um das zu kümmern, was sich draussen abspielte. Ungerührt widmete er sich wieder seiner Zeitung. Filippo schielte zu ihm hinüber und stellte fest, dass er in einer deutschen Zeitung las.

Auf der Titelseite prangte in grossen Lettern etwas über den deutschen Kaiser Wilhelm II, der offenbar in ernsthaften finanziellen Schwierigkeiten steckte.

Im Grunde genommen verstand Filippo nichts von Politik. Er wandte seinen Blick wieder nach draussen. Der Fremde bemerkte aber in diesem Moment das kurze Interesse seines Gegenübers an der Schlagzeile und fragte: «Fahren Sie nach Zürich?»

«Ja», antwortet Filippo knapp, ohne den Fremden anzusehen.

»So, so. Sie fahren also auch nach Zürich. Arbeiten Sie dort?»

Der Fremde war hartnäckig, dachte Filippo. «Ach wissen Sie, ich versuche mal mein Glück in einer grossen Stadt», wich Filippo dem eigentlichen Sinn der Frage aus und wandte seinen Blick wieder dem Fragesteller zu: «Wissen Sie, von dort, wo ich herkomme, gibt es nicht genug Arbeit. Davon kann ja kein normaler Mensch leben.»

«Muss schon sagen, Sie sind ganz schön mutig», entgegnete der Fremde. «So viel ich gehört habe, sind in Zürich viele Menschen arbeitslos. Haben Sie Bekannte in Zürich?»

«Also wirklich, dieser Fremde wird ja schön neugierig», dachte sich Filippo, und musterte ihn jetzt genauer. Sein Alter war schwer zu schätzen. Er vermutete ihn aber nicht älter als etwa fünfunddreissig Jahre. Durch den eleganten, schon ein wenig abgetragenen Anzug, schien er jedoch älter als er zu scheinen vorgab. Seine Haare lichteten sich auch schon an jener Stelle, die nur durch einen Hut zu bedecken war. Dafür spross sein Bart üppig. Die bereits sichtbaren Stoppeln hatten bestimmt schon einige Tage keine Rasierklinge mehr zu spüren bekommen. Auch sein Hemd war völlig zerknittert, und der Kragen am Halsansatz hatte sich vom Schweiss bereits grau verfärbt. Offenbar hatte dieser Mann schon eine lange Reise hinter sich und bisher noch keine Gelegenheit gehabt, sich frisch zum machen.

Trotz dieser Erscheinung fand Filippo sein Gegenüber sympathisch und beantwortete seine Frage: «Nein. Aber ich lerne dort bestimmt noch eine Menge Leute kennen.»

Bevor der Fremde etwas darauf erwidern konnte, setzt sich der Zug wieder in Bewegung. Nun legte der Fremde die Zeitung beiseite und schickte sich an, ins Abteil von Filippo hinüber zu kommen. Er setzte sich ihm direkt gegenüber.

Jetzt bemerkte Filippo, dass seine Körperhaltung eigenartig vornüber gebeugt war, was erklärte, weshalb er beim Sprechen stets unter den buschigen Augenbrauen hervor blickte.

Der Platzwechsel kam Filippo entgegen. So konnten sie sich in einer angenehmen Lautstärke unterhalten, ohne dass gleich alle Passagiere mitbekamen, worüber sie sprachen. Es reizte Filippo, mehr über diesen Mann herauszufinden. Aufgrund der Zeitung musste es sich bestimmt um einen deutschen Staatsbürger handeln. Er nahm sich vor, ihn später danach zu fragen.

Eine Weile sprachen sie über mehr oder weniger Belangloses, und eigenartigerweise wechselte jetzt der Fremde die Sprache. Seine

Aussprache ins Italienische enthielt jedoch Akzente, wie wenn Deutsche in dieser Sprache sprechen.

Plötzlich machte der Fremde ihn auf etwas aufmerksam, in dem er mit der Hand nach draussen wies: «Schauen Sie, hier sehen Sie die Kirche von Wassen. Merken Sie sich diese Kirche gut!»

Mehr sagte er nicht und setzte die Unterhaltung mit Filippo mit anderen Belanglosigkeiten fort.

Filippo kam kaum dazu, ihm etwas zu entgegnen. Der Fremde sprach pausenlos auf ihn ein. Er prägte sich jedoch wie geheissen das sakrale Bauwerk ins Gedächtnis ein und versuchte der einseitigen Unterhaltung zu folgen.

Erneut tauchte der Zug in einen Tunnel ein. Filippo spürte, wie die Zentrifugalkraft sanfte Wirkung zeigte. Er bemerkte dies an seinem Rucksack, der an einem Haken beim Gepäcknetz hing. Er baumelte nicht mehr schlaff an seiner Aufhängung, sondern hing jetzt plötzlich auffallend schräg in den Gang hinein.

Der Fremde sah Filippos erstauntes Gesicht und bemerkte nebenbei, indem er auf den Rucksack zeigte: «Sehen Sie: Damit wäre das Gravitationsgesetz einmal mehr bewiesen...»

Filippo wusste zwar nicht, was er damit meinte. Er hatte von diesem Gesetz auch noch nie etwas gehört.

«Und jetzt schauen Sie mal nach rechts», befahl ihm nun der Fremde, als der Zug das Tunnel verlassen hatte.

Filippo tat wie geheissen und stellte fest, dass sich jetzt die Kirche von vorhin von der anderen Seite her erblicken liess.

Er stutzte. Wie liess sich dies nur erklären? Der Fremde gab ihm keine Gelegenheit, darüber nachzudenken und schwatzte unentwegt weiter: »Also wenn Sie in Zürich keine Arbeit finden, dann schauen Sie mal bei mir herein. Ich arbeite ganz in der Nähe des Paradeplatzes. Kennen Sie diesen Platz?» Filippo schüttelte den Kopf.

«Ich werde es Ihnen erklären, wenn wir in Zürich angekommen sind.» Filippo hörte nur mit einem Ohr hin, denn ihn beschäftigte immer noch das Phänomen dieser Kirche.

Die Eisenbahn tauchte erneut ins Dunkel eines Tunnels ein. Filippo stellte fest, dass sich sein Rucksack abermals bewegte - nur dieses Mal in die andere Richtung. *«Seltsam»*, dachte er. *«Das geht doch nicht mit rechten Dingen zu.»*

«Aha, da sehen Sie! Ihr Rucksack bewegt sich nun auf die andere Seite. Jetzt warten Sie mal ab, was sich nach dem Tunnel ereignet.» Dem Fremden machte es sichtlich Spass, Filippo ins Staunen zu versetzen.

Tatsächlich: Als der Zug wieder aus dem Tunnel kam, triumphierte er, als hätte er das Ei des Kolumbus entdeckt: «Da – schauen Sie! Jetzt ist unser Kirchlein wieder links zu sehen!»

Tatsächlich, Filippo erblickte jetzt den Bau von der anderen Seite. Er verstand die Welt nicht mehr. Der Wechsel von der einen zur anderen Seite und dann wieder wie zurück – seltsam! Selbst der Blickwinkel änderte sich jedes Mal. Zuerst lag die Kirche unterhalb, dann auf gleicher Höhe, und jetzt musste er steil nach oben blicken, um einen Blick auf das Kirchlein zu erhaschen, ehe das Schauspiel vorüber war.

Schmunzelnd wandte sich der Fremde wieder Filippo zu, und sagte zu dessen Erstaunen plötzlich sachlich und ernst: «Na, junger Mann, Ich will Ihnen das Phänomen gern erklären. Ich habe nämlich bemerkt, dass Sie sich darüber wundern. Das ist nämlich so – übrigens, fällt mir ein: Ich habe mich noch gar nicht vorgestellt: Mein Name ist von Richtfeld – Justus von Richtfeld, ich bin Deutscher, aus Hamburg, verstehen Sie; aber ich bin die meiste Zeit unterwegs. In Zürich leite ich eine Kunstagentur.»

Filippo wunderte sich über die Sprunghaftigkeit des Fremden. Offenbar hielt er es doch für wichtig, sich ihm endlich vorzustellen. Danach erklärte er ihm die Besonderheit der Kehrtunnels, und weshalb das Kirchlein gleich dreimal, und jedes Mal aus einer anderen Perspektive, zu sehen war.

«Ach wissen Sie, junger Mann», schloss Herr von Richtfeld seine Ausführungen, «das, was Sie eben gesehen haben, ist nicht das Leben. Es ist zwar interessant, doch offenbar haben Sie von der weiten Welt noch nicht viel gesehen. Und von diesem Phänomen wird man auch nicht satt. Was gedenken Sie in Zürich zu tun?»

Die Frage kam wieder ohne jegliche Vorwarnung, so dass Filippo zunächst erneut sprachlos blieb. Er überlegte, was er ihm am besten darauf erwidern sollte. Bevor er schliesslich zu einer Antwort ansetzen wollte, schoss sein Gegenüber bereits eine weitere Frage ab: «Wie alt sind Sie überhaupt?»

«Ich?», entgegnete Filippo verlegen. «Ja, ...ich werde in ein paar Wochen zwanzig.» Das Alter war natürlich faustdick gelogen, doch die Antwort kam so spontan, dass er über seine Frechheit selber erschrak.

Justus von Richtfeld glaubte ihm aber das Alter, denn er erwiderte gleich darauf mit ernster Miene: «So, so. In Deutschland wären Sie noch nicht mal volljährig. Wussten Sie, dass die Polizei auf Minderjährige achtet, die ohne Begleitung von Erwachsenen herum lungern?»

«Also ich darf Sie schon bitten mein Herr. Ich fahre nicht nach Zürich, um herum zu lungern.» Filippos Entrüstung war nicht gespielt. Beinahe beleidigt erklärte er: «Ich will in Zürich arbeiten.»

«Entschuldigung, ich wollte Sie nur warnen. Ich hörte nämlich von solchen Fällen, und da ging die Obrigkeit mit Delinquenten nicht gerade zimperlich um.»

Bei diesen Worten zuckte Filippo leicht zusammen. Denn erstens war er noch lange nicht volljährig, und zweitens hatte er auch noch keine Arbeit in Aussicht. «Wissen Sie, ich habe die Absicht, bei einem Bäcker eine Lehre zu beginnen», flunkert Filippo und versuchte vom Thema abzulenken.

«So, so. Bei einem Bäcker. Das klingt gut. Die Gesellschaft braucht immer gute Bäckersleute. Denken Sie nur, sonst gäbe es ja auch keine Brötchen zu kaufen, ha ha ha.» Justus von Richtfeld fand seinen eigenen Witz zum Lachen, fuhr aber sogleich fort:

«Hören Sie junger Mann, sollte Sie ihr Meister aber trotzdem einmal vor die Türe setzen – man weiss ja nie – dann schauen Sie doch bei mir vorbei. Für einen Burschen wie Sie hätte ich auch noch eine Aufgabe bereit.»

Filippo errötete über beide Ohren. Mit dieser Wendung des Gesprächs hatte er am wenigsten gerechnet. Um die Schamröte nicht zu verraten, blickte er wieder durchs Fenster. Der Zug verlangsamte die Fahrt abermals. Auf einem blau emaillierten grossen Schild las er, dass sie nun in Erstfeld angekommen waren.

Die Gelegenheit nutzend, stand Filippo auf und ging ans Fenster. Mit einem kurzen Ruck schob er es nach unten in die Versenkung. Er lehnte nach draussen und schaute wieder voller Interesse dem Treiben auf dem Bahnhofsareal zu.

Auf dem Nebengleis wurde eine Dampflok mit Wasser versorgt. Über ein massiges Rohr, welches von der Seite her über die Lok geschwenkt wurde, floss ein starker Wasserstrahl oben in die geöffnete Luke neben dem Rauchschlot.

Mit seinem Interesse für die Bahn überspielte Filippo geschickt seine Unsicherheit. Er setzte sich aber bald wieder hin und fragte Justus von Richtfeld schliesslich, welche Art von Arbeit er denn für ihn hätte.

Der Deutsche erzählte nun von sich, aus seinem beruflichen Leben und auf welche Weise er das Geld verdiente: Justus von Richtfeld war im internationalen Kunsthandel tätig. Er besass zwar weder eine Firma, noch verfügte er über eigene Kunstgegenstände. Er stand in den Diensten eines einflussreichen Kaufmanns aus Holland, der wiederum Verbindungen zur deutschen Hochfinanz pflegte.

In seiner Eigenschaft als Kunsthändler und Sachverständiger bereiste er die halbe Welt. Expertisen waren seine Spezialität, für die ihn seine Klientel gut bezahlte. Der Kauf und Verkauf von Kunstgegenständen aller Art erfolgte entweder über Auktionen oder direkt über den Kunden.

Aufmerksam hörte ihm Filippo zu. Der Zug setzte sich wieder in Bewegung. Als er entlang des Urnersees wieder von Tunnel zu Tunnel fuhr, erklärte der Deutsche weiter: «Wissen Sie, im meinem Beruf braucht es zwar Erfahrung. Aber im Kunsthandel sind gute Beziehungen viel wertvoller. Sind mal solche vorhanden, besitzt man ein Kapital von unschätzbarem Wert. Wissen Sie, als Experte verfügt man nie über eigenes Geld.»

«Das verstehe ich nicht. Woher stammt dann das Geld, wenn Sie solch teure Gütern einkaufen?» Es war nicht zu übersehen, dass damit Filippos Interesse geweckt worden war. Justus von Richtfeld lächelte und amüsierte sich über die naive Frage.

«Was ist schon Reichtum? Schauen Sie, junger Mann, was Sie hier aufbewahren, kann Ihnen jederzeit gestohlen werden...», und fasste sich mit der Hand an die Gesässtasche. «Aber was Sie hier drin behalten, kann einem niemand nehmen. MEIN Vermögen ist hier angelegt», und tippte sich mit dem Zeigefinger an die Schläfe.

Die Gestik war eindeutig. Filippo nickte verständnisvoll. Er wollte jedoch mehr darüber wissen: «Aber wie wickeln Sie solche Geschäfte ab? Und überhaupt, wie kommen Sie an solche Werke heran? Schöne wertvolle Bilder stehen ja auch nicht überall einfach so herum.»

«Ich will es Ihnen gerne erklären. Wenn sich ein Kunde für ein Kunstwerk interessiert und er weiss, wo es zu haben ist, wendet er sich an uns. Wir verhandeln dann mit dem Besitzer. Werden die Parteien handelseinig, erledigen wir auch den Rest. Ist das Kunstwerk nicht zu gross, bin ich Bote, bringe es zum Kunden und nehme den Bankscheck oder das Bargeld entgegen. Jetzt zum Beispiel komme ich direkt von Neapel, wo ich eben ein solches Geschäft erledigt habe. Kennen Sie den Botticelli?»

Die Frage kam für Filippo überraschend, weshalb er ebenso spontan den Kopf schüttelte. Justus von Richtfeld schien dies jedoch nicht bemerkt zu haben. Ungerührt setzte er seine Erläuterungen fort: «Keine Ursache, wenn Sie ihn nicht kennen. Ich erkläre es

Ihnen: *Sandro Botticelli*[1] war ein begnadeter italienischer Maler und Zeichner der frühen Renaissance. Er schuf zahlreiche Werke, die bei Liebhabern und Kuratoren sehr beliebt sind. Für seine Werke werden sehr hohe Preise bezahlt.»

Interessiert hörte Filippo den Ausführungen zu und vergass dabei völlig die Eisenbahnfahrt, die ihn bisher so fasziniert hatte, indes sein Gegenüber weiter ohne Unterlass berichtete: «Eine reiche Comtesse konnte nur dank unserer Beziehungen ein seltenes Bild von Botticelli erstehen.»

Damit sah sich Filippo in der Annahme bestätigt, weshalb die Kleidung des Fremden so ramponiert war. Der Mann hatte bestimmt schon eine lange Reise hinter sich. «Und woher wissen Sie, wann und wo ein Kunstwerk zu verkaufen ist?» Filippos Neugierde stieg weiter.

«Nun gut, da gibt es verschiedene Möglichkeiten. Die meisten Verkäufe gehen über Auktionen.»

«Aktionen? Noch nie gehört. Was sind Aktionen?»

Filippo verstand den Begriff offensichtlich falsch. «Auktionen, junger Mann, Auktionen», korrigierte Justus von Richtfeld. «Das sind Anlässe, an denen Kunstgegenstände ersteigert werden.»

«Was heisst ersteigern?»

Dem Deutschen gefielen offenbar die spontanen Gegenfragen, so dass sich der Dialog in dieser Weise fortsetzte. Justus von Richtfeld erklärte dem wissbegierigen Jungen bereitwillig, wie Auktionen vor sich gingen und wer an solchen Anlässen interessiert war.

Andererseits erkannte Filippo, dass in diesem Mann mehr steckte als nur ein spontan interessierter Gesprächspartner, der nur mit ihm die lange Reisezeit vertreiben wollte. Filippo schöpfte sogar Hoffnung, dass er ihm in Zürich bei der Arbeitssuche noch irgendwie nützlich werden könnte.

---

[1] Sandro Botticelli: Alessandro di Mariano Filipepi (* 1. März 1445 in Florenz, † 17. Mai 1510 in Florenz), italienischer Maler und Zeichner der Renaissance.

Mittlerweile passierte der Zug die Station Arth-Goldau. Filippo beschloss, die Unterhaltung möglichst auszudehnen – die Reise dauerte ja auch noch eine Weile. Zudem hatte er den Bäcker nur erfunden, bei dem er in eine Lehre eintreten könnte. Er verfügte ja nicht einmal über das nötige Lehrgeld. Seine winzige Barschaft, die er mit sich führte, reichte selbst fürs Essen nur knapp für eine Woche.

Die beiden Männer unterhielten sich ohne Pause bis zu ihrem gemeinsamen Ziel. Die Zeit verflog dabei im Nu, und als der Zug das letzte Mal einen Tunnel verliess, las Filippo von einem blauen Emailschild: *Zürich-Wiedikon*. Das gemeinsame Reiseziel war damit fast erreicht.

Langsam rollte der Zug in die Halle des Hauptbahnhofs von Zürich. Ein kurzer, schriller Pfiff der Lokomotive verhiess, dass sie am Ziel angelangt waren. Die Bremsen kreischten ohrenbetäubend, bis der Zug zum Stillstand kam.

In die Zugsabteile kam Bewegung. Die Reisenden machten sich zum Aussteigen bereit. Noch blieb Filippo eine Weile sitzen; er musste sich zuerst an den Anblick dieser für ihn ungewohnten Stadtkulisse und an das emsige Treiben auf den zahlreichen Perrons erst gewöhnen.

Geduldig reihten sie sich in die Warteschlangen der Passagiere ein. Als die Reihe zum Aussteigen an ihnen war, reichte Justus von Richtfeld ihm die Hand zum Abschied entgegen. «Junger Mann, es hat mich sehr gefreut, Sie kennen zu lernen. Und denken Sie daran; wenn Sie keine Arbeit finden, besuchen Sie mich.»

Mit einem Augenzwinkern wollte sich Justus von Richtfeld abwenden, doch Filippo hielt ihn am Ärmel zurück: «Sie wollten mir doch zeigen, wo Sie arbeiten?»

«Ach so, das hätte ich beinahe vergessen. Also kommen Sie und folgen Sie mir. Ich will es Ihnen zeigen – oder werden Sie von jemandem abgeholt?»

«Nein, nein, ich habe Zeit. Ich habe Ihnen ohnehin noch etwas zu beichten.» Filippo war entschlossen, dem Deutschen die Lüge von der erfundenen Bäckerlehre zu gestehen, denn jetzt witterte er eine Gelegenheit, wie er schneller zu einer Anstellung käme.

»Also gut, kommen Sie, begleiten Sie mich ein Stück. So können wir uns noch ein wenig unterhalten.« Justus von Richtfeld betrat den Perron als erster und half nachher Filippo aus dem Zug.

Als Filippo auf dem Perron stand, atmete er tief durch. Er stellte sich neben Justus von Richtfeld, um mit ihm den Weg gemeinsam zu gehen. Derweil vergass er ganz, dass er noch an der Zugspitze die Elektrolok besichtigen wollte.

Auf dem Perron zwängten sich die Reisenden, die alle den Bahnhof verlassen wollten. Als sie schliesslich den weiten Bahnhofplatz betraten, wo sich in der Mitte das imposante *Alfred Escher-Denkmal*[1] befand, blieb Filippo staunend davor stehen.

«Kommen Sie, junger Mann, für Betrachtungen ist jetzt keine Zeit. Wenn Sie Lust haben, erkläre ich Ihnen die Bedeutung dieses Denkmals ein anderes Mal», drängte der Deutsche.

Filippo folgte ihm artig und bestaunte beim Vorbeigehen interessiert die bronzene Statue, so dass er ein herannahendes Fuhrwerk beinahe übersehen hätte. Justus von Richtfeld packte ihn am Arm und konnte damit im letzten Augenblick verhindern, dass er unter die Hufe der Pferde geriet.

Nachdem sich Filippo vom Schreck erholt hatte, gingen sie in mässigem Tempo die lange Bahnhofstrasse entlang in Richtung See. Doch keine dreihundert Meter weiter erspähte Filippo ein anderes Ehrenmal – es war dem Erzieher und Pädagogen *Heinrich von Pestalozzi*[2] gewidmet. Fragend blickte Filippo auch auf dieses Denkmal, liess aber die Frage offen, wer dieser ehrwürdige Mann einst gewesen war. Vielmehr lenkte Filippo die Unterhaltung wie-

---

[1] Alfred Escher (* 20. Februar 1819; † 6. Dezember 1882 in Zürich): Schweizer Politiker, Industrieller und Eisenbahnpionier

[2] Johann Heinrich Pestalozzi (* 12. Januar 1746 in Zürich; † 17. Februar 1827 in Brugg): Schweizer Pädagoge, Philanthrop, Schul- und Sozialreformer, Philosoph und Politiker.

der auf seine ungewisse Zukunft und gestand dem Deutschen seine Flunkerei von der Bäckerlehre.

Justus von Richtfeld war nicht sonderlich überrascht. Er bemerkte auch sofort, dass er sich zwar so etwas gedacht hätte – allein, er sah auch keinen Grund, daran zu zweifeln.

Auf die Frage hin, was er anstelle der Bäckerlehre denn hier zu tun gedenke, wusste Filippo zunächst keine Antwort und blieb stehen. Herr von Richtfeld blieb ebenfalls nichts anderes übrig, als ebenfalls inne zu halten. Schliesslich gestand Filippo seine tatsächliche Situation und die Gründe, weshalb er sein Elternhaus verlassen hatte. Sofort gab er auch seinem Willen Ausdruck, unverzüglich auf Arbeitssuche zu gehen.

«So, so», entgegnete Justus von Richtfeld lakonisch. «Das dürfte aber hier ausserordentlich schwierig werden. Soviel ich weiss, sind hier schon eine Menge Leute arbeitslos.»

Wortlos setzten sie ihren Weg fort, bis Justus von Richtfeld sprach: «Also wie gesagt, ich könnte mir gut vorstellen, Ihnen eine Arbeitsstelle zu vermitteln. Aber offen gestanden, es sieht momentan eher schlecht aus. Aber versuchen Sie es doch mal an der Militärstrasse gleich hinter der Kaserne bei der grossen Fuhrhalterei. Denen hatte ich schon oft Transportaufträge vermittelt. Vielleicht suchen die noch einen Stallburschen. Oder sind Sie sich zu schade, um Pferde zu striegeln?»

Filippo stutzte. Für ihn war doch keine Arbeit zu schade. Warum also nicht? Er verneinte die Frage und beschloss, der Empfehlung jedenfalls nachzugehen. Doch vorher wollte er noch wissen, wo sich das Büro des Deutschen befand – man konnte ja nie wissen. Vielleicht liesse sich bei diesem sympathischen Mann später eine Arbeit finden?

Beim Paradeplatz angekommen, erklärte Herr von Richtfeld, wo er in der Nähe seinen Firmensitz hatte. Daraufhin gab er Filippo zu verstehen, dass sie sich nun verabschieden sollten. Plötzlich schien es, als hätte es Justus von Richtfeld sehr eilig.

Filippo insistierte nicht, steckte den Zettel mit dem Namen und der Adresse seiner Reisebekanntschaft sorgsam in die Tasche. Sie drückten sich fest die Hände, ehe Justus von Richtfeld mit langen Schritten in Richtung Börsengebäude davon ging, schräg gegenüber dessen, sich sein Büro befand.

Nachdenklich schaute ihm Filippo eine Weile nach. Er beschloss, nochmals zum Bahnhofplatz zurückzugehen. Das dort stehende Denkmal hatte es ihm angetan. Er wollte es nochmals genauer betrachten.

Ausserdem waren da noch die Lokomotiven. Die wollte er auch noch genauer unter die Lupe nehmen. Zeit dafür hatte er jetzt ja genug.

⌘

Müde und enttäuscht setzte sich Filippo auf den Sims eines Schaufensters, welches zu einem Modegeschäft gehörte. Hinter der grossen Glasscheibe waren die verschiedenartigsten Stoffe und Konfektionen ausgestellt und warteten auf Käufer.

Filippo zeigte dafür jedoch wenig Interesse. Er war viel zu sehr mit sich selbst beschäftigt. Die Empfehlung des Deutschen stellte sich als unbrauchbar heraus. Das Fuhrunternehmen, bei dem er sich beworben hatte, verfügte schon über genügend Stallburschen.

Nun hatte er immer noch keine Arbeit. Nach und nach realisierte er, dass sein Entscheid, ohne eine fest zugesicherte Arbeit in diese Stadt zu reisen, sehr riskant gewesen war. Er stellte auch fest, welch langen Tag er schon hinter sich hatte – und zu allem Überfluss stellte sich jetzt auch noch ein unbändiges Hungergefühl ein.

Sein Magen knurrte nicht ohne Grund. Die letzte Mahlzeit lag schon lange zurück. Das Käsebrot, das ihm die Mutter am Morgen mitgegeben hatte, war sein letztes Essen gewesen, und dies lag auch schon Stunden zurück.

Jetzt erst wurde sich Filippo dessen bewusst, in welches Abenteuer er sich gestürzt hatte. Er hatte weder eine Unterkunft, noch wusste er, wo er etwas zu Essen bekam. Seine Ankunft hier hatte er sich tatsächlich etwas anders vorgestellt.

«Na kleiner Poppy. Was nun? Jetzt wärst du sicher lieber wieder zuhause?» Da war er wieder, dieser kleine stets in seinem Hirn herumgeisternde, negativ denkende Angsthase, und sprach ihn erst noch mit jenem Kosenamen an, den ihm seine Eltern verpasst hatten, als er noch Windeln trug.

«Warte nur, du kleiner Feigling!», widersetzte sich Filippo. *«Dir werde ich es schon noch beweisen, zu was ich alles fähig bin.»*

Als er so mit trotzigem Blick vor sich hin starrte und angestrengt nachdachte, fasste ihn jemand ziemlich energisch an der Schulter: «Junger Mann, wohin des Weges?», fragte ihn eine tiefe Stimme.

Filippo erschrak und schaute hoch. Er blickte direkt in das Gesicht eines Polizisten.

«Nein, nur das nicht!», dachte Filippo und schreckte zusammen. Alles hatte er erwartet, nur das nicht. Jetzt von der Polizei aufgegriffen zu werden: Das hatte ihm gerade noch gefehlt! Filippo versuchte wenigstens äusserlich, einen lässigen Eindruck zu hinterlassen. Sein Herz pochte jedoch bis zum Hals.

In seiner Muttersprache gab er dem Ordnungshüter zu verstehen, dass er Tessiner sei und ihn nicht verstehen könne – was natürlich gelogen war.

Doch weit gefehlt: der Polizeibeamte verstand seine Sprache und fragte ihn erneut – diesmal perfekt auf Italienisch: «Hast du ein Problem?»

Filippo überlegte. Er schluckte zwei-, dreimal leer und erhob sich langsam vom Sims, auf dem er sich niedergelassen hatte.

Nach einem tiefen Atemzug fasste sich Filippo und antwortete mit entwaffnender Ehrlichkeit: «Wenn Sie mich so fragen – ja doch, ich habe da ein Problem. Ich weiss nicht, wo ich übernachten soll, und Hunger habe ich auch.»

«Das sind ja schöne Geschichten. Kannst du dich ausweisen?»

Widerwillig kramte Filippo in der Gesässtasche und zog einen zerknitterten Personalausweis hervor. Ohne den Polizisten eines Blicks zu würdigen, hielt er ihm den Ausweis vors Gesicht. Mit einer barschen Bewegung nahm der Beamte diesen an sich und prüfte misstrauisch die Personalien. Ab und zu blickte er auf und sah Filippo kritisch in die Augen, bis er schliesslich sagte: «Ja, ja. Das dachte ich mir. Du bist noch nicht mal volljährig. Bist wohl von Zuhause weggelaufen, was? Dann komme mal mit auf den Polizeiposten. Dann sehen wir weiter.» Entschlossen fasste er Filippos Handgelenk und zog ihn energisch mit sich in die Richtung, in welcher sich vermutlich die Polizeistation befand.

Widerstandslos, jedoch betont langsam, liess Filippo diese Behandlung über sich ergehen, doch überlegte er schon, wie er sich aus dieser misslichen Lage befreien könnte. Mit skeptischem Blick schätzte er seine Chancen ab und überlegte sich, ob dieser Polizist wohl in der Lage sei, ihm zu folgen, wenn er ihm einfach davon rennen würde.

«Kann ich meinen Ausweis wieder haben?», fragte Filippo nicht ohne Hintergedanken.

«Das könnte dir so passen, und am Schluss nimmst du Reissaus und ich habe das Nachsehen», meinte der Polizist argwöhnisch und schwenkte dabei den Ausweis provokativ vor Filippos Nase hin und her. Filippo reagierte instinktiv. Schnell schätzte er ab, ob er wohl schneller laufen könnte als dieser doch eher ziemlich beleibte Mann, der überdies noch in schweren Stiefeln steckte die ihn beim Rennen mehr behindern als nützen würden.

Jetzt ging alles blitzschnell: Flugs griff Filippo nach seinem Ausweis, riss ihn aus der Hand des Polizisten, und ehe es sich dieser versah, floh er auf die Strasse. Zwischen Fuhrwerken und Automobilen hindurch spurtete er quer über die Fahrbahn.

Auf der gegenüberliegenden Seite lief er weiter bis zu einem Grundstück, das von einem niederen Zaun umgeben war. Mit einem eleganten Schwung überwand er das Hindernis und verschwand hinter einem Bretterverschlag. Dahinter befand sich das Bahnareal.

Der Ordnungshüter war so überrascht, dass er zu spät reagierte. Verdutzt sah er dem Davoneilenden nach.

Filippos Rechnung ging auf: Der Polizist dachte nicht daran, ihm zu folgen. Er wunderte sich nur über das dreiste Verhalten des Jungen, was er mit einem resignierten Grinsen quittierte. Kopfschüttelnd über das respektlose Verhalten der heutigen Jugend setzte er seine Patrouille fort.

Filippo indes wagte nicht, stehen zu bleiben. Er dachte immer noch, der Polizist sei ihm dicht auf den Fersen. So hechtete er, als hätte er den Leibhaftigen im Rücken, mit weiten Sprüngen über die Gleisanlagen bis zur anderen Seite des Bahnareals.

Schliesslich stand er vor einer etwa drei Meter hohen Bretterwand. Erst jetzt wagte er, um sich zu sehen: Vom Polizisten war weit und breit keine Spur mehr zu sehen. Erleichtert atmete Filippo auf und überlegte, wie er das nächste Hindernis überwinden könnte. Die Wand war jedoch viel zu hoch war, um sie zu erklettern. Langsam schlich Filippo der unbezwingbaren Mauer entlang und suchte nach einem Durchlass. Nach einigen Metern kam ihm ein Bahnangestellter entgegen. In der Hand schwenkte er eine Karbidlampe. Mit der anderen Hand tippte er mit dem Zeigefinger an die Schläfe und rief ihm etwas Unflätiges zu.

Filippo verstand die Worte nicht. Es beeindruckte ihn auch nicht und suchte weiter, wie er das Bahnareal verlassen könnte. Wenig später entdeckte er zwei lose Bretter, die sich leicht entfernen liessen. Hastig zwängte sich Filippo durch die schmale Öffnung. Dahinter lag eine wenig belebte Strasse. Ausser einem mit Mehlsäcken beladenen Fuhrwerk, welches direkt auf ihn zusteuerte, war weit und breit niemand zu sehen.

Der prachtvolle Vierspänner faszinierte Filippo augenblicklich. Gebannt bestaunte er die reich mit Messingrosetten verzierten Behalfterungen, die schwer über die muskulösen Pferdehälsen baumelten. Welch ein Anblick! Ein solches wundervolles Gefährt hatte er wahrlich noch nie gesehen. Er war das reinste Kraftpaket. Vier hellbraune Pferde mit hellen Mähnen und kräftigen, zottig behaarten Beinen zogen den schwer beladenen Wagen, als wäre er federleicht. Die kurzen und abgehackten, hart auf den Strassenbelag aufschlagenden Hufe wiesen auf die enorme Energie hin, die von diesen Tieren ausging. Trotz aller Faszination erkannte Filippo darin seine Chance. Geradewegs lief er dem Fuhrwerk entgegen.

Als er sich auf der Höhe des Fuhrmanns befand, hielt er an und fragte den Mann auf dem Kutscherbock in seiner Muttersprache, wo sich hier die katholische Kirche befände. Der Fuhrmann verstand ihn offenbar nicht, zog aber sofort die Zügel zurück: «Brrrr...» Gehorsam verlagsamten die Tiere ihren Schritt, bis das Gefährt zum Stillstand kam.

Filippo wiederholte seine Frage, jetzt jedoch in deutscher Sprache.

«Die katholische Kirche? Die nächste Kirche ist in dieser Richtung etwa noch einen Kilometer weit», antwortete der Fuhrmann und lachte Filippo mit pfiffigen Augen entgegen. «Ich weiss aber nicht, ob es eine katholische ist», ergänzte er, dabei wippte sein weisser Schnauzbart unablässig auf und ab.

«Vielen Dank», entgegnete Filippo und wollte schon weiter gehen.

«Wo willst Du hin? Komm steig auf; ich hab den gleichen Weg», bot ihm der Fuhrmann bereitwillig an und liess wieder seinen Schnauzbart tanzen.

Dankend nahm Filippo das Angebot an. Schwungvoll erklomm er den Kutscherbock, der kärglich Platz für zwei Personen bot. Dank dem, dass Filippo von schlanker Statur war, genügte die Sitzfläche knapp. Der grösste Teil beanspruchte jedoch der Fuhrmann, so dass Filippos halber rechter Gesässteil auf die seitliche Abschlussstange zu sitzen kam.

Mit einem lauten «Hü-hott!» und unter Anwendung der Peitsche, die er kunstvoll über den Pferden kreisen liess, setzte der Fuhrmann den Wagen wieder in Bewegung. Langsam und ruckelnd, wenn auch für Filippo nicht sonderlich bequem, folgte das Gefährt der Strasse. Neugierig musterte Filippo den Fuhrmann von der Seite. Seine schalkhaften Gesichtszüge empfand er auf Anhieb als sympathisch. Deshalb fasste er schnell Vertrauen, und sie kamen ins Gespräch. Filippo erzählte ihm seine Geschichte, und dass er auf der Suche nach einer Arbeit war.

Der Fuhrmann hörte ihm geduldig zu, derweil er die vier Zugpferde über die vier Zügel routiniert lenkte, die er gleichzeitig samt der Peitsche in den Händen hielt. Schliesslich unterbrach er Filippo in seinem Redefluss: «Das ist ja interessant, du kommst also aus dem sonnigen Süden. Du bist doch nicht von zuhause ausgerissen? Scheinst mir noch ziemlich jung zu sein!»

Die Frage kam für Filippo nicht überraschend: «Nein, nein. Meine Eltern wissen, wo ich bin. Verstehen Sie: Von dort wo ich herkomme gibt es keine Arbeit. Daher versuche ich halt mal mein Glück hier in der Stadt.»

«Da bist du aber ganz schön mutig. Weisst du überhaupt, dass hier grosse Arbeitslosigkeit herrscht?», fragte der Fuhrmann.

«Sie sind nun schon der Zweite, der mir das sagt. Ist es denn wirklich so schwer hier eine Arbeit zu finden? Ich habe doch zwei gesunde Hände; da sollte es doch nicht schwierig sein, arbeiten zu dürfen – und zu faul dazu bin ich auch nicht!»

Willi lachte, dass ihm der Bauch wackelte. «Du machst mir Spass. Aber lassen wir dies mal. Wir wollen sehen, was ich für dich tun kann.» Der Fuhrmann hatte offenbar eine Idee, behielt diese jedoch für sich. «Übrigens, ich heisse Willi Aebersold; aber sag einfach Willi zu mir. Ist einfacher für beide. Hier in der Stadt kennt man mich sowieso nur nach meinem Vornamen.»

In der Folge sprachen sie über dieses und jenes und Filippo vernahm, wie lange Willi schon auf dem Kutscherbock gesessen hatte. Der fröhlich wirkende Fuhrmann erzählte von seiner Arbeit, die ihm offensichtlich Spass bereitete, wie er seit Jahren fast jeden Tag mit seinem Fuhrwerk unterwegs war und dabei viel über die Menschen erfahren hatte. Er kenne halt den Klatsch und die Geschichten der Stadt. Vor dem Ersten Weltkrieg hätte er zwar noch Bierfässer in der Stadt umher geführt; denn die *Mühle Tiefenbrun-*

nen[1], für die er heute arbeitete, sei erst ab 1912 zu einer Mühle umgebaut worden. Offenbar lohnte sich das Bierbrauen weniger, als Korn zu mahlen. So hätte er jetzt halt die Bäckereien mit Mehl zu beliefern, anstatt Beizen mit Bier, sagte Willi und lachte dabei verschmitzt.

Filippo spürte: Willi nahm seine Arbeit und die damit verbundene Verantwortung ernst. Mehrmals betonte er, wenn es ihn und seine Bäcker nicht gäbe, dann hätten die feinen Herrschaften oben am Zürichberg keine frischen Brötchen zum Frühstück auf dem Tisch. Willi lachte jedes Mal mit wippendem Schnauzbart laut auf, wenn er von den feinen Leuten sprach.

Gegen Abend hielt der Fuhrmann vor einer Bäckerei, bei der er seine letzte Lieferung des Tages abladen wollte. Beide hatten offenbar vergessen, dass Filippo eigentlich zur katholischen Kirche fahren wollte. Trotzdem: Filippo bot spontan seine Hilfe an. Dankend nahm der Fuhrmann das Angebot an.

Innerhalb kurzer Zeit war ein gutes Dutzend Säcke mit feinstem Mehl abgeladen. Nach einigen formellen Bemerkungen des Kunden, der dem Abladeprozedere mit kritischen Blicken folgte, fragte dieser den Fuhrmann: «Na, hat sich dein Patron endlich entschlossen, dir eine Hilfe zu geben?», und zeigte mit dem Daumen über die Schulter auf Filippo, der hinter ihm etwas abseits stand.

Willi begriff zunächst den Sinn der Frage nicht. Doch als er auf Filippo blickte, hatte er begriffen und lachte: «Das wäre zu schön, um wahr zu sein. Gebrauchen könnte ich den Jüngling zwar schon. Mein Rücken ist auch nicht mehr der Jüngste.»

Der Bäcker wusste, dass Willi gelegentlich über Rückenschmerzen klagte. Dies war ja nicht verwunderlich, wenn man jahraus-jahrein so viele schwere Mehlsäcke herum zu schleppen hatte.

---

[1] Die alten Gebäude der heutigen Mühle Tiefenbrunnen wurden um 1889/90 mit aufwändigen Repräsentationsfassaden in Sichtbackstein als Brauerei erbaut. Das im «Schlösschenstil» gestaltete Äussere ist typisch für die Bauten der Nahrungsmittelindustrie der Belle Epoque. 1912/13 wurde das Hauptgebäude zur Mühle umgebaut und das gegenüberliegende Gebäude als Kühlhaus eingerichtet.

«Sie bringen mich auf eine Idee», entgegnete Willi nach einer Weile schmunzelnd. «Ich könnte ja mal den Chef fragen, ob er den Burschen einstellen will.»

So ging die Unterhaltung eine Weile hin und her, und man berichtete sich den neusten Klatsch und Tratsch aus der Stadt. Filippo verstand zwar nicht alles, obwohl ihm der hiesige Dialekt von seiner Mutter her nicht unbekannt war. Trotzdem entging ihm nicht, dass dabei seine Person eine Rolle spielte. Dies ermunterte ihn, die Fahrt mit dem Fuhrmann fortzusetzen. Auf der Weiterfahrt fragte er ihn, ob es ihm wirklich Ernst gewesen sei, seinen Patron über eine Anstellung anzusprechen.

Der Fuhrmann nickte und lachte dabei verschmitzt: «Wir wollen es wenigstens mal versuchen. Ich denke, zum Arbeiten bist du sicher nicht zu bequem. Vorhin hast du jedenfalls ganz schön tüchtig zugepackt, und das gefällt mir.»

Filippo schmunzelte zufrieden. Spontan streckte er seine Beine auf dem engen Kutscherbock weit von sich und klemmte sich die gefalteten Hände erwartungsvoll dazwischen.

Als sie spät am Abend beim Mühlenbetrieb, weit weg vom Stadtzentrum angekommen waren, erkannte Filippo von weitem ein Firmenschild, auf dem mit schwungvollen Lettern geschrieben stand: Heinrich Wehrli + Cie. Mühle Tiefenbrunnen, Zürich.

«So! Da vorne sind wir Zuhause», sprach Willi stolz und steuerte das Fuhrwerk über den Bahnübergang. Freundlich winkte die Barrierenwärterin den Vorüberfahrenden zu, die für das zuverlässige Schliessen und Öffnen der Bahnschranke verantwortlich war.

«*Potz Tausend!*», dachte Filippo und staunte über die stattliche Fabrik direkt neben dem Bahnhofsgelände, die von einem monumentalen, gemauerten Hochkamin dominiert wurde. Langsam steuerte Willi das Fuhrwerk in den Hof hinter der Fabrik, wo sich die Stallungen befanden. Nachdem der Wagen zum Stillstand gekommen war, sprang Filippo sofort vom Kutscherbock und half Willi die Pferde abzuzäunen und in den Stall zu führen. Dankend liess Willi dies gewähren. Wenig später kam ihnen der Müllereibesitzer entgegen, der sofort neugierig fragte, wer der junge Mann sei.

Willi lachte in seiner fröhlichen Art und erklärte ihm, wie Filippo zu ihm gestossen war. Am Schluss fügte er mit verschmitzter Miene an, dass er es eigentlich schon zu schätzen wüsste, wenn er bei seinen Lieferungen nun endlich eine Hilfe bekäme. Der Müllereibesitzer erwiderte nichts, zog dabei aber lächelnd die Brauen hoch und entfernte sich.

«Wer ist dieser Mann?», wollte daraufhin Filippo wissen, «dein Chef?».

Willi lachte: «Ja, das ist der Inhaber der Mühle, wie er leibt und lebt.»

«Scheint ein sympathischer Mann zu sein. Wie heisst er?», bohrte Filippo weiter.

«Wehrli – ja gewiss, *Heiri*[1] Wehrli ist uns ein guter Patron, und ein erfahrener Müller aus altem Schrot und Korn obendrein», erklärte Willi und belustigte sich selber über den passenden Vergleich.

Wenig später kehrte der Müller zurück – Filippo war eben dabei, das letzte Pferd abzuzäumen – und fragte ihn ohne Umschweife: «Sagen Sie, wollen Sie diese Arbeit wirklich auf sich nehmen?»

Filippo war sprachlos, nickte aber begeistert. Am liebsten wäre er dem Müller um den Hals gefallen. Vergessen waren die turbulenten Ereignisse und Strapazen des Tages. Nach einem kurzen Gespräch stellte ihm Heinrich Wehrli in Aussicht, dass er Willi in den nächsten Tagen begleiten durfte. Er fügte aber sogleich hinzu, dafür könne er keinen Lohn bezahlen. Anstelle hätte er jedoch bei ihm freie Kost und eine gute Unterkunft im Angestelltenhaus gleich neben der Mühle.

Mehr konnte Filippo vom heutigen Tag wirklich nicht erwarten. Auch Willi zeigte sich erfreut. Endlich wurde ihm die Hilfe zuteil, die er sich schon lange gewünscht hatte. Nach getaner Arbeit rief er Filippo zu sich und sagte ihm mit leuchtenden Augen: «Will-

---

[1] Heiri: Kurzform von Heinrich, schweiz.

kommen Partner! Wir werden bestimmt gut zusammenarbeiten», derweil sein Schnauzbart wieder lustig auf und ab tanzte.

⌘

In den folgenden Wochen lernte Filippo die Stadt vom Kutscherbock aus, dessen Sitzfläche vom betriebseigenen Schmid inzwischen so verbreitert wurde, dass zwei Personen bequem darauf sitzen konnten, von den verschiedensten Seiten her kennen. Rechts der *Limmat*[1], im Niederdorf, waren die Geschäfte klein und gut mit denjenigen von Locarno vergleichbar. Auf der anderen Seite des Flusses hingegen, faszinierten ihn die langen Strassen mit den zahlreichen grossen Geschäften und Warenhäusern. Besonders angetan hatten es ihm die weiss-blauen Strassenbahnen, die kreuz und quer durch die Innenstadt fuhren. Sie erinnerte ihn, schon wegen der Farbe, an das holprige Centovallibähnchen in seiner Heimat.

Selbst die grossen Kirchen entlang des Flusses gefielen ihm. Besonders der St. Peter, dessen Kirchturm auf allen vier Seiten grosse Zifferblätter zierten, beeindruckte ihn sehr. Willi belehrte ihn nicht ohne Stolz, es seien die grössten Zifferblätter von ganz Europa. Überhaupt, Willi erzählte viel über «seine» Stadt.

Besondere Freude bereitete ihm jeweils, wenn sie die kleine Konditorei am Neumarkt mit Spezialmehlen zu beliefern hatten. Der dort arbeitende Konditor fertigte, so berichtete Willi, die besten *Meringues*[2] der ganzen Stadt, und immer, wenn sie ihre Arbeit dort beendet hatten, schenkte ihnen die junge Frau hinter dem Ladentisch einen ganzen Sack voll mit nicht mehr verkäuflichem Konfekt oder anderen Süssigkeiten.

Die zahlreichen Kundenkontakte behagten Filippo sehr. Willi machte ihn mit vielen Leuten aus seinem «Kundenkreis» bekannt,

---

[1] Limmat (ursprünglich *Lindemagus*): 140 km langer Nebenfluss der Aare / Schweiz. Der Name entstand aus den beiden Flüssen Linth und Maag, die vor der Linthkorrektur in der Ebene zwischen Glarus und Weesen nahe Niederurnen zusammenflossen.

[2] Baisers (von französisch *baiser* für «küssen»): auch Spanischer Wind, in der Schweiz Meringues genannt, Schaumgebäck aus gezuckertem Eischnee.

und die oft stundenlangen Unterhaltungen mit ihm brachten es mit sich, dass er innerhalb kürzester Zeit die hiesige Mundart sehr gut verstehen konnte – was nicht verwunderlich war, denn seine deutschstämmige Mutter hatte ihre Jugend in Basel verbracht, und wenn Papa nicht zuhause war, hatte sie sich mit ihren Kindern ausschliesslich in ihrer Sprache unterhalten. Wenn auch die beiden Dialekte, die in diesen Städten gesprochen werden, sehr unterschiedlich klangen, hatte Filippo den zürcherischen Akzent sehr schnell angenommen.

Aus den anfänglich wenigen Tagen, die ihn der Müller anstellen wollte, wurden bald einige Wochen und Monate. Sein persönlicher Einsatz und das gute Verhältnis, welches er zum Müllereibesitzer und seiner Familie pflegte, bescherte ihm bald einen wenn auch bescheidenen Lohn.

In der knappen Freizeit leistete er sich von diesem Geld auch mal ein kühles Bier. Filippo liebte vor allem die gemütlichen Lokale in der Altstadt. Dort verweilte er oft stundenlang und benutzte die Gelegenheit, die vielen Menschen aufmerksam zu beobachten.

Regelmässig schrieb er auch Briefe nach Hause. Er berichtete darüber, wie es ihm erging und was für Pläne er hegte. So waren seine Lieben zuhause über sein Leben in der grossen Stadt stets auf dem Laufenden.

Zuweilen schrieb ihm Cynthia zurück. Doch wusste sie kaum mehr zu berichten, als das, was er von früher schon kannte. Nach diesen Briefen zu schliessen, hatte sich seither das Leben in seinem Heimatdorf kaum verändert.

Filippo plagte mittlerweile keine Reue mehr, von zuhause weggezogen zu sein. Viel wichtiger war es für ihn zu wissen, dass mit diesem Schritt seine Eltern wirtschaftlich wesentlich entlastet worden waren.

Wenn vom bescheidenen Lohn nach Abzug der übrigen Auslagen des Alltags doch noch ein paar Batzen übrig geblieben waren, legte er sich diese auf die hohe Kante. Damit wollte er nicht nur seine Familie überraschen. Er beabsichtigte, an Weihnachten nach Hause zu fahren, was er auch planmässig umsetzte. Der Müller zeigte dafür grosses Verständnis und beurlaubte ihn dafür eine volle Woche.

Filippo erlebte die schönsten Feiertage im Kreise seiner Familie; entsprechend der Abschied nach dieser Zeit auch schwer fiel. Erneut flossen wieder Tränen, als sie ihn auf dem Bahnhof verabschiedeten. Sie hofften aber alle, sich bald wieder zu sehen.

⌘

Die Zeit danach verfloss mehr oder weniger im gewohnten Gleichklang. Filippo gewöhnte sich zwar nur schwer an den doch wesentlich strengeren Winter, als er es sich von der Südschweiz her gewohnt war. Vor allem vermisste er die Sonne, wenn sich über dem Mittelland wochenlang hartnäckiger Hochnebel ausbreitete. Dies war die Zeit, in der er Heimweh verspürte.

Wenn sich die Sonne aber dann trotzdem wieder zeigte, und die Stadt und der *Üetliberg*[1] sich im schönsten Winterkleid präsentierte, waren all die trüben Gedanken verflogen. Und bald zog wieder ein neuer Frühling ins Land, der alles Leben zu verändern schien.

Heinrich Wehrli, der Besitzer des Mühlenbetriebs entdeckte bald, dass Filippo zu weit mehr befähig war, als nur schwere Mehlsäcke zu schleppen. Er liess ihn daher im Betrieb vermehrt auch andere Arbeiten verrichten. Filippo zeigte sichtlich Spass daran. Besonders interessierte er sich für die Auslese der Getreidearten, die ausschliesslich in der Verantwortung des Müllers lag. Seither wusste er, dass Mehl nicht gleich Mehl ist. Für ein wirklich gutes Brot spielte offenbar nicht nur das Getreide, sondern auch die Mahlart, Körnung und Zusammensetzung des Mehls eine entscheidende Rolle. Nun verstand er auch, warum ein Bäcker sich beschwerte, wenn das Mehl für seine Begriffe zu grob oder zu fein gemahlen wurde.

Wenn keine Auslieferungen zu tätigen waren und sich Willi um seine Pferde kümmerte, verbrachte Filippo die Zeit oft in der

---

[1] Üetliberg: Hausberg von Zürich

Mühle und half bei der Arbeit. Obwohl es ihm der Müller erklärt hatte, begriff er lange nicht, welchen komplizierten Weg das Korn von der Anlieferung bis zum fertigen Mehl zu nehmen hatte. Besonders faszinierend erlebte Filippo die Technik des Betriebs, wo breite Transmissionsriemen zahlreiche über mehrere Stockwerke führende Wellen und Räder antrieben und so die Kraft der Maschinen auf die verschiedenen Mahlwerke übertrugen. In den Produktionsräumen herrschte oft ein solcher Lärm, dass man zeitweilig kaum sein eigenes Wort verstehen konnte. Das von Luft vorwärts getriebene Korn wirbelte dabei über die Etagen führenden auf- und absteigenden hölzernen Schächten, wo an gewissen Orten darin Schaugläser eingebaut waren. Darin konnte der Müller den Gang der Verarbeitung des Korns kontrollieren, wie zuerst die *Spelze*[1] vom Korn getrennt, dann grob geschrotet und schliesslich zu Mehl in den unterschiedlichsten Körnungen gemahlen wurde. Das fertige Mehl wurde schliesslich im Dachgeschoss in Säcke abgefüllt und über eine spiralförmige Rutsche nach unten geschickt, wo sie für die Auslieferung bereitgestellt wurden.

Diese Rutsche hatte es Filippo angetan. Nach einem arbeitsreichen Tag beim Müller freute er sich immer auf eine amüsante Rutschpartie: War nämlich der Müller besonders gut gelaunt, erlaubte er Filippo nach getaner Arbeit, ebenfalls die Rutsche zu benutzen, um in rasantem Tempo nach unten zu gleiten. Flott ging es über drei Stockwerke in mehreren Spiralen steil abwärts, wo er im Erdgeschoss jeweils mit grossem Hurra von seinen Arbeitskollegen empfangen wurde.

Die neue Beschäftigung führte schliesslich auch zu einer spürbaren Verbesserung in der Lohntüte, und dank seiner Sparsamkeit war er bald in der Lage, seine Eltern nun öfters zu besuchen.

Als er sich nach bald zweijähriger Tätigkeit in Zürich wieder einmal in seinem Elternhaus aufhielt, fragte ihn sein Vater, ob er schon einmal daran gedacht hätte, wieder nach Hause zurückzukehren.

---

[1] Spelze: eine trockene häutchenartige Schale bzw. Hüllblatt um die Fortpflanzungsorgane der Blüten von Getreidearten, Süss- und Riedgräsern.

Die Frage überraschte Filippo nicht. Tatsächlich befasste er sich oft mit diesem Gedanken. Vor diesem Schritt hatte er jedoch Respekt. Denn, erstens herrschte im Tessin ebenfalls grosse Arbeitslosigkeit, und freie Arbeitsstellen waren dort immer noch Mangelware. Zweitens würde ihm wohl kaum jemand so gut entlöhnen. Immerhin war er inzwischen in der Lage – wenn auch in einem bescheidenen Rahmen – seine Eltern zu unterstützen. Zwar hatte sein Vater in Ascona mittlerweile eine ständige Arbeit gefunden. Der Lohn war jedoch nicht überwältigend. Das Budget des steinreichen deutschen Kaufmanns, der ein ehrgeiziges Hotelprojekt auf dem *Monte Verità*[1] nach den Plänen eines gewissen *Emil Fahrenkamps*[2] im Auge hatte, gestattete es dem ausführenden Baumeister offenbar nicht, erfahrenen Bauleuten einen angemessenen Lohn zu zahlen.

Das neue Hotel sollte die unverkennbaren Züge des *Bauhauses*[3] tragen, eines neuen Baustils, der sich später zu einem der bedeutendsten des 20. Jahrhunderts entwickelt hatte. Die Entstehung dieses Baustils geht auf das Jahr 1906 zurück, als der Grossherzog von Weimar dort eine Kunstgewerbeschule gegründet hatte, die seither in einer eigenen Architekturabteilung als staatliches Bauhaus geleitet wurde.

Die jungen Architekten der Nachkriegszeit, die aus diesen Lehrwerkstätten hervorgegangen waren, huldigten fortan nur noch strengen Linien und pragmatischen Zweckformen. Sie reduzierten das Äussere von neuen Bauten oft radikal auf rein funktionalistische Züge, der auch völlig neue Bautechnologien erforderlich machte. Wo man früher noch Stein auf Stein aufeinander geschichtet hatte, wurde nun geschalt, armiert und betoniert. Für Schnörkel und Verzierungen hatte es an diesen Fassaden, Simsen

---

[1] Monte Verità: Hügel über Ascona, Kanton Tessin. In den ersten beiden Jahrzehnten des 20. Jahrhunderts Sitz einer lebensreformerischen vegetarischen Künstlerkolonie.

[2] Emil Fahrenkamp (* 8. November 1885 in Aachen; † 24. Mai 1966 in Breitscheid bei Ratingen): deutscher Architekt, Professor und von 1937-1946 Leiter der Düsseldorfer Kunstakademie.

[3] Bauhaus: Deutschlands berühmteste Kunst-, Design- und Architekturschule der Klassischen Moderne (von 1919 bis 1933).

und Friesen keinen Platz mehr. Der alte Baustil des Spätklassizismus gehörte fortan der Vergangenheit an.

Ganz glücklich war Filippos Vater nicht darüber. Als gelernter Maurer und erfahrener Stuckateur konnte er seine Fähigkeiten kaum mehr unter Beweis stellen. Die neue Bauphilosophie war für ihn sehr gewöhnungsbedürftig. Doch zwangsläufig sah er ein, dass schliesslich nur die eine Tatsache zählte: Einer Arbeit nachgehen zu können, die wenigstens leidlich gut bezahlt wurde.

Das Bauvorhaben gab bei Negris oft zu reden. Bei Tisch, und besonders, wenn Filippo sie besuchte, wurde viel darüber diskutiert. Dabei verteidigte Filippo die neuen Architekturformen vehement – nicht gerade zur Freude seines Vaters. Dennoch bot ihm sein Vater an, ihn am nächsten Tag auf die Baustelle zu begleiten. So könnte er sich selber davon überzeugen, wie öde und fad solche Bauten wirken. Filippo sagte gerne zu und liess es sich nicht nehmen, sich selber davon zu überzeugen.

Tags darauf entwickelte sich das Wetter unbeständig. Niemand wusste, wann an diesem trüben Maitag Petrus erneut die Schleusen öffnen würde. Starke südliche Winde brachten vom Mittelmeer her feuchte Luftmassen und drückten sie gegen den Alpenkamm. Es war daher nur eine Frage der Zeit, bis sich die mit Wasser vollgesogenen Wolken ausregnen konnten – sehr zum Ärgernis der Bauleute. Dauerregen dieser Art brachte jeweils das gesamte Bauprogramm durcheinander.

Als Filippo an diesem schicksalhaften Vormittag auf die Baustelle kam, traute er seinen Augen nicht. In einer Gruppe von einem guten Dutzend elegant gekleideter Männer, die sich im Halbkreis vor einer Bretterwand versammelt hatten, erkannte er Justus von Richtfeld: Jenen Mann, der ihn vor vielen Monaten auf der ersten Reise nach Zürich begleitet hatte. Er drehte ihm zwar den Rücken zu; doch sein spärlicher Haarwuchs und die leicht vornüber gebeugte Körperhaltung liessen keine Zweifel offen. Ausserdem trug der Mann immer noch den gleichen abgetragenen grauen Anzug wie damals. Die Männer standen unter einem improvisierten Dach aus grauem Leinenstoff. An der Bretterwand hingen zahlreiche Baupläne. Ein Mann mittleren Alters war dabei, den Zuhörenden etwas zu erklären, wobei er mit einem Stab immer wieder auf die Pläne zeigte.

Spontan ging Filippo auf die Gruppe zu. Es war für ihn selbstverständlich, seinen damaligen Reisegefährten zu begrüssen.

Wie er vor den Männern stand und sich seitlich hinter Justus von Richtfeld stellte, wandte sich einer der Zuhörer ihm zu. Der mittelgrosse, etwa vierzig Jahre alte Mann trug einen modisch schwarzen Gehrock und ebenso schicke Schuhe mit weissen Gamaschen. Auffallend war seine aufrechte, aristokratisch anmutende Körperhaltung. Auf dem kurz geschorenen Kopf thronte eine offensichtlich viel zu kleine Melone, die dem Mann ein groteskes Aussehen verlieh.

Bevor Filippo etwas sagen konnte, schnauzte ihn der Mann an und fragte gehässig, was er hier verloren hätte. Die Züge in seinem kugelrunden Gesicht zeigten ob der Störung wenig Begeisterung.

Filippo reagierte zunächst nicht. Vielmehr verkniff er sich ein Lachen. Der Mann sah wirklich komisch aus, wie er so vor ihm stand: Eine Hand auf einem Spazierstock mit Elfenbeingriff abgestützt und ihn mit stechenden Augen abschätzig anstarrend.

Der Wortführer vor der Planwand unterbrach seinen Vortrag und wartete. Filippo liess sich schliesslich vom barschen Ton des Fragestellers nicht beeindrucken und wollte schon auf Justus von Richtfeld zugehen, da versperrte ihm der Mann mit der Melone unter heftigem Fuchteln seines Stocks den Weg. «Weg da! Sie haben hier nichts zu suchen!»

Unbeeindruckt schob Filippo den Stock zur Seite und begrüsste seinen ehemaligen Reisegefährten voller Freude: «Grüss Gott Herr von Richtfeld, das ist ja eine Überraschung.» Filippo hielt ihm die Hand zum Gruss entgegen.

Als der Angesprochene seinen Namen hörte, wandte er sich Filippo ganz zu und musterte ihn. Sein Verhalten verriet, dass er ihn zwar kannte, aber offensichtlich nicht sofort wusste, wo sie sich schon einmal begegnet waren.

Noch ehe der Mann mit der Melone wieder intervenieren konnte, erhellte sich das Gesicht von Justus von Richtfeld, und er rief beinahe vergnügt in die Runde: «Das ist ja kaum zu glauben: Da ist mein Bäckergeselle aus Zürich!»

Herr von Richtfeld ging auf Filippo zu und drückte ihm herzlich die Hand – sehr zur Überraschung aller. Dem Mann mit der Melone gefiel die Unterbrechung immer noch nicht. Er ermahnte Herr von Richtfeld, sich jetzt wieder um seine Angelegenheiten zu kümmern. Den Wortführer vor der Planwand wies er an, mit seinen Erläuterungen fortzufahren.

Justus von Richtfeld liess sich jedoch nicht beirren: «Einen Augenblick Herr Baron. Es dauert nicht lange. Ich möchte nur mal einen alten Bekannten begrüssen. Bitte entschuldigen Sie mich für eine Minute.» Ohne die Reaktion des Angesprochenen abzuwarten, löste sich Herr von Richtfeld von der Gruppe und zog Filippo etwas beiseite. «Das ist aber eine Überraschung. Bitte haben Sie ein wenig Geduld. Ich bin mitten in einer Besprechung mit meinem Chef. Warten Sie bei den Baracken dort unten auf mich. Es dauert nicht mehr lange.»

Filippo nickte, konnte sich aber die Frage nicht verkneifen: «Ist dieser Kauz mit der Melone ihr Chef?»

«Bitte nicht so laut. Ja, das ist der Baron, mein Auftraggeber, von dem ich Ihnen erzählt habe. Er ist der Bauherr dieses Hotels. Also, bis gleich...», antwortete er sichtlich nervös und liess Filippo stehen.

Überrascht von der abrupten Verabschiedung wandte sich Filippo langsam seinem Vater zu, der die kleine Episode abseits stehend mitverfolgt hatte. «Wer ist das? Kennst du diese Herren?», fragte er ihn neugierig.

Filippo liess die Frage unbeantwortet. Nachdenklich schritt er in Richtung der Mannschaftsbaracke. Sein Vater folgte ihm dicht hintennach. Erst als sie jenen Ort ereicht hatten, wo sich sonst die Bauarbeiter in den Pausen verpflegten, erzählte Filippo seinem Vater die Geschichte von diesem Mann. Vater Negri hörte seinem Sohn aufmerksam zu.

Nach weniger als einer halben Stunde sah Filippo, dass sich die Gruppe auflöste und Justus von Richtfeld sich anschickte, zu ihnen herüberzukommen. Vor der Baracke trafen sie sich.

«Das ist ja eine Überraschung. Was zum Teufel tun Sie hier? Erzählen Sie – halt, warten Sie, Ihre Geschichte können Sie mir auch bei einem Glas Wein erzählen.» Justus von Richtfeld war sichtlich interessiert, Filippos Geschichte zu erfahren.

Er zog ihn am Ärmel, wie er es schon damals auf dem Bahnhofplatz in Zürich getan hatte, als er ihn vor einem Fuhrwerk weggezogen hatte und wies ihn in Richtung eines bereit stehenden Automobils.

«Kommen Sie, wir fahren nach Ascona. Sie müssen mir unbedingt erzählen, was Sie inzwischen getrieben haben.»

Nachdem Filippo sich von seinem Vater verabschiedet hatte, bestiegen sie das Automobil. Es entging Filippo nicht, dass es sich um ein fabrikneues Modell einer ihm unbekannten Marke handelte.

«Was ist das für ein Automobil?», fragte Filippo, als er sich im bequemen Lederpolster neben dem Fahrer niederliess, und deutete auf das aus edelstem Mahagoniholz verzierte Armaturenbrett.

Stolz reagierte Justus von Richtfeld: «Da staunen Sie, was? Ein brandneuer *Horch*[1], eine exzellente technische Errungenschaft, und überdies echte deutsche Handwerkskunst.»

«Horch? Heisst das Auto so? Noch nie gehört», gestand Filippo.

Auf der Fahrt hinab nach Ascona erklärte ihm Justus von Richtfeld die zahlreichen Raffinessen des Automobils. Besonders hob

---

[1] Horch: deutsches Automobilbauunternehmen, gegründet durch August Horch (1868-1951). August Horch verließ seine Firma 1909 und gründete in Zwickau die Audi Automobilwerke GmbH («audi» ist die Übersetzung des Firmennamens «Horch» in das Lateinische. Der Imperativ Singular von *audire* (hören) lautet *audi!* (höre! oder eben horch!). Auf Betreiben der Sächsischen Staatsbank bildeten die Horch-Werke 1932 zusammen mit Audi, DKW und der Autosparte von Wanderer die Auto Union AG Chemnitz.

er die Motorenleistung hervor, die sich offenbar durch eine neuartige Treibstoffeinspritzung auszeichnen soll.

Filippo verstand zwar nicht viel von Automobilen. Er stellte jedoch schnell fest, dass unter der Motorhaube doch etliche Pferdestärken mehr schlummern mussten, als er es sich von den Müllereifuhrwerken in Zürich her gewohnt war.

In Ascona auf der Piazza am See angekommen, parkte Justus von Richtfeld das Fahrzeug unter den Platanen. Zwischen einigen Bäumen waren Drähte gespannt, an denen Mädchen aus dem nahen Hotel Tamaro Wäsche aufhängten. Sie liessen sich vom bevorstehenden Regen offenbar nicht beeindrucken. Die in langen Reihen im Wind flatternden Leintücher, Bettlacken und Bezüge, verliehen der Uferpromenade Dorffest-Charakter.

Justus von Richtfeld wies auf das Gebäude gegenüber, auf dessen seitlicher Fassade in grossen Buchstaben und sonderbarerweise in deutscher Sprache *Restaurant zum Schiff* geschrieben stand. Dafür gab es eine einfache Erklärung: Das Lokal wurde zur Hauptsache von deutschsprachigen Gästen besucht. Seit der Entwicklung auf dem Monte Verità, wo sich früher vornehmlich aus deutschen Landen stammenden Künstler, Träumer und Weltverbesserer aufhielten, erwachte Ascona langsam, endlich aus einem langen eigenständigen Dornröschenschlaf. Und als 1926 ein berühmter Baron den Hügel oberhalb Ascona kaufte und selbst zeitweise in der Casa Anatta nebenan lebte, erlebte das Fischerdorf bald ein neues An- und Aussehen.

Justus von Richtfeld und Filippo entstiegen der blitzblank polierten Karosse und überquerten die Strasse. Vor der dem See zugewandten Fassade waren einige Tische und Stühle aufgestellt.

Sie waren die einzigen Gäste. So konnten sie frei wählen, wohin sie sich setzen wollten. Kurz darauf eilte ein Mädchen herbei und fragte, was sie trinke wollten.

Nachdem Herr von Richtfeld eine Karaffe Wein bestellt hatte, forderte er Filippo ungeduldig auf, über seine Erfahrungen in Zürich zu berichten.

«Ach wissen Sie, ich hatte riesiges Glück», begann Filippo schliesslich. «Eigentlich wollte ich wirklich eine Lehre bei einem Bäcker beginnen. Doch leider hatte ich keine Referenzen.»

Herr von Richtfeld lachte und dankte der jungen Frau, die das Getränk herbeibrachte. Er füllte die beiden *Boccalini*[1] mit dem Rebensaft, nahm eines zur Hand und prostete Filippo augenzwinkernd zu.

Nachdem sie vom Wein gekostet hatten, erzählte Filippo die ganze Geschichte seiner bisherigen Laufbahn. Dabei erwähnte er immer wieder, welches Glück ihm beschieden gewesen war, eine Arbeit in diesem Mühlenbetrieb gefunden zu haben, und wie er dort aufgenommen worden war.

«Aber junger Mann, in Ihnen stecken doch viel mehr Fähigkeiten, als Sie zu glauben wissen. Das hatte ich schon damals bei unserer Reise nach Zürich bemerkt», insistierte Herr von Richtfeld.

«Wieso meinen Sie?», wollte Filippo wissen.

«Ganz einfach, ich habe ein geübtes Auge für Menschen. Das bringt so mein Beruf mit sich. Ich sage ihnen auch weshalb: Sie sind in der beneidenswerten Lage, neben ihrer Muttersprache auch sehr gut Deutsch zu sprechen, und ich bin überzeugt, auch andere Sprachen würden Ihnen keine Mühe bereiten, wenn Sie sich dafür interessierten. Ich denke, Sie sind schlicht und einfach ein Sprachentalent - mal abgesehen davon, dass Sie grundsätzlich ein vielseitig interessierter junger Mann zu sein scheinen.»

«Danke für das Kompliment», entgegnete Filippo und hob in gespielt selbstsicherer Art die Augenbrauen. «Von dieser Seite habe ich mich tatsächlich noch nie kennen gelernt.» Schmunzelnd griff nach dem Boccalino.

«Nun genug der Komplimente. Kommen wir zum Thema!» Justus von Richtfelds Gesichtsausdruck veränderte sich rasch und wurde ernst. «Ich sage Ihnen, damals in Zürich hatte ich mir ernsthaft

---

[1] Boccalino: einfaches Trinkgefäss aus Keramik mit etwa 0,25 Liter Volumen

eingebildet, Sie würden mich nach unserer ersten Begegnung wieder besuchen. Ich hatte mir schon überlegt, wie ich Ihnen bei ihrer Arbeitssuche helfen könnte.» Herr von Richtfeld blickte Filippo neugierig ins Gesicht, der jedoch den Blick gesenkt hielt und auf den Weinkrug starrte. Nach dem vorangegangenen Kompliment schämte er sich plötzlich.

Ohne auf eine Entgegnung zu warten, fuhr Justus von Richtfeld fort: «Ich denke, es war schon gut so. Für die Arbeit, die ich Ihnen damals vermitteln wollte, wären Sie ohnehin noch zu jung und zu unerfahren gewesen.»

Verwundert schaute Filippo hoch. «An welche Arbeit dachten Sie denn?»

«Vielleicht mögen Sie sich erinnern: Ich erzählte Ihnen damals, ich wäre im Kunstgeschäft tätig und reise viel. Ich hatte mir das nämlich so vorgestellt, dass Sie mich anfänglich nur auf meinen Reisen begleiten und auf diese Weise erste Erfahrungen sammeln würden. Später, bei guter Eignung, hätte ich Ihnen dann selbstständige Aufträge anvertraut.»

«Und wie lange würde es dauern, bis ich selbstständig arbeiten könnte?» Das Interesse Filippos wuchs.

«Hm, das ist schwierig zu sagen. Das Kunstgeschäft ist viel zu kompliziert, um es in ein paar Sätzen zu erklären. In dieser Spezialbranche braucht es zunächst viel Erfahrung und eine gute Nase, um Echtes von Unechtem unterscheiden zu können. Ausserdem muss man alle gängigen Sprachen beherrschen. Sie müssen wissen, unsere Kundschaft ist international.»

«Was heisst *unsere* Kundschaft? Arbeiten Sie nicht allein?» Filippos Aufmerksamkeit war die kleine Feinheit nicht entgangen und Herr von Richtfeld antwortete darauf spontan: «Nein. Können Sie sich noch an die Begegnung vorhin auf der Baustelle erinnern?»

Filippo nickte.

«Einer hatte Sie ziemlich barsch und ungehalten angeschnauzt. Erinnern Sie sich?»

Filippo nickte abermals. «Sie meinen den Mann mit der Melone?»

«Ja der. Das ist mein Auftraggeber, beziehungsweise von ihm erhalte ich die Aufträge. Dabei lässt er mir in der Durchführung meistens freie Hand, das heisst, ihm ist es eigentlich gleichgültig, wie ich den Auftrag erledige. Für ihn zählt in erster Linie das Resultat.»

«Wie lautet sein Name?», wollte Filippo wissen und wunderte sich, weshalb Justus von Richtfeld nicht sofort antwortete. Stattdessen wanderte sein Blick auf den See hinaus und blickte unentwegt auf einen Punkt, als sähe er weit draussen etwas Unbekanntes. Verlegen griff Herr von Richtfeld nach dem Boccalino und nippte nachdenklich daran. Die Frage brachte ihn offensichtlich in Verlegenheit. Er schien die Frage zwar verstanden zu haben, doch schwieg er zunächst.

«Ach was sind schon Namen», brach Justus von Richtfeld nach einer Weile des Schweigens und zog sich geschickt aus der Affäre. «Namen sind doch Schall und Rauch, und keiner erinnert sich an sie, wenn die Zeit seines Besitzers abgelaufen ist. Mein Auftraggeber ist eben Bankier und als solcher schätzt er es nicht, wenn zu viele Leute seinen Namen kennen. Nennen wir ihn doch einfach den *Baron*.»

Die klare Antwort liess keine weitere Frage mehr zu. Filippo begnügte sich stirnrunzelnd damit, fragte sich aber insgeheim, wieso man um diesen Mann eine solche Geheimniskrämerei machte.

Sein skeptischer Blick fiel Justus von Richtfeld auf, und er sah sich zu einer Erklärung gezwungen: «Machen Sie sich darüber keine Gedanken. Der Baron schätzt es eben nicht, wenn er in aller Leute Munde ist. Sie müssen wissen, bei seinen Geschäften steht zuweilen sehr viel Geld und Ansehen auf dem Spiel. Da möchte man keine unnötigen Risiken eingehen. Der Baron verkehrt ja auch nur in sehr wohlhabenden Kreisen, die zu den einflussreichsten Europas, wenn nicht sogar der ganzen Welt zählen – und in solchen Kreisen schätzt man Diskretion.

Er lebt übrigens oben am Hügel neben der Baustelle, wo wir uns vorhin getroffen haben. Er bewohnt dort ein eher bescheidenes

Anwesen. Dort hortet er auch seine ostasiatischen Kunstschätze. Kennen Sie das Haus? Man nennt es die *Casa Annata*. Darin sollen früher so Spinner gewohnt haben, die glaubten, mit ihren Ideen die Welt verbessern zu können.»

Wer kannte dieses kurz nach der Jahrhundertwende erbautes Haus und all die sich darum rankenden verrückten Geschichten nicht. Seine Erbauer waren nämlich damals von der Überzeugung beseelt, die Welt könne nur durch die Änderung des eigenen Lebens verbessert werden. Obwohl sie alle aus guten gesellschaftlichen Verhältnissen stammten, wollten sie sich vielleicht gerade deshalb dem bestehenden sozialen Netz entziehen und bekannten sich zu einer vegetarischen Ernährungsweise mit all ihren Konsequenzen. Während die Gründer dieser Bewegung, ein Bruderpaar und ein Liebespaar, eine Liebeskommune anstrebten, sozusagen ein Ort für Aussteiger, setzten ihre Nachfolger auf eine wirtschaftlich rentierende Naturheilanstalt. 1920 wurde die Anstalt wegen mangelnder Rendite aufgegeben.

Die Geschichte dieses Anwesens kannte Filippo gut. Zuhause war dieses «Sündenbabel», wie seine Mutter diesen Ort stets zu nennen pflegte, oft ihr Hauptgesprächsthema, und in den umliegenden Dörfern kursierten die verrücktesten Gerüchte darüber.

Justus von Richtfeld und Filippo plauderten noch eine Weile über die Ereignisse auf dem Monte Verità und die sonderbaren Geschäftspraktiken des Barons. Dabei, und dies realisierte Filippo sehr schnell, war jeweils immer viel Geld im Spiel – sehr viel Geld, weshalb es denjenigen Leuten, die es in Kunstschätze investierten, nicht egal sein konnte, wohin die wirtschaftliche Entwicklung in Europa schliesslich hinsteuerte.

Die derzeitige politische Lage in Europa war bekanntlich alles andere als stabil, und Filippo erfuhr so nebenbei von Herrn von Richtfeld, dass der heutige, zwar einseitige Wohlstand nur eine der Auswirkungen des letzten Kriegs sei. Nur so sei es überhaupt möglich gewesen, die Weltwirtschaft einigermassen wieder ankurbeln zu können.

Eigentlich interessierten Filippo all diese Machenschaften nicht. Was kümmerte es ihn, ob Grossbritannien und seine Kolonien in Übersee nun die führende Grossmacht Europas sei. Auch war es ihm offen gestanden gleichgültig, ob London oder New York im Welthandel den ersten Börsenplatz einnahm und welche Kriegsflotte momentan zur stärksten auf den Weltmeeren gehörte, wie Justus von Richtfeld ihm weiter zu berichten wusste.

Das Desinteresse wechselte jedoch plötzlich, als Justus von Richtfeld von einem 1925 abgeschlossenen *Locarno-Pakt* erzählte, bei dem sich die im letzten Weltkrieg verfeindeten Staaten, allen voran Deutschland und Frankreich, wieder versöhnt hatten, und im darauf folgenden Jahr das Deutsche Reich sogar in den internationalen Völkerbund aufgenommen wurde.

Irgendwie kamen Filippo diese Schilderungen bekannt vor. Er erinnerte sich an Willi, den Fuhrmann in Zürich, der ihm auf ihrer Tour durch die Stadt einmal von einem solchen Pakt erzählt hatte. Die Tageszeitungen hatten damals ebenfalls ausgiebig darüber berichtet.

Der Redefluss des Herrn von Richtfeld war damit aber noch längst nicht erschöpft. Es schien, als wollte er sich damit einer tief liegenden Frustration entledigen. Besonders in Fahrt kam er, als er die Sprache auf das neue deutsche Reich lenkte und wie dieses im europäischen Verbund nach wie vor hinter den weltweiten Konsolidierungsmassnahmen hinterher hinkte, worauf das Land auf Jahre hinaus geschwächt erschien – ganz im Gegensatz zu Frankreich, welches zu jener Zeit die grösste Militärmacht in Europa stellte. Beinahe neidisch auf sein westliches Nachbarland, beklagte er, dass dieses nun zusammen mit den neu aus den zusammengebrochenen osteuropäischen Staaten von Österreich-Ungarn das eigentliche Zentrum eines kontinentalen Bündnissystems schlechthin geworden sei. Er fügte jedoch gleich hinzu, dass dies wiederum auch nicht so schlecht sei, denn mit diesem System sollte das arrogant agierende deutsche Reich in Schach gehalten werden, falls sich dort die nationalistischen Strömungen schliesslich doch durchsetzen sollten.

Auch hätte nach dem Krieg das deutsche Reich mit dem *Friedensvertrag von Versailles*[1] viele seiner Ländereien und Kolonien verloren. Schade, fand Justus von Richtfeld, so müsse nun halt jetzt einmal mehr wieder Aufbauarbeit geleistet werden, um dem Deutschen Reich wieder den Platz in der internationalen Gemeinschaft zu verschaffen, den es seiner Ansicht nach auch verdiente.

Zunächst erschienen Filippo diese weltpolitischen Konstellationen sehr kompliziert und ziemlich diffus. Er scheute sich jedoch nicht, Herrn von Richtfeld Fragen zu stellen, die dieser auch meist zu beantworten wusste.

Es war nicht zu überhören: Justus von Richtfeld war auf sein Land stolz. Doch vertrat er offensichtlich eine Grundhaltung, die mit der dort herrschenden Politik nicht zu vereinbaren war. Filippo stellte auch fest, dass in seinen Augen oft eine eigenartige Angst zu erkennen war, besonders, wenn er von der Zukunft zu sprechen begann. Es sollten aber noch Monate vergehen, bis Filippo ebenfalls auf tragische Weise erfahren sollte, auf welche Gründe diese Ängste zurückzuführen waren und welche Schwierigkeiten die neuen politischen Strömungen ihm und Millionen anderen Menschen bereiteten. Die Ursache hatte jedoch längst einen Namen, nur wurde Filippo damit noch nicht konfrontiert: Mit *Adolf Hitler*[2] und dem von diesem Despoten propagierten Nationalsozialismus.

Doch schneller als Filippo es nur zu denken wagte, sollte er am eigenen Leib erfahren, was es zu bedeuten hatte, wenn Menschen wie er sich mit diesen Ideologien nicht identifizieren konnten.

Zunächst faszinierten ihn die wortgewandten Schilderungen seines ehemaligen Reisegefährten, der es wie kein anderer verstand, komplizierte Zusammenhänge auf einfachste Art zu erklären. Es

---

[1] Friedensvertrag von Versailles: Inkraftsetzung am 10. Januar 1920 / beendete formell den Ersten Weltkrieg.

[2] Adolf Hitler (* 20. April 1889 in Braunau am Inn in Österreich; † 30. April 1945 in Berlin durch Selbstmord): ab 1921 Parteichef NSDAP, ab 1933 Reichskanzler und ab 1934 «Führer und Reichskanzler», und zugleich Regierungschef und Staatsoberhaupt des Deutschen Reichs.

war nicht zu übersehen, Justus von Richtfeld verfügte über einen Weitblick, was bestimmt darauf zurückzuführen war, dass er auf seinen Reisen schon vielen Menschen begegnet war und bestimmt schon viel erlebt hatte. Filippo hing geradezu an seinen Lippen und fand es überaus spannend, was dieser Mann zu berichten wusste, und je länger er ihm zuhörte, desto mehr rückte das aktuelle Weltgeschehen in den Hintergrund. Ja, er bildete sich sogar ein, nur er könnte ihm eine neue Arbeitsstelle vermitteln.

Im Wirbel dieser Eindrücke versuchte er schliesslich diesen eigennützigen Gedanken zu verdrängen, wollte er doch nicht unverschämt sein. Als Justus von Richtfeld zum Schluss seines Redeflusses zu kommen schien, wollte Filippo nur noch wissen, wann er abzureisen gedenke.

Justus von Richtfeld antwortete, dies hinge ganz vom Bauprogramm des Hotelneubaus ab. Der Baron hätte ihm nämlich befohlen, dass er ihn bei seiner nächsten Reise begleiten müsse, und solange die Arbeiten auf der Baustelle nicht programmgemäss verliefen, müsste er noch bleiben.

Sie tranken den Wein aus und versprachen, sich wieder zu sehen, sobald sich dazu eine Gelegenheit bieten würde. In diesem Zusammenhang erzählte Filippo, dass er demnächst in die Rekrutenschule eingezogen werde, was Justus von Richtfeld jedoch überhaupt nicht verstand. Er kannte offenbar die allgemeine Wehrpflicht eines Schweizerbürgers nicht. So staunte er nicht schlecht, als ihn Filippo über diese Pflicht aufklärte.

Bevor sie sich schliesslich verabschiedeten und Justus von Richtfeld sein Auto bestieg, vereinbarten sie, dass sich Filippo nach absolvierter Rekrutenschule bei ihm in Zürich melden sollte.

Zufrieden mit sich und der Welt schaute Filippo der davon brausenden Luxuskarosse nach und begab sich daraufhin ebenfalls auf den Heimweg.

⌘

In den folgenden Tagen wartete Filippo mit Spannung das Aufgebot zur militärischen Aushebung. Der unscheinbare Marschbefehl wurde ihm am Freitagabend vor Pfingsten 1927, als er mit Willi Aebersold von der täglichen Auslieferungstour zurückgekehrt war, vom Müller übergeben. Sein Gesicht war dabei von einer eigenartigen Mischung aus Schadenfreude und Traurigkeit gezeichnet. Willi wusste offenbar bereits davon und lachte Filippo verschmitzt von der Seite an, derweil er wieder seinen Schnauzbart lustig auf und ab tanzen liess.

Filippo las zwei und drei Mal den Inhalt des amtlich pauschal frankierten Marschbefehls im Postkartenformat. Nüchtern und knapp wurde er darin aufgefordert, wann, wo und wie er zur militärischen Aushebung zu erscheinen hatte, und welche Strafe ihm drohte, wenn er dieser unmissverständlichen Aufforderung nicht pünktlich Folge leisten würde. Immer wieder überflog Filippo das Papier.

Von seinen Arbeitskollegen wusste er, dass nach verschiedenen Eignungstests und einer gesundheitlichen Untersuchung an diesem Tag erst festgelegt werden sollte, ob er überhaupt diensttauglich wäre, und wenn ja, zu welcher Truppe er zugeteilt würde.

Nun war also der entscheidende Zeitpunkt gekommen, wo Filippo geltend machen konnte, was er im Betrieb seines Meisters erlernt hatte. Am liebsten würde er den motorisierten Truppen zugeteilt werden. Dabei sollte ihm das Erlernte zugute kommen. Heinrich Wehrli, der Müllereibesitzer, bekannte sich nämlich schon früh zur Technisierung seines Betriebs und rüstete die Fuhrhalterei nach und nach mit modernen Lastkraftwagen aus. Die stattlichen Zugrosse wurden zwar immer noch für die Fuhrwerke gehalten. Bald aber waren in den Stallungen auch edle Geblüte anzutreffen, die jedoch der Familie des Besitzers nicht mehr dem betrieblichen Zweck, sondern mehr dem Reitsport dienten.

Anfänglich, und wenn es der Müller nicht wusste, kurvte er auf dem Betriebsareal unter Anleitung des Chefs der Fuhrhalterei mit Personenwagen umher. Dem Patron blieb Filippos Talent aber nicht lange verborgen. Schon bald liess er ihn mit dem einzigen schweren eben erst erworbenen LKW fahren. Dies gefiel Filippo besonders gut, und es bereitete ihm sichtlich Spass, wenn er mit dem Fuss auf die Pedale trat, und unter enormer Kraftaufwendung versuchte, Gänge einzukuppeln.

Filippo erlangte schnell die notwendige Routine und Fertigkeit, so dass ihm der Patron den Normallenker der Marke *FBW*[1] unter seiner persönlichen Anleitung zum Fahren anvertraute, und mehr noch: Er meldete ihn zur Fahrzeugprüfung an, die er auf Anhieb auch bestand.

Fortan besorgte Filippo mit dem betriebseigenen LKW die Auslieferungen des Mehls, was Willi, den Fuhrmann, verständlicherweise sehr bedauerte.

Seine Arbeit gefiel Filippo nun nochmals so gut, zumal er damit seinen Eltern grosse Freude bereitete; denn es war im fernen Tessin schon eine kleine Sensation, wenn jemand ein Automobil, und erst noch einen schweren Lastwagen führen konnte.

Aufgrund dessen wünschte er sich daher, die Rekrutenschule bei einer der neu gegründeten Motorwageneinheiten auf dem Waffenplatz in Thun absolvieren zu können. Ein Wermutstropfen blieb jedoch so oder so übrig: Er wusste, dass damit auch die Anstellung in diesem Betrieb endete. Sein Arbeitgeber gab ihm nämlich schon früh zu verstehen, dies wäre der richtige Zeitpunkt, um Neues zu erlernen. Zwar würde er Filippo als Mitarbeiter nur ungern verlieren. Doch eine Trennung zu diesem Zeitpunkt täte jedenfalls gut und wäre für sein späteres Leben bestimmt die bessere Lösung. Filippo konnte diese Haltung nicht nachvollziehen. Er war immer der Meinung, wenn er sich für die Firma einsetzte, dann wäre ihm die Stelle für immer sicher.

Seine Enttäuschung wechselte jedoch schnell in eine überschäumende Freude, als er sah, dass man ihn den Motorwagentruppen zugeteilt hatte. Bald würde er also eine Uniform mit weinroten Ärmelpatten tragen, auf dem das stilisierte Steuerrad der Blickfang war. Bei dieser Entscheidung hatte sein Chef bestimmt nachgeholfen, vermutete Filippo, als er sich von der ersten Überraschung

---

[1] Franz Brozincevic & Cie., Wetzikon (FBW): gehörte zu den bedeutendsten LKW- und Autobus-Herstellern in der Schweiz

erholt hatte. Denn der für die Zuteilung zuständige Offizier und er waren langjährige Jugendfreunde, und beides aktive Mitglieder in der einflussreichen Zürcher *Weggen-Zunft*[1].

Als die Zeit gekommen war, sich von seinem Arbeitgeber zu verabschieden, versammelten sich vor den Garagen des Fuhrparks die gesamte Belegschaft und sogar Mitglieder der Familie des Müllereibesitzers. Der Abschied war herzlich. Es war unübersehbar: Filippo wurde von allen geschätzt und war beliebt gewesen.

Mit tadellosen Referenzen in der Tasche, aber dennoch mit gemischten Gefühlen, trennte er sich Ende Januar 1928 von Heinrich Wehrli, seiner Familie und all jenen Menschen, die ihm inzwischen ans Herz gewachsen waren. Am meisten hatte es Filippo gerührt, als ihm Willi Aebersold, mit dem er sich von Anfang an aufs herzlichste verstanden hatte, zum Abschied ein abgewetztes rostiges Hufeisen in die Hand drückte und dabei wieder mit auf und ab wippendem Schnauzbart meinte, diesen Glücksbringer sollte ihn auf dem weiteren Lebensweg stets begleiten.

⌘

Volle siebenundsiebzig Tage, vom 3. Februar bis zum 19. April, dauerte die Rekrutenausbildung auf dem Waffenplatz in Thun im Berner Oberland. Filippo erinnerte sich noch gut an seinen Einrückungstag, als er – noch zivile Kleider tragend – den Waggon der Eisenbahn verliess und den langen Weg zur Kaserne unter die Füsse nahm. Etwas verkrampft, doch voller Erwartungen trug er dabei sein Köfferchen, welches ihm seine Mutter mit den wenigen Notwendigkeiten gefüllt hatte, die von zu Hause mitzubringen waren, wie Hemden, Unterwäsche, Socken sowie Rasierzeug und Toilettenartikel. Alles übrige, was für die bevorstehende Ausbildung erforderlich war, wurde den Rekruten von der Armee abgegeben.

---

[1] Zunft: von althochdeutsch *zumft* «zu ziemen», ständische Körperschaft von Handwerkern. Zunft zum Weggen: Zürcher Zunft der Pfister und Müller, gegründet 1336. Neukonstitution 1802. Heute etwa ein Fünftel der Zünfter aktive oder im Ruhestand befindliche Bäcker, Konditoren und Müller.

Den Weg zur Kaserne teilte er mit vielen seiner späteren Kameraden. Gesprochen wurde kaum; nur wenige, die sich offenbar schon kannten, witzelten über das Bevorstehende.

Als sie in Gruppen am Tor zur Kaserne eintrafen, empfing sie mit zackig militärischem Gruss ein Unteroffizier und wies den Ankömmlingen den weiteren Weg.

«*Na kleiner Poppy? Hier weht aber ein anderer Wind als Zuhause bei Mutter. Wenn du dich beeilst und umkehrst, erreichst du noch den letzten Zug*», meldete sich Filippos innere Stimme, worauf er zornig und sich selbst motivierend einredete: «*Sei still Coniglio, das schaffe ich!*» Filippo packte das Köfferchen und schritt im Lauftempo wie befohlen in die angegebene Richtung.

Als sie am bezeichneten Ort eingetroffen waren, empfing sie ein eifrig wirkender Feldweibel. In Gruppen standen sie sodann abseits und warteten auf weitere Anweisungen. Nach einiger Zeit stellte sich ein grimmig aussehender Feldweibel breitbeinig vor sie hin und befahl ihnen mit lauter Stimme, ihm im Laufschritt zur Meldestelle zu folgen.

Widerwillig hob Filippo sein Köfferchen vom Boden und hetzte seinen Kameraden nach. Seine Gedanken schwirrten im Kopf. Er befürchtete schon, wenn dies in der gleichen zackigen Art weiter ging, verlöre sich am Ende noch seine Freude am Autofahren.

Der Empfang bei der Meldestelle verlief kaum anders, als es Filippo schon vom ersten Eindruck auf dem Kasernenareal hatte: Frostig und formell. Der Feldweibel meldete einem Diensthabenden die Ankunft von neuen Rekruten, und dieser wiederum beschränkte sich bei seiner Arbeit ebenfalls nur auf das Allernotwendigste: Ohne die Rekruten eines persönlichen Blickes zu würdigen, forderte er sie der Reihe nach auf, Name, Vorname und Herkunft zu nennen. Wurde der Betreffende auf der Mannschaftsliste gefunden, setzte der an einem grob gezimmerten Tisch sitzende Schreiberling ein Häkchen neben den Namen, und der Nächste in der Reihe wurde aufgerufen. Dabei war unter den wartenden Rekruten jede Unterhaltung untersagt. Versuchte jemand seinem Nachbarn etwas ins Ohr zu flüstern oder gar über etwas zu witzeln, schnauzte ihn einer der zahlreich anwesenden Aufpasser umgehend an und befahl ihm zu Schweigen.

Nachdem die Eingangskontrolle abgeschlossen worden war, wurden die Rekruten in Gruppen eingeteilt. Abteilungsweise hatten sie danach in Reih und Glied anzutreten, um anschliessend im Gleichschritt ihrer Unterkunft in der neu erstellten Kaserne entgegen zu marschieren.

Zuerst führte ihr Weg durch das breite Eingangsportal des Kasernengebäudes, wo links und rechts je ein schwarz-weiss gestreiftes Wachthäuschen stand. Vor jedem Häuschen standen stramm die Wachthabenden, denen ihre Gesichter eingefroren schienen. Mit wächsernen Gesichtern starrten sie den Ankömmlingen mit schrägen Blicken entgegen.

Danach stiegen sie gruppenweise die steinernen Treppen empor. Ihre Schritte hallten in den hohen Gängen noch lange nach. Im ersten Stock angekommen, hiess sie ein Unteroffizier vor einer offen stehenden Zimmertür Halt zu machen. Filippo lugte neugierig hinein: Drinnen befand sich ein grosses, einfach ausgerüstetes und ihm gegenüber mit grossen Fenstern abgeschlossenes Zimmer.

Nach einer Weile befahl ihnen der Unteroffizier einzutreten und jeder Rekrut hatte sich vor eine Liegepritsche aufzustellen. Das Gepäck deponierten sie auf die straff gezogene Wolldecke, und nach den Anweisungen des Unteroffiziers so, dass alle Gepäckstücke – gleich welcher Art – an die Fussenden zu liegen kamen. Aufmerksam verfolgte der Aufpasser, dass alles nach seinen Anweisungen verlief. Danach hiess er die Rekruten, sich wieder vor die Unterkunft zu begeben und sich in eine Kolonne einzuordnen. Weitere Befehle würden folgen – und selbstverständlich durften die Rekruten untereinander immer noch nicht sprechen.

«*Das ist ja schlimmer als ein einem Gefängnis*», dachte sich Filippo, schwieg selbstverständlich, aber wunderte sich, dass seine innere Stimme dazu nichts zu spotten wusste. Geduldig harrte er zusammen mit seinen neuen Kameraden vor der Unterkunft den Dingen, die da kommen sollten.

Nach geraumer Zeit kam der Unteroffizier zurück und befahl ihnen, ihm zu folgen. In geordneter Einerkolonne führte er die Gruppe zum Zeughaus, und dort quer durch die Räume, wo die Ausrüstungen für die angehenden Soldaten aufbewahrt wurden. In einem gut organisierten Parcour, den sie nach und nach abzuschreiten hatten, wurden den Rekruten von in blauen Übergewänder gekleideten Zeughausangestellten Ausrüstungsgegenstände und Uniformstücke abgegeben. Ungelenk versuchten die jungen Männer die vielen Kleider und Dinge zu fassen und über ihre Arme zu legen. Oft fiel einigen etwas zu Boden, was diese unter Drängen des Aufpassers hastig wieder aufzuheben versuchten – meistens mit dem Ergebnis, dass die ganze Ausrüstung zu Boden fiel.

Die Zurufe der Aufpasser, die sie ständig zur Beeilung ermahnten, sorgten letztlich bei allen für eine grosse Nervosität. Die Stimmung der frisch gebackenen Rekruten war bald auf dem absoluten Tiefpunkt angelangt.

Nachdem man ihnen endlich Gelegenheit geboten hatte, die Gegenstände abzulegen, wartete bereits die nächste Aufgabe auf sie. Jetzt hiess es, innert rekordverdächtiger Zeit die zivilen Kleider abzulegen und in die steifen und für die meisten viel zu grossen oder zu klein bemessenen Übergewänder zu steigen.

Auch Filippo versuchte, in das ungewohnte Kleidungsstück zu schlüpfen. Ein knorriger Ledergurt hielt schliesslich jenen Stoff zusammen, der bei seiner Körpergrösse und Figur vom Schneider gut hätte eingespart werden können.

Die ersten Eindrücke im neuen Umfeld wurden von allen mehr oder weniger passiv aufgenommen. Es blieb ihnen ja auch keine Wahl: Der stets umher schwirrende, bärbeissige Feldweibel samt seinen Unteroffizieren sorgten ohne Unterlass dafür, dass den Rekruten jeder weitere Schritt vorgegeben war – und wehe denjenigen, denen dies nicht auf Anhieb gelang!

Am späteren Nachmittag, nachdem man ihnen erstmals eine kleine Verschnaufpause gegönnt hatte, verkündete der Feldweibel, nun stünde ihnen ein ganz spezielles Ereignis bevor. Erneut hatten sie sich vor ihren Unterkünften auf dem langen Flur in Einerkolonne aufzustellen. Wieder warteten sie und rätselten, um welches wichtige Ereignis es sich dieses Mal wohl handeln würde.

Nach knapp einer Viertelstunde hiess sie der Feldweibel, ihm im Gleichschritt zu folgen. Der Takt, den ihnen nun der Vorgesetzte mit seinem flotten Schritt vorgab, wurde jedoch kaum von allen eingehalten, was diesen sichtlich sehr verärgerte. Ohne Unterlass brüllte er die Rekruten von der Seite an: «Dieser Sauhaufen bekomme schon noch genug Gelegenheit, geordnet in Formation gehen zu lernen.»

Erneut im Zeughaus angekommen, wurden die Rekruten in die Waffenkammer geführt. Hinter einem Tisch stand ein Offizier im Rang eines Leutnants und neben ihm ein in Zivil gekleideter Zeughausmitarbeiter. Auf dem Tisch lag ausgebreitet und völlig faltenlos eine grosse Schweizerfahne. Rechterhand des Tisches wartete ein anderer Offizier, an dessen mit zahlreichen Goldstreifen verziertem Hut man erkennen konnte, dass es sich um eine ranghohe Persönlichkeit handeln musste.

Die Rekruten wurden nun angewiesen, sich in einigem Abstand vor dem Tisch in einer Reihe aufzustellen. Der Feldweibel trat nun vor den ranghohen Offizier, legte die rechte Hand an die Schläfe und meldete mit lauter Stimme:

«Herr Oberst! Feldweibel Inderbitzin; melde Ihnen das Rekrutendetachement des ersten Zugs der Kompanie eins zur Waffenabgabe!»

Der angesprochene Oberst quittierte kaum hörbar die Meldung, legte seine rechte Hand an den Rand des goldverzierten Hutes und trat zwei Schritte vor: «Rekruten!», begann er akzentuiert mit hörbar rollendem «R» zu sprechen: «Ich heisse sie als ihren Kommandanten der Rekrutenschule der motorisierten Truppe in der Kaserne Thun willkommen.»

«*Na endlich*», schoss es Filippo durch den Kopf. «*Dieser Mann weiss wenigstens was Anstand ist. Endlich heisst uns hier einer Willkommen.*» Doch kaum hatte Filippo dies zu Ende gedacht, setzte der Sprechende seine Rede im gleichen Ton fort:

«Für die nächsten siebenundsiebzig Tage bin ich als euer Schulkommandant für euch verantwortlich und habe dafür zu sorgen, dass wir aus euch Soldaten machen, die notfalls selbst mit eurem Leben für unser Vaterland einstehen werden.»

«Hallo!», machte sich Coniglio bemerkbar. *«Das sind aber klare Worte. Poppy, jetzt gilt es ernst!»*

«Sei still, Coniglio», befahl Filippo seiner inneren Stimme. *«Auch dieser Mensch isst die Suppe nie so heiss, wie sie gekocht worden ist.»* Trotzdem hinterliess der Sprechende auf Filippo grossen Respekt und hörte ihm folgsam zu.

Das bevorstehende Zeremoniell führte der hohe Offizier in diesem Jargon minutenlang weiter, bis er endlich zum Wesentlichen kam: Die Übergabe der persönlichen Waffe.

«Üb Aug und Hand fürs Vaterland!», leitete er pathetisch das bevorstehende Ereignis ein, welches Filippo offenbar ungemein wichtig erschien. Neugierig und trotzdem kritisch folgte er den Worten des Schulkommandanten. Bald kam Filippo zum Schluss, dass nun genug der vaterländischen Worte gesprochen worden waren, und dass er nun endlich diesen Schiessprügel bekäme.

Endlich: Nachdem der Kommandant das bevorstehende Zeremoniell erklärt hatte, rief der Feldweibel jeden Rekruten mit Namen auf. Dann hatte er an den Tisch vorzutreten. Von einem rangtieferen Offizier wurde ihm ein nagelneuer *Karabiner*[1] über dem Schweizerkreuz übergeben, und der Schulkommandant sprach in feierlichen Worten, dass dies seine persönliche Waffe sei, mit der er die Schweiz notfalls bis zum letzten Atemzug zu verteidigen hätte. Der Rekrut hatte daraufhin den Eid fürs Vaterland zu leisten. Danach entliess ihn der Offizier mit einer zackigen Achtungsstellung. Beim Vorbeigehen flüsterte ihm der Zeughausmitarbeiter noch jedem ins Ohr, er solle ja die Waffennummer auswendig

---

[1] Karabiner (Französisch *carabine = Büchse, Stutzen, kurzer Reiterkarabiner,* abgeleitet von *carabin = leichter Reiter*): leichte militärische Standardbewaffnung als letzte Entwicklungsstufe von Repetiergewehren.

lernen. Andernfalls käme es zu Verwechslungen der Waffen, was für den Betroffenen schlimme Folgen hätte.

Die ersten Tage verflossen im Nu, glichen sich aber wie ein Ei dem anderen. Der militärische Drill begann schon frühmorgens um fünf Uhr, wenn die Weckordonnanz in die Schlafräume eindrang und mit lauter Stimme verkündete, dass es Zeit sei, das Tagwerk zu beginnen. Kaum standen die noch schlaftrunkenen Rekruten auf den Beinen, wurden sie erneut wie Vieh nach draussen zum Frühturnen getrieben.

Danach wurden weitere Ausrüstungsgegenstände gefasst, zum Beispiel die schweren an den Sohlen mit groben Eisennägel beschlagenen Lederschuhen, die danach mit Schuhschwärze gehörig einzureiben waren, um das Leder weicher werden zu lassen. Zwischen den Mahlzeiten hiess es dann, stramm zu stehen, den militärischen Gruss zu üben und die Zimmerordnung einheitlich zu erstellen. Bald instruierten eifrige Unteroffiziere Handhabung der persönlichen Waffe, deren Manipulation die jungen Männer so lange zu üben hatten, bis sie auch der langsamste Rekrut mit verbundenen Augen beherrschte.

Nach einem strengen Tag, der meist erst spät abends endete, fanden die Rekruten kaum noch Energie, um über ihre Eindrücke nachzudenken. Sie waren zuweilen kaum mehr in der Lage, zu begreifen, was mit ihnen den lieben langen Tag geschehen war und was sie in den nächsten Wochen noch zu erdulden hatten.

Nach der ersten Ausbildungswoche hatte Filippo bisweilen den Eindruck, er funktioniere bereits wie eine vorprogrammierte Maschine. Selbst die Verpflegung und die kurzen Rauchpausen erfolgten auf Kommando. Der militärische Drill gestattete weder eine Widerrede, noch duldeten die Ausbildner halbe Sachen. Spät am Abend, nachdem den Rekruten nach getaner Arbeit noch theoretischen Unterricht über die verschiedenartigsten Waffen und deren Munition verpasst wurde, liessen sich die Rekruten in ihre Betten fallen und schliefen sofort ein. Filippo war manchmal so erschöpft, dass sich nicht einmal Coniglio wagte, ihm noch irgendeinen dummen Spruch einzureden. Trotzdem fragte er sich oft, wo all die Fahrzeuge blieben, auf die er sich so gefreut hatte?

Seine Fähigkeiten und Neigungen blieben bisher völlig auf der Strecke.

Nach den ersten drei Wochen hatten sich die meisten Rekruten an den strengen Tagesablauf gewöhnt. Eine erste Abwechslung brachte dann der lang ersehnte Motorwagendienst. Jetzt blühte Filippo auf. Es handelte sich schliesslich um eine reine Fachausbildung, die er als eine willkommene und wohltuende Abwechslung erlebte. Gruppenweise wurden ihnen von Fachpersonen des Armeefahrzeugparks der Reihe nach die Fahrzeugtypen und deren Eigenheiten erklärt. Besonders beliebt waren der technische Bereich sowie die Gelegenheiten, mit den Fahrzeugen auszufahren. Filippo lernte viel über Motoren, Getriebe, Räder und Bremsen, und was er von diesen Eigenheiten noch nicht wusste, wurde ihm beigebracht, allerdings auf militärisch zackige Art und Weise. Es folgten bald Einsätze, wie Pannenbehebung, Fahren im Gelände, und so weiter, was stets eine willkommene Abwechslung in den sonst tristen Kasernenbetrieb brachte. Das Erlernte ging Filippo bald über in Fleisch und Blut, und nicht einmal Coniglio konnte erahnen, dass dies ihm dies später zum Vorteil gereichen würde.

Filippo entwickelte sich schnell zum versierten Motorwagenfahrer und avancierte bald zum Klassenbesten. Dieser Verdienst verhalf ihm oft zu Sondereinsätzen, während seine Kameraden, die weniger begabt waren, in die Küche abkommandiert wurden. Diese Vorzüge schätzte Filippo sehr und quittierte sie gegenüber seinen Vorgesetzten oft mit südländischem Charme und Humor, was die Wirkung nicht verfehlte.

Filippo überzeugte seine Chefs aber nicht nur dadurch: Auch sein ausgeprägtes kognitives Denkvermögen blieb diesen nicht lange verborgen. Einmal gesehenes oder erklärtes, stellte Filippo schnell in einen Kontext von anderen Themen, so dass er auf sich einstellende Probleme viel schneller reagierte als seine Kameraden. Diese Begabung wurde bei den weniger talentierten jedoch oft nicht verstanden. In den Augen dieser erschien er daher bald als unverbesserlicher Streber, was mit der Zeit dazu führte, dass er sich einer anderen Gruppe Gleichgesinnter hingezogen fühlte.

Sein Klassenlehrer, ein Instruktionsoffizier aus *Mesocco*[1], war von Filippos Leistungen so überzeugt, und dies nicht nur wegen der gemeinsamen Muttersprache, dass er ihn schliesslich einer Gruppe zuteilte, die sich auf den Pannendienst spezialisierte.

Filippos Stärken steckten zweifellos bei der Behebung von Pannen. Er avancierte in dieser Disziplin auf dem Waffenplatz bald zum weit herum anerkannten Fachmann, der selbst in schwierigen Situationen sich zu helfen wusste, und wie er mit einfachsten Mitteln die verschiedensten Fahrzeuge wieder fahrtüchtig machen konnte. Selbst bei den kompliziertesten Fahrzeugpannen, die ihm seine Vorgesetzten oft in hinterlistiger Weise unterzuschieben versuchten, wusste er sich zu helfen, wie bei jener praktischen Übung, die so quasi als Abschlussprüfung im Pannendienst dienen sollte. Zu diesem Zweck wurde er mit einem Kameraden etwas ausserhalb von Thun in einem Wäldchen abgesetzt, wo bereits ein Geländefahrzeug der Marke *GMC*[2] für sie bereitstand, jedoch ohne Räder! Zwei davon lagen abseits angelehnt an einen Baum. Von den übrigen war weit und breit nichts zu sehen.

Filippo konnte das schadenfreudige Lachen nie vergessen, welches über das Gesicht des Unteroffiziers gehuscht war, als er ihn und seinen Kameraden im Wald aussteigen liess und ihnen befohlen hatte, sich innert fünf Stunden – selbstverständlich mit fahrtüchtigem Wagen – in der Kaserne zurückzumelden.

Mit stiebenden Rädern fuhr der Lastwagen daraufhin davon und liess Filippo und seinen Kameraden mit verdutzten Gesichtern im Unterholz zurück.

Nachdem sich die beiden Rekruten von der ersten Überraschung erholt hatten, dachte Filippo darüber nach, wie das Fahrzeug wieder fahrtüchtig gemacht werden könnte, auch wenn ihm dabei mindestens zwei Räder fehlten.

---

[1] Mesocco: Gemeinde im Misox, Bezirk Moesa, Kanton Graubünden

[2] GMC: 1902 von Max Grabowski gegründete Rapid Motor Vehicle Company. Spezialisiert für den Bau von Geländewagen; später als Grabowski Motor Company (GMC) weitergeführt, von General Motors 1909 übernommen.

In dieser schier ausweglosen Situation meldete sich urplötzlich wieder einmal sein Coniglio: *«Jetzt steckst du aber ganz schön in der Tinte. Und nun lieber Poppy? Da kommst du niemals raus. An deiner Stelle würde ich diesen Rosthaufen liegen lassen und zu Fuss nach Hause gehen.»*

«Halt den Mund, du ewiger Schwarzseher. Wo siehst du hier ein Problem? Ich sehe hier jedenfalls keines. Und jetzt lass mich in Ruhe überlegen», redete sich Filippo zu und erblickte in diesem Augenblick am Wegrand liegende Baumstämme von unterschiedlichen Dicken. Fein säuberlich lagen die Weisstannenstämme aufgeschichtet da, offenbar zum Abtransport bereit.

«Da bin ich aber mal gespannt, wie du dieses Problem meistern willst», foppte ihn Coniglio weiter.

Filippo liess nicht locker. Immer wieder blickte er auf den Holzstoss, dann wieder auf das radamputierte Fahrzeug. Irgendwie inspirierten in die Baumstämme, bis er sich an ein Buch aus seiner Schulzeit erinnerte, welches den Kulturen der Volksstämme Nordamerikas gewidmet war. Angestrengt versuchte er zu ergründen, wieso er ausgerechnet jetzt an dieses Buch denken musste. Er wusste, darin waren Szenen abgebildet, die das Leben der Naturvölker dokumentierten.

Plötzlich kam die Erkenntnis: «Ich hab's!», jubelte Filippo seinem Kameraden zu. «Wir lösen das Problem so, wie es die Indianer gemacht hätten».

Sein Weggefährte reagierte ungläubig und Filippo erklärte ihm den Plan voller Begeisterung: «Wenn nämlich die Indianer in den nordamerikanischen Wäldern schwere Lasten über weite Strecken zu transportieren hatten, zimmerten sie sich eine Art Bahre, die sie seitlich an ihre Pferde banden. Dann schleiften sie die Lasten, gezogen von ihren Ponys, einfach über den Boden. So machen wir es!», und triumphierte stolz über die Zweifel Coniglios, dem er im stillen Zwiegespräch entgegenhielt: *«Da staunst du lieber Coniglio, was? Poppy weiss sich eben zu helfen!»*

Filippo gab seinem Kameraden einen Wink und hiess ihn, die Axt zu holen, über die ein jedes Armeegeländefahrzeug verfügte. Nun begann Filippo das Problem auf seine Weise und nach indianischem Vorbild zu lösen: Als Erstes montierten sie beide Räder wieder an die Vorderachse. Danach fällten sie zwei mittelgrosse Weisstannen und zimmerten daraus zwei starke *Holme*[1] und befestigten mit Seilen, die ebenfalls im Fahrzeug vorhanden waren, quer darauf einige dicke Äste. Daraus entstand eine Art Tragbahre, auf welche sie nun mit dem Wagenheber das an der Hinterachse radamputierte Fahrzeug aufbockten.

Die beiden Stämme befestigten sie seitlich vorne über der Kühlerhaube, während ihre Enden hinter dem Fahrzeug am Boden auflagen. Als sich Filippo überzeugt hatte, dass das Fahrzeug nicht mehr von der Bahre kippen konnte, montierten sie die beiden Räder an die Vorderachse, und da das Geländefahrzeug über einen Allradantrieb verfügte, war es nun in der Lage, sich aus eigener Kraft fortzubewegen.

Mit grosser Spannung bestieg Filippo die Führerkabine und warf den Motor an. Vorsichtig legte er den ersten Geländegang ein und liess ihn langsam einkuppeln. Mit knirschenden Geräuschen setzte sich das Fahrzeug erst langsam, dann immer schneller in Bewegung – und selbst für Filippo zur grossen Überraschung: Die Einrichtung hielt der Beanspruchung stand. Ohne Probleme schaffte es das Vehikel etwa hundert Meter weit.

Jauchzend trat Filippo auf die Bremse und stellte den Motor ab. Stolz über die gemeinsame Leistung prüften beide nochmals ihre Konstruktion, ehe sie sich entschlossen, den Rückweg anzutreten. Sie freuten sich schon auf die Gesichter der Instruktoren und ihrer Kameraden, wenn sie mit ihrem sonderbaren Gefährt auf dem Exerzierplatz aufkreuzen würden.

In der Tat: Sie schafften die Distanz von über fünfzehn Kilometern zur Kaserne mit diesem Fortbewegungsmittel in ungewöhnlicher Rekordzeit. Ihre grösste Sorge war einzig, ob die dicken Stämme, die das Fahrzeug trugen, bis zum Schluss durchhielten und nicht vorher durchbrachen, oder sich durch den rauen Strassenbelag an den Auflagepunkten zu rasch durchwetzten.

---

[1] Holm: Seitlicher Teil einer (Sprossen)Leiter

Zur Freude beider hielt die Konstruktion. Der schadenfreudige Unteroffizier und die nicht minder zynischen Instruktoren staunten nicht schlecht, als Filippo und sein Beifahrer mit dem Fahrzeug - oder besser gesagt, mit dem fahrzeugähnlichen Vehikel - auf das Kasernenareal einbogen und sich wie befohlen zurück meldeten, und dies erst noch auf die Minute genau.

Wie später zu erfahren war, wollte das Schulkommando mit dieser Übung prüfen, was ein guter Militärmotorfahrer sei und wie Probleme unter erschwerten Umständen gemeistert werden könnten. Dass man für diesen Test ausgerechnet Filippo ausgewählt hatte, war wohl kein Zufall gewesen.

Zur Belohnung gewährte der Kompaniekommandant der Motorfahrerformation, der Filippo angehörte, am darauf folgenden Abend eine verlängerte freie Ausgehzeit, was seine Kameraden dem Tessiner selbstverständlich lautstark zu danken wussten.

Nach dem Abendessen pilgerten rund zwei Dutzend ausgelassene Rekruten ins nahe Städtchen, um das Ereignis in einer Kneipe gebührend zu feiern. Filippo war unbestrittenermassen der Held des Tages. Pausenlos liessen ihn seine Kameraden hochleben. Es war daher zu erwarten, dass der Ärmste weit mehr zu trinken hatte, als er es sich gewohnt war.

Nach dem soundsovielten Glas schwarzen Kaffee mit separat serviertem *Bäziwasser*[1], welches – wie schon alle anderen zuvor – in einem Zug zu leeren war, kippte Filippo schliesslich vom Stuhl. Noch im Fallen verlor er das Bewusstsein, und sein Geist trat unweigerlich in einen metaphysischen Zustand über. Bald erkannte er sich selber von weit oben herab, wie er besinnungslos auf dem Boden lag.

Der Rest des Abends war schnell erzählt. Filippo wurde mit vereinten Kräften an die frische Luft gebracht. Der kalte Wind, der ihm ausserhalb des Gastlokals um den Kopf wehte, sorgte schliesslich dafür, dass er das Bewusstsein wieder erlangte. Er

---

[1] Bäziwasser: Obstbranntwein (Berner Oberland / Schweiz)

bemühte sich, tief durchzuatmen. Langsam kehrten seine Sinne wenigstens soweit zurück, dass er wieder einigermassen aufrecht stehen konnte. Gestützt von zwei Kameraden, machte sich schliesslich unser Held des Tages sturzbetrunken auf den Heimweg. Bei der Kaserne angekommen, versuchten sie, Filippo möglichst unauffällig am Wachposten vorbeizuschleusen. Der wachhabende Rekrut war jedoch aufmerksam.

Filippo erinnerte sich noch vage, dass irgendwer lauthals «Wache raus!» geschrieen hatte und daraufhin zwischen seinen Kameraden und der Wachmannschaft ein wildes Durcheinander ausgebrochen war. Obwohl ihm speiübel war, erholte sich Filippo doch soweit, dass er sich im Schutze der Verwirrung heimlich hinter das Wachlokal wegstehlen konnte.

Bis die anderen bemerkten, wo ihr betrunkener Kamerad geblieben war, erledigte Filippo das, was in solchen Fällen das einzig Hilfreiche war: Er übergab sich. Danach fühlte er sich bedeutend wohler. Selbst seine Glieder hatte er wieder unter Kontrolle.

Als er, als ob nichts geschehen wäre, zur immer noch diskutierenden Gruppe zurückkehrte, trat eine betretene Stille ein. Auf seine Frage, weshalb denn hier so geschrieen würde, wusste keiner eine Antwort. Erst die humorvolle, aber doch etwas zweideutige Aufforderung Filippos, es wäre jetzt doch an der Zeit, die *Kantonnemente*[1] aufzusuchen, entschärfte die Situation.

Filippos Kameraden reagierten rasch und versuchten dem Wachtkommandanten zu erklären, der Wachhabende leide bestimmt unter Halluzinationen.

Der Kommandant verstand die Welt nicht mehr. Gerade erst hatte ihm der Wachhabende erzählt, ein Vollbetrunkener wolle sich unterstützt von Zivilisten auf das Kasernenareal schleichen. Nun musste er zur grossen Überraschung feststellen, dass überhaupt kein Anlass bestanden hatte, ihn aus dem Schlaf zu reissen.

---

[1] Kantonnement: Soldatenunterkunft schweiz.

Vielleicht hatte sich der Wachhabende in der Dunkelheit tatsächlich geirrt und sich eingebildet, es kämen Zivilisten daher – vielleicht auch deshalb, weil einige der Rekruten ihre Uniformkittel nicht getragen hatten. Und nachdem Filippo sich unerwartet schnell wieder aufgerappelt hatte, erkannte der Kommandant nun keinen Grund mehr, den Zwischenfall als ein «besonderes Vorkommnis» ins Wachtjournal einzutragen. Augenzwinkernd empfahl er den Heimkehrenden, ihre Uniformen nun schleunigst in Ordnung zu bringen und ihre Zimmer aufzusuchen.

Das Fest endete schliesslich friedlich, doch sah sich Filippo noch schlimmen Stunden gegenüber. Kaum hatte er sich ins Bett gelegt, begann sich der Raum um ihn zu drehen. Krampfhaft versuchte er sich den Drehbewegungen zu widersetzen. Mit geschlossenen Augen streckte er beide Beine weit von sich und hielt sich mit den Händen an der Bettstatt fest. Aber anstatt dass sich sein Zustand verbesserte, begann zu allem Elend sein Magen wieder zu rebellieren. In letzter Sekunde konnte er noch die Toilette aufsuchen.

Der brummende Schädel und die ständige Übelkeit anderntags liess Filippo tausend Schwüre schwören, in Zukunft niemals mehr einen über den Durst zu trinken.

Die verbleibenden Wochen im Kreise seiner Kameraden und nicht gerade unzimperlichen Kommandeure erlebte Filippo trotzdem mehr als Vergnügen als eine Tortur. Je mehr man von ihm abverlangte, desto mehr reizte es ihn, Höchstleistungen zu erbringen. Die elf Wochen dauernde Rekrutenschule im Kreis von Gleichgesinnten behielt Filippo in guter Erinnerung. Er lernte vor allem vieles zu entbehren, was ihm bisher als selbstverständlich erschien, und erlebte, wie er in Extremsituationen über sich hinauswachsen konnte – manchmal sehr zum Leidwesen seines Coniglios, der nun einsehen musste, dass Filippo nicht mehr jener Angsthase und jenes Muttersöhnchen von früher war. Die strenge Schulung unter militärischer Befehlsgewalt hatte er als eine gute Lebensschulung erlebt, die ihm später – was er allerdings jetzt noch nicht wissen konnte – noch nützlich sein würde.

⌘

2. Kapitel
1928 bis 1931

Da stand er nun vor dem Bahnhof, sichtlich stolz in der Uniform eines ausgebildeten Militärmotorfahrers. Filippo liess die vielen Menschen an sich vorbeiziehen, spürte jedoch förmlich die Blicke der Leute, wie sie ihn anstarrten und musterten. Vereinzelt winkten ihm Leute – vor allem ältere Menschen – lächelnd zu.

Diese weltweit einzigartig aufgebaute Milizarmee weckte bei Dienstentlassenen regelmässig besondere Vaterlandsgefühle. Nach der absolvierten Ausbildungszeit kehrten sie in voller Montur und mit der persönlichen Waffe ausgerüstet samt Kriegsmunition in das zivile Leben zurück.

Zufrieden mit sich, seinem Vaterland und dem Schicksal insgesamt, begab sich Filippo zum Perron, wo in den nächsten Minuten der Zug einfahren sollte. Das Bahnhofsgelände war dominiert von Soldaten, welche diesen Tag ebenfalls lange herbei gesehnt hatten. Sie wollten so rasch wie möglich nach Hause zu ihren Familien.

Als der Schulkommandant am frühen Vormittag auf dem Kasernenhof nach dem letzten Antrittsverlesen das schon legendäre «Ruhn - Abtreten!» in den noch jungen Morgen geschrieen hatte, ertönte unter den Männern ein Jubel, den man bestimmt bis ins Zentrum der Stadt hören konnte. Überall flogen die Mützen hoch, und ehe der Kommandant die allgemeine Erleichterung der frisch gebackenen Soldaten realisierte hatte, ergriffen sie die prall bepackten Tornister und schwangen sie auf ihre Schultern.

Plötzlich hatten es nach hastiger Verabschiedung alle eilig, der ungeliebten Kaserne so rasch wie möglich den Rücken zu kehren. Besonders Filippo beeilte sich, was auch verständlich war: In den elf Wochen seiner Ausbildungszeit hatte er nur ein einziges Mal Gelegenheit gehabt, seinen wohlverdienten Urlaub bei seinen Eltern zu verbringen.

«*Lieb Vaterland magst ruhig sein...*» Der Text dieses vaterländisch geprägten Liedes schoss Filippo das eine über das andere Mal durch den Kopf, vor allem wenn er sich von Menschen beobachtet fühlte. Selbst Coniglio freute sich heimzukehren, und ständig spottete er, als Filippo auf den Zug wartete: «*Zugegeben Poppy, auch ich freue mich auf Zuhause, und du wirst bestimmt mal ein guter Soldat werden. Aber wenn du jetzt nach Hause fahren darfst, wird es daheim nicht besser. Hast du überhaupt eine Arbeit?*»

«*Sei still, du Miesepeter*», fuhr ihm Filippo in Gedanken übers Maul. «*Jetzt fahre ich erst Mal nach Zürich, und dann werde ich dich schon noch eines Besseren belehren.*»

Mit lautem Zischen und ohrenbetäubendem Gequietsche der Bremsen verlangsamte der einfahrende Zug die Fahrt, bis die Wagen zum Stillstand kamen und sich die Türen öffneten.

Seine Kameraden hielten sich nun nicht mehr zurück. Die Waggons wurden von ihnen geradezu erstürmt. Filippo liess sich davon nicht beeindrucken. Er wartete, bis sich die Situation etwas beruhigt hatte, und bestieg erst dann die offene Plattform zu den Wagen der dritten Klasse, die direkt hinter der Lokomotive angekoppelt waren.

Umständlich stieg er die steilen Tritte zur Plattform hoch, während sich der Zug schon langsam in Bewegung setzte. Sein Gewehr kam ihm dabei laufend in die Quere und schlug hart an die Türfüllung, als er das Wageninnere betreten wollte. Ungeachtet dessen zwängte er sich durch und suchte sich einen freien Platz.

Etwa in der Mitte der Sitzreihen erkannte er Peter Aeberli, der im Schlafsaal der Kaserne das Bett ihm gegenüber belegt hatte. Sie waren auch der gleichen Rekrutenklasse zugeteilt gewesen. Peter hatte offenbar schon vor ihm, jedoch von der anderen Seite her, den Waggon bestiegen und sich einen freien Platz ergattert.

Filippo lief auf ihn zu, weil sich direkt ihm gegenüber der letzte freie Platz im Wagen befand. Zwar hatte er Peter nicht unbedingt ins Herz geschlossen, sondern ihn eher als Grossmaul der Kompanie erlebt. Es gab kein Thema, über welches er nicht besser Bescheid zu wissen glaubte.

Ungeachtet dessen ging Filippo auf ihn zu. «Hoi Peter, ist der Platz noch frei?»

«Hoi Filippo. Komm, setz dich. Fährst du auch bis Zürich?»

«Zuerst ja; später geht's weiter ins Tessin», antwortete Filippo kurz und hievte seinen Tornister mit Schwung ins Gepäcknetz über der Bank.

«Mensch, dann hast du aber noch eine lange Reise vor dir. Du bist sicher froh, wenn du zu Hause bist, nicht wahr?» Peter war wieder einmal sehr gesprächig, was Filippo jetzt aber gelegen kam.

«Und ob», entgegnete Filippo. «Ich will in Zürich noch jemanden besuchen.» Behutsam legte er das Gewehr auf seinen Tornister und befestigte es so, dass es nicht herunter fallen konnte; dann erwiderte er: «Mit der Zeit geht einem dieser Gehorsam schon auf den Geist. Jetzt kann man endlich wieder einmal sich selber sein.» Mit diesen Worten setzte sich Filippo auf die Bank und streckte die Beine genüsslich weit von sich.

«Hast du schon eine Arbeit?», fragte ihn Peter.

«Noch nicht. Wenn ich Glück habe, kann ich bei einem Kunsthändler arbeiten.»

Den «Kunsthändler» betonte Filippo besonders. Er wollte damit Peter offensichtlich imponieren. Doch dieser reagierte unerwartet kritisch. «Was willst du bei einem Kunsthändler? Ich denke, mit deinen Begabungen würdest du besser in die Automobilbranche passen.»

Schmunzelnd nahm Filippo das Kompliment entgegen.

«Verstehst du denn etwas von Kunst?», bohrte Peter weiter.

Filippo wusste auch darauf nichts zu erwidern und wich verlegen dem Blick seines Gegenübers aus.

Die Verschämtheit legte sich aber bald, als sein Kamerad weiter plauderte: «Also, das wäre nichts für mich. Ich kann nicht einmal ein Ölbild von einer Jasskarte unterscheiden», lachte er über seinen eigenen Witz.

«Vielleicht hast du Recht», erwiderte Filippo. «Das wird auch für mich etwas völlig Neues sein. Aber weisst du, ich liebe halt die Herausforderung. Dabei möchte ich auch die Welt und eine Menge neuer Leute kennenlernen... –»

«– ...immer vorausgesetzt, du bekommst die Stelle», ergänzte sein Gegenüber.

«Das hoffe ich doch sehr.» Filippo legte eine Denkpause ein.

«Ich habe bereits eine Arbeit», erklärte Peter mit stolzem Blick. «Ich werde bei meinem Vater ins Geschäft einsteigen. Er ist diplomierter Bauingenieur.»

«Dann hast du unverschämtes Glück. Aber ich gönne es dir.»

Die beiden frisch gebackenen Soldaten schwatzten noch über dies und das, bis der Konducteur kurz vor Bern durch den Wagen schritt und verkündete, dass sie in wenigen Minuten in der Bundeshauptstadt eintreffen werden.

Im Bahnhof Bern mussten beide umsteigen. Der Schnellzug nach Zürich war jedoch erst in gut zwei Stunden zu erwarten, weshalb sie sich geradewegs ins nahe Bahnhofsrestaurant begaben. Sie beschlossen, gemeinsam ein Bier zu trinken.

Nachdem sie ihre Tornister abgestellt und ihre Karabiner auf den Boden gelegt hatten, bestellten sie sich zwei grosse Krüge des Gerstensafts und fabulierten über ihre unbekannte Zukunft.

Dabei fiel ihnen der finster dreinblickende Mann am Tisch gegenüber überhaupt nicht auf, der so tat, als wäre er in die Zeitung vertieft, die er vor sich auf dem Tisch ausgelegt hatte. In Wirklichkeit jedoch hörte er den beiden jungen Männern sehr interessiert zu. Der Mann trug einen dunklen Anzug, ein schwarzes Hemd, jedoch keine Krawatte. Einen ebenfalls schwarzen Ledermantel hatte er neben sich auf die Sitzbank gelegt. Darauf lag ein Schlapphut.

Für den aufmerksamen Beobachter war es nicht zu übersehen, dass der düstere Fremde immer dann seine Ohren spitzte, wenn Filippo oder Peter Namen nannten oder Personen bezeichneten, was die beiden Ahnungslosen jedoch nicht bemerkten. Unbekümmert erzählte Filippo über Justus von Richtfeld, bei dem er sich in Zürich vorstellen wollte.

Ihre Unterhaltung enthielt aber auch Episoden aus ihrer gemeinsamen Militärdienstzeit – und die Schilderungen fielen nicht zu knapp aus. Sie schwatzten die gesamte Wartezeit munter drauflos, was das Interesse des Unbekannten sichtlich wach hielt. Ab und zu legte dieser die Zeitung beiseite und kritzelte auf einen kleinen Schreibblock irgendwelche Notizen.

Als die Zeit für ihre Zugsverbindung nach Zürich gekommen war, bezahlten sie beim Kellner ihre Zeche und verliessen das Lokal. Der fremde Mann am Nebentisch tat kurz darauf das Gleiche, nahm seinen Hut und Mantel und gab einer zweiten Person, die sich am Nebentisch befand, unauffällig ein Zeichen. Der andere Mann nickte kaum merklich, stand ebenfalls auf und folgte ihm. Ausserhalb des Bahnhofsrestaurants folgten die beiden Unbekannten Filippo und Peter vorsichtig auf Distanz.

Nach geraumer Zeit fuhr die Eisenbahn in den Bahnhof ein. Die Bahnpassagiere traten vorsichtig einen Schritt von der Perronkante zurück und warteten, bis der Zug zum Stillstand gekommen war. Die Unbekannten blieben in einiger Distanz zu Filippo und Peter stehen und beobachteten, in welchen Waggon sie stiegen.

Filippo und Peter richteten sich im vorderen Bereich des Zugsabteils ein. Kurz danach, als der Zug sich schon in Bewegung gesetzt hatte, traten einen Augenblick später, zuerst der eine Fremde von vorne, dann der andere von der hinteren Türe her ins Abteil. Sie benahmen sich, als ob sie sich nicht kannten.

Beide setzten sich auf noch freie Plätze, die zwar genügend weit auseinanderlagen, von denen sie aber noch einen guten Blickkontakt untereinander sowie mit Filippo und Peter hatten.

Filippo und Peter unterhielten sich während der ganzen Reise weiterhin sorglos, derweil der eine der beiden Verfolger weiterhin fleissig Notizen machte.

Endlich in Zürich angekommen, verabschiedete sich Filippo von seinem Kameraden, und jeder ging seines Weges. Auch ihre Beschatter trennten sich. Der Eine, der sich fleissig Notizen gemacht hatte, folgte Filippo. Der Andere heftete sich an Peters Fersen.

Als Filippo die Bahnhofshalle verlassen hatte, fiel sein Blick wieder auf den Brunnen mit dem stolzen Herrn auf dem Sockel, der so entschlossen in Richtung See blickte. Respektsvoll ging er daran vorbei und versuchte sich an den Weg zum Büro von Justus von Richtfeld zu erinnern.

Filippo fand die Adresse auf Anhieb. Entschlossen betrat er das Haus und versuchte die Namen zu lesen, die auf den im Flur angebrachten Briefkästen standen.

Die Lichtverhältnisse im Hausflur waren äusserst schlecht. Ausserdem behinderte ihn das umgehängte Gewehr, um die Namensschilder lesen zu können. Filippo entledigte sich der Waffe, um sich besser nach vorne beugen zu können und stellte sie an die Wand. Den Tornister behielt er an.

Bald erkannte er, dass einer der Briefkästen mit besonders geschwungenen Lettern beschriftet war. Er trat näher, um den Text entziffern zu können.

Justus von Richtfeld
staatlich anerkannter Kunsthändler
Berlin und Zürich

«Na also», sagte Filippo leise vor sich hin. «Ich hoffe, er ist auch da», wendete sich ab und begab sich mit wenigen Schritten zur Treppe. Sein Blick richtete sich nach oben, er wusste jedoch noch nicht, in welcher Etage sich das Büro von Justus von Richtfeld befinden würde.

In diesem Augenblick öffnete sich die Haustüre, und ein mit einem schwarzen Ledermantel und Schlapphut gekleideter Mann betrat den Flur. Es handelte sich um keinen anderen als jenen Unbekannten, der Filippo schon seit Bern observiert hatte.

Soweit es das spärliche Licht im Flur erlaubte, blickte Filippo dem Mann entgegen und versuchte, mehr von ihm zu erkennen. Der tief in die Stirn gezogene Schlapphut erlaubte ihm jedoch nur, wenige Details aus seinem Gesicht zu erkennen. Zwei Dinge fielen ihm jedoch trotzdem auf: Der Mann trug einen gepflegten Oberlippenbart, und auf der linken Wange prangte ein grosser Leberfleck.

Instinktiv eilte Filippo zum Ort zurück, wo er seinen Karabiner an die Wand gestellt hatte.

«Kann ich Ihnen helfen?», fragte der Fremde freundlich in reinstem Hochdeutsch.

«Vielleicht schon. Ich suche das Büro dieses Herrn.» Filippo zeigte auf den Kasten mit den geschwungenen Buchstaben. Die aufkommende Verlegenheit verdeckte er geschickt und umklammerte seinen Gewehrlauf.

«Kein Problem, Herr von Richtfeld hat seinen *Kontor*[1] gleich unter meinem. Bitte folgen Sie mir», kam prompt die Antwort.

Filippo stutzte. Was war ein Kontor? Er kannte diesen Begriff nicht, doch vertraute er dem Mann unerklärlicherweise, hängte seine Waffe um und folgte neugierig dem Fremden. Gemeinsam stiegen sie die Treppe hoch.

In der dritten Etage zeigte der Fremde auf eine Tür: «So, da vorne finden Sie Herrn von Richtfeld.»

Filippo bedankte sich und drückte auf die Klingel, die sich bei der besagten Türe befand. Lautlos entschwand der Fremde hinter ihm ins obere Stockwerk.

Kurze Zeit später öffnete sich die Tür und siehe da: Ihm stand tatsächlich Herr von Richtfeld gegenüber: «Na schau her, wenn das keine Überraschung ist: Filippo Negri – und erst noch in voller Kriegsmontur. Bitte kommen Sie, treten Sie ein in die gute Stube.»

---

[1] Kontor oder Contor (von französisch *comptoir* „Zahltisch"): im Mittelalter eine Niederlassung von hansischen (hanseatischen) Kaufleuten im Ausland, veraltete Bezeichnung für ein Büro.

Die Begrüssung war herzlich. Erleichtert atmete Filippo auf und tat, wie geheissen.

«Wie haben Sie mich gefunden?», fragte von Richtfeld, als sie das üppig eingerichtete Büro betraten. Riesige Regale zierten die Wände, die voll von Büchern waren. An der Decke hing ein wuchtiger Leuchter, dessen Lichter aber nicht brannten. Das einzige Licht im Raum drang durch das Fenster als spärliches Tageslicht, sowie von einer Schreibtischleuchte, die ihren Lichtkegel jedoch nur auf die Schreibfläche konzentrierte.

«Eigentlich ganz einfach. Als wir uns das letzte Mal begegnet waren, gaben Sie mir eine gute Wegbeschreibung. Und unten im Flur half mir ein Mann dann weiter, der Sie offenbar kennt. Sie sollen, wie sagte er, Ihren Kontor, gleich unter seinem haben. Was ist überhaupt ein Kontor?»

Justus von Richtfeld war eben im Begriff das Fenster zu schliessen, als er Filippos Schilderungen vernahm und stutzte. Langsam drehte er sich zu Filippo hin, der noch unter dem Türrahmen stand und sich nicht getraute, den Raum zu betreten. «Was sagten Sie, ein Mann wies Sie zu mir, der über mir sein Kontor haben soll? Das müssen Sie mir genauer erklären. Ach ja: Ein Kontor ist übrigens die veraltete Bezeichnung für ein Büro.»

Justus von Richtfeld bemerkte aus dem Augenwinkel, wie er Filippo mit dieser Belehrung beeindrucken konnte, und wies ihm mit einer Handbewegung einen Sessel zu, der sich direkt vor dem Schreibtisch befand. «Aber bitte, setzen Sie sich doch.»

Filippo legte das Gewehr zu Boden und entledigte sich seines Tornisters. Erschöpft liess er sich in den Sessel fallen, der unter seinem Gewicht noch weiter nach unten sackte. Filippo guckte nun beinahe hilflos zwischen den beiden wuchtigen Seitenlehnen hervor, auf die er seine Arme legte.

«Hier oben sind keine Büros mehr», bemerkte Justus von Richtfeld nachdenklich und setzte sich ebenfalls. «Da oben wohnt nur der Hausmeister. Wie sah denn dieser Mann aus?»

Sein eigener Bürostuhl war von weitaus stabilerer Art. Die Sitzfläche blieb unter seinem Gewicht immer noch auf gleicher Höhe, mit dem Resultat, dass nun zwischen dem Besucher und ihm ein erheblicher Höhenunterschied entstand.

«Wie soll ich Ihnen diesen Mann beschreiben?» Filippo versuchte sich das Bild des Mannes in Erinnerung zu rufen. «Im Flur war es ziemlich dunkel. Er dürfte so gegen dreissig gewesen sein. Genau kann ich es nicht sagen. Er trug einen dunklen Mantel und einen breitkrempigen Hut – ja richtig, und schriftdeutsch sprach er, so wie Sie, nur mit einem etwas anderen Akzent.»

«Eigenartig.» Justus von Richtfeld dachte nach. «Der Mann hatte offenbar eine konservative Erziehung genossen, sonst würde er mein Büro nicht als Kontor bezeichnen. Wie sah der Mantel aus, den er trug? Schwarz? War er aus Leder?»

«Ich glaube ja. Gesamthaft gesehen war er ein recht finsterer Typ», gab Filippo zu verstehen.

«Au weia!», entfuhr es Herrn von Richtfeld, und sein Blick verdüsterte sich. Von seiner anfänglichen Wiedersehensfreude war nicht mehr viel zu spüren. «Das verheisst möglicherweise gar nichts Gutes. Die haben bestimmt mich im Visier.»

Filippo begriff kein Wort. «Was meinen Sie damit? Kennen Sie diesen Mann?»

«Ich fürchte ja. Der Mann ist Mitglied der *NSDAP*[1]. Vielleicht ist Ihnen sogar Heydenreich persönlich begegnet.» Der Blick des Herrn von Richtfeld senkte sich. Ein Hauch von Angst überschattete sein Gesicht. Er schien nachzudenken.

«Wo soll dieser Heydenreich Mitglied sein?», unterbrach Filippo die eintretende Stille.

Erst nach einer Weile antwortete Justus von Richtfeld. Er schien schockiert zu sein. Die an sich dürftige Beschreibung Filippos genügte ihm offenbar, um zu begreifen, dass die Lage ernst war.

---

[1] NSDAP: Kürzel für die Nationalsozialistische Deutsche Arbeiterpartei

«Geduld mein Freund, ich versuche es Ihnen zu erklären. Sie müssen nämlich wissen, in Deutschland braut sich etwas Besorgniserregendes zusammen, und das macht mir Angst.»

Justus von Richtfeld erhob sich und ging im Raum umher. Dabei erklärte er Folgendes: «Neuerdings treibt nämlich in unserer Republik eine so genannte nationalsozialistische Arbeiterpartei ihr Unwesen. Sie nennt sich NSDAP. Schon was davon gehört?»

Unwissend schüttelte Filippo den Kopf, und Justus von Richtfeld schickte sich an, den Zusammenhang zu erklären: «Dann will ich Ihnen davon erzählen: Die Partei wurde kurz nach dem Ersten Weltkrieg von antidemokratischen Nationalisten gegründet. Ihre ersten Mitglieder waren vor allem verbitterte Kriegsveteranen. Aber ihr erklärtes Ziel war es von Anfang an gewesen, in Deutschland einen Umsturz zu erzwingen und selber an die Macht zu gelangen. Ein erster Versuch war ihnen misslungen, was dazu führte, dass die Partei vorübergehend verboten worden ist.»

Justus von Richtfeld schien dieses Verbot zu befürworten. Resigniert fuhr er fort: «Seit 1925 treibt nun diese unselige Partei wieder ihr Unwesen. Das Schlimme daran ist aber nicht ihr eigentliches Ziel. Nein – vielmehr beunruhigt mich, dass nun viele meiner Landsleute zunehmend an dieser Gesinnung Gefallen zu finden scheinen.

Die Parteiführung will nämlich ständig glaubhaft machen, die Schergen ihrer Partei – notabene eine reine Terrororganisation, von der ich Ihnen auch noch erzählen möchte – seien nur zum Schutze der Bürger aufgestellt worden. Tatsache und ihr einzig erklärtes Ziel ist es jedoch, möglichst viele Wählerstimmen zu erzielen.»

Filippo spürte, wie sich Justus von Richtfeld mit seinen Schilderungen in eine unerklärbare Nervosität hinein steigerte.

«Sie sollten sich mal eine Rede von einem dieser Besserwisser anhören», setzte Herr von Richtfeld seine Beschreibung fort. «Da strotzt es nur so von Rassismus, Populismus sowie Anschuldigungen und Hass gegen alles, was nicht *arisch*[1] ist.»

«Was ist arisch?», fragte Filippo dazwischen.

«Arisch? Mein Gott, Sie fragen mich etwas!» Justus von Richtfeld überlegte einen Augenblick, wie er diesen Ausdruck am besten erklären konnte. «Die Nationalsozialisten verwenden diesen Ausdruck für ihre Deutsch-stämmigen und kulturbringenden Parteigetreuen mit blauen Augen und blonden Haaren, und meinen mit dieser Idealisierung, sie seien die einzige Herrenrasse und allen anderen Völker und Kulturen überlegen.»

Justus von Richtfeld legte eine Pause ein, was Filippo Gelegenheit gab, sich dazu zu äussern. «Das begreife ich trotzdem nicht. Es gibt doch auch Deutsche, die keine blauen Augen und blonde Haaren haben.»

Justus von Richtfeld lachte gequält: «Sehen Sie mich an: Auch ich bin Deutscher, aber nicht deutschstämmig, und deshalb werden die mich auch kaum jemals als einer von ihnen betrachten, geschweige denn anerkennen.»

Soweit konnte Filippo den Antworten von Herrn von Richtfelds noch folgen, stellte jedoch gleich eine Anschlussfrage: «Trotzdem! Das Ganze erscheint mir immer noch nicht logisch. Auf der einen Seite sagten Sie, die Partei bestünde aus antidemokratischen Nationalisten. Andererseits sollen die gleichen Personen bestrebt sein, ausgerechnet mit demokratischen Mitteln an die Macht zu gelangen. Wie ist das möglich?»

Justus von Richtfeld lachte abermals. «Sie begreifen schnell. Das ist Taktik. Nur – das Schlimme daran ist: Das Volk merkt es nicht. Aber hören Sie weiter.» Herr von Richtfeld faltete die Hände und führte sie vor seinen Mund. Er schien nachzudenken: «Ich sage Ihnen, die Partei wird mit eiserner Faust geführt. Von diesem Adolf Hitler könnten sogar die erzkonservativsten Kommunisten

---

[1] arisch: Persisch rya- «edel», vom Proto-Indogermanischen *ar-yo-*, etwa «wohlgefügt» abgeleitet.

noch etwas lernen. Eine straffere Organisation, bis ins letzte Detail durchdacht, kann man sich kaum vorstellen. Und dieser Heydenreich ist einer dieser Parteibonzen. Man sagt, er gehöre einer dieser Terrororganisationen an, die der Führer der Partei, eben dieser Adolf Hitler, eigens zu seinem persönlichen Schutz ins Leben gerufen hatte. Sie nennt sich *Schutzstaffel*, kurz die *SS*[1].»

Filippo hörte interessiert zu. Er hatte noch nie von dieser Bewegung gehört. Er wollte mehr darüber wissen: «Wer ist Adolf Hitler?»

«Was? Sie haben noch nie von Adolf Hitler gehört? Lesen Sie denn keine Zeitung?»

«Nein», gestand Filippo. «Ich war ja auch in der Rekrutenschule. Da hatte ich keine Zeit dafür.»

«Das gibt es doch nicht, Sie kennen Adolf Hitler nicht? Dann will ich Ihnen gerne mehr von diesem Despoten und seinen politischen Zielen erzählen.»

Filippo erkannte es in Herrn von Richtfelds Gesicht, dass er von diesem Mann nichts Gutes zu erzählen wusste.

«Also», setzte Justus von Richtfeld seine Schilderungen fort. «Dieser Adolf Hitler ist nicht mal deutscher Staatsbürger. Ein gebürtiger Österreicher ist er, in Braunau geboren, um genau zu sein. 1920 gründete er mit einigen seiner Spiessgesellen die Arbeiterpartei. Er selber betrachtet sich seither als alleiniger und uneingeschränkter Führer dieser Partei.

Eine seiner ersten Massnahmen war 1921 die Aufstellung einer *Sturmabteilung*[2], eine aus Freiwilligen gebildete und militärisch organisierte Saalschutz- und Propagandatruppe.

---

[1] SS = Schutzstaffel: am 4. April 1925 als «Saalschutz» der NSDAP entstanden. Seit 4. Juli 1926 eine Unterorganisation der Sturmabteilung (SA). Vom 14. Juli 1934 bis 8. Mai 1945 eine eigenständige, paramilitärische Organisation innerhalb der NSDAP.

[2] SA = Sturmabteilung: paramilitärische Kampforganisation der NSDAP während der Weimarer Republik

Aus dieser Abteilung entstand später die SS. Sie wurde nach dem Verbot der NSDAP zum persönlichen Schutz von Hitler gegründet. In dieser finden sich übelste Schläger, die vor nichts zurückschrecken, wenn sich ihnen anders Denkende entgegensetzen. Sie ist inzwischen durch ihre brutalen Methoden besonders berüchtigt geworden. Ihr Einfluss beschränkt sich neuerdings auch nicht mehr nur auf Deutschland. Ich vermute, ihre Agenten und Spione finden sich bald überall und in ganz Europa.»

«Was macht denn die Leute so gefährlich?» Filippos Interesse stieg weiter.

«Einiges!» Justus von Richtfeld betonte das Wort mit nachdenklichem Unterton. «Die eigentliche Absicht ist, wie ich schon sagte, die Macht über Deutschland zu erlangen. Also müssen sie sich den erforderlichen Einfluss verschaffen – und welche Kreise sind damit gemeint?»

Obwohl Filippo auf die Frage nicht reagierte, setzte Justus von Richtfeld seine Erklärungen fort. «Richtig! Es sind dies die Reichen und Wohlhabenden, die im noch vorhandenen deutschen Adel sowie in der Elite der Wirtschaft und Industrie zu finden sind. Der Schluss liegt damit nahe, dass sich die NSDAP in den Führungsetagen zu etablieren versucht. Sie müssen wissen, Deutschland verfügt immer noch über sehr begehrte Rohstoffe. Andererseits wollen sie aber der Welt glauben machen, die Juden tragen die alleinige Schuld an der wirtschaftlichen Misere des Landes.»

Die Aufregung des Herrn von Richtfelds war unüberhörbar: «Ich sage Ihnen, diese Schweinehunde schrecken vor nichts zurück. Sie bespitzeln jeden und alles, was ihnen aus irgendwelchen Gründen nicht in den Kram passt oder was nach Macht und Einfluss riecht.

Was für mich bisher einfach schien, nämlich Kunst zu kaufen und zu verkaufen, wird vermutlich künftig immer schwieriger werden. Mit dem Ziel, ihre Parteikasse zu füllen, treiben sich jetzt mehr und mehr solche Typen herum.»

Mit diesen Worten beendete Justus von Richtfeld sein nervöses Umhergehen im Büro und kehrte zurück zum Schreibtisch. Nachdem er sich hingesetzt hatte, lehnte er mit weit von sich gestreckten Armen über den Schreibtisch und schaute Filippo mit ernster Miene ins Gesicht: «Mein lieber Freund, ich erzähle Ihnen nun etwas, dass Sie noch mehr erstaunen wird. Denn, wenn Sie für mich arbeiten wollen, dann müssen Sie alles wissen. Dann können Sie es sich immer noch überlegen, ob Sie wirklich für mich arbeiten möchten.»

Filippos Sinne blieben geschärft. Er war gespannt, was ihm der Deutsche noch alles erzählen wollte.

«Ich sagte Ihnen bereits, eigentlich arbeite ich allein und auf eigene Rechnung und Gefahr. Ich kenne aber nur einen einzigen Auftraggeber. Sie kennen ihn. Sie standen ihm schon mal gegenüber: Erinnern Sie sich? Damals auf der Baustelle in Ascona. Dies war noch vor Ihrer Militärdienstzeit.»

Filippo dachte nach und nickte. Er erinnerte sich noch gut an den regnerischen Tag und an die sonderbare Begegnung mit jenem Herrn, der eine viel zu kleine Melone getragen hatte. «Ja ja, ich entsinne mich. War es nicht auf dem Monte Verità, als mich dieser unsympathische Mensch von der Baustelle weisen wollte? Wir trafen uns danach später in Ascona.»

Filippo legte sofort die Hand auf seinen Mund, weil er merkte, dass er mit dieser Formulierung vielleicht ins Fettnäpfchen getreten war.

«Na ja, Sie brauchen sich nicht zu entschuldigen. Der Baron geniesst auch nicht unbedingt meine uneingeschränkten Sympathien. Aber wer kritisiert schon gerne seinen Brötchengeber?»

Die Bemerkung beruhigte Filippo. Er konzentrierte sich wieder auf die Geschichte, die ihm Justus von Richtfeld weiter vortrug: «Wie auch immer: Dieser Baron stammt aus wohlhabendem Haus und ist heute eine enorm einflussreiche Persönlichkeit. Seine steile Karriere war beispiellos gewesen. Erst heiratete er die Tochter eines Berliner Bankiers und dann eröffnete er 1920 in Amsterdam ein eigenes Bankhaus. Mithin wurde er unter anderem zum Bankier des noch vermögenden Kaisers Wilhelm II. Später allerdings verlor er mit gewagten Spekulationen und Transaktionen viel

Geld, oder besser gesagt, die Engländer konfiszierten nach langen Erbprozessen sein ganzes Vermögen. Ein grosser deutscher Industriekonzern spielte dabei auch eine wichtige Rolle, der, wie es sich später herausstellte, mit den Engländern konspiriert hatte.

Daraufhin drehten die deutschen Grossbanken den Geldhahn zu und liessen den Baron wie eine heisse Kartoffel fallen. So begann er sich mit Kaiser Wilhelm II. von Deutschland zu verbünden und arbeitete fortan nur noch für ihn. Der gute alte Kaiser steckte aber ebenfalls schon in argen finanziellen Schwierigkeiten.

Trotzdem: Dem Baron war es später gelungen, das Anwesen in Ascona zu einem Spottpreis zu kaufen. Wie er dies fertig gebracht hatte, das wissen wiederum nur die Götter, aber Sie wissen, die halten bekanntlich dicht...» Mit dem Vergleich erhob sich Herr von Richtfeld erneut, ohne jedoch wieder neue Runden zu absolvieren. Er lenkte seine Schritte auf einen Schrank und öffnete eine der vielen darin eingelassenen Türen. Behutsam holte er daraus eine Flasche Weinbrand und zwei Gläser.

Ohne Filippo zu fragen, stellte er die wertvoll aussehenden Kristallgläser vor ihm hin und füllte sie grosszügig mit einer bräunlichen Flüssigkeit.

Bevor er weiter sprach, nippte er an seinem Glas und hiess Filippo mit einem Handzeichen das Gleiche zu tun. «Zum Wohl! Ich denke, Sie brauchen jetzt ebenfalls etwas für die Lebensgeister. Sie haben sicher bemerkt, die Geschichte beschäftigt mich sehr.»

Filippo bedankte sich mit leisen Worten für die Erfrischung und ergriff das Glas. Nachdem er genüsslich davon gekostet hatte, verzog er anerkennend das Gesicht. Doch offen gestanden wäre ihm ein Trebenschnaps aus seiner Heimat lieber gewesen. Er hielt sich mit seiner Meinung jedoch zurück und stellte das Glas kommentarlos auf das Pult zurück.

«Schmeckt er Ihnen? Echter deutscher Weinbrand, beste Qualität, verstehen Sie?», verkündete Herr von Richtfeld stolz und redete daraufhin munter weiter: «Sie müssen wissen, der Baron verfolgt ein klares Konzept. Sein erklärtes Ziel ist es nämlich, die Kunstschätze so umzuverteilen, dass seine Feinde ihm diese nicht wieder entwenden konnten. Das neue Hotel auf dem Monte Verità soll ihm dabei als Basis dienen. Ausserdem wird ihm der moderne Kasten die Voraussetzungen bieten, um sein Beziehungsnetz auszubauen.»

Filippo kam aus dem Staunen nicht mehr heraus. Da wurden ihm Geschichten aufgetischt, in der vom Kaiser von Deutschland, von Grossbanken und von deutschen Konzernen die Rede war. Alles Themen, die für ihn bisher völlig fremd gewesen waren. Fasziniert hörte er zu, obwohl er das bisher Gehörte überhaupt nicht auf die Reihe bringen konnte. Insbesondere blickte er noch nicht durch, welche Rolle der Baron im Zusammenhang mit der NSDAP spielte.

«Das ist ja alles hochinteressant. Bitte erzählen Sie weiter», bat Filippo und rückte seinen Sessel zurecht.

«Das freut mich, wenn Sie sich dafür interessieren. Aber bitte, trinken wir noch einen Schluck – im Weinbrand liegt der Geist des Weines», prostete Justus von Richtfeld Filippo erneut zu.

«Bis vor kurzem verlief eigentlich alles befriedigend. Ich habe für den Baron die halbe Welt bereist und gute Kontakte knüpfen können. Andererseits stelle ich leider fest, dass sich im Kunstgeschäft immer häufiger zwielichtiges Gesindel tummelt. Trotzdem: Unter dem Strich florierte das Geschäft – ehrlich gesagt, auch für mich.» Justus von Richtfelds Blick schweifte selbstzufrieden für einen kurzen Moment ab.

«Erfolg erntet aber auch Neid», rechtfertigt er sich sogleich und setzte seine Betrachtungen fort: «Die Feinde des Barons, und dazu gehören auch die Nationalsozialisten, waren bald dahinter gekommen, dass mit Kunst Geld zu machen ist. Die Partei braucht für ihre Propaganda nämlich Geld – eine Menge Geld.

Und nun bahnt sich in Deutschland ein politischer Machtkampf an, der dem Baron vielleicht sehr gelegen kommt – nicht aber dem momentanen labilen Weltfrieden. Ich bin überzeugt, die neue politische Tendenz nach rechts in meinem Land wird die Welt noch ins Verderben stürzen.»

«Und Sie meinen, der Baron ahnt nichts davon?» Filippo schien zu begreifen, wie der Hase läuft.

«Ich weiss nicht. Entweder ist er ein berechnender Fuchs und spielt wie gewohnt mit höchstem Einsatz, oder er ist schlicht und ergreifend blind auf diesem Auge.» Herr von Richtfeld zog die Brauen hoch und zuckte mit den Achseln. «Ich neige eher zu Ersterem. Für mich ist die Entwicklung jedoch des Teufels Werk. Es scheint, als mobilisierte die NSDAP immer mehr Leute, die bald jeden Bürger auf Schritt und Tritt kontrollieren und überwachen lassen.»

Filippos Interesse liess keineswegs nach: «Erzählen Sie mir mehr über diese Partei. Wissen Sie, zuhause sprechen wir gewöhnlich über anderes, und in der Rekrutenschule haben wir das Kriegshandwerk erlernt, uns aber nicht mit Politik befasst.»

Justus von Richtfeld lachte sarkastisch. «Vielleicht können Sie das Kriegshandwerk bald schneller anwenden, als ihnen lieb ist. Der momentane Zustand in Deutschland könnte sich nämlich bald zum Flächenbrand entwickeln. Die braunen Ungeheuer schrecken vor nichts zurück. Ich hörte schon, dass Leute umgebracht worden seien, nur weil sie jüdischer Herkunft waren.»

«Das verstehe ich nicht. Viele Juden sind doch auch deutsche Staatsbürger. Man bringt doch nicht seine eigenen Landsleute um, nur weil sie andersgläubig sind?»

«Das ist ein anderes Thema. Darüber erzähle ich Ihnen vielleicht ein andermal. Aber kommen wir auf den Mann zurück, der ihnen vorhin im Flur begegnet war. War er Ihnen schon vorher aufgefallen; ich meine, hatten Sie ihn schon früher bemerkt?»

«Nein! Ich sah ihn unten im Flur das erste Mal.»

«Das ist typisch. SS-Leute sind nämlich paramilitärisch hervorragend ausgebildet und Meister im Observieren. Ich bin überzeugt, Sie wurden schon vorher von ihm beschattet. Also seien sie auf der Hut. Das gilt vor allem dann, wenn Sie für mich arbeiten möchten. Achten Sie immer darauf, dass Ihnen niemand folgt. Da gibt es auch viele wirksame Tricks, um solchen Personen zu entwischen. Ich verrate Ihnen später gerne mehr darüber.»

Justus von Richtfeld öffnete nun eine Schublade seines Schreibtischs und entnahm ihr ein Bündel Akten. Er legte es auf den Tisch, aber so, dass Filippo sie nicht lesen konnte.

«Also, lassen wir das Thema vorderhand. Kommen wir auf unser gemeinsames Anliegen zurück. Sie wissen nun, wenn Sie für mich arbeiten wollen, müssen Sie nicht nur flexibel und lernfähig, sondern vor allem besonders vor- und umsichtig sein. Aber ich denke, diese Eigenschaften bringen Sie zweifellos mit.»

Justus von Richtfeld entnahm dem Aktenbündel einige Papiere, überflog diese kurz und streckte schliesslich eines davon Filippo hin: «Hier lesen Sie. Ich habe hier bereits einen Arbeitsvertrag vorbereitet. Ich wusste, Sie würden mich aufsuchen. Dies ist zwar erst eine Abschrift. Lesen Sie diese jedoch gut durch und sagen Sie mir dann, ob Sie mit den Klauseln einverstanden sind.»

Sprachlos nahm Filippo das Papier entgegen. Dieser Mann dachte wirklich an alles und sprach so, als müsste er nur noch unterschreiben. Dabei wusste er ja nicht einmal, welche Arbeit er tatsächlich zu verrichten hätte.

«Also...?», fragte Herr von Richtfeld, als er bemerkte, dass Filippo die Papiere mit zweifelnder Miene studierte. Er las das Vertragswerk mit halb gesenktem Haupt. Nach einer Weile legte er die Papiere auf den Schreibtisch und sagte: «Eigentlich haben Sie mir mit ihrer Geschichte und dem ganzen Drum und Dran ganz schön eingeheizt. Einerseits reizt es mich, für Sie zu arbeiten, obwohl ich nicht einmal weiss, was ich genau zu tun hätte. Andererseits muss die Arbeit zweifellos sehr abenteuerlich sein.

Sie erzählen mir da von einer Welt, die mir bisher völlig unbekannt gewesen ist, mir aber höchst gefährlich erscheint. Ich müsste eigentlich von allen guten Geistern verlassen sein, wenn ich diesen Vertrag einfach so unterschreibe – oder was denken Sie?»

Justus von Richtfeld schmunzelte, und Filippo sah zu ihm hoch: «Muss ich mich sofort entscheiden?»

«Natürlich nicht.» Justus von Richtfeld schüttelte den Kopf. «Aber Sie haben Recht. Über die eigentliche Tätigkeit hatte ich wahrlich noch nichts erzählt. Übrigens, das Wesentliche darüber steht auch im Vertrag. Also, hören Sie zu...»

Was nun folgte, war ein lückenloser Beschrieb eines Pflichtenhefts, wie er nur von einem Deutschen aufgrund seiner angeborenen Gründlichkeit verfasst sein konnte.

Filippo sollte also quasi der Bote für Justus von Richtfeld sein, weil dieser sich in Anbetracht der Gefahren künftig davor hüten wollte, zu oft allein in Erscheinung zu treten.

Zunächst aber musste Filippo in die Kunstwelt eingeführt werden. Dazu hatte er die einflussreichen Familien und Personen kennen zu lernen. Ebenso soll er eine neue Identität erhalten, damit seine Vergangenheit und Herkunft nicht bekannt würde.

Weitere Befugnisse sollen ihm später zugestanden werden, besonders, um im Namen von Justus von Richtfeld – beziehungsweise vom Baron – selbständig handeln zu können.

Dies schmeichelte Filippo zwar, doch realisierte er rasch, dass er letztlich nichts anderes sein würde als ein Strohmann für diese Männer.

Er war sich bewusst, dass dies eine gewaltige Herausforderung bedeutete und ihn vielleicht sogar an die Grenzen seiner Fähigkeiten bringen würde. Justus von Richtfeld schien aber von Filippo so überzeugt zu sein, als wäre der Vertrag schon längst unterschrieben.

Dennoch gab er ihm einige Tage Bedenkzeit. Der Entschluss sollte schliesslich reiflich überlegt sein. Auch wollte Filippo mit seinen Eltern und seiner Schwester darüber beraten.

Als Filippo den Besuch bei Justus von Richtfeld beendete, brummte ihm der Schädel. Mit dem Versprechen, er würde bald von sich hören lassen, verabschiedete er sich und begab sich tief in Gedanken versunken zum Bahnhof.

Der letzte fahrplanmässige Zug brachte ihn schliesslich in Richtung Süden. In Bellinzona übernachtete er bei einem Bekannten der Familie, den er vorher telefonisch von seiner Ankunft hatte unterrichten können.

Filippos Gedanken auf der Reise glichen einem Sturm, der mit ungeheurer Kraft durch einen Wald gefegt war und alles durcheinander gewirbelt hatte. In seinem Kopf arbeitete es fieberhaft. Er versuchte, die tausend Eindrücke des heutigen Tags einzuordnen.

⌘

Der Familienrat bei Negris war lang und intensiv. Engagiert erzählte Filippo von den Ereignissen der letzten Tage, insbesondere von seinen Begegnungen in Zürich.

Besorgt zeigte sich vor allem seine Mutter, als Filippo von der beruflichen Zukunft berichtete. Selbst Cynthia bemerkte schnell, dass diese Perspektiven sogar die Eindrücke überschatteten, die Filippo von der Rekrutenschule zu berichten wusste. Irgendwie spürten sie, alle auf ihre Weise, dass sich ihr Leben durch diese Ereignisse verändern würde. Der Grund dafür lag vielleicht auch darin, weil am Familientisch Weltpolitik, Krieg und die Machenschaften der Grossen dieser Welt bisher nie Themen gewesen waren. Ihr Alltag war von Einfacherem geprägt gewesen. Am kleinen Tisch in der Küche wurden bestenfalls die Schicksale der Menschen aus ihrem nächsten Umfeld diskutiert oder Alltagssorgen besprochen, was beispielsweise zu tun wäre, wenn Vater die Arbeit verlieren würde. Der einfache Holztisch, wo sich die Familie sonst regelmässig zum gemeinsamen Essen zusammen gefunden hatte, war der übliche Ort der Begegnung. Dort pflegten sie ihre Zusammengehörigkeit, scherzten, lachten und trotzten so den Nöten der Zeit.

So wunderte es niemanden, dass Filippo seinen Entschluss um eine volle Woche aufschob. Immer wieder bat er Freunde und Verwandte um ihre Meinung und ihren Rat, was sie von diesem Abenteuer hielten. Zur grossen Überraschung stellte er jedoch fest, dass ihm die meisten sagten, eine solche Gelegenheit sei einmalig. Risiken seien zwar zweifellos vorhanden, wären jedoch in

Kauf zu nehmen. Heute sei es doch viel wichtiger, überhaupt einer bezahlten Arbeit nachgehen zu können – besonders, wenn man dabei erst noch um die Welt reisen kann. Andere rieten ihm, besser die Finger davon zu lassen. Filippo aber merkte bald, dass es sich bei diesen eher um Neider oder Schwarzmaler handelte, denn niemand führte seine Zweifel auf die Herkunft und Gesinnung dieses Barons zurück.

Die Ratschläge und Meinungen waren sicher gut gemeint, und Filippo hörte sie sich alle verständnisvoll an. Dennoch schob er seine Entscheidung immer wieder hinaus. Seit Justus von Richtfeld von diesen Nationalsozialisten und der weltpolitischen Lage berichtet hatte, war er besorgt. Er wusste bald nicht mehr, was er glauben sollte und fühlte sich, als stünde er am Rand einer vereisten Wasserfläche, und irgend jemand befehle ihm, er sollte darüber gehen, um ans andere Ufer zu gelangen – nur wusste er nicht, ob ihn die Eisfläche tragen würde.

Die Tageszeitungen wurden fortan seine Pflichtlektüre. Auf diese Weise versuchte er sich über die Entwicklung in Europa einen Überblick zu verschaffen, und als er sich schliesslich ein Bild machen konnte, gelangte er zur gleichen Überzeugung wie Justus von Richtfeld: Europa befand sich in einer höchst labilen Lage, die jederzeit zu kippen drohte.

Andererseits erkannte Filippo aber auch, dass er, wenn er sich jetzt nicht nach neuen Möglichkeiten umsehen würde, sich zwangsläufig wie tausend andere junge Männer in diesem Land bald auch zu den Arbeitslosen zählen müsste. Die Anstellung bei Justus von Richtfeld war daher zweifellos eine grosse Chance. Sie barg zwar viele unbekannte Faktoren, aber, er kam immer mehr zur Überzeugung, dass er diese Gelegenheit unbedingt nutzen sollte.

Bevor Filippo aber seinen Entschluss nach Zürich telegrafierte, beriet er sich nochmals mit seinen Eltern. Bis spät in die Nacht hinein dauerte das alles entscheidende Gespräch im Kreise der Familie. Als Filippo dann hörte, wie es seinerzeit seinem Vater ergangen war, als er vor einer ähnlichen Situation gestanden war, stand sein Entschluss fest. Nur seine Mutter hegte noch Zweifel.

Doch sein Vater ermunterte Filippo auf seine Weise: «Junge. Du hast hier eine einmalige Gelegenheit. Ein solches Glück bietet sich kaum ein zweites Mal. Zugegeben, die Arbeit wird nicht leicht sein. Du musst bestimmt viele Risiken eingehen. Aber Gefahren lauern überall. Wenn du aber immer ehrlich und redlich bleibst, geht dir immer ein Türchen auf. Dem Tüchtigen lacht immer das Glück! Also, unterschreib den Vertrag. Meinen Segen hast du. Bleib aber stets vorsichtig, und vor allem, verliere nie den Glauben an dich und an Gott.»

Als ihm schliesslich Cynthia auch beipflichtete und Mutter in stiller Weise zu verstehen gab, Filippo würde schon den richtigen Entscheid treffen, war dieser überzeugt, das Richtige zu tun. Er unterschrieb den Vertrag noch am gleichen Abend.

Das Ereignis war für Vater Grund genug, sich vom Tisch zu entfernen, um nach kurzer Zeit mit einer Flasche Wein zurückzukehren. Stolz und lachend zeigte er die besondere Flasche mit dem edlen Tropfen, die er im Keller für solche Anlässe sorgsam gelagert hatte.

Alle wussten, welche Zeremonie nun folgen würde: Mit feierlicher Miene entkorkte Vater die Flasche, roch kurz am Korken und liess daraufhin einige Tropfen in ein Glas fliessen. Kritisch prüfte er die Farbe, indem er den Wein gegen das Licht hielt. Nachdem er überzeugt schien, nippte er neugierig am Glas und kostete mit geschlossenen Augen den Rebensaft. Als er sich von dessen Qualität überzeugt hatte, stellte er zufrieden vier Gläser bereit und füllte diese in zeremonieller Weise.

Rubinrot funkelte nun der Rebensaft in den Gläsern und verlieh dem Ereignis die gebührende Note. Der zu erwartende Trinkspruch kam jedoch nicht vom Vater, wie Filippo es eigentlich erwartet hatte. Zu Tränen gerührt, kam ihm Mutter zuvor und drückte ihn fest an sich: «Ich weiss, du wirst deinen Weg machen. Wir sind so stolz auf dich.»

Eine Freudenträne kullerte ihr über die Wange.

⌘

Der offensichtlich gut durchtrainierte Mann spurtete mit wehendem Jackett über den grossen Platz vor dem imposanten Dom. Im Schlagschatten des sakralen Baus verlangsamte er aber bald seine Gangart. Die Hitze des Tages setzte ihm offensichtlich zu. Bald blieb er stehen und versuchte Filippo nicht aus den Augen zu verlieren. Etwa hundert Meter vor ihm, unmittelbar neben dem grossen Eingangsbogen zur *Galleria Vittorio Emanuele*[1], blieb Filippo schliesslich vor einem Konfektionsgeschäft stehen. Er hatte diesen Mann längst bemerkt. Betont lässig und ohne sich umzusehen, betrachtete Filippo die Schaufensterauslagen. Als würde er sich für etwas interessieren, begab er sich zum Eingang und stiess die Ladentür auf. Er war sich sicher, sein aufsässiger Schatten wartete nur darauf, bis er im Laden war, dann würde er ihm auch hierher folgen.

Das Katz- und Mausspiel dauerte schon seit Como, als er den Zug nach Mailand bestiegen hatte. Doch alle Versuche, den Verfolger abzuschütteln, waren bisher misslungen. Hartnäckig und geschickt blieb dieser Filippo an den Fersen hängen.

Nun wollte er es mit jenem Trick versuchen, den ihm Justus von Richtfeld vor kurzer Zeit beigebracht hatte: «Vorne rein – hinten raus, ohne bemerkt zu werden». Nur wusste Filippo nicht, ob das auserwählte Geschäft auch über einen Hinterausgang verfügte. Nachdem aber der Kundenzugang auf der Seite der weltberühmten Piazza del Duomo derart schmal war, dass dort voluminöse Anlieferungen kaum möglich waren, vermutete Filippo, dass sich rückseitig bestimmt ein zweiter Zugang für Lieferanten befinden musste. Allerdings verblieb ihm jetzt keine Zeit, sich dessen zu vergewissern.

Als er das Geschäft betreten hatte, stellte er fest, dass der Laden über ein Galleriegeschoss verfügte. Kurz entschlossen wandte er

---

[1] Galleria Vittorio Emanuele: Viktor-Emanuel-Galerie, eine in Mailand nach dem italienischen König Viktor Emanuel II. benannte, vom Architekten *Giuseppe Mengoni* entworfenen Einkaufsstrasse aus dem 19. Jh., bestehend aus zwei sich kreuzenden Armen, verbunden durch ein tonnenförmiges Glasdach; im Zentrum ein durch eine Glaskuppel überspannter achteckiger Platz mit 39 m Durchmesser.

sich der Treppe zu und stieg mit schnellen Schritten die Stufen hoch, um nicht vom Personal angesprochen zu werden. Oben angekommen, stellte er fest, dass sich links und rechts der Treppen weitere Verkaufsflächen befanden. Von beiden Seiten hatte man eine gute Übersicht auf die untere Etage.

Hastig richtete er sich hinter einem Kleiderständer so ein, dass er zwar alles sehen, aber nicht gesehen werden konnte. Keine Minute zu früh: Wie erwartet, betrat kurz darauf sein Verfolger das Geschäft. Filippo wartete, was dieser nun zu tun gedachte, und schaute gespannt aus seinem Versteck nach unten.

«*Achtung Poppy, jetzt sitzt du in der Falle.*»

«*Mensch, nur jetzt keine Moralpredigt, du elender Coniglio*», ärgerte sich Filippo über die erneute Einmischung seines inneren Angsthasen in einer zweifellos gefährlichen Situation, und Filippo wusste immer noch nicht, ob das Geschäft über einen Hinterausgang verfügte.

«*Dann sieh zu, wie du dich jetzt aus der Affäre ziehst. Ich würde mich jedenfalls verkrümeln.*»

«*Und wohin, du Neunmalkluger!*» Filippo wurde ungehalten, wusste aber auch, Coniglio hatte damit gar nicht so Unrecht.

«*Und was machst du, wenn der Laden keinen hinteren Ausgang hat? Und überhaupt: Angenommen, es gibt einen, wie willst du wissen, wo er ist?*»

«*Ganz einfach, ich suche und finde ihn; und jetzt halt endlich die Klappe!*»

Filippo versuchte sich wieder zu konzentrieren und spähte vorsichtig aus seinem Versteck nach unten. Der Fremde blieb zunächst unschlüssig stehen und schaute in die Runde. Sein Blick richtete sich auch nach oben. Wenig später eilte ein beflissener Verkäufer herbei, so dass ihm keine Zeit mehr verblieb, die Galerien näher zu inspizieren. Der Verkäufer fragte ihn etwas, was Filippo nicht verstehen konnte. Die vielen Kleider und Stoffe verschluckten jeden Ton.

Der Fremde antwortete irgendetwas, worauf der Verkäufer mit der Hand in eine Richtung wies, die für Filippo nicht einsehbar war. Daraufhin entfernten sie sich.

Vorsichtig tastete sich Filippo nach vorn. Zu diesem Zweck musste er sein Versteck halbwegs verlassen. Als er sich weit genug hervor gewagt hatte, sah er wie beide vor einem Korpus standen und miteinander sprachen. Der Verkäufer präsentierte ihm temperamentvoll gestikulierend eine Kollektion von feinsten Herrenhemden.

Sichtlich desinteressiert besah sich der Fremde die exzellenten Kleidungsstücke, die ihm mit fachmännischen Erklärungen vorgeführt wurden. Sein verstohlener Blick schweifte mal nach links, mal nach rechts, jedoch nicht nach oben. Filippos Verfolger stand zudem mit dem Rücken zur Treppe.

Filippo nutzte die Gelegenheit, auf die er gewartet hatte. Blitzschnell wägte er ab, welche Risiken bestanden, um das Ladenlokal durch eine Tür zu verlassen, die nach hinten führte.

Glücklicherweise waren die Böden und Treppen mit dicken Teppichen belegt. Auf leisen Sohlen schlich er nach unten, huschte beim Ende der Treppe nach rechts und verschwand ohne Aufsehen zu erregen aus dem Blickfeld. Der Weg war jetzt frei. Unbeirrt lief Filippo dem hoffentlich vorhandenen Hinterausgang entgegen.

Hinter einem Lagergestell entdeckte er einen Flur, der direkt zu einer Tür führte. Auf leisen Sohlen und bedacht keine Schachteln oder sonstige Gegenstände umzustossen, die entlang seines Wegs ungeordnet aufgeschichtet waren, lief er der Tür entgegen und hoffte, es handle sich um den Hinterausgang.

Filippo hatte Glück: Die Türe führte tatsächlich ins Freie. Wie vom Leibhaftigen gejagt, spurtete er die kleine Strasse hinunter, die zur berühmten *Mailänder Scala*[1] führen sollte.

---

[1] Teatro alla Scala (auch: Mailänder Scala): Opernhaus in Mailand, eröffnet am 3. August 1778, als Ersatz für das 1776 abgebrannte *Teatro Regio Ducale*.

Justus von Richtfeld hatte ihm nämlich den Weg so beschrieben, dass er vom Bahnhof zum Domplatz und dann durch die grosse Galerie hindurch gehen sollte. Auf der anderen Seite der Passage befände sich die Piazza Scala mit dem weltberühmten Theater. Rechts davor solle er der Via Manzoni folgen, bis rechterhand eine unscheinbare Nebenstrasse erschien: die Monte Napoleone.

Weiter hatte ihm sein Mentor erklärt, entlang dieser Strasse hätten sich nach dem letzten Krieg viele Kunst- und Modehändler niedergelassen, und einer dieser Ladeninhaber sei informiert, dass er heute mit einem besonderen Auftrag zu ihm kommen werde – das Dumme war nur: Filippo wusste momentan überhaupt nicht mehr, wo er sich tatsächlich befand. Wegen des Umwegs über das Konfektionsgeschäft stand er völlig desorientiert auf einer Nebenstrasse. Von der weltbekannten Mailänder Scala aber war weit und breit nichts zu sehen.

Instinktiv vermutete er, das Gässchen verliefe parallel zu jener Strasse, die ihm Justus von Richtfeld beschrieben hatte. Doch die früheren Stadtbaumeister folgten offenbar anderen Gesetzmässigkeiten, als Filippo dies vermutete. Vor allem kannten die damaligen Architekten die rechten Winkel nicht und missachteten selbst die Regeln von parallelen Linien. Mailand wurde offenbar mehr nach dem Zufallsprinzip erbaut als nach nachvollziehbaren Regeln.

Filippo lief trotzdem unbeirrt weiter und bog in eine weitere schmale Gasse ein. Als er vor einem grossen mittelalterlich anmutenden Stadttor stand, verliess ihn jeder Orientierungssinn: Dieses Strassennetz entbehrte jeglicher Logik! Er wusste nun überhaupt nicht mehr, wo er sich tatsächlich befand. Ratlos schaute er um sich. Von seinem Verfolger war glücklicherweise nichts zu sehen. Ausser einer zufällig vorbeigehenden, elegant gekleideten Dame, befand er sich allein in der Gasse. Betont höflich sprach Filippo sie an und fragte, wo sich die Monte Napoleone befände.

«Junger Mann, Sie stehen fast davor. Da schauen Sie, da vorne links.» Sie zeigte mit ihrem schmuckbehangenen Arm die Strasse hinunter.

Verlegen bedankte er sich und lief in die angegebene Richtung. Innerlich beglückwünschte er sich und war sichtlich erleichtert, seinen Verfolger abgeschüttelt und den Weg wieder gefunden zu haben.

Das eher unscheinbare Gässchen fand er ohne Mühe. Nach einigen Schritten stellte er fest, dass er beim Hinweg diese verflixte Monte Napoleone bereits einmal überquert hatte. Über sich selber belustigt, schüttelte er den Kopf, ärgerte sich jedoch über den Umweg, den er hätte vermeiden können.

Endlich stand er vor dem Haus mit der angegebenen Adresse. Es befand sich am anderen Ende der Strasse. Neugierig musterte er die alten geschichtsträchtigen Fassaden und Gemäuer. Im Erdgeschoss befand sich ein nobles Geschäft. Die Schaufenster waren voll von Schmuck und anderem wertvollen Schnickschnack.

Der Beschreibung folgend, begab er sich durch ein reich verziertes Portal in den Innenhof, der sich hinter diesem Laden ausbreitete. Das grosse, schmiedeiserne Tor stand sperrangelweit offen. Langsam überquerte er das kleine schmucke Atrium, das von grossen tönernen Blumentöpfen umsäumt war, in denen wuchtige Hortensien und üppige Oleanderbüsche blühten.

Am anderen Ende des kleinen Platzes befand sich eine Ladentür, die zu einem kleinen Lebensmittelgeschäft gehörte. Über der Tür prangte in verwaschenen Lettern ein Schild, auf dem noch knapp das Wort *Comestibili* zu erkennen war. Erleichtert ging Filippo darauf zu; er war am Ziel.

Kaum hatte er die Türe geöffnet, näherte sich ihm ein bejahrter Herr von ehrwürdigem Aussehen. Er musste sehr alt sein. Dem weissen, gepflegten Bart nach zu urteilen, und sein von Runzeln und Falten zerfurchtes Gesicht wiesen ebenfalls auf ein hohes Alter hin. Aber obwohl er sich auf einen Stock mit verziertem Silberknauf stützte, legte er eine gewisse Vitalität an den Tag. Seine Gestalt zeigte zweifellos noch Spuren früherer Eleganz, und in seinen Bewegungen – was Filippo sofort auffiel – lag immer noch jene stolze und männliche Höflichkeit, die dem Lombarden eigen ist, der seit seiner Jugend nur in den vornehmsten Kreisen verkehrt hatte.

Filippo atmete den typischen Geruch solcher Läden ein, der sich aus den Düften von Salami, Olivenöl, Wein und Käse zusammensetzte, und schaute sich neugierig um.

«Guten Tag, was kann ich für Sie tun?», fragte der alte Mann höflich.

Den Blick wieder auf den alten Mann gerichtet, erwiderte Filippo den Gruss im Dialekt seiner Muttersprache und kam sofort zum eigentlichen Thema seines Auftrags: «*Bun di*[1] Signor. Ich komme, um für Herrn von Richtfeld etwas abzuholen.»

Der Alte zeigte sich darüber sehr überrascht, und seine bisher beflissenen Gesichtszüge wechselten in eine eher misstrauische Miene über. Mit zusammen gekniffenen Augen musterte er Filippo nun kritisch von oben bis unten und entgegnete nach einer kleinen Pause wieder mit einem leisen Lächeln auf den Lippen: «Nun, junger Mann. Da könnte jeder bei mir herein spazieren und behaupten, er müsse für irgendjemanden etwas abholen. Darf ich bitte Ihren Namen erfahren?» Der ältere Herr trat zwei Schritte zurück, als wollte er sich damit einen Sicherheitsabstand schaffen.

«Selbstverständlich, mein Herr», antwortete Filippo. «Mein Name sagt Ihnen vermutlich kaum etwas. Trotzdem: Ich heisse Filippo Negri, und wie gesagt, ich komme im Auftrag von Herrn Justus von Richtfeld. Aber wenn ich Ihnen erzähle, ich sei *Picchio Rosso*[2], der Ihnen von Herrn Justus von Richtfeld ausrichten lässt, dass das Appartement im Hotel Monte Verità in Ascona für Sie hergerichtet sei, dann sollten Sie den eigentlichen Zweck meines Besuches sicher kennen, oder?»

Die Erklärung schien zu wirken. Der Alte legte seine Gesichtsfurchen sofort wieder in eine wesentlich freundlichere Lage und kam

---

[1] Bun di: Guten Tag, ladinisch (Filippos Dialektmuttersprache)

[2] Filippo vereinbarte mit Justus von Richtfeld, sich unter diesem Decknamen dem Mann erkennen zu geben.

Filippo einige Schritte näher. Lachend streckte er ihm die Hand entgegen: «Das klingt natürlich schon anders. Benvenuti in Milano, Sie hässlicher Buntspecht. Selbstverständlich ist das Zimmer hergerichtet. Aber sagen Sie, wie geht es meinem Freund Justus? Ist er bei guter Gesundheit?»

«Na ja, ihn plagt gerade eine Erkältung. Aber sonst geht es ihm, glaube ich, doch gut. Er lässt Sie herzlich grüssen.»

Sichtlich erfreut über die Grüsse bat er Filippo, näher zu treten, und bemerkte, hier wäre wohl ein schlechter Platz, um das Geschäft zu erledigen, was sie abzuwickeln hätten.

Auf dem Weg in den hinteren Bereich des Ladens erzählte Filippo, dass er bis vor kurzem noch von einem NSDAP-Agenten verfolgt worden sei, was den Alten stutzig machte. Filippo schilderte ihm aber nicht ohne Stolz und zur Zufriedenheit des Zuhörers, wie er ihn hatte erfolgreich abschütteln können.

Am Ende des Flurs angelangt, gingen sie durch eine Tür und betraten einen kleinen Lagerraum, der jedoch nichts mehr mit einem Lebensmittelgeschäft gemeinsam hatte. Unzählige Bilder hingen an den Wänden oder standen in langen Reihen am Boden. In der Raummitte standen in einer chaotischen Anordnung zahlreiche Nippsachen aus Porzellan, Elfenbein und anderen Edelmaterialien. Manche waren so prekär aufgestellt, dass sie bei der leisesten Erschütterung drohten, auf den Boden zu fallen.

Vorsichtig bewegte sich Filippo durch die engen Gänge und folgte dem Mann, bis sie vor einem grossen Schrank standen. Der Ladenbesitzer öffnete eine der Türen. Der Türflügel knarrte laut.

Umständlich knipste er eine Lampe an, die sich über ihnen befand. Der Lichtkegel konzentrierte sich direkt auf ein kleines, in einem wuchtigen Rahmen eingefasstes Bildchen. Es zeigte ein bleiches Mädchengesicht.

«So, das ist es», sprach der Alte beinahe feierlich und zeigte auf das Kunstwerk.

Filippo trat einen Schritt näher und betrachtete das Bildchen interessiert. Wie es ihm aufgetragen worden war, suchte er das kleine

Merkmal am unteren Rand, um die Echtheit zu prüfen. Der Alte beobachtete ihn dabei von der Seite, ebenso kritisch. Nach einer Weile drehte sich Filippo vom Bild ab und blickte dem Alten ins Gesicht.

«Das soll das bekannte Kindergesicht des berühmten *Amedeo Modigliani*[1] sein?», fragte Filippo kritisch, jedoch mit einem unsicheren Unterton.

Der alte Mann nickte und verzog keine Miene.

Erneut wandte sich Filippo dem Bild zu. Behutsam liess er die Fingerspitzen über die bemalte Fläche gleiten. Es war nicht zu übersehen, dass er nach bestimmten Merkmalen suchte. Schliesslich trat er drei Schritte zurück und kehrte sich erneut zum Ladenbesitzer: «Das ist nicht Ihr Ernst. Wenn dies ein echter Modigliani ist, dann bin ich der Kaiser von China.» Filippo zeigte sich entrüstet und war überzeugt: Das Bild war eine Fälschung!

Der Alte lachte über das ganze Gesicht: «Bravo! Die erste Prüfung haben Sie schon mal glänzend bestanden. Offenbar hat ihnen Justus schon viel beigebracht. Dieses Bild ist tatsächlich eine Fälschung – und eine gute obendrein. Gratuliere!»

Filippo begriff nur langsam. Der Mann fasste ihn am Arm und hiess ihn, ihm zu folgen.

Vor einem kleinen Kommödchen hielt der Alte inne und hob ein anderes Bild vom Boden, welches sich dahinter versteckte: «Sehen Sie, hier ist der echte Modigliani. Erkennen Sie den Unterschied?»

Filippo zeigte sich verunsichert, betrachtete das Bild aber trotzdem genau. Nach einer Weile stimmte er ihm zu: «Aha, das kommt dem Stil eines Modigliani schon näher. Hier lassen sich wenigstens entsprechende Merkmale finden. Aber sagen Sie, hat mein Besuch nur den Zweck, mich zu prüfen?»

---

[1] Amedeo Modigliani (* 12. Juli 1884 in Livorno, Italien; † 24. Januar 1920 in Paris): italienischer Zeichner, Maler und Bildhauer jüdischer Abstammung.

«Selbstverständlich nicht. Aber solche Tests gehören nun mal zu Ihrer Ausbildung. Bitte verzeihen Sie mir.» Die Höflichkeit des Alten überzeugte Filippo. «Aber wie zum Teufel haben Sie herausgefunden, dass das erste Bild eine Fälschung ist?»

Filippo lachte: «Zugegeben, ich war mir zunächst tatsächlich nicht sicher. Aber Modiglianis Bilder sind in den Grundzügen doch eher von der Zeichnung her geprägt, und weil mir dieser Ausdruck im ersten Bild fehlte, wurde ich misstrauisch. Dann stellte ich fest, dass die Fälschung zuviele grau-grüne und braune Farbtöne aufwies. Meines Wissens hatte Modigliani diese Farben nur ungern eingesetzt. Deshalb wirken seine Porträts auch eher verfremdet und sind von grosser expressiver, sinnlicher Emotionalität.»

«Respekt! Respekt! Sie hatten in der Tat einen exzellenten Lehrer!» Der Alte war so begeistert über Filippos Erklärung, dass er ihn schulterklopfend aufforderte, sich zu setzen. Der Mann rückte zwei antike Stühle zurecht. «Jetzt muss ich Ihnen doch eine kleine Geschichte erzählen. Bitte setzen Sie sich.»

Folgsam setzte sich Filippo und war neugierig, Näheres zu erfahren. Der Alte liess eine Weile verstreichen, ehe er zu erzählen begann: «Aber vorher müssen Sie mir mehr von jenem Agenten erzählen, der Sie offenbar verfolgt haben soll...»

– «...den ich jedoch erfolgreich abschütteln konnte», präzisierte Filippo nicht ohne Stolz.

«Das glaube ich Ihnen. Ich habe jedoch meine Gründe, etwas darüber erfahren zu wollen.» Der Alte beharrte darauf, und Filippo begann zu berichten.

Nachdem er seine Geschichte beendet hatte, schwieg der Alte einen Moment lang, bis er mit besorgter Miene entgegnete: «Sie können sich bestimmt gut vorstellen, dass die Deutschen ganz schön scharf darauf sind, unseren Händlerring dafür zu missbrauchen, um an unsere Kostbarkeiten zu gelangen. Was sie damit bezwecken, wissen wir nicht - noch nicht, um ehrlich zu sein. Meiner Meinung nach wollen die Deutschen damit nur ihre Kriegskasse aufbessern – und das Schlimmste ist, die Aktionen werden direkt vom SS-Hauptquartier in Berlin aus gesteuert und organisiert. Dort zieht ein gewisser Heydenreich die Fäden, ein äusserst gerissener und brutaler Mann, dem jedes Mittel Recht ist, um ans Ziel zu kommen.»

«Wie sagten Sie, heisst der Mann?» Filippo schien wie elektrisiert.

«Heydenreich, wieso fragen Sie?», antwortete der Alte.

Filippo dachte nach. «Herr von Richtfeld hatte mir von einem Mann mit diesem Namen erzählt, als ich ihn in Zürich in seinem Büro besuchte. Wenn dies derselbe ist, muss das ja ein ganz übler Bursche sein. Vielleicht bin ich ihm sogar schon mal begegnet.»

«Das ist ja interessant, wo denn?», fragte der Alte, und Filippo erzählte ihm von der kurzen Begegnung mit jenem Mann im Korridor, der ihn zu Justus von Richtfeld geführt hatte.

«Ja, dann sollten Sie eigentlich Heydenreich wieder erkennen. Ich habe nämlich ein Bild von ihm.» Der Alte erhob sich, griff nach seinem Stock und entfernte sich für eine kurze Zeit. Als er zurückgekehrt war, hielt er Filippo eine Zeitung entgegen. «Sehen Sie, dieser Mann, der Dritte von links, das ist er.»

Interessiert betrachtete Filippo das Bild auf der Titelseite des *Völkischen Beobachters*[1], worüber eine viel sagende Schlagzeile prangte:

«Der Nationalsozialismus und die schönen Künste»

Darunter stand zu lesen, dass sich die Nationalsozialistische Partei nun auch für den Erhalt von unersetzlichen Weltkulturgütern einsetzte und dafür jetzt eine SS-Spezialeinheit geschaffen habe. Interessant war in diesem Bericht, dass dabei sehr grosser Wert darauf gelegt wurde, zwischen *echter* und so genannt *entarteter, nicht arischer Kunst* zu unterscheiden.

Das Bild zeigte einige uniformierte Männer, die in bequemen Fauteuils sitzend mit ernster Miene in die Kamera starrten.

«Tatsächlich, das könnte Heydenreich gewesen sein. Die Haltung und besonders dieser Oberlippenbart, und da – der Leberfleck!

---

[1] Völkischer Beobachter: publizistisches Parteiorgan der NSDAP.

An diese Merkmale erinnere ich mich noch gut. Es war im Flur zwar dunkel, aber für mich besteht kein Zweifel, das war Heydenreich gewesen, der mir damals begegnet ist.»

«Sehen Sie, junger Mann, mit denen ist nicht zu spassen», ergriff der Alte wieder das Wort, nahm Filippo die Zeitung aus der Hand und legte sie beiseite: «Haben die einmal jemanden im Visier, dann lassen sie nicht locker. Darüber muss ich Ihnen jetzt wohl nichts mehr erzählen. Aber zurück zum Thema; eigentlich wollte ich Ihnen was ganz anderes erzählen:

Wie gesagt, wir wissen aus gut unterrichteten Quellen, dass die Deutschen über unseren Händlerring an Kunstwerke kommen wollen. So haben wir uns überlegt, wie wir ihnen dabei etwas nachhelfen könnten – auf unsere Weise, versteht sich natürlich. Aber dafür wären uns echte Bilder zu Schade. Aber Fälschungen, wie diejenige dort im Schrank, solche können wir schon entbehren, und den Modigliani dort, den haben wir uns für die bevorstehende Transaktion vorbereitet.» Stolz zeigte er auf das *Falsifikat*[1] und lächelte still in sich hinein.

«Also, wenn ich Sie richtig verstehe», fragte Filippo unverblümt, «dann wollen Sie die Deutschen mit dieser Fälschung aufs Kreuz legen?»

«Ja, so könnte es man auch nennen. Der kleine Unterschied ist nur: Nicht wir legen sie aufs Kreuz, sondern sie sich selber.» Der Alte humpelte zum falschen Modigliani hinüber, legte den Stock beiseite und nahm das Bild von der Wand. Als handle es sich um das echte Bild, kam er, es behutsam in den Händen haltend, zurück. «Sehen Sie, diese Dilettanten verstehen doch nichts von Bildern, und was Sie und wir über die bildende Kunst schon wissen, weiss dieses arrogante Pack noch lange nicht. Die sind doch nur auf harte Währungen fixiert. Also hören Sie gut zu! Wir haben folgenden Plan:

---

[1] Falsifikat: Fälschung, bei der versucht wird, ein Original oder ein rechtlich geschütztes Produkt in allen Eigenschaften, Materialien, Signaturen und Markenzeichen so zu kopieren, dass es als Original oder als Markenprodukt erscheint.

Die Fälschung muss irgendwie in die Hände der Nazis gespielt werden. Dies können wir aber nur erreichen, wenn wir sie im Glauben lassen, dass es ihre Leistung gewesen sei, an das Bild zu gelangen. Die sind nämlich so eingebildet und glauben, dass jeder Erfolg, den sie verbuchen, auf ihrem Mist gewachsen sei.»

«Und wie stellen Sie sich das vor?» Filippo vermutete richtig, dass er bei dieser Aktion auch beteiligt sein würde.

«Darüber unterhalten wir uns später. Vorerst muss ich wissen, ob Sie für ein solches Projekt überhaupt zur Verfügung stehen?»

«Was bleibt mir anderes übrig? Oder habe ich eine Alternative?»

«Sie haben Recht, ich fürchte, Sie haben keine. Sie stecken nämlich schon zu tief in diesem Geschäft.» Die Antwort des Alten war so überzeugend wie ehrlich.

«So was dachte ich mir schon. Also, reden wir über die Details.» Filippo rückte seinen Stuhl zurecht und lehnte sich interessiert nach vorne.

«Das freut mich». Der Alte ging nochmals zum Schrank hinüber, wo die Fälschung gehangen hatte. Er suchte nach seinem Stock. Nachdem er ihn gefunden hatte, kam er zurück. «Ich denke, so wie ich Sie einschätze, schaffen Sie das.»

Der Alte setzte sich neben Filippo und begann zu erklären: «Eigentlich besteht ihr Auftrag aus zwei Teilen. Zum Ersten bringen Sie das echte Bild, natürlich unbemerkt, über die Grenze und übergeben es in Chiasso unserem gemeinsamen Freund, Justus von Richtfeld. Zweitens spielen Sie den Deutschen, wie Sie richtig vermuten, die Fälschung in die Hände. Dies soll ein Täuschungsmanöver sein, weil man ja nie wissen kann, was die Nazis tatsächlich vom Handel mit echten Bildern wissen.»

Der alte Mann erzählte Filippo nun die Geschichte des echten Modigliani, was diesen aber kaum interessierte. Er wollte das Geschäft so schnell wie möglich abschliessen, den Laden möglichst unbemerkt verlassen und die Aktion hinter sich bringen.

Bis es aber soweit war, hatte er noch unendlich viel Geduld aufzubringen. Zunächst wurden die Bilder separat und fachmännisch verpackt. Die Form der beiden Pakete liess nun nicht mehr auf deren Inhalt schliessen. Nur anhand der Grösse waren sie zu unterscheiden. Das echte, kleinere Bild befand sich im grösseren Paket. Nach der Form der Pakete vermutete man daher eher, im kleineren befände sich das Original.

Nach dem beinahe feierlichen Verpackungsprozedere füllte der Mann langsam und umständlich einige Dokumente aus, welche Filippo zu unterzeichnen hatte.

Anschliessend fragte der Mann Filippo, wo er heute Abend zu speisen gedenke. Er würde ihn gerne einladen. Das Angebot verblüffte Filippo. Er überlegte, ob er sich darauf einlassen sollte, sagte aber schliesslich zu.

Der Alte freute sich offensichtlich über die Zusage und fuhr fort: «Wissen Sie, junger Mann, Justus bat mich gestern telegrafisch, ich soll Ihnen noch mehr über uns und unseren Beruf erzählen, was ich natürlich gerne machen würde. Wissen Sie, ich habe keine Nachkommen, und wem sollte ich sonst meine Erfahrung weitergeben? Bei dieser Gelegenheit können wir unseren Plan noch verfeinern. Und wenn Sie wollen, können Sie auch bei mir übernachten. Justus erwartet Sie sowieso erst nächste Woche zurück. Also, bleiben Sie übers Wochenende? Mein Haus ist gross genug.»

Filippos anfängliche Ungeduld begann sich angesichts der neuen Situation langsam zu legen. Versäumen würde er ja sonst ohnehin nichts. Also sagte er zu. «Das Angebot ehrt mich natürlich. Ihre Einladung weiss ich sehr zu schätzen, denn die Kunstszene interessiert mich. Aber wenn ich Ihnen zur Last falle...»

Der Alte unterbrach ihn barsch: «Was heisst hier *zur Last fallen*? Ich habe einen Auftrag und ein grosses Interesse an meinem Beruf. Ach, was erzähle ich. Kommen Sie lieber Freund...». Der Alte klopfte Filippo auf die Schultern und hiess ihn mitzukommen. Sie begaben sich wieder nach vorne in das Ladengeschäft.

Die beiden gönnten sich viel Zeit, um von sich und ihrem Umfeld zu erzählen. Ab und zu kamen Kunden in das Geschäft. Währenddessen wartete Filippo im hinteren Ladenbereich geduldig; und immer dann, wenn der Mann sich wieder Filippo zuwendete, erzählte er ihm von seinen Erfahrungen und erläuterte ihm die Gesetzmässigkeiten mit dem Handel von Kunstgegenständen, den er offenbar sehr gut kannte. Er wusste zu berichten, wie ein echter Kunstgegenstand als solcher zu erkennen war, worauf man zuerst achten sollte, wie er zu bewerten und auf welche Weise die Herkunft zu rekonstruieren sei. Fälschungen waren offensichtlich sein Steckenpferd. Er kannte aber auch die zahlreichen Hehler, die mit solchen Gegenständen handelten, und all die Gefahren, die man sich mit ihnen aufhalsen konnte.

Die vielen Gegenstände, die bei ihm eingelagert waren, seien zwar nicht sein Eigentum. Vieles sei alter Familienbesitz und wartete nur darauf, reiche Käufer zu finden. Einige Dinge seien aber sein Eigentum. Von diesen würde er sich jedoch nur im äussersten Notfall trennen, fügte er beinahe wehmütig hinzu.

Filippo begann den Mann zu bewundern. Wie kein Zweiter verstand der Alte seine Schilderungen mit eleganten Bewegungen zu beschreiben. Selbst die Wortwahl faszinierte ihn. Auf eindrückliche Weise verstand er es, die kompliziertesten Zusammenhänge einfach zu erklären. Er fragte sich bald, wie man sich nur ein solches Wissen erwerben konnte und welches Vertrauen er weit herum geniessen musste, dass man ihm so viele Reichtümer anvertraute.

Der Mann belehrte ihn jedoch eines Besseren. Die Leihgaben würden ihm nicht einfach so ohne weiteres überlassen. Er hätte für jeden Gegenstand, der sich im hinteren Teil seines Ladens befand, gewisse Garantien leisten müssen, und wenn eines dieser Schätze verloren ginge, hätte er nicht nur einen materiellen Schaden. Solche Pannen würden sich in der Branche bald einmal herumsprechen - was für ihn den Ruin bedeutete. Doch dank seiner Menschenkenntnisse und einer gewissen Portion Misstrauen gegenüber denjenigen, mit denen er bisher zu tun gehabt hatte, war ihm ein solcher Verlust Gott sei Dank erspart geblieben, was er mit grossem Stolz verkündete.

Filippo wertete diese Aussage als persönliches Eigenlob. Der Alte schien sich ebenfalls darüber zu freuen.

Als sie sich gegen Abend zum Essen aufmachten, entsann sich Filippo, dass er nicht einmal den Namen dieses Mannes wusste. Als er ihn danach fragte, antwortete dieser kurz und bündig: «Ach, nennen Sie mich einfach *Don Pasquale*. Wissen Sie, in meinem Beruf sind Namen unbedeutend. Ausserdem ist es besser für Sie, wenn Sie meinen richtigen Namen nicht kennen; und Ihren richtigen Namen habe ich ohnehin schon vergessen.»

Filippo begriff und konterte spontan: «Wie Sie meinen. Wenn Sie Don Pasquale sind, dann nennen Sie mich doch auch ganz einfach: *Picchio Rosso*.»

Don Pasquale lachte über seine Schlagfertigkeit: «Sie scheinen gut zu lernen, junger Mann. Sie haben Recht, es wird wohl für alle besser sein, wenn ich Sie nur mit diesem Pseudonym anspreche. Was gefällt Ihnen denn an diesem Namen?»

«Eigentlich nichts. Aber wenn ich es mir so überlege, passt das heutige Losungswort *Picchio Rosso* eigentlich noch ganz gut zu mir. Ich fliege und reise gerne, bin von Natur aus neugierig, eben wie der Buntspecht. Der will auch immer wissen, was sich unter der Rinde versteckt - und morsches Holz, wo sich die grössten Würmer befinden, interessiert mich jetzt je länger, je mehr.»

Sie lachten. Filippo ahnte nicht, dass er sich mit diesem Pseudonym den Grundstein für sein späteres Leben gelegt hatte und dass später der Name *Picchio Rosso* sogar in den NSDAP-Archiven mehrfach wieder zu finden sein würde.

⌘

Das runde Gesicht des Obergruppenführers und Chef des SS-Hauptamts in Berlin lief dunkelrot an, als er den Rapport zu Ende gelesen hatte. Als er begriff, was sein Inhalt bedeutete, geriet er völlig ausser sich.

Wutentbrannt stürmte er hinter seinem wuchtigen Schreibtisch hervor und stampfte mit schweren Schritten über das Parkett, der gegenüber liegenden Türe zu. Auch das harte Stakkato der aufschlagenden, blank polierten Lederstiefel liess nichts Gutes erahnen. Noch hatte er den Weg zur Türe nicht hinter sich gebracht, als er schon aus voller Kehle brüllte, als gälte es, das gesamte Hauspersonal zusammenzurufen: «Heydenreich!»

SS-Obersturmbannführer[1] Heydenreich hielt sich zu diesem Zeitpunkt jedoch im Garten eines einstigen Adelshauses im feudalen Berliner Aussenquartier nahe dem Wannsee auf und unterhielt sich mit einem Hausangestellten über Belanglosigkeiten. Der Gesuchte nahm das Geschrei seines Vorgesetzten zwar wahr, wusste es jedoch vorerst nicht zu deuten. Arglos plauderte er mit dem Hausangestellten weiter. Erst als der ausser Kontrolle geratene Funktionär den Ruf nochmals erschallen liess, verfehlte es die Wirkung nicht. Heydenreich unterbrach das Gespräch mitten im Satz und realisierte rasch, dass er damit gemeint war.

Seine Nackenhaare begannen sich zu sträuben, soweit dies sein kahl geschorenes Haupt überhaupt zuliess. Der Obersturmbannführer ahnte Schlimmes. Wenn sein Vorgesetzter auf diese Weise schrie, war mit ihm nicht gut Kirschen zu essen.

Heydenreich war hart im Nehmen, aber er war dessen sich durchaus bewusst gewesen, was ihn erwartete, als er damals der Partei beigetreten war und sich dann später zur SS gemeldet hatte. Nach dem Krieg hatte sich ihm, wie tausend anderen jungen Männern, auch keine Alternative geboten, als der Nationalsozialistischen Arbeiterpartei beizutreten. Im bisherigen Staatssystem hatte er schon lange keinen Sinn mehr gesehen. Andrerseits boten sich ihm innerhalb der Partei Möglichkeiten, sich nicht nur gesellschaftlich Anerkennung zu verschaffen. Dabei kam ihm die streng hierarchische Ordnung der Partei sehr gelegen, und dank seines angeborenen Kadavergehorsams und der Fähigkeit, jede Weltanschauung zu seiner eigenen zu machen, erklomm er innert kürzes-

---

[1] SS-Obersturmbannführer: Der *SS-Sturmbann,* aus drei SS-Stürmen gebildet und in der Regel von einem Sturmbannführer geleitet, umfasste zwischen 250 und 600 SS-Männern und entsprach beim Heer die Grösse eines Bataillons. Der Obersturmbannführer befehligte mehre Sturmbanne und entspricht etwa dem Rang eines Oberstleutnants.

ter Zeit die SS-Rangstufen hoch bis zum Obersturmbannführer. Damit wurde ihm eine Macht verliehen, die er sich ohne die NSDAP nie zu erhoffen gewagt hätte.

Nach dem dritten Ruf seines Vorgesetzten, der in der Tonart kaum mehr zu überbieten war, beeilte er sich und rannte, als hätte er den Leibhaftigen im Rücken, zum Haus und war aufs Schlimmste gefasst. Polternd stiess er die zweiflüglige Haustüre auf.

Sein Blick glitt nach oben, wo sich auf dem Treppenpodest sein Chef bereits wie die Feuer speiende dreiköpfige *Chimäre*[1] drohend aufgebaut hatte. Schon die Körperhaltung verriet blanker Zorn. Das weit geschnittene braune Uniformhemd war zwar in der Lage, die Körperfülle erfolgreich zu kaschieren. Trotzdem wirkte er wie ein schnaubender Bulle vor dem Angriff. Die geballten, seitlich in die schwammigen Hüften gestemmten Fäuste liessen erahnen, was nun folgte.

Als er Heydenreich im Hausflur erblickte, brüllte er im gleichen Ton weiter. Mit stark akzentuierten Worten schrie er ihm entgegen: «Welches gottverdammte Arschloch hat diese Scheisse fertig gebracht? Ist denn hier in diesem Sauladen niemand fähig, für unseren Führer auch nur den einfachsten Auftrag zu erfüllen?»

Die Fragen gestatteten keine Widerrede. Daher tobte er weiter: «Heydenreich! Ihnen sollte man den Schwanz ausreissen. Sonst vollbringt Ihre Brut in zwanzig Jahren wieder die gleiche Scheisse. Wenn Sie nicht fähig sind, Ihre Aufgaben besser zu erledigen, sorge ich dafür, dass Sie in der Versenkung landen. Kommen Sie sofort hoch, ich habe mit Ihnen zu reden!»

Wutentbrannt und abrupt machte der Obergruppenführer auf dem Absatz kehrt und begab sich wieder stampfend in sein Büro. Er wusste, seine Worte hatten ihre Wirkung nicht verfehlt; Heydenreich würde der Aufforderung widerspruchslos folgen.

---

[1] Chimäre: Homer beschreibt die Chimäre in der griechischen Mythologie in der Ilias als feuerspeiendes Mischwesen mit drei Köpfen: dem eines Löwen, in dessen Nacken dem einer Ziege, und als Schwanz hat sie den Kopf einer Schlange oder den eines Drachen.

In rekordverdächtiger Zeit spurtete Heydenreich die Treppe hoch und stand bald darauf vor seinem Chef. Standesgemäss schwang er den Arm zum Hitlergruss nach oben und schlug unüberhörbar die Fersen zusammen. Dann schwieg er, weil er nur zu gut wusste, dass Rechtfertigungen jetzt fehl am Platz wären. Jede Antwort würde ihm als Ausrede angekreidet, und dies würde seine Position in der Schutzstaffel schwächen.

Mit gemässigter Tonart fuhr er fort: «Heydenreich, das schwöre ich Ihnen, nochmals eine solche Panne, und Sie landen in der Gosse. Jetzt sehen Sie zu, wie Sie die Scharte auswetzen. Ihre unfähigen Lehrlinge können Sie sich dabei sonst wohin stecken. Um deren Ausbildung muss ich mich wahrscheinlich wieder einmal selber kümmern. Das sind doch alles Schlappschwänze und Muttersöhnchen! Mein Führer wird ausrasten, wenn er von dieser Schlamperei erfährt.»

Die Standpauke setzte sich im gleichen Ton eine Zeit lang fort. Zwischendurch streckte ihm der Obergruppenführer den Rapport entgegen, der zweifellos der Grund seiner Entrüstung war: «Da lesen Sie, welche Schweinerei Sie angerichtet haben.»

Heydenreich nahm das Blatt entgegen und las, während dessen der SS-Obergruppenführer noch immer wie ein Rohrspatz schimpfte. Nervös folgten die blassblauen Augen Heydenreichs dem Inhalt auf dem Papier.

Der Rapport war eindeutig abgefasst. Er verstand nun auch, weshalb sein Chef ausgerastet war. Der Inhalt war so deutlich, dass tatsächlich zu befürchten war, nun auch noch den Zorn des Führers auf sich ziehen. Dabei war Heydenreich bisher felsenfest der Meinung gewesen, er hätte für diesen Auftrag seine besten Leute nach Mailand geschickt. Dass sich einer von ihnen auf so dilettantische Weise übertölpeln liess und die Spur zu Filippo verlor, war ja noch nicht das Schlimmste. Aber das, was er da zu lesen bekam, brachte in der Tat das Fass zum Überlaufen.

Heydenreich erinnerte sich: Als ihm aus Mailand berichtet wurde, der Kontakt zu Filippo sei verloren gegangen, empfing er darauf ein Telegramm mit einem viel versprechenden Inhalt. Darin stand geschrieben, dass zu einem bestimmten Zeitpunkt an einem bekannten Ort in Mailand das Original des berühmten Kindergesichts von Amedeo Modigliani an den Vertreter der Nationalgalerie von Spanien übergeben werden sollte. Das Bild würde von einem Kurier des Barons übergeben, der sich *Picchio Rosso* nannte.

Für Heydenreich gab es damals keinen Zweifel, dass hinter diesem Pseudonym nur Filippo Negri stecken konnte. Damit war für ihn auch bewiesen, dass der genannte Kurier mit jenem Mann identisch sein musste, dessen Spur in Mailand verloren gegangen war. Damals wertete er die Situation als Chance, die verloren gegangene Spur zu den Aktivitäten des Barons wieder aufnehmen zu können.

Sein Fehler - wie sich nun herausstellte - war jedoch gewesen, dass er es unterlassen hatte, den Absender des Telegramms zu überprüfen. Der aufgeführte Name war ihm zwar bekannt; die Meldung war von einem ihm bekannten SS-Standartenführer aus dem Breisgau unterzeichnet worden. Ein Ferngespräch nach Freiburg hätte jedoch genügt, das Telegramm als Fälschung zu entlarven. Zu jenem Zeitpunkt, als das Fernschreiben in Mailand aufgegeben worden war, hielt sich der vermeintliche Absender nämlich noch in Berlin auf. Trotzdem verfehlte das Faksimile seine Wirkung nicht.

Heydenreich plante damals, den Kurier abzufangen, und rechnete sich aus, von *Picchio Rosso* mehr über das Netz des Barons zu erfahren. Ausserdem wollte er das Bild beschlagnahmen.

Heydenreich erkundigte sich zwar über weitere Hintergründe dieses Treffens, erfuhr jedoch nicht mehr, als dass es sich bei diesem Bildnis offenbar um eine Miniatur handelte, deren Wert in keinem Verhältnis zur eigentlichen Bildgrösse stünde. Daraufhin wies er zwei seiner fähigsten Agenten an, sich am besagten Ort rechtzeitig einzufinden. Die Agenten wurden überdies beauftragt, das Bild mit allen Mitteln zu konfiszieren. Dementsprechend wussten sie, dass es sich um ein kleineres Bild handeln würde.

Heute musste Heydenreich zur Kenntnis nehmen, dass seine Gegenspieler schlauer gewesen waren. Der Rapport enthielt so viele

Details, dass er jetzt verstehen konnte, wie es zu dieser Panne hatte kommen können: Filippo, alias *Picchio Rosso*, soll zwei in unterschiedlicher Grösse verpackte Bilder auf sich getragen haben, als er sich mit dem Vertreter der Nationalgalerie am Hauptportal der Stazione Centrale getroffen hatte. Das grössere der beiden Pakete hatte er bei sich behalten, während er bei der Begrüssung das kleinere achtlos auf den Boden neben eine Säule stellte.

Auf diesen Augenblick hatten die beiden Agenten offensichtlich gewartet. Beide vermuteten, das besagte Bild befände sich im kleineren der beiden Pakete. Unauffällig hatte sich daraufhin der eine dem Treffpunkt genähert, während der andere in einem gewissen Abstand auf den geeigneten Augenblick wartete.

Während Filippo mit dem spanischen Vertreter sprach, rempelte der des Weges kommende Agent die beiden ruppig an und tat so, als ob er über etwas gestolpert sei. Während er sich über sein geschickt inszeniertes Missgeschick entschuldigte, nutzte sein Kollege den Überraschungseffekt und nahm das kleinere Paket mit einer flinken Bewegung an sich. Geschickt liess er es unter seinem weiten Mantel verschwinden.

Der Zwischenfall hatte nur wenige Sekunden gedauert, aber das Täuschungsmanöver war *Picchio Rosso* gelungen. Wenig später wurde der Schwindel aufgedeckt, was dem zuständigen SS-Obergruppenführer umgehend rapportiert wurde.

Die SS und insbesondere Heydenreich waren damit einem billig eingefädelten Trick auf den Leim gekrochen, mit welchem das Ansehen der Partei geschädigt werden sollte. Offenbar wollte der Baron mit dieser Aktion demonstrieren, dass es nicht so einfach sei, ihm in seine Karten zu gucken.

Heydenreich las den Rapport zu Ende und legte ihn auf den Schreibtisch zurück. Er schwieg und wunderte sich nun nicht mehr über das Verhalten seines Chefs. Für eine Weile sprach keiner der beiden. Der Raum füllte sich mit betretenem Schweigen.

Der Obergruppenführer nahm das Papier langsam und kopfschüttelnd zur Hand. Den massigen Oberkörper mit beiden Armen auf der Schreibtischplatte abstützend und weit nach vorne lehnend, so dass die schwarze Binde mit dem Hakenkreuz am Oberarm speziell zur Geltung kam, blickte er Heydenreich scharf ins Gesicht. Die Augen drohend zu kleinen Schlitzen verschlossen, befahl er Heydenreich leise flüsternd: «Sie fahren noch heute mit dem Nachtschnellzug nach Zürich und morgen nach Locarno. Sie beschaffen sich dort alle Informationen über diesen Lausebengel, der sich *Picchio Rosso* nennt und unsere Männer mit den billigsten Tricks ausser Gefecht setzt. Ich will alles über ihn und seine Familie wissen, wie er lebt, welche Freunde er hat, mit wem er Kontakte pflegt und bei welchem Schneider er seine Anzüge fertigen lässt – kurz gesagt, ich will diesen Burschen kennen lernen, als wäre er mein eigener Bruder.»

Heydenreich versuchte nicht, zu widersprechen, und hielt den Blick in ergebener Weise gesenkt. Aufmerksam hörte zu, was sein Chef noch von ihm verlangte: «Vergessen Sie nicht, Heydenreich, den Weg zum Baron kann uns momentan nur *Picchio Rosso* weisen. Ich befehle Ihnen, finden Sie seine Spur – und wehe Ihnen, Sie beschaffen mir nichts Brauchbares.»

Der Angesprochene schien begriffen zu haben. Mit diesem Schuss vor den Bug hatte er seine Funktion als Obersturmbannführer faktisch verspielt. Aber immerhin gab man ihm eine Chance, und wer weiss, vielleicht würde es seine letzte sein. Einen weiteren Misserfolg vertrug es keinen mehr. Seine endgültige Degradierung und allenfalls sogar der Ausschluss aus der Partei drohten ihm.

Andererseits brachte er es fertig, mehr als nur diese Panne wieder gutzumachen und sogar einen seiner Verbindungsleute in das Netz des Barons einzuschleusen, dann wäre ihm die Beförderung zum Standartenführer gewiss. Im Wissen dieser Folgen antwortete Heydenreich nach einer Weile treu ergeben: «Selbstverständlich werde ich Ihnen Brauchbares beschaffen. Bedenken Sie, dieser Mann ist mir nicht unbekannt. Ich brauche nur dort anzuknüpfen, wo ich seinerzeit mit meinen eigenen Recherchen aufgehört hatte, bevor ich nach Berlin beordert worden war.» Damit liess er durchblicken, dass er mit der Versetzung ins SS-Hauptquartier nie glücklich gewesen war.

«Das ist mir scheissegal, was früher war. Jetzt werden Nägel mit Köpfen gemacht! Meinetwegen lassen Sie sich hierfür einen *SS-Sturm*[1] abkommandieren. Wenn Sie wollen, greifen Sie auf unsere Nachrichtenleute zurück. Aber unternehmen Sie was! Ihren Bericht erwarte ich bis spätestens Ende Monat. Sie haben also mehr als drei Wochen Zeit. Haben wir uns verstanden? So, und jetzt verschwinden Sie!» Mit einer wegwerfenden Handbewegung, als wäre er ein lästiges Insekt, forderte er Heydenreich auf, den Raum zu verlassen.

Der schwer gedemütigte Obersturmbannführer schwieg und stand stramm, wie es sich für einen Parteigetreuen gehörte, hackte die Fersen abermals zackig zusammen, streckte den rechten Arm schräg nach oben und verabschiedete sich mit einem heiseren «Heil Hitler».

Als er den Flur betrat und die Türe hinter sich ins Schloss zog, erntete er vom an einem kleinen Schreibtischchen sitzenden Sturmmann einen anteilnehmenden Blick. Dieser wusste nur zu gut, wie es SS-Untergebenen in solchen Situationen zumute war. Die Stimme des Chefs war ja auch weit herum hörbar gewesen.

Heydenreich nahm die bemitleidende Mimik des biederen Sturmmanns nicht wahr. Er war zu sehr mit sich selber beschäftigt. Hastig verliess er das Haus und strebte seinem Dienstwagen zu.

Sein Ziel war klar: eine Fahrkarte für den Nachtschnellzug musste her. Der Auftrag gestattete keinen Aufschub.

⌘

Als sich im Nazi-Deutschland die Anzeichen vermehrten, dass sich Schlimmes zusammenbraute, wappnete sich der Baron auf seine Weise. Er wollte nicht noch einmal erleben, wie sein ganzes Vermögen und das seiner Kunden verloren ging, wie damals zu Beginn des ersten Weltkriegs, als die Engländer seine Bank beschlagnahmen liessen.

---

[1] SS-Sturm: drei Trupps unter der Führung eines Sturmführers und umfasste zwischen 70 und 120 Mann, entsprach beim Heer etwa der Grösse einer Kompanie.

Nachdem Adolf Hitler die Parteiführung der NSDAP in seine Hand gebracht hatte, verschaffte er sich mit der Einführung des Führerprinzips nach und nach die für seine spätere Entwicklung entscheidenden diktatorischen Handlungsspielräume und Organisationen.

1922 wurde der Jugendbund der NSDAP gebildet, die Keimzelle der späteren *Hitlerjugend*[1]. Mit der Aufstellung der SS seit 1925, der Bildung der HJ und der Errichtung einer Reihe berufsständischer Gliederungen wurde die Partei in den nächsten Jahren immer weiter ausgebaut.

Vor diesem Hintergrund begann der Baron schon seit längerer Zeit viele seiner Kunstschätze auf europäische Museen als Leihgaben zu verteilen. Damit sorgte er nicht nur dafür, dass seine Schätze sicher aufbewahrt würden. Dadurch profitierte er erst noch in steuertechnischer Hinsicht.

Die Partei durchschaute zwar diese Strategie, kannte jedoch sein Vorgehen bei der Beschaffung von Kunstgütern nicht. Aus diesem Grund scheute die SS keine Anstrengung, das Verbindungsnetz und die Kontaktpersonen des Barons besser kennen zu lernen.

Da auch die Umsetzung der politischen Ziele der NSDAP Unsummen an Geldern verschlang, nahm die Parteileitung besonders reiche Personen ins Visier. Mit einem ausgeklügelten und korrupten Überwachungsnetz beschafften sie sich zuerst Informationen über das in- und ausländische Establishment, um es dann gezielt und zum Teil mit grausamen Repressionen für ihre Zwecke zu verpflichten.

Besonders hart traf es dabei die deutschen Juden, *die nach den Ideologien der Partei keine deutschen Staatsbürger sein konnten*[2]. Die Juden

---

[1] Hitler-Jugend (HJ): Jugend- und Nachwuchsorganisation der NSDAP, die zur «Erziehung» der Jugend diente und dafür sorgen sollte, dass sich bei den Heranwachsenden ein Bewusstsein bildete, das dem Nationalsozialismus dienlich war.

[2] Deutscher Staatsbürger: konnte damals nur sein, wer Volksgenosse ist, und Volksgenosse konnte nur sein, wer deutschen Blutes ist, ohne Rücksicht auf die Konfession. Kein Jude konnte daher Volksgenosse sein» (Zitat aus dem Programm der NSDAP von 1920).

wurden mit raffinierten Ränkespielen und meist ohne Umschweife enteignet, im Klartext: bestohlen. Dafür bediente sich die Partei nicht selten der brutalen Schläger aus ihrer Sturmabteilung, der SA. Die kahlgeschorenen, in braune Uniformen gesteckten Burschen, die am rechten Oberarm das schwarze Band mit dem aufgestickten Nazikreuz trugen, waren bald in ganz Deutschland bekannt und berüchtigt zugleich.

Die regulären Ordnungshüter des Staatsdienstes indessen, standen diesen Ereignissen machtlos gegenüber oder sahen ihnen oft nur untätig zu.

⌘

Heydenreichs Arbeit war gründlich. In der ihm zur Verfügung stehenden Zeit wurde Filippo sowie seine Familie durch zahlreiche Spezialisten praktisch rund um die Uhr observiert. Mit raffinierten Tricks befragten Spitzel Personen aus seinem gesamten Umfeld. Nichts entging ihnen. Das kleinste Detail wurde festgehalten und an Heydenreich weitergegeben.

Die zuweilen auf die perfideste Art zusammengetragenen Informationen ergaben bald ein umfassenderes Persönlichkeitsbild von Filippo, als er es von sich selber kannte. Die zahlreich abgelieferten Berichte wurden daraufhin pflichtgemäss und minutiös ausgearbeitet und der SS-Führung rapportiert. Was nicht schon bekannt gewesen war, wurde ergänzt. Die Akte *Picchio Rosso*, alias Filippo Negri, wurde mit der Zeit immer umfangreicher und enthielt so ziemlich alles, was wissenswert erschien.

Die Schlappe von Mailand wurde damit zwar wettgemacht, und Heydenreichs Vorgesetzter schien soweit wieder zufrieden gestellt zu sein, trotzdem hatte der Obersturmbannführer beim Schlussrapport noch einmal eine gehörige Standpauke über sich ergehen lassen müssen – und damit wurde mit der erhofften Beförderung zum *Standartenführer*[1] sowieso nichts. Da halfen auch die zusätzlichen Informationen nicht, die Heydenreich mit seinem Rapport

---

[1] SS-Standartenführer: entspricht etwa dem Rang eines Obersten.

sozusagen umsonst mitgeliefert hatte. Die Recherchen zur Person Filippos zeigten nämlich zur Überraschung aller, dass das neue Hotel auf dem Monte Verità nicht nur für eine einfache Herberge vorgesehen war. Vielmehr wurde man sich bei der SS-Führung jetzt bewusst, dass hier unter der Regie des Barons eine Drehscheibe im Entstehen begriffen war, die für viele berühmt-berüchtigte Persönlichkeiten aus aller Welt zum Treffpunkt werden sollte.

In der Tat: Auf den Pfaden rund um den Hügel begegnete man plötzlich Menschen, die man nie zuvor gesehen hatte. Es waren nicht mehr die Künstler und Träumer von damals, sondern elegante, wohlhabende Leute, die sich meistens im Dunstkreis des Barons aufhielten. Hier wurden – neben den allgemein schon bekannten frivolen gesellschaftlichen Anlässen – vor allem Kontakte mit einflussreichen Persönlichkeiten geknüpft, geheime Gespräche geführt und Geschäfte mit Riesensummen abgewickelt.

Der traditionsreiche Ort diente dem Baron aber auch noch für einen anderen Zweck. Als seine Ehe 1927 geschieden wurde, machte dies ihn frei, um auf dem als mystisch und freizügig bekannt gewordenen Ort auf dem Monte Verità seinen von der Norm abweichenden Trieben nachzuleben. Es hiess, er hätte bisexuelle Neigungen. Man sah den Baron oft spärlich bekleidet, wie er zwar zurückgezogen, aber viel draussen lebte.

Von hier aus pflegte er intensive Kontakte zur deutschen Prominenz. Schon bald tauchten im Hotel Barone und Baronessen auf, welche ihm sogar Beziehungen zum Haus der durchlauchten Hohenzollern öffneten, was ihn jedoch nicht hinderte, der schönsten Frau von Locarno den Hof zum machen, der Besitzerin einer Konditorei – ebenfalls ein bekannter Treffpunkt, wo ihr auch andere Berühmtheiten huldigten.

Der Bericht von Heydenreich enthielt noch ein weiteres für die SS brisantes Detail. Der im Kunsthandel überaus erfahrene Adlatus des Barons, Justus von Richtfeld, war nicht von rein arischem Geblüt. Sein deutscher Vater war mit einer Jüdin verheiratet, und unter seinen Grosseltern waren ebenfalls Juden zu finden. So galt

Justus von Richtfeld in den Augen der Nazis als Vierteljude, was ihm später noch zum Verhängnis werden sollte.

Eheliche Mischungen zwischen Mitgliedern der jüdischen Glaubensgemeinschaft und Personen von so genannt rein deutscher Abstammung waren für die Nazis besonders inakzeptabel. Einerseits standen die Nazis für die geschlechtliche deutsche Reinheit kompromisslos ein. Andererseits behaupteten sie aber, alles Übel dieser Welt stamme von den Juden. Mischehen zwischen Ariern und Juden waren für sie somit Widersprüche in sich selbst und waren mit der dogmatischen Denkweise des Nationalsozialismus nicht vereinbar.

Die neue politische Bewegung in Deutschland hatte mit ihren Zielen und aufgrund der weltweiten Situation die Chancen für ihre Expansionsgelüste und ihren Machthunger längst gewittert. Der herrschende Zeitgeist befand sich zweifellos an einem Wendepunkt. Die zerstörerischen Kräfte des Nationalsozialismus manifestierten sich in zunehmendem Masse, hatten jedoch ihre volle Wirkung noch nicht erreicht. Was sich in parteiinternen Büros und Kommandozentralen der paramilitärischen Untergruppierungen abspielte, hatte vorerst noch vielfach provinziellen Charakter. Die verantwortlichen Funktionäre mit ihren Führern unterliessen jedoch nichts, um ihren Einfluss überall auszubauen. Die nationalsozialistische Bewegung entwickelte sich bald zum Flächenbrand.

Als 1929 *Heinrich Himmler*[1] zum Reichsführer der Schutzstaffeln ernannt und die gesamte Presse sowie die Propaganda der NSDAP *Joseph Goebbels*[2] als Reichspropagandaleiter übertragen

---

[1] Heinrich Luitpold Himmler (* 7. Oktober 1900 in München; † 23. Mai 1945 in Lüneburg durch Suizid): deutscher Politiker in der Zeit des Nationalsozialismus, zuvor Diplom-Landwirt und Geflügelzüchter. Als Leiter (Reichsführer) der SS hauptverantwortlich für die Durchführung des Holocaust an den europäischen Juden, Sinti und Roma und unzähliger anderer Kriegsverbrechen während des Zweiten Weltkrieges.

[2] Paul Joseph Goebbels (* 29. Oktober 1897 in Rheydt (heute zu Mönchengladbach); † 1. Mai 1945 in Berlin durch Suizid): der einflussreichste und populärste Politiker während der Zeit des Nationalsozialismus. Neben zahlreichen anderen Staats- und Parteiämtern leitete er das Reichsministerium für Volksaufklärung und Propaganda.

wurde, besass die Organisation im herrschenden politischen Umfeld bereits nahezu unverletzbare Strukturen.

Umgekehrt hatte die grosse und ambitiöse Völkerbundsidee einiges von ihrem ursprünglichen idealen Schwung verloren, aber sie galt noch nicht als völlig entwertet oder war der Verachtung preisgegeben. Die Dinge konnten sich genauso gut noch zum Guten, aber auch zum Bösen wenden.

Die eigentliche Weltwirtschaftskrise begann mit dem grossen Sturz der Wertpapiere an der New-Yorker Börse im Oktober 1929, der den *Dow Jones Industrial Average*[1] innert weniger Tagen von 299 auf 230 Indexpunkte fallen liess. Der enorme Kurssturz erregte international grosses Aufsehen. In einer Art Kettenreaktion riss ein Zusammenbruch den nächsten mit sich.

Dies war die eigentliche Chance und der Nährboden für die deutsche nationalsozialistische Bewegung. Die Krise erschütterte Länder mit einer starken Landwirtschaft zwar weniger als die industrialisierten Staaten, zu welchen auch Deutschland gehörte. Aus diesem Grund aber brachen in Deutschland die immer noch schwachen demokratischen und republikanischen Einrichtungen schlagartig und endgültig auseinander. Die republikverdrossenen Deutschen und die Gegnerschaft gegen die Demokratie in den bürgerlich-nationalen Kreisen liefen der Arbeiterpartei geradezu mit offenen Armen entgegen.

So nahm eine Entwicklung ihren Lauf, die auch die Ereignisse in der Schweiz nachhaltig beeinflusste. Die Südschweiz geriet mit diesen Aktivitäten in spezieller Weise in einen unaufhaltsamen Strudel. Die Nähe Italiens, in der bereits Mussolini und seine faschistische Bewegung ihr Unwesen trieben, sowie die geografische Lage direkt an der wichtigen Nord-Südachse Europas gelegen, machte das Tessin für die Nazis und die Faschisten besonders interessant.

---

[1] Dow Jones Industrial Average (DJIA) – oder in Europa auch kurz Dow-Jones-Index genannt: einer von mehreren Aktienindizes, die vom Gründer des *Wall Street Journals* und des Unternehmens Dow Jones, Charles Henry Dow (1851–1902), sowie vom Statistiker Edward David Jones (1856–1920) geschaffen wurden.

Dies bekam auch Filippo zu spüren. Seine Arbeit für Justus von Richtfeld wurde immer schwieriger. Als der Baron über seine Informanten erfuhr, dass Filippo bei der SS-Führung kein unbeschriebenes Blatt mehr war, ordnete er über Justus von Richtfeld besondere Sicherheitsvorkehrungen an. Filippo musste sich mit gefälschten Pässen ausrüsten, die ihm über dunkle Kanäle beschafft wurden.

Nach gut einem Jahr weiterer Reise- und Kuriertätigkeit entschloss sich der Baron, Filippo vorläufig aus dem Verkehr zu ziehen. Seine Erfolge waren inzwischen bemerkenswert geworden. Doch für das Geschäft des Barons wurde er mehr und mehr zum Risikofaktor. Ausserdem wurde Filippos Arbeit zuweilen so trickreich, dass es nur eine Frage der Zeit war, bis ihm entscheidende Fehler unterliefen. Damit würden die Geschäfte des Barons direkt gefährdet, der überdies fest damit rechnete, dass sich die Nazis zu einer Macht entwickeln würden, mit denen je länger, desto mehr zu rechnen war.

Als gewiefter Geschäftsmann begann er mehr und mehr zu überlegen, wie er die bisherige Strategie ändern sollte. Auf seinen ausgedehnten Spaziergängen auf den Wegen rund um den Monte Verità zog er sogar in Betracht, selbst mit den Nazis ins Geschäft zu treten.

Nachdem der Baron seine Chancen witterte, liess er schliesslich – zum Schein nur – überall verlauten, er würde sich endgültig aus dem aktiven Leben zurückziehen und sich nur noch der Kunst verschreiben. Diese Aussage liess jedoch auch eine andere Interpretation zu: Er lebte im grössten der alten Bungalows auf dem Monte Verità, der Casa Anatta, zusammen mit seinen ostasiatischen Göttern aus Stein und Holz, deren Lächeln ihn den Mangel an Komfort offenbar vergessen liess, zwar sehr bescheiden. Aber um neue Kunstschätze zu erstehen, pendelte er andrerseits mehr denn je zwischen Berlin, Holland und Ascona hin und her. In Holland gründete er ausserdem in aller Stille eine neue Bank, mit der er noch besondere Pläne hegte.

Weiter wies er Justus von Richtfeld an, Filippo sei nun offiziell sofort aus dem Dienst zu entlassen. Diese Anweisung war jedoch nur ein weiteres Täuschungsmanöver. Sein Schützling hatte sich nämlich inzwischen derart grosse Kunstkenntnisse angeeignet und sich wertvolle Verbindungen zu einflussreichen Persönlichkeiten verschafft, dass der Baron auf ihn nicht einfach so verzichten wollte. Er sollte ihm mit seinem Wissen und Talent weiterhin zur Verfügung stehen, allerdings nicht mehr in der bisher exponierten Weise.

Im Alter von 22 Jahren stellte ihn der Baron im Hotel auf dem Monte Verità als Stellvertreter des Chefs de Service ein. In dieser Eigenschaft wurde ihm die spezielle Aufgabe übertragen, sich bestimmter Hotelgäste anzunehmen. In schönster Umgebung und besonders in weinseliger Stimmung liesse sich von den Gästen jedenfalls mehr Intimes erfahren als anderswo. In der Tarnung als Kellner und Gästebetreuer kam Filippo fortan die Aufgabe zu, die Gäste auszuhorchen und Informationen zu sammeln, die über Herrn von Richtfeld an den Baron weiterzuleiten waren.

Das Hotel war dafür wie geschaffen. Es wimmelte zuweilen ja nur so von schwerreichen Personen, die nicht wussten, was sie mit ihrem Geld anfangen sollten.

Des Barons Strategie funktionierte zunächst bestens. Seit Filippo im Hotel arbeitete, tappte Heydenreich wieder im Dunkeln. *Picchio Rosso* blieb für die SS-Führung zumindest vorübergehend unauffindbar. Selbst Justus von Richtfeld schien wie von der Bildfläche verschwunden zu sein. Die Verunsicherung im SS-Hauptquartier war jedenfalls perfekt. Heydenreich musste zwangsläufig annehmen, der Baron hätte sich tatsächlich ins Privatleben zurückgezogen und sein gesamtes Personal entlassen. Es blieb ihm vorläufig nichts anderes übrig, als die Funkstille um den Baron zu akzeptieren. Heydenreich meldete daher bald nach Berlin, die Aktionen im Zusammenhang mit der Akte «*Picchio Rosso*» seien zumindest vorläufig einzustellen. Die SS-Führung akzeptierte den Vorschlag und beorderte Heydenreich unverzüglich wieder nach Berlin zurück.

Mit einem Auge aber konnte es sich Heydenreich nicht verkneifen, und schielte ab und zu immer wieder über den Alpenkamm nach Ascona. Er war nach wie vor davon überzeugt, dass dort wichtige Fäden zusammen liefen. Dank seiner Hartnäckigkeit und der angeborenen deutschen Gründlichkeit brachte er es nach Monaten schliesslich fertig, seine Vorgesetzten für sich zu gewinnen, um die Aktivitäten wieder aufzunehmen, sobald sich entsprechende Anzeichen ergeben sollten. Dafür wurden ihm uneingeschränkte Kompetenzen eingeräumt.

⌘

Der Concierge überprüfte die Liste der heute Angekommenen. Flüchtig überflog er die Namensliste jener Personen, die sich für den heutigen Tag angemeldet hatten. Gaetano, am Empfangstresen des Hotels, war ein äusserst gewissenhafter Mensch und erfahren obendrein. Nur die besten Referenzen hatten ihm zu dieser anspruchsvollen Anstellung verholfen.

Konzentriert las der eher jünger erscheinende Mittfünfziger die Namen, die auf der Liste standen. Es befanden sich keine ihm bekannten Persönlichkeiten darunter: Gegen Abend erwarteten sie eine Gruppe deutscher Kaufleute, die jedoch nur zum Essen bleiben wollten. Die Gruppe war unter dem wenig aussagenden Namen «Dr. Nannen aus Würzburg» gemeldet. Ausserdem waren ein polnischer Kaufmann, eine englische Lady mit ihrem Gefolge, zwei Russen und ein Italiener angemeldet, die im Laufe des Tages im Hotel auf dem Monte Verità eintreffen sollten.

Die gefertigten Kopien der Gästeliste legte der Concierge in die Holzkästchen auf dem Tisch, die mit «Chef de Service», «*Sommelier*»[1], «*Couvernante*»[2] und «Chef de Cuisine» angeschrieben waren. Mit einem flüchtigen Blick auf die Uhr stellte er fest, dass noch genügend Zeit verblieb, um die Ankünfte mit den Verantwortlichen zu besprechen.

Die Gästeliste für die Couvernante nahm er nochmals aus dem Fach und ergänzte sie mit den Zimmernummern.

---

[1] Sommelier (französisch für Mundschenk): berät den Inhaber und die Gäste über das Weinangebot des Hauses.

[2] Couvernante (französisch für Hausdame): in einem Hotel für den Haus- und Zimmerdienst zuständig.

Wenig später erschien Filippo bei Gaetano und erkundigte sich nach der Liste, die für das Restaurant bestimmt war. Der Concierge reichte sie ihm über den Tresen. Flüchtig bedankte sich Filippo und überflog im Gehen die Namen. Er suchte vergeblich nach ihm Bekannten.

Im Speisesaal erwartete ihn der Chef de Service sichtlich ungeduldig, um den Einsatzplan für das Dîner noch rechtzeitig zusammenstellen zu können.

«Langweilig wird's auch heute Abend sicher nicht», bemerkte Filippo beiläufig, als er ihm die Liste vorlegte.

Stumm nickend studierte sein Chef die Gästeliste. Nach einer Weile entnahm er aus einer Schreibmappe einen Tischplan und begann die Tischordnung aufzustellen. Entsprechend teilte er das Servicepersonal ein. Die Namen der Kellnerinnen und Kellner trug er in eine dafür vorbereitete Tabelle ein.

Filippo schaute ihm dabei über die Schulter. Um die Unterhaltung fortzusetzen, bemerkte er: «Wenn das so weiter geht, werden wir bald mehr Personal einstellen müssen.»

Das Hotel erfreute sich in der Tat in zunehmendem Mass besonderer Beliebtheit. Die Gäste kamen bald aus allen fünf Kontinenten nach Ascona. Da war es wichtig, über Personal mit guten Fremdsprachenkenntnissen zu verfügen. Diese Arbeit war ganz nach dem Geschmack von Filippo. Er liebte den Kontakt mit vielen verschiedenen Menschen und hatte sich daher auch schnell in die neue Arbeitswelt eingelebt. Die Regeln, die ein gewiefter Kellner zu beherrschen hatte, waren für Filippo kein Problem. Innert kürzester Zeit avancierte er zum Stellvertreter seines Chefs.

«So viel ich weiss, hat unsere Hausdame auch Probleme mit ihren Zimmermädchen», redete Filippo munter weiter, als er bemerkte, dass sein Chef mit der Einteilung seines Personals ebenfalls nicht zurechtkam.

«Die soll für ihren eigenen Laden schauen», giftelte er und trug weiter Namen in die Tabelle ein, um sie kurz darauf wieder aus zu radieren. Filippo schwieg und dachte sich seinen Teil. Der Chef schien heute nicht besonders gesprächig zu sein.

Nachdem der Serviceplan endlich festgelegt war, nahm der Chef de Service die Menüpläne für Mittag- und Abendessen zur Hand. Die Pläne legte er vor sich auf den Tisch hin und verglich die Eintragungen kritisch. Er schien mit seiner Disposition zufrieden zu sein.

Filippo war vom Mittagsservice dispensiert. Dafür hatte er am Abend die Gruppe mit den deutschen Kaufleuten allein zu übernehmen. Zwischendurch sollte er einspringen, wenn sich in anderen Rayons Engpässe ergaben.

Filippo liebte die Einteilung. Da war er ganz auf sich selbst gestellt, und diese acht *Zücchins*[1] würden ihm bestimmt keine Probleme bereiten. Die Tischordnung konnte er sodann allein vornehmen.

Deutsche Gäste waren, das wusste Filippo inzwischen von anderen Anlässen, leicht zufrieden zu stellen, sofern ihnen genügend Bier, Kornschnaps und am Schluss des Essens die Zigarrenkiste zu Verfügung standen.

Also setzte er Dr. Nannen oben an den langen Tisch. Filippo vermutete, dass es sich um den Organisator der Gruppe handelte. Er platzierte ihn mit dem Rücken zum Fenster. Damit hatte er ihn stets im Blickfeld und konnte sofort reagieren, wenn er von ihm etwas wünschte. Das andere Ende des Tisches liess er leer. Die restliche Platzordnung überliess Filippo dem Zufall.

Als er seine Vorbereitungen beendet hatte, verabschiedete sich Filippo von seinem Vorgesetzten: «Chef, Sie erlauben doch, dass ich nochmals nach Hause gehe. Meine Mutter hatte gestern einen kleinen Unfall. Sie hat sich den Knöchel verstaucht.»

«Schon gut, sei aber spätestens um fünf Uhr zum Dienst zurück.»

---

[1] Zücchin: Die Tessiner bezeichnen ihre Nachbarn von der Alpennordseite, die Deutschen eingeschlossen, oft als «Zücchin» = Idiom des Gemüse- oder Gurkenkürbis (Zucchetti).

Filippo ging auf dem Weg nach draussen nochmals beim Concierge vorbei, um vielleicht noch weitere Informationen über die angemeldete Gruppe zu erfahren. Doch dieser wusste auch nicht viel mehr, als dass dieser Dr. Nannen mit anderen Herren schon einmal zu Gast gewesen waren. Wenn es sich heute wieder um die gleiche Gesellschaft handelte – na dann Prost – dann ginge die Post sicher wieder gehörig ab.

Das letzte Mal, als dieser Dr. Nannen hier abgestiegen war, erzählte ihm der Concierge, waren am Schluss nicht einmal mehr die Zimmermädchen vor diesen so genannten Herren sicher gewesen - und der Champagner war dabei in Strömen geflossen.

«*Mein Gott*», dachte Filippo und eilte zum Sommelier. Er wollte ihm für alle Fälle mitteilen, dass er am Abend jedenfalls genügend Sekt kühl stellen sollte.

⌘

In der Hotelküche herrschte am Abend Hochbetrieb. Der Küchenchef *annoncierte*[1] am laufenden Band die vom Service abgerufenen Gänge, während die Souschefs und die gesamte übrige Küchenbrigade versuchten, mit dem Tempo der eingehenden Bestellungen Schritt zu halten. Bei der Speiseausgabe wartete derweil das Servicepersonal ungeduldig auf die Zuteilungen. Auf keinen Fall wollten sie die Gäste unnötig warten lassen.

Filippo liess sich von der Hektik nicht aus der Fassung bringen. Er begegnete der Geschäftigkeit seiner Kolleginnen und Kollegen gelassen. Geschickt wich er ihnen aus, wenn sie ihm mit drei, vier Tellern auf den Armen durch die zweiflügelige Pendeltüre eilig entgegen kamen. Mit einem aufmunternden Spruch hatte er schon manchen ein Lächeln entlockt. Selbst in der grössten Hektik verlor er nie seinen angeborenen Humor, was besonders bei den Gästen geschätzt wurde. In tadelloser Haltung und Diskretion servierte er Gang für Gang und fand sogar noch Zeit, die Gespräche der Gäs-

---

[1] Annoncieren: Bestellungsaufgabe an das Küchenpersonal (frz. brigade de cuisine) und Ausgabe an den Service, auch Nachbereitung, Garnitur, Koordination.

te zu belauschen. Doch die Deutschen sprachen – wie ihm schien – nur über Belanglosigkeiten und Alltagskram.

Ohne dass sich Nennenswertes ereignete, servierte er bei der Gruppe von Dr. Nannen schliesslich die Nachspeise. Sie bestand aus einer raffinierten Zusammenstellung von Vanilleeis auf zartem Biskuitboden, umgeben von filettierten Orangenschnitzen mit Schlagrahm-Häubchen, auf welchen zuoberst eine zuckersüsse Traubenbeere von der hiesigen *Americanorebe*[1] thronte. Die Gäste wunderten sich, woher der Küchenchef zu dieser Jahreszeit Orangen beschaffen konnte. Selbst Filippo staunte, weil ihm Südfrüchte sonst nicht sonderlich bekannt waren. Von Zuhause kannte er bestenfalls Zitronen. Erst in dieser elitären Welt machte er Bekanntschaft mit solchen und anderen Exklusivitäten.

Entgegen der Befürchtungen des Concierges bestellten seine Gäste bisher weder Champagner, noch belästigten sie das weibliche Personal. Nach der Beurteilung Filippos waren die Deutschen, zumindest bis zu diesem Zeitpunkt, normale Gäste. Zum Essen tranken sie Bier, wie es Filippo nicht anders erwartet hatte. Ihr Benehmen war tadellos. Allerdings verfügten die Männer über einen gesunden Durst. Immer aufs Neue bestellten sie weitere Runden, und je später der Abend wurde, desto geräuschvoller entwickelte sich die Unterhaltung bei Tisch.

Filippo dachte an die Worte des Concierges. Hatte der letzte Besuch vielleicht auch so harmlos begonnen, oder eskalierte die Stimmung erst später? Er nahm sich vor, sich zwischendurch bei ihm danach zu erkundigen.

Doch nahm der Abend plötzlich eine ganz andere Wendung. Just in dem Augenblick, als Filippo eine weitere Runde Bier herbei geschafft hatte – das fünfgängige Menü war mittlerweile abgeschlossen – ging ein Ruf durch den Speisesaal, dessen Urheber Dr. Nannen war: «Jetzt schaut mal her, wer da kommt!»

---

[1] Americanorebe oder Tessinerrebe (Vitis labrusca): ursprünglich aus Amerika stammende Rebenart, robust gegen den echten und falschen Mehltau (=Blattkrankheit).

Wie auf Kommando blickten die Herrschaften zum Eingang hinüber. Dort stand ein elegant gekleideter Mann und schaute suchend, seinen Oberlippenbart mit der rechten Hand streichend, in den Speisesaal. Mit der linken Hand stützte er sich auf einen Stock, dessen Ende ein Elfenbeinknauf zierte. Er trug ein weiter *Duster*[1], der leicht geöffnet war, und darunter ein Smoking. Um den Hals hatte er sich ein weisses Tuch geschlungen, welches ihm mit beiden Enden bis über die Hüften reichte.

Nachdem der Ankömmling sich im Speisesaal eine Weile umgesehen und schliesslich die Gesuchten entdeckt hatte, übergab er den Stock der neben ihm stehenden Garderobiere, die bereits seinen teuren *Borsalino*[2] in der Hand hielt und darauf wartete, dem Gast auch noch Mantel, Halstuch und Stock abzunehmen.

«Ach da seid ihr ja. Ich dachte schon, es gäbe euch nicht mehr.» Der Ankömmling verzog das Gesicht zu einem breiten Grinsen und winkte seinen Bekannten zu.

Nachdem er sich des Mantels entledigt und ihn sowie den Stock der Garderobiere übergeben hatte, zupfte er – bereits im Gehen auf die Tischrunde zu – mit eleganten Bewegungen die feinen Lederhandschuhe von den Fingern. Das Mädchen zeigte redlich Mühe, mit ihm Schritt zu halten und erst noch die gesamte Garderobe auf den Armen halten zu können.

Als Filippo den elegant gekleideten Mann erblickte, durchfuhr es ihn wie ein Blitz. Eiskalt lief ihm es den Rücken hinunter: Dieser Mann war kein anderer als – Heydenreich!

Kein Zweifel: Der Oberlippenbart, das Muttermal; das konnte nur Heydenreich sein.

---

[1] Duster: Staubmantel, robuste Mantelform, sehr lang und weit geschnitten und vorne wie hinten hoch geschlitzt, die dem Träger besonderen Schutz beim Sitzen auf einem Pferd, Kutschbock oder auch auf einem Motorrad bietet. Entwickelte sich vermutlich aus dem Kutschermantel oder Carrick in den Pionierepochen Nordamerikas und Australiens.

[2] Borsalino: eleganter Hut, benannt nach dem italienischen Hersteller.

Um Himmels willen, schoss es Filippo durch den Kopf; er durfte ihn auf keinen Fall erkennen! Andernfalls drohte seine ganze Tarnung aufzufliegen.

«*Na kleiner Poppy? Was machst du nun?*»

Verdammt, da war er wieder, der Coniglio, der sich immer dann meldete, wenn die Sache schief zu laufen schien.

«*Sei still Coniglio! Dieses Mal hast du wieder Pech. Der weiss ja nicht, dass ich hier arbeite*», triumphierte Filippo über seine innere Stimme. Dadurch, dass sich Filippo in diesem Moment, als Heydenreich seinen theatralischen Auftritt genoss, etwas abseits im Hintergrund hielt, blieb er vorläufig unerkannt.

Unverzüglich, jedoch darauf bedacht, nicht erkannt zu werden, verliess Filippo den Speisesaal über die Küche und lief zum Concierge. Verschwiegen und vertrauenswürdig, wie es von ihm als pflichtbewusster Concierge erwartet wurde, war Gaetano nun die richtige Adresse. Filippo ging um den Tresen herum und winkte ihm zu. Gaetano begriff sofort, dass etwas Unangenehmes in der Luft lag. Sie begaben sich in den dahinter liegenden Raum.

«Gibt es Probleme?», fragte Gaetano.

«Allerdings; weisst du wer eben angekommen ist?»

«Nein, aber wenn du den eitlen Schnösel meinst, der eben angekommen ist, der hat sich nach Dr. Nannen erkundigt. Vorgestellt hat er sich bei mir jedoch nicht.»

«Dann kennst du Heydenreich nicht», erklärte Filippo.

«Nein, sollte ich? Er war hier jedenfalls noch nie zu Gast.»

«Das ist auch besser so. Das ist ein Nazi der übelsten Sorte.»

«Heilige Mutter Gottes, und solches Gesindel haben wir hier bei uns?» Der Blick des Concierges verdüsterte sich.

«Kannst du mir einen Gefallen tun?», fragte Filippo flüsternd, aber ohne die Antwort abzuwarten beauftragte er ihn, Justus von

Richtfeld über dieses *Arrivée*[1] zu verständigen. «Vermutlich hält er sich in einem Hotel in *Intra*[2] auf. Er soll so rasch als möglich kommen – wenn möglich noch heute. Ich warte zu Hause auf ihn.» Filippo war ausser sich und blickte nervös in die Hotelhalle.

Der Concierge hatte schnell begriffen, dass Filippo in einer üblen Situation stecken musste.

«Kein Problem», versuchte ihn Gaetano zu beruhigen. « Ich sage es dem Chef de Service. Geh du mal ruhig nach Hause. Ich schaukle das für dich; ist doch selbstverständlich!»

Filippo wusste, auf Gaetano war Verlass, bedankte sich und drückte ihm beim Weggehen die Hand. Dieser nickte und griff, wie geheissen, bereits zum Telefonhörer.

Als Filippo schon die Türe zu den Personalräumen aufstiess, legte der Concierge den Telefonhörer nochmals auf die Gabel zurück und rief ihm nach: «Hey, was ich dir noch sagen wollte, dieser Herr, wird heute die Nacht bei uns verbringen. Er hat sich ein Zimmer reservieren lassen, und dieser Dr. Nannen übrigens auch.»

Das hatte noch gefehlt. Filippo sah seine Tarnung nun echt in Gefahr. Unverzüglich suchte er die Personalgarderobe auf und zog den Anzug aus, den er stets im Service trug. Als er sich umgezogen hatte, verliess er das Hotel so rasch wie möglich.

⌘

Das Ferngespräch aus Ascona erreichte Justus von Richtfeld, genau in dem Moment, als er im Begriff war, das Zimmer aufzusuchen. Der Abend war für ihn überaus erfolgreich gewesen. Auftragsgemäss hatte er im Auftrag des Barons drei wertvolle Bilder

---

[1] Arrivée: Bezeichnung für Neuankömmlinge in einem Hotel

[2] Intra, heute Verbania: 1939 Zusammenschluss aus den Städten Intra und Pallanza, seit 1992 Hauptstadt der aus der Provinz Novara herausgelösten Provinz Verbano-Cusio-Ossola, und jetzt zur Provinz Piemont gehörend.

platziert: einen *Cezanne*[1], einen *Feuerbach*[2] und einen *Liebermann*[3] – alles bekannte Künstler, um deren Werke sich zur Zeit die Avantgarde der Liebhaber schöner Bilder geradezu riss.

Die Hiobsbotschaft aus der Schweiz traf ihn völlig unvorbereitet, als er sich noch über den gelungenen Tag freute und auf eine erholsame Nachtruhe hoffte. Die Mitteilung machte sein ganzes Erfolgserlebnis mit einem Schlag zunichte.

Die Tarnung Filippos durfte auf keinen Fall auffliegen, und was sein Schützling noch gar nicht wusste: Im Hotel würde demnächst ein Anlass von grosser Bedeutung durchgeführt, bei dem ihm eine besondere Rolle zugedacht war. Sein erster Gedanke war daher, ob Filippos Tarnung überhaupt noch intakt war?

Der Entschluss, sich so rasch wie möglich mit Filippo Negri zu treffen, war schnell gefasst. Glücklicherweise hatte er für den kommenden Tag noch kein konkretes Programm geplant. Ursprünglich hatte er zwar vor, sich einige freie Tage am sonnigen Lago Maggiore zu gönnen. Sein Automobil befand sich ohnehin zur Zeit in *Luino*[4], wo es von einem auf diese Marke spezialisierten Mechaniker einer umfassenden Inspektion unterzogen wurde – und diese Arbeit sollte noch zwei oder drei Tagen dauern.

Zwei Dinge waren Justus von Richtfeld sofort klar: Vor dem kommenden Morgen gab es kaum eine Möglichkeit, nach Ascona zu fahren. Intra verfügt weder über einen Bahnanschluss, noch würde er um diese Zeit kaum noch einen anderen fahrbaren Untersatz finden. Und zweitens, welches Transportmittel stand ihm am anderen Tag zur Verfügung, um innert nützlicher Frist nach Ascona zu gelangen?

---

[1] Paul Cézanne (* 19. Januar 1839, † 22. Oktober 1906 in Aix-en-Provence): französischer Maler

[2] Anselm Feuerbach (* 12. September 1829 in Speyer; † 4. Januar 1880 in Venedig): deutscher Maler.

[3] Max Liebermann (* 20. Juli 1847 in Berlin; † 8. Februar 1935 in Berlin): deutscher Maler.

[4] Luino, Provinz Varese / Lombardei: größte Stadt am Ostufer des Lago Maggiore.

Justus von Richtfeld erkundigte sich an der Hotelrezeption, ob es morgen früh wenigstens ein Kursschiff gäbe, welches ihn nach Ascona oder Locarno bringen könnte. Der Concierge wies dabei stumm auf einen vergilbten Fahrplan, der neben dem Eingang an der Wand klebte. Ein kurzer Blick darauf zeigte dem Gast, dass in Intra um halb Neun das erste Schiff nach Locarno ablegte. Allerdings stammte der Fahrplan noch aus einer längst vergangenen Zeit, so dass es fraglich war, ob dieser Kurs überhaupt noch gefahren würde.

Ungeachtet dessen beschloss er, am kommenden Morgen sofort nach dem Frühstück zur Schiffsanlegestelle zu gehen, in der Hoffnung auf eine Schiffsverbindung.

Sein Schlaf war angesichts der Ereignisse entsprechend unruhig. Der schrille Ton des Weckers um sieben Uhr erschien ihm daher wie eine Erlösung.

Hastig machte er sich zur Abreise bereit. An der Hotelbar servierte ihm eine noch vom Schlaf gezeichnete ältere Hotelangestellte einen dampfenden *Cappuccino*[1]. Der Haarschopf stand ihr vom Bett noch wild auf dem Kopf. Entgegen jeder Kleidervorschrift für Hotelangestellte trug sie einen Morgenmantel. Justus von Richtfeld vermutete, dass sie darunter bestimmt noch das Nachtgewand trug.

Justus von Richtfeld wunderte sich über die Aufmachung des Personals und schlürfte das heisse Getränk, derweil er sich die nächsten Schritte überlegte. Zwischendurch blies er in die Tasse, bis er das oben aufliegende Milchschaumhäubchen beinahe fortpustete.

Nachdem er bei der immer noch schlaftrunkenen Angestellten die Hotelrechnung beglichen hatte, strebte er dem Hafen zu. Das Glück zeigte sich zu seinen Gunsten: Das Kursschiff stand bereits am Pier vertäut. Die Abfahrt stand wenige Minuten bevor.

---

[1]Cappuccino: italienisches Kaffeegetränk, bestehend aus etwa je zu einem Drittel aus einem mit doppelter Wassermenge gebrühten Espresso (*espresso lungo*), aus heisser Milch und heisser aufgeschäumter Milch (österreichisch: Kapuziner).

Als das Schiff ablegte, stand Justus von Richtfeld an der Reling und schaute einer einsamen Möwe nach, die über ihm kreiste. Noch lange begleitete sie das Schiff, bis sie schliesslich abbog und dicht über der Wasseroberfläche dem Ufer zustrebte. Der See lag ruhig vor ihnen.

Die Reise kam ihm endlos vor. Seine Gedanken kreisten unentwegt um Filippos Tarnung. Sollte sein Inkognito auffliegen, wenn es überhaupt noch intakt war. Die Folgen wären katastrophal. Eines war ihm klar: Filippo musste in jedem Fall aus dem Hotel verschwinden – wenigstens vorübergehend. Aber wer sollte ihn ersetzen? Er wüsste keine andere Person, die seine Position so kurzfristig einnehmen könnte.

Als das Schiff an den Inseln von Brissago vorbeifuhr, kam ihm ein Gedanke. Er erinnerte sich, dass ein gewisser Max Emden aus Hamburg die beiden Inseln vor nicht langer Zeit von einer gewissen *Baronin Saint-Léger*[1] gekauft hatte. Sicher kannte der Baron die Adlige russischer Abstammung persönlich. Vielleicht liesse sich etwas mit dieser Verbindung bewerkstelligen? Ein Gespräch mit dem Baron würde ihm dabei bestimmt weiter helfen.

Für den Augenblick schien es ihm jedoch wichtiger, Filippo vorübergehend aus dem Schussfeld zu ziehen. Die Situation im Hotel durfte auf keinen Fall eskalieren. Solange sich Heydenreich dort aufhielt, war die Präsenz von Filippo nicht zu verantworten.

In Locarno angekommen, strebte Justus von Richtfeld dem nächsten öffentlichen Telefon zu. Nach zwei Gesprächen wusste er, wie er Filippo erreichen konnte. Beim dritten Versuch hatte er ihn am Telefon. Sie vereinbarten einen Treffpunkt. Filippo fuhr mit dem Fahrrad umgehend nach Locarno, wo sie sich kurz nach dem Mittag am Bahnhof begrüssten.

Sichtlich erleichtert stellten sie beide fest, dass es noch zu keiner Konfrontation mit Heydenreich gekommen war. Die Tarnung war also noch intakt.

---

[1] Antoinette de Saint Léger: russische Baronin, lebte von 1885 bis 1928 auf der grösseren der beiden Brissagoinseln

Im nachfolgenden Gespräch ging es hauptsächlich darum, herauszufinden, welche Gründe es haben könnte, dass sich Heydenreich so plötzlich wieder um die hiesigen Angelegenheiten kümmerte. Dies herauszufinden sei besonders jetzt von grosser Bedeutung, meinte Justus von Richtfeld und informierte Filippo, dass der Baron nämlich demnächst im Hotel eine Vernissage mit auserwählten Bildern und Plastiken plante. Dabei sollten viele Kunstwerke aus seinem Privatbesitz ausgestellt werden. Kunsthändler und Museumsdirektoren aus aller Welt sowie bedeutende Personen der Kunstszene seien bereits eingeladen. Dem Vernehmen nach sollte es ein rauschendes Fest werden, so wie es auf dem Monte Verità noch nie stattgefunden hätte.

Justus von Richtfeld verheimlichte jedoch nicht, dass der Anlass bestimmt auch noch anderen Zwecken dienen würde. Details darüber liess er nicht verlauten.

Filippo hörte ihm nur mit halber Aufmerksamkeit zu. Viel mehr bedauerte er, dass er nicht mehr im Hotel arbeiten durfte. Zu gerne hätte er dieses Fest miterlebt. Doch, so überlegte er, wäre dies auch eine gute Gelegenheit, wieder einmal nach Zürich zu reisen und alte Bekannte zu besuchen.

Noch während Justus von Richtfeld erzählte, bemerkte er, dass ihm Filippo gar nicht mehr zuhörte. Leise stiess er ihn am Ellenbogen: «Sie bedauern, nicht mehr im Hotel zu sein, nicht wahr?» Feinfühlig wechselte Justus von Richtfeld das Thema.

Von der Frage aufgeschreckt, nickte Filippo flüchtig: «Was sagen Sie? Ach so, ja doch. Die Arbeit hat mir schon sehr gefallen.»

«Ach, das ist ja nur vorübergehend. Bald werden Sie zurückkehren können. Heydenreich wird ja wohl nicht gleich seinen Wohnsitz auf dem Monte Verità nehmen. Wie wär's, machen Sie doch mal Urlaub. Fahren Sie nach Italien; Rom zum Beispiel. Eine faszinierende Stadt, sage ich Ihnen. Ich hörte, dort soll es auch viele schöne Mädchen geben.»

«Eigenartig, daran habe ich auch schon gedacht – wie bitte, was sagten Sie eben?» Filippo staunte. «Nein, nicht der Mädchen wegen, und für eine Reise nach Rom fehlt mir das Geld. Aber mal ausspannen, das wäre jetzt genau das Richtige. Ich fahre nach Zürich. Dort hat sich seit meinem letzten Aufenthalt bestimmt viel verändert.»

«Gute Idee!», pflichtete ihm Justus von Richtfeld bei. «Und sobald Heydenreich abgereist ist, kommen Sie zurück, und ich sorge dafür, dass Ihre Stelle im Hotel solange freigehalten wird.»

«Und wer arbeitet solange an meiner statt? Viele meiner Kollegen sprechen doch kein Wort Deutsch.»

«Kein Mensch ist unersetzbar. Der Service wird so lange bestimmt ohne Sie auskommen. Ich rede mit Ihrem Chef.» Justus von Richtfeld bemerkte, dass Filippo erneut in Gedanken versunken war: «Hallo, Signor Negri. Hören Sie mich. Ich sehe es Ihnen an, Sie hecken bestimmt schon wieder etwas aus.»

«Ich weiss nicht», Filippo kehrte in die Wirklichkeit zurück. «Ich dachte einen Moment lang, meine Schwester könnte mich im Hotel vertreten. Sie spricht ebenso gut Deutsch wie ich. Schliesslich ist unsere Mutter Deutschschweizerin und wir sind beide zweisprachig aufgewachsen.»

«Das ist die Lösung!» Justus von Richtfeld war hell begeistert, vielleicht auch, weil er selber keinen besseren Vorschlag hatte. «Wie alt ist Ihre Schwester?»

«Zwei Jahre jünger.» Filippo zögerte: «Aber nein, sie ist doch noch so unerfahren - und überhaupt, ich weiss nicht einmal, ob ich sie sich für dieses Abenteuer gewinnen lässt.»

«Das überlassen Sie mal mir. Ich finde Ihre Idee ausgezeichnet. Schliesslich habe ich Sie damals ja auch überzeugen können, bei mir einzusteigen. Weshalb sollte mir dies nicht ein zweites Mal gelingen?»

«Vielleicht? Es ist zumindest den Versuch wert. Sie hat momentan ohnehin keine feste Arbeit. Ab und zu hilft sie bei Mutter im Pflegeheim.»

«Also, worauf warten wir? Auf ins Pedemonte.» Justus von Richtfeld wirkte, als hätte er sich bereits einen Plan zurechtgelegt. Doch kaum hatte er dies ausgesprochen, erinnerte er sich, dass ihm ein fahrbarer Untersatz fehlte. Es blieb ihm folglich nichts anderes übrig, als zu warten, bis er wieder über sein Fahrzeug verfügte, und dies doch noch einige Tage dauern könnte. Er beschloss, zunächst in einem Hotel in Locarno Quartier zu nehmen und die Situation aus Distanz zu beobachten.

Lange brauchte er allerdings nicht auf sein Auto zu warten. Am folgenden Tag telefonierte er nach Luino und erfuhr, dass sein Horch bereits am Abend abholbereit sei. Noch am selben Tag fuhr er mit der Bahn via Bellinzona nach Luino.

Filippo kehrte zufrieden nach Hause zu seinen Eltern zurück. Am anderen Tag trafen sich Justus von Richtfeld und Filippo in Ascona im Hotel Tamaro. Es gab noch vieles zu besprechen.

⌘

Für Filippo war es klar, dass er mit seiner Schwester so rasch als möglich reden wollte. Cynthia war zwar in solchen Angelegenheiten von Natur aus kritisch, wenn nicht sogar misstrauisch. Um sie zu überzeugen, brauchte er daher viel Feingefühl. Ihren Stolz kannte er. Auf keinen Fall durfte er sie als Lückenbüsserin anfragen. Er nahm sich vor, den Job als einzigartig und überaus wichtig zu beschreiben.

Am Abend trafen sie sich im Elternhaus. Vater und Mutter waren noch nicht zuhause. Cynthia war in der Küche beschäftigt, wo sie eine kleine Mahlzeit zubereitete.

Langatmig, aber mit sorgfältig ausgewählten Worten, begann Filippo ihr das Angebot zu unterbreiten. Sehr zu seiner Überraschung überlegte Cynthia nicht lang und stimmte dem Vorschlag sofort zu.

Die rasche Entscheidung verwirrte Filippo, und er war nun gar nicht mehr so sicher, ob sein Plan auch gut durchdacht gewesen war: «Mein Gott. Hast du dir das wirklich auch gut überlegt – und wie erklären wir dies den Eltern?»

«Lieber *Poppy*, weshalb fragst du mich dann solche Sachen, wenn du zweifelst?», fragte Cynthia mit leisem Unterton.

Filippo wollte etwas erwidern, schluckte es jedoch sofort hinunter, denn er liebte es überhaupt nicht, ausgerechnet von seiner Schwester so genannt zu werden. Er ärgerte sich schon, wenn ihn sein Coniglio so nannte, wenn er in der Klemme steckte. Der Name stammte aus seiner frühesten Kindheit, zu einer Zeit also, wo Eltern ihren Kindern oft komische Kosenamen verpassten. Und immer, wenn sich Cynthia gegenüber ihrem älteren Bruder zu behaupten suchte, sprach sie ihn – sehr zu seinem Ärger – mit diesem Namen an.

Jetzt war ihm aber gar nicht ums Streiten zumute. «Wann kommt Vater nach Hause?», versuchte Filippo nach einer kleinen Pause abzulenken.

«Er arbeitet heute in Magadino und kommt erst spät nach Hause. Aber Mutter wird jeden Moment da sein. Gehst du nochmals ins Hotel zurück?»

«Du spinnst wohl; solange dieser Heydenreich dort herumlungert, kann ich mich dort unmöglich blicken lassen. Morgen werde ich Justus von Richtfeld in Ascona treffen. Wenn du willst, gehen wir gemeinsam hin. So könnten wir das weitere Vorgehen besprechen. Papa und Mama wollen wir davon vorläufig nichts verraten.»

Cynthia nickte stumm und deckte den Abendtisch fertig auf.

⌘

Am anderen Tag begaben sich Cynthia und Filippo nach Ascona. Bevor sie sich aber mit Justus von Richtfeld am verabredeten Ort trafen, wagte sich Filippo nochmals ins Hotel zurück. Er hoffte, zu dieser frühen Morgenstunde würde er Heydenreich nicht begegnen. Er wollte seiner Schwester das Hotel zeigen.

Als Filippo sich an der Rezeption meldete – Gaetano war zu dieser Stunde noch nicht anwesend – war nicht zu übersehen, dass das Hotel auf seine Schwester grossen Eindruck machte. Der glanzvolle Prunk, die Eleganz der Räume und Einrichtungen sowie die vielen Blumenarrangements, blieben ihr nicht verborgen.

Filippo glaubte zu bemerken, dass es seiner Schwester hier gefallen würde; und als er ihr auch den Speisesaal, die Bar, die Küche und eines der Zimmer in den oberen Etage vorführte, hätte sie am liebsten mit der Arbeit gleich begonnen.

Nun kam auch Gaetano des Weges, und Filippo benutzte die Gelegenheit, ihm seine Schwester vorzustellen und ihn in seine Pläne einzuweihen. Danach informierten sie die Hausdame sowie den Chef de Service, ohne jedoch die wahren Gründe ihres Besuchs preiszugeben.

Nach dem Rundgang erzählte die Hausdame eine Geschichte, die sich offenbar in der vergangenen Nacht abgespielt hatte, und bemerkte gegenüber Cynthia, es werde doch ab und zu bei den Hotelgästen auch auf die Pauke gehauen. In solchen Fällen wüsste besonders die männliche Gesellschaft zuweilen nicht mehr, wo sich ihre Zimmer befanden. Und letzte Nacht hätten wieder mal einige ihrer Gäste entsprechend über den Durst getrunken, und allen voran standen dieser Dr. Nannen und sein später Gast, Heydenreich. Beide hätten es bis vier Uhr früh an der Hotelbar ausgehalten und einen Cognac nach dem anderen geleert. Dem Barmann und dem Nachtportier oblag es schliesslich, die beiden Schnapsdrosseln nach oben zu tragen, damit sie den Frühaufstehern nicht in die Quere kämen.

Erstaunt hörte sich der Concierge die Geschichte an. Darauf wusste er zu berichten, dass sich Heydenreich für mehrere Tage als Gast eingeschrieben hätte. Dr. Nannen zöge es jedoch vor, erst zwei Tage später abzureisen.

Filippos Vermutung konkretisierte sich mehr und mehr. Zwischen Dr. Nannen und Heydenreich bestanden mehr Verbindungen, als er bisher angenommen hatte. So zufällig war ihr Treffen nicht.

Folglich war höchste Vorsicht geboten. Bei passender Gelegenheit wollte er Cynthia entsprechend einweihen.

Ohne weiteren Gästen zu begegnen, verliessen Cynthia und Filippo wenig später das Hotel. Sie begaben sich hinunter zum See.

Schon von weitem erkannten sie das Automobil von Justus von Richtfeld, das unter den Platanen geparkt war. Einige halbwüchsige Burschen standen darum herum und bestaunten das elegante Vehikel.

Der Deutsche sass in der Gartenwirtschaft bei einer Tasse Kaffee und las in der Zeitung. Die Piazza lag im vollen Sonnenschein.

Die Begrüssung war herzlich. Filippo stellte ihm seine Schwester vor.

Neugierig musterte Justus von Richtfeld das junge, attraktiv aussehende Mädchen. Es schien, als würde er von ihrer Erscheinung nicht genug bekommen. Seine Blicke waren so kritisch, dass es Cynthia beinahe peinlich wurde. Sie beschlich bald einmal das Gefühl, als würde sie wie Braunvieh auf einem Viehmarkt gemustert. Aber trotz des Benehmens des Deutschen gab sie sich äusserlich betont lässig.

«Mein lieber Schwan», lobte Herr von Richtfeld nach der formalen Begrüssung und setzte seiner Bewunderung keine Grenzen. «Da haben Sie mir aber etwas vorenthalten! Gratuliere, wenn jemand eine solche Schwester sein Eigen nennt.»

Der leise Anwurf war nicht zu überhören, obwohl er die Worte bestimmt anders gemeint hatte. Filippo konterte geschickt: «Ich weiss, aber meine Schwester lässt sich nicht von jemandem besitzen. Nicht einmal von mir – dafür ist sie zu stolz und zu temperamentvoll.»

Cynthia lachte und zeigte ihre perlweissen Zahnreihen. Solche Aussagen war sie von ihrem Bruder eigentlich nicht gewohnt. Dafür geriet Herr von Richtfeld für einen Augenblick in Verlegenheit. Ein beflissen hernaheilender Kellner sorgte jedoch dafür, dass die Situation nicht noch peinlicher wurde. Schnell bestellte Justus von Richtfeld die Getränke.

«Na ja, kommen wir zur Sache», meinte Herr von Richtfeld, von Filippos Schlagfertigkeit immer noch ein wenig perplex. «Sie sind mir jedenfalls sympathisch, mein liebes Fräulein. Ich denke, Sie passen sicher gut ins Hotel. Sprechen wir also über die Zukunft.»

Cynthia zeigte sich erleichtert. Sie liebte es ohnehin nicht, wenn sie nur wegen ihres Äusseren in den Himmel gelobt wurde.

Filippo berichtete, was er im Hotel erfahren hatte. Justus von Richtfeld hörte interessiert zu. Dann besprachen sie die weiteren Schritte. Dabei erklärte Herr von Richtfeld, dass er den Baron von ihrem Vorhaben bereits unterrichtet hätte. Der Plan gefiel dem Baron offenbar gut. Im weiteren liess er mitteilen, dass er ihnen im Vorgehen weitgehend freie Hand lassen möchte. Dem Baron läge es vielmehr daran, dass seine Vernissage dadurch nicht gestört würde. Aufgrund dessen kamen sie überein, dass Filippo in der Zeit, in der sich Heydenreich im Hotel aufhielt, «auf Tauchstation» gehen sollte.

⌘

Die Gäste Dr. Nannens waren nach dem gemeinsamen Treffen noch am gleichen Abend verreist, als Heydenreich überraschend aufgetaucht war. Dr. Nannen verliess das Hotel wie vorgesehen nach einigen Tagen.

Geblieben war Heydenreich, der sich überdies den Anschein gab, selbst nach einer Woche Aufenthalt nicht abreisen zu wollen. Es schien als gefiele es ihm in dieser feudalen Umgebung. Tagsüber unternahm er oft ausgiebige Spaziergänge in der näheren Umgebung. Manchmal meldete er sich nach dem Frühstück für den ganzen Tag ab und teilte Gaetano mit, dass er sich auswärts verpflegen würde. Abends traf er sich ab und zu mit anderen Gästen in der Hotelbar zu einer Art Plauderstündchen. Es schien jedoch, als seien diese Treffen eher zufällig. Für einige Male blieb er dem Hause fern und kam am anderen Tag erst spät am Abend zurück. Mehrheitlich schien er ein Einzelgänger zu sein und ging, wenn er das Abendessen im Hotel einnahm, eher früh zu Bett. Er erweckte damit den Eindruck des seriösen Geschäftsmannes, der nach strengen Tagen Ruhe und Erholung suchte.

Als der Baron erfuhr, dass SS-Obersturmbannführer Heidenreich sich in seinem Hotel zum Dauergast entwickelte, erweckte dies seine Neugier. Nach bald einem Monat Aufenthalt wurde er jedoch misstrauisch. Der Verdacht verdichtete sich, dass sich in seinem Hotel etwas entwickelte, was er unbedingt genauer wissen musste.

Er beauftragte daher Herrn von Richtfeld, nun möglichst viele Einzelheiten über das Leben Heydenreichs im Hotel in Erfahrung zu bringen. Für ihn war es besonders wichtig zu wissen, mit wem er sich traf, wie lange seine Gäste blieben und wohin er sich in seiner Abwesenheit begab, soweit sich dies ausfindig machen liess.

Die Observation erfolgte diskret. Jeden zweiten Tag erkundigte sich Justus von Richtfeld beim Concierge nach der Lage. Über weitere zwei Wochen lang ereignete sich jedoch nichts Besonderes. Bis sich eines Tages – Justus von Richtfeld war eben von einem Abstecher von Stresa zurückgekehrt – Gaetano zu berichten wusste, dass sich Heydenreich nun des öfteren mit einem Kaufmann aus Hamburg namens Max Emden in der Bar getroffen hätte, und dies sei einer jener Herren, der schon an jenem ersten Abend anwesend gewesen war, als Heydenreich im Hotel angekommen war.

Justus von Richtfeld wurde hellhörig. Was waren wohl die Gründe, dass sich diese Männer hier so oft trafen? Würden hier Verbindungen zur NSDAP gepflegt? Und wenn dem so wäre, warum wählte die SS ausgerechnet diesen Ort als Treffpunkt? Weiss der Baron von diesen Kontakten? Und welche Rolle spielte dabei Dr. Nannen, der bis vor kurzem auch mit von der Partie gewesen war? Insbesondere wäre es interessant zu wissen, welche Beziehungen dieser Max Emden zu den Nazis pflegte. Oder war dieser, dachte Justus von Richtfeld, selbst ein Mitglied der Partei?

Fragen über Fragen, auf die Justus von Richtfeld keine Antworten fand. Was auch immer darüber herauszufinden war, er wollte weder sich und schon gar nicht den Baron damit gefährden. Justus von Richtfeld wusste nur zu gut: Mit der SS war nicht zu spassen.

Die Ereignisse entwickelten sich jedoch erstaunlicherweise auf andere Weise. Wenige Tage später berichtete der Concierge, als er unfreiwilliger Zeuge eines Gesprächs zwischen Heydenreich und Emden geworden war, dass die vielen Treffen offenbar einem ganz anderen Zweck dienten, als Justus von Richtfeld vermutete: Auf der grösseren der beiden Brissagoinseln sei demnächst ein gesellschaftlicher Grossanlass mit diversen Festivitäten geplant.

Den Schilderungen des Concierge zufolge wären zu dieser Gala neben vielen Persönlichkeiten aus der Welt der Kunst und Museen auch Mitglieder aus Politik und Wirtschaft eingeladen.

Justus von Richtfeld zeigte sich überrascht. Er hatte zwar schon verschiedentlich gehört, auf den Inseln drüben herrsche zuweilen reger Betrieb. Die einheimische Bevölkerung wusste sogar zu erzählen, das Eiland vor Ascona sei in letzter Zeit zum wahren Sodom und Gomorrha verkommen.

Am meisten beunruhigte ihn aber die Tatsache, dass ein solches Fest von Heydenreich vorbereitet wurde. Daraus liesse sich doch schliessen, dass auch Mitglieder der NSDAP mit von der Partie sein werden. Ein solcher Anlass versprach in der Tat, hoch interessant zu werden.

Wie Gaetano weiter zu erzählen wusste, sei das Hotel inklusive Essen und Getränke, Dekorationen und Gästebetreuung für die Durchführung des ganzen Anlasses auf der grossen Brissagoinsel beauftragt worden. Der Baron hätte dazu bereits sein Einverständnis gegeben.

Justus von Richtfeld wurde klar, dass er sich nun umgehend mit dem Baron in Verbindung zu setzen hatte. Als der Baron aber hörte, was ihm Herr von Richtfeld erzählte, zeigte sich dieser in keiner Weise überrascht. Noch stutziger wurde Justus von Richtfeld, als ihm der Baron auftrug, er solle dieses Fest nach Kräften unterstützen, und er übergab ihm dabei sogar Sondervollmachten. Im weiteren argumentierte der Baron, dies sei doch eine einmalige Chance, die wichtigsten Akteure aus Wirtschaft, Politik und der Welt der Künste zusammen treffen zu lassen, um gemeinsame Interessen zu pflegen. Die ursprünglich vorgesehene Vernissage von Kunstwerken aus seinem Privatbesitz sei daher angesichts der aktuellen Lage auf unbestimmte Zeit verschoben worden.

Unter normalen Umständen hätte sich Herr von Richtfeld über diesen plötzlichen Sinneswandel seines Auftraggebers wohl kaum Gedanken gemacht. Der Baron handelte oft spontan. Mit dieser Order aber entstand nun in seinen Augen die paradoxe Situation, ein Fest zu organisieren, zu welchem «Freund und Feind» gleichermassen eingeladen waren.

Er verstand die Welt nicht mehr, fügte sich jedoch in sein Schicksal und nahm an, der Baron hätte für sein Verhalten sicher gute Gründe. Für ihn stand fest: Diesem Heydenreich durfte Filippo nicht in die Quere kommen.

⌘

3. Kapitel
1931 bis 1933

Die Vorbereitungen für das Sommernachtsfest liefen auf Hochtouren. Die grössere der beiden Brissagoinseln glich bald einer riesigen Baustelle. Mit grossen Schiffen wurden Zelte, Baumaterialien, Mobiliar und anderes Material angeliefert, welches für ein Fest von diesem Ausmass notwendig war. Das Aussehen der Insel veränderte sich täglich. Auf Grünflächen wurden Festzelte, Bühnen, Tische, Stühle und Bänke aufgestellt. Entlang der Wege errichteten zahlreiche Helfer in regelmässigen Abständen Fahnenstangen, an denen bald unzählige farbige Wimpel und Flaggen flatterten.

Das Fest wurde von jenen Männern auf die Beine gestellt, die sich schon lange zuvor auf dem Monte Verità eingenistet hatten. Heydenreich traf sich noch öfters mit Max Emden, dem Inselbesitzer, und mit Dr. Nannen. Es war zwar nicht zu übersehen, dass das Fest die eigentlichen Interessen des Barons konkurrierte, wo er doch einen – wenn auch in einem kleineren Rahmen – ähnlichen Anlass in seinem Hotel veranstalten wollte. Trotzdem unternahm er nichts dagegen. Vielmehr erkannte er gleich von Anfang an die Vorteile, die mit diesem Fest herauszuholen waren. Er beauftragte daher Justus von Richtfeld mit Sondervollmachten und dem ausdrücklichen Auftrag, alles zu unternehmen, dass wenigstens sein Hotel mit dem gesamten Catering beauftragt wurde. Die Voraussetzungen dafür standen gut. Immerhin gab es im Locarnese weit und breit kein Etablissement, welches eine solche Herausforderung hätte annehmen können.

Die Rechnung des Barons schien aufzugehen. Die Hotelleitung wurde nach und nach mit verschiedenen logistischen Aufgaben betraut. Dem Gelingen des Festes stand somit nur wenig entgegen. Die Kontakte zwischen Heydenreich, der sich inzwischen zum Sprachrohr des Organisationskomitees entwickelt hatte, und der Hotelleitung liefen ausschliesslich über den Concierge. Dies kam Justus von Richtfeld sehr gelegen. So war er über die wichtigsten Anordnungen stets auf dem Laufenden.

Als das Datum des Festes heranrückte, wurde Filippo aus Zürich zurückbeordert. Allerdings hielt sich Herr von Richtfeld streng an die Weisungen des Barons: Filippo durften nur Aufgaben übertragen werden, die er diskret im Hintergrund erledigen konnte. So wurde ihm die Einsatzplanung des gesamten Personals übertragen, und während des Festes hatte er sich für Observationen von bestimmten Personen zur Verfügung zu halten. Auf diese Weise erhoffte sich der Baron, möglichst viele Informationen über die bunte Gästeschar zu erhalten.

Nachdem Cynthia schon kurz nach ihrer Einstellung dem Service im Hotelrestaurant zugeteilt worden war, blieben auch dem Chef de Service ihre Fähigkeiten nicht lange verborgen. Sie verfügte über die seltene Begabung, selbst im grössten Stress immer noch charmant und zuvorkommend zu bleiben, und arbeitete sich schneller als erwartet in den vielschichtigen Hotelbetrieb ein. In Absprache mit dem Concierge und der Hausdame wurde sie zeitweise immer noch im rückwärtigen Raum beschäftigt, nicht zuletzt, um bei gewissen Herren nicht aufzufallen.

Cynthia meisterte die Belastung in allen Bereichen gut. Die Stammkunden schätzten sie zum Teil bald so sehr, dass einige von ihnen ausdrücklich wünschten, nur noch von ihr bedient zu werden. Doch Begegnungen mit Heydenreich ging sie immer bewusst aus dem Weg. Ein direktes Zusammentreffen mit ihm war erst auf der Insel geplant, und dieses Datum lag noch einige Tage entfernt.

So verstand es sich von selbst, dass Cynthia erst wieder am bevorstehenden Fest an „vorderster Front" eingesetzt würde, wie dies Justus von Richtfeld so treffend zu bezeichnen wusste.

Die von allen Seiten her sorgsam vorbereiteten Pläne nahmen jedoch plötzlich einen anderen Verlauf. Das bevorstehende Drama begann eines Abends gegen sieben Uhr, als Cynthia dem Zimmerservice zugeteilt war und der Barmann der Hotelbar bei Gaetano avisierte, es sei auf ein bestimmtes Zimmer eine Flasche bester französischer Cognac mit zwei Gläsern zu bringen. Der Barmann nannte die Zimmernummer, nicht aber den Namen des Gastes. Cynthia erkundigte sich ebenfalls nicht danach; sie hatte auch keinen Grund argwöhnisch zu sein, denn Heydenreich, von dem sie fernzuhalten war, wohnte auf einem anderen Stockwerk.

Pflichtbewusst kam sie dem Auftrag nach und trug das Tablett, vorsichtig auf dem Arm balancierend, nach oben. Sie achtete besonders darauf, dass dem teuren Cognac und den kostbaren Gläsern ja nichts zustossen würde. Vor der entsprechenden Zimmertüre angekommen, zupfte sie mit der freien Hand noch ihren Rock und die weisse Schürze zurecht und klopfte danach, ohne Böses zu ahnen, an der Zimmertüre.

Nach einem barsch klingenden «Herein», drückte sie die Klinke, öffnete die Türe und betrat das Zimmer. Als sie dann jedoch Heydenreich, der wie immer elegant gekleidet war, gegenüber stand, liess sie vor Schreck das Tablett fallen. Die Gläser zerbarsten auf dem Boden in tausend Stücke. Die Flasche blieb zwar heil, doch rollte sie an Heydenreich vorbei direkt unter das Bett.

Völlig verdattert stand Cynthia im Türrahmen, schlug die Hände vor den Mund und starrte Heydenreich direkt ins Gesicht.

«Na, mein Kind, werden hier die Gäste immer so bedient?», fragte Heydenreich ironisch und grinste in einer überheblichen Art und Weise, die Cynthia nur noch mehr verunsicherte.

Dr. Nannen, der im gleichen Augenblick aus dem Nebenraum trat, erkannte das Malheur und stimmte sogleich in das Gelächter von Heydenreich ein.

Sie entschuldigte sich mit knappen Worten: «Verzeihung, ich dachte, ich hätte mich im Zimmer geirrt.»

«Nein, nein! Sie sind hier schon richtig. Aber den Service haben wir uns schon etwas anders vorgestellt.» Die Männer amüsierten sich sichtlich über Cynthias Missgeschick. Cynthia schickte sich sofort an, die Scherben aufzulesen.

Die Männer sahen ihr dabei genüsslich zu, wie sie am Boden herumkrabbelte und dabei ihr Gesäss verführerisch in die Höhe streckte. Die enge Berufskleidung betonten ihre Rundungen noch zusätzlich, so dass sich Dr. Nannen nicht mehr zurück halten konnte: «Da schau mal, was für einen knackigen Hintern dieses Mädchen hat. Das wäre doch eine Sünde wert, was meinst du?»

Cynthia liess sich zunächst nichts anmerken. Sie war sich solche Bemerkungen gewohnt. Als der Gast jedoch nicht aufhörte, seine lüsternen Bemerkungen anzubringen, bewegte sie sich weniger anzüglich, um nicht noch mehr zu provozieren. Beflissen und vorsichtig langte sie nach den Scherben, die weit herum verstreut lagen.

«Na hör mal. Seit wann stehst du auf Frauen?», fragte Heydenreich nun sehr zweideutig.

«Ach tu nicht so. Ein Mädchen zwischendurch macht doch das Leben erst recht interessant. Ich bin doch kein Kostverächter.» Die Antwort liess keine Zweifel offen: Die beiden waren ein Schwulenpaar mit bisexuellen Neigungen.

Cynthia war nun aufs Schlimmste gefasst und sah im Augenwinkel, wie sich ihr Dr. Nannen von der Seite her näherte. Sie tat aber so, als bemerkte sie ihn nicht und kroch auf allen Vieren vor ihm weg, was allerdings dazu führte, dass sie ihm ihr Gesäss direkt entgegenstreckte.

Dies war offensichtlich für Dr. Nannen das Signal, um seinem Trieb freien Lauf zu lassen. Wie ein brünstiges Tier sprang er Cynthia von hinten an, um sich auf ihren verlängerten Rücken zu setzen.

Was dann folgte, geschah in weniger als einer Sekunde. Als der Mann mit lüsternen Bewegungen auf ihr wild hin und her zu wippen begann, einem begattenden Pavian gleich, und sich über sie beugte, um sich zu ihren Brüsten vorzutasten, reagierte Cynthia wie eine explodierende Granate. Sie schnellte hoch, befreite sich mit den Armen aus der Umklammerung und katapultierte ihren Peiniger in einem weiten Bogen nach hinten, wo er unsanft auf den Boden fiel.

Dies beeindruckte ihn jedoch kaum. Immer noch auf dem Boden sitzend, grinste er nur und schien sich selbst jetzt noch über die Attacke zu amüsieren.

Cynthia schäumte vor Wut. Wie eine wild gewordene Furie ging sie auf den Mann zu und verpasste ihm eine schallende Ohrfeige, dass sich sein Kopf zur Seite drehte.

Aber selbst diese Schelte zeigte noch keine Wirkung – im Gegenteil – sie spornte den Lüstling weiter an. Perverse Sprüche waren die Folge: «Hoh, hoh! Schau, schau, das Mädchen ist ganz schön scharf auf mich.»

Nun fuhr Heydenreich dazwischen: «Hör auf Theodor, jetzt gehst du zu weit. Lass das arme Ding in Ruhe. Du siehst, sie liebt dein Benehmen nicht.»

Cynthia ging erneut auf ihn zu und wollte ihm nochmals eine runterhauen, doch Heydenreich hielt sie am Arm zurück. Ihre Augen blitzten wie spitze Dolche. «Was seid ihr doch für ekelhafte Bestien!», entfuhr es ihr in ungebremstem Temperament, und sie verliess fluchtartig das Zimmer. So schnell sie konnte, rannte sie die Treppe hinab. Am liebsten hätte sie auch Heydenreich noch eine geknallt.

Unten in der Hotelhalle angelangt, stürmte sie heulend an Gaetano vorbei und verkroch sich im Büro hinter dem Empfangsraum. Auf einem Stuhl sitzend, verdeckte sie mit beiden Händen ihr Gesicht. Sie schien völlig traumatisiert. Weinkrämpfe durchbebten ihren Körper.

Gaetano begriff rasch, dass sich etwas Aussergewöhnliches ereignet hatte. Er ging auf sie zu und versuchte zu erfahren, was geschehen war. Cynthia war jedoch kaum in der Lage, auch nur ein Wort hervorzubringen.

Der Concierge legte ihr den Arm um ihre Schultern und drückte ihren Oberkörper fürsorglich und sachte gegen sich. Geduldig wartete er und schwieg, was die Wirkung nicht verfehlte. Die Weinkrämpfe liessen langsam nach. Nach einer Weile bat sie um ein Taschentuch.

Gaetano langte in die Tasche seines Uniformkittels und brachte ein sauber gefaltetes Tuch hervor. «Erzähl! Was ist geschehen?», fragte er behutsam.

Bevor Cynthia antwortete, trocknete sie ihre Tränen. «Es gibt schon Schweine auf dieser Welt, aber die grössten Sauhunde sind diese Deutschen da oben.»

«Beruhige dich.» Gaetano fasste behutsam ihre Hand. «Komm, erzähl, was war mit diesen Deutschen?»

Cynthia holte tief Luft. Langsam, aber immer noch schluchzend, begann sie zu berichten, den Blick starr vor sich hin gerichtet. «Ich hatte auf Zimmer 316 eine Flasche Cognac zu bringen. Ich wusste aber nicht, dass dort Heydenreich wohnt.»

«Liebes Kind, das konntest du auch nicht. Herr Heydenreich hatte gestern das Zimmer gewechselt. Er wohnt jetzt auf 316.»

«Wer ist dann das andere Schwein; Heydenreich nannte ihn Theodor?»

«Das kann nur Dr. Nannen sein. Er erkundigte sich vor etwa einer Stunde nach Heydenreich. Ich schickte ihn zu ihm.»

«Und dieser Nannen ist der noch grössere Schweinehund. Er versuchte, mich zu vergewaltigen.»

Jetzt horchte Gaetano auf. «Was versuchte er?» Ungläubig schaute er Cynthia von der Seite her ins Gesicht. «Ein Vergewaltiger? Wer? Dieser Dr. Nannen?»

«Ich lüge nicht. Er sass bereits auf mir; aber dann habe ich ihm eine geklebt, dass es nur so knallte.» Cynthia erzählte Gaetano den Vorfall von A bis Z. Das tat ihr gut; langsam beruhigte sie sich. Dafür wuchs ihr Zorn. «Bitte benachrichtige Filippo. Er muss wissen, mit welchen Schweinen wir es zu tun haben. Ich bin überzeugt, dieser triebhafte Mensch lässt nicht locker. Der wird es noch einmal versuchen.» Cynthia erhob sich und stützte sich auf die Tischkante. Ihre Knie schlotterten immer noch.

«Jetzt mal den Teufel nicht an die Wand. Das wird sich wieder legen.» Gaetano befürchtete, sie würde nun den Dienst quittieren, und ermahnte sie, nun mal abzuwarten.

«Keine Angst, ich bleibe euch schon treu. Aber diesen Schweinen zahle ich das noch heim – auf meine Weise!» Cynthias Augen blitzten hasserfüllt.

Gaetano meldete den Vorfall unverzüglich ihrem Bruder und Justus von Richtfeld, die soeben dabei waren, den Personaleinsatz für das Fest zu planen. Die Mitteilung schlug ein wie eine Bombe. Filippo liess alles stehen und eilte unverzüglich ins Hotel. Selbst Herr von Richtfeld war schockiert und zeigte sich über diese Entwicklung sehr beunruhigt. Jetzt hiess es, noch wachsamer zu sein. Der Baron sollte davon – wenigstens vorläufig – noch nichts erfahren.

Cynthias Entschluss, ihren Dienst weiter zu verrichten, verstand Filippo zwar nicht. Er willigte schliesslich trotzdem ein, weil er wusste, wenn sich seine Schwester einmal etwas in den Kopf gesetzt hatte, dann halfen tausend Argumente nicht, sie davon abzubringen.

⌘

Tiefblau wölbte sich der Himmel über den Lago Maggiore. Die umliegenden Berge spiegelten sich durch die glasklare Luft konturenscharf auf dem Wasser. Ein prächtiger Tag; wie er für ein Sommernachtsfest nicht schöner sein könnte.

Zahlreiche Schiffe steuerten bereits zur frühen Morgenstunde die grosse Brissagoinsel an, und beim Landungssteg begann bald ein hektisches Treiben. Gleich kistenweise wurde Material herbeigebracht, und fleissige Hände entluden Körbe, Harrassen, und anderes mehr aus den Barken. Auf von Eseln gezogenen Karren wurde das Material schliesslich zum neuen neoklassizistischen Palazzo hinauf gebracht, wo früher das Landhaus der stolzen russischen *Baronin Antonietta*[1] gestanden war. Obwohl die Residenz dieser adligen Frau nicht mehr vorhanden war – das Landhaus war 1927 abgerissen worden – erinnerte noch sehr vieles an diese bemer-

---

[1] Baronin Antonietta: lebte eine Weile in Armut in Ascona, bis sie 1949 im Krankenhaus in Intragna verstarb.

kenswerte Frau, die jetzt in Ascona lebte. Nachdem ihr Mann, ein gewisser Baron Richard Fleming aus Saint-Legèr aus Kingston, Irland, die beiden Inseln vor Brissago 1885 gekauft und sie später seiner Ehefrau überschrieben hatte, veränderten sich auch die Nutzung und das äussere Aussehen des Eilands. Mit ungezählten Schiffsladungen wurden während Jahren Erde und Humus vom Festland herbeigeschafft. Baronin Antonietta verwendete dies, um den Boden für ihre Pläne urbar zu machen. Von ihren weiten Reisen um die ganze Welt hatte sie jedes Mal viele exotische Pflanzen mitgebracht, die sie hier kultivierte. Mit Geduld und Akribie entstand so nach und nach eine grossartige Parklandschaft, die man heute noch bewundern kann. Über diesem Park thront heute der in den Jahren 1927 bis 1928 errichtete Palast des damaligen Besitzers, Max Emden.

Auf der leichten Anhöhe der Insel, dort wo das Palazzo stand, bauten Handwerker und Hilfsarbeiter eine immense Infrastruktur für ein gigantisches Fest auf. Das Küchenpersonal traf in einem, bereits am Vorabend erstellten Zelt die Vorbereitungen für das Bankett, welches am späten Nachmittag beginnen sollte. Flinke Hände von traditionell in weiss gekleideten Köchen drapierten schon die Köstlichkeiten für das Buffet. Ungezählte Speisen und Delikatessen aus aller Welt sollten die Gäste verwöhnen.

Am südlichen Ende der Insel war ebenfalls am Vorabend ein grosses Floss vor Anker gegangen. Darauf arbeiteten zurzeit Spezialisten, welche die zahlreichen Mörser und Feuerwerkskörper vorbereiteten, die am späten Abend als grosses Feuerwerk in den Himmel steigen sollen.

Am Fest wurden mehrere Dutzend hochrangige Persönlichkeiten aus Politik, Wirtschaft und der Welt der musischen Künste mit ihrer Begleitung erwartet. Im Hotel munkelte man, es wären auch Namen darunter, die man sonst nur aus den Zeitungen kennen würde, und die Gäste kämen aus Deutschland, Italien, Spanien. Es sollen sogar reiche Amerikaner darunter sein.

Das bevorstehende Fest sollte nach dem Wunsch des Gastgebers, Max Emden, noch prunkvoller werden als die Einweihungsfeier seines Palazzos im vergangenen Jahr. Es war jedoch unverkennbar, dass der Anlass eigentlich nur einem Zweck diente: Die Insel sollte damit zur eigentlichen Plattform werden, um einflussreiche Persönlichkeiten einander näher zu bringen. Seit dem Sturz der Aktien an der New Yorker Börse lag die Weltwirtschaft total am Boden. Die Folge war tiefste Depression und Millionen von Arbeitslosen.

Dieser Zustand dauerte nun schon bald zwei Jahre, was sich gewisse Kreise immer mehr zu Nutzen machten. Dies galt besonders für die nationalsozialistische Partei Deutschlands. Der Nährboden, um damit ihre politischen Ziele möglichst schnell erreichen zu können, war besonders günstig. Vor diesem Hintergrund liess die Partei nichts unversucht, die Führung Deutschlands so rasch als möglich an sich zu reissen. Als Filippo die Gästeliste gelesen hatte, stand für ihn fest: Die Feier war eigentlich nichts anderes als eine Parteiversammlung von rechtsextremen Persönlichkeiten in einem feudalen Rahmen.

Ab dem frühen Nachmittag fand sich die illustre Gästeschar ein. Im regelmässigen Rhythmus legte das Pendelschiff am Schiffssteg an, und jedes Mal, wenn es am Landungssteg festgebunden wurde, ertönten von den Balustraden des Palazzos Trompetenklänge, die von vier eigens dafür engagierten Turmbläsern stammten. Livriertes Personal half sodann den modisch gekleideten Damen und Herren aus den Schiffen.

Den Aufgang vom Landungssteg zum Palazzo umsäumten beidseitig hübsch gekleidete Kinder, die im Takt der Trompetenklänge bunt geschmückte Reifen schwenkten. Die Szenerie hätte operettenhafter nicht sein können. Der Gastgeber unterliess nichts, um seine Gäste schon von Beginn an in gute Laune zu versetzen.

Die Insel füllte sich nach und nach mit Gästen. Die Besucher versammelten sich zunächst auf der grossen Terrasse, wo kühle Getränke bereit gestellt waren. In den Händen Gläser haltend und kleine Häppchen knabbernd, standen die Gäste in kleineren oder grösseren Gruppen plaudernd herum. Pavillonmusik erschallte hier, Attraktionen wie Jongleure und Einzelakrobaten zeigten sich dort. Bald promenierten die Menschen auf den mit Kies bestreuten Wegen und inspizierten die wunderbare Insel bis in die äussersten Winkel. Einige liessen sich unter Schatten spendenden Bäumen im Gras nieder, diskutierten oder genossen ganz einfach die gelöste Stimmung mit einem Nickerchen in der Nachmittagssonne.

Im Innern des Palazzos standen den Gästen zahlreiche Räume zur Verfügung, die nicht nur von den Herren für geschäftliche Verhandlungen genutzt wurden. Einige nahmen diese Gelegenheit auch ganz gerne wahr, um mit einer Dame für ein kuscheliges Tête-à-tête zu verschwinden.

Gegen drei Uhr nachmittags verkündeten theatralisch gekleidete Herolde, das Buffet sei hergerichtet. Viele Speisen und Spezialitäten aus aller Welt warteten auf die hungrige Gästeschar.

Kaum hatte sich dies herum gesprochen, kam Bewegung in die Gästeschar. Aus allen Richtungen strömten die Menschen zum Palazzo zurück. In den beiden Festzelten, wo die Buffets aufgestellt waren, herrschte bald ein beängstigendes Gedränge. Das Personal versuchte, wenigstens etwas Ordnung in die Menge zu bringen, und wies die Gäste an, sich in die Kolonne zu stellen, die zu den Buffets führten.

Die Leute gaben sich zwar betont gelassen; die Gier nach dem besten und grössten Happen stand ihnen jedoch in die Gesichter geschrieben. Wurde dann unter Aufwendung von grösster Geduld endlich das lang Ersehnte erreicht, war die Menge nicht mehr zu halten. Massenweise wurden die Leckereien auf die Teller gehoben. Sie schaufelten, schöpften, und bei vielen erwiesen sich offensichtlich die Augen grösser als der Magen.

Nach knapp einer Stunde glichen die Buffets, auf denen die Speisen bis vor Kurzem noch kunstvoll mit viel Geschick aufgebaut waren und das Auge erfreut hatten, einem einzigen Schlachtfeld. Das hinter den Tischen stehende Küchenpersonal bemühte sich vergeblich, auf den Platten und Tabletts wenigstens wieder einigermassen Ordnung zu schaffen.

Entsprechend der Gier der Leute stapelten sich später die Speisereste. Das Personal hatte alle Hände voll zu tun, die wahllos auf der ganzen Insel verstreuten Teller mit unverzehrten Speisen einzusammeln. Der Unrat verunzierte bald alle Ecken und Nischen, derweil das Versorgungsschiff dauernd für Nachschub von Essen und Getränke sorgte. Den Gästen sollte es auch danach an nichts fehlen. Es war zweifellos ein Fest der Superlative.

Nachdem die Gästeschar nach und nach gesättigt schien, bildeten sich auf die ganze Insel verteilt kleinere oder grössere Gruppen. Man plauderte über dieses, man erzählte sich jenes. Bestimmt wurden auch handfeste Geschäfte besprochen und vielleicht bereits abgeschlossen, derweil das Amüsement auch nicht zu kurz kommen sollte. In diesen Gesellschaftskreisen schätzte man die Kombination von Arbeit und Vergnügen sehr. Dies erklärt denn auch die vielen Intrigen, die in der so genannten feinen Gesellschaft ebenso zur Würze gehören, wie die Gerüchte, die in diesen Kreisen üblich waren, welche die Welt oft mehr in Aufregung versetzten als die Politik.

Genau an diesem Punkt begann Filippos Aufgabe: Er sollte die einflussreichsten Persönlichkeiten im Auge behalten und besonders darauf achten, wer sich mit wem traf, wie lange und worüber sie sprachen, ob sie lachten oder sich mit ernster Miene unterhielten. Die ihm wichtig erscheinenden Feststellungen merkte er sich und berichtete Herrn von Richtfeld stündlich von seinen Beobachtungen. Daraufhin sprachen sie sich ab, wer nun ins Visier zu nehmen sei und wer besonders interessant erschien.

Cynthias Aufgabe gestaltete sich jedoch wesentlich einfacher. Sie war dem Getränkedienst zugeteilt. Aufmerksam zirkulierte sie unter den Gästen und war stets darauf bedacht, leer getrunkene Gläser mit prickelndem Champagner nachzufüllen. Auf diese Weise bot sich für sie die beste Gelegenheit, Gesprächsinhalte unauffällig aufzuschnappen. Jeweils alle zwei Stunden traf sie sich mit Filippo und Herrn von Richtfeld in der Küche, wo sie über das Erlauschte berichtete.

So wogte das Fest bis zum Sonnenuntergang. Die Stimmung wurde immer ausgelassener. Langsam machten sich auch die massenhaft konsumierten alkoholischen Getränke bemerkbar. Die Zungen wurden zunehmend lockerer, und für Filippo stellte sich beim Belauschen langsam das Problem, Wichtiges von Unwichtigem unterscheiden zu können. Er konzentrierte sich daher nur noch auf bestimmte Leute, vor allem solche, die sein Gesicht nicht kannten. Zudem wurde es immer schwieriger, die Gesichter in der allmählich zunehmenden Dämmerung zu erkennen.

Als er kurz vor zweiundzwanzig Uhr im Kräutergarten nahe dem grossen Seerosenteich eine Gruppe von fünf Männern erblickt hatte, die wild gestikulierend diskutierten, suchte er sich eine Position, um ihr Gespräch zu belauschen, welches sie nicht direkt leise führten. Das Tageslicht war schon soweit verblichen, dass er nicht erkennen konnte, welche Persönlichkeiten er belauschte. Die Unterhaltung schien interessant zu werden. Hinter einem in der Nähe der Gruppe stehenden grossen Busch mit gelben Kletterrosen, versteckte sich Filippo und versuchte der Unterhaltung aus sicherer Distanz unauffällig zu folgen.

Unter den Stimmen erkannte er bald jene von Heydenreich, was Filippo nicht überraschte. Er hatte schon den ganzen Tag darauf gehofft, ihm inkognito zu begegnen. Neben ihm stand zweifellos dieser Dr. Nannen, mit dem er noch eine persönliche Rechnung zu begleichen hatte. Die Unterhaltung begann verheissungsvoll.

«Ich sage dir, das Ding geht schief», hörte Filippo einen unbekannten Dritten orakeln.

«Was soll schief laufen», erwiderte Heydenreich scharf. «Zweifelst du an meinen Fähigkeiten?»

«Nein, nein», meinte der Angesprochene beleidigt, «aber erkläre mir mal: Wie willst du eine solche Menge auf einmal und unerkannt über die Grenze bringen?»

«Kein Problem», wich Heydenreich der Frage geschickt aus.

«Also, da möchte ich nicht dabei sein, wie du mit einem halben Dutzend Esel über den Pass pilgerst und dann den Grenzwächtern in die Hände fällst.»

Der Skeptiker lachte selbstzufrieden, die anderen stimmten ins Gelächter mit ein – ausser Dr. Nannen, der Heydenreich zu unterstützen schien: «Meine Herren. Ich denke, der Plan ist gut. Es soll ja auch nicht alles auf einmal hinübergeschafft werden. Das Risiko verringert sich, je mehr Transporte wir vorsehen. Oder hat einer der Herren eine Alternative anzubieten?» Die provokative Frage blieb erwartungsgemäss unbeantwortet.

Andererseits rätselte Filippo, was da demnächst auf Lasttieren über die Grenze geschafft werden sollte. Doch ehe er zu weiteren Überlegungen kam, meldete sich ausgerechnet wieder Coniglio: *«Hey Poppy! Pass nur gut auf dich auf. Hau ab, bevor sie dich entdecken. Die erschiessen dich, wenn sie merken, dass du ihnen zugehört hast.»*

Ungehalten über seine innere Stimme schaltete Filippo auf stur: *«Nein! Jetzt will ich es wissen. Hau du lieber ab! Ich pass schon auf mich auf.»*

Es war schon verflixt. Ausgerechnet jetzt lenkte ihn sein innerer Coniglio von diesem bestimmt aufschlussreichen Gespräch ab. Als Filippo sich endlich wieder darauf konzentrieren konnte, hoffte er, wenigstens das Wesentlichste nicht verpasst zu haben. Er hörte gerade noch wie Heydenreich in seiner herrischen Art zu den Männern sprach: «Fassen wir also zusammen: Heinrich bringt die Ware wie vereinbart am letzten Tag des Monats nach Locarno. Am vereinbarten Ort übernehme ich die Verantwortung für den Transport Richtung Grenze. Ich weiss auch schon, wer mir behilflich sein wird. Es wird jedenfalls jemand sein, der das Grenzgebiet nach Italien kennt wie seine eigene Hosentasche, und diese Person wird mir garantiert dienstbar sein, da bin ich mir sicher.»

«So weit, so gut, aber Gold hat ein enormes Gewicht. Weiss jemand, wie viele Kilogramm so ein Lastesel überhaupt tragen kann? Viele bestimmt nicht.»

Jetzt begriff Filippo, wovon hier die Rede war: Goldbarren waren schwer und liessen sich nicht einfach transportieren. Die Risiken, Edelmetalle als Schmuggelgut auf dem ordentlichen Land- oder Seeweg nach Italien zu schaffen, waren gross. Der Weg über die grüne Grenze hingegen eignete sich dafür wesentlich besser, zumal die Patrouillen entlang der Grenzen im Allgemeinen sehr spärlich waren. Das geschilderte Problem war offenbar, eine grosse Menge Gold auf einmal über die Berge auf unwegsamen Pfaden zu führen.

«Also, ich sage es noch einmal: es muss und wird auch klappen. Ich kenne da jemanden, der hat genügend Saumpferde, die es uns erlauben, eine solche Menge in zwei oder maximal drei Transporten ohne Probleme hinüber zu schaffen. Ihr müsst nämlich wissen, in dieser Gegend leben mehr Leute vom Schmuggel, als es offiziell bekannt ist. Für die ist es schlicht die einzige Möglichkeit, überhaupt noch an etwas Geld zu kommen.»

Sofort überlegte Filippo, in welchem Gebiet so ein Transport überhaupt möglich war. Heydenreich erwähnte Locarno als Ausgangspunkt. Dann boten sich nur zwei naheliegende Übergänge über die grüne Grenzen nach Italien an: Im Osten von Indemini über den Colle St.Anna beim Sasso Corbaro ins Valle Veddasca, und im Westen über den Testa di Misello, am westlichen Fusse des Gridone nach Finero ins Valle Cannobina. Eine Passage weiter nordwestlich käme wohl kaum in Frage. Verdammt, er musste unbedingt herausfinden, welchen Weg sie wählen würden.

Sein Versuch, des Rätsels Lösung zu erfahren endete jedoch abrupt. Die Detonation einer Knallpetarde unterbrach die Unterhaltung jäh. Just in diesem Moment wurde nämlich das nächtliche Feuerwerk eröffnet.

Wie auf Kommando schauten die Männer zum Himmel, wo erste explodierende Raketen bunte Bilder in den Nachthimmel zauberten.

Filippo suchte im Widerschein des Feuerwerks seine Deckung zu halten – doch vergeblich. Einer der Männer, dem offensichtlich das nächtliche Spektakel nicht die nötige Aufmerksamkeit abverlangte, erspähte Filippo, der sich soeben verdrücken wollte.

«Halt, stehen bleiben!», rief er in die Nacht hinaus.

Filippo liess sich nicht beeindrucken. Er hechtete über einen Fliederbusch und glaubte sich in Sicherheit.

Der Mann jedoch war fest entschlossen, Filippo zu stellen und rief nochmals, diesmal in einem energischen Tonfall: «Halt, stehen bleiben oder ich schiesse!»

Der Ruf des Mannes ging im Geknalle des Feuerwerks unter. Doch er genügte, um auch Heydenreich und einige aus seiner Gefolgschaft auf den Lauscher aufmerksam zu machen.

Die Warnung hatte Filippo trotz des Feuerwerks sehr wohl verstanden, doch das nachfolgende Geknalle war nicht von einem Mündungsknall einer Faustfeuerwaffe zu unterscheiden.

Filippo rannte um sein Leben. Hastig eilte er in Richtung Palazzo. Er hoffte, dort in der Menschenmenge untertauchen zu können. Als Filippo die Tür zur Küche aufstiess, stand er Herrn von Richtfeld gegenüber, der gerade mit Cynthia in ein Gespräch vertieft war.

Erleichtert ging er auf sie zu. «Ihr könnt euch nicht vorstellen, wen ich eben belauscht habe», begann Filippo völlig ausser Atem und unterbrach damit ihr Gespräch.

«Mein Gott, wie siehst du aus?» Cynthia erkannte sofort, dass mit ihrem Bruder etwas nicht stimmte. Seine Haare hingen ihm wirr ins Gesicht.

Filippo lehnte sich an die Tischkante und erzählte hastig: «Ich war soeben Zeuge eines Gesprächs geworden, an dem auch Heydenreich und Nannen beteiligt waren. Sie sprachen von einem Goldtransport, der demnächst über die grüne Grenze erfolgen soll.»

Justus von Richtfeld wurde hellhörig, und Cynthia staunte.

«Leider konnte ich nicht erfahren, über welche Grenze das Gold gebracht werden soll. In diesem Augenblick begann das Feuerwerk. Im Schein der Raketen hatten sie mich entdeckt. Ich musste fliehen.» Filippo war immer noch ausser Atem.

«Hat man Sie erkannt?», wollte Herr von Richtfeld wissen.

«Vermutlich nicht. Es ging alles viel zu schnell. Ausserdem hielt ich mich im Schlagschatten der Bäume auf. Ich glaube nicht, dass das Licht weit genug reichte, um mich zu erkennen.»

«Hoffen wir es», zeigte sich Herr von Richtfeld besorgt und zog einen möglichen Schluss: «Das passt eigentlich zu dem, was ich in einer anderen Ecke belauscht habe. Da war nämlich die Rede von einer wichtigen Transaktion, die Ende nächsten Monats in Luino stattfinden soll.»

«Damit ist es doch klar; die wollen über eine Route von Indemini nach Italien Gold schmuggeln», ergänzte Filippo überzeugt.

«Das verstehe ich nicht. Die könnten doch ebenso gut und hochoffiziell mit dem Auto bei Dirinella durch den Zoll?», hinterfragte Cynthia seine Überlegungen.

Herr von Richtfeld lachte: «Das wäre hochgradig unvorsichtig. Mit einer Wagenladung Gold würde auch ich nicht über die offizielle Grenze. Stellen Sie sich vor, die Zollbeamten stiessen bei einer zufälligen Durchsuchung auf das Schmuggelgut.»

Cynthia blieb hartnäckig. «Ja schon, aber ich sehe immer noch keinen Sinn dahinter. Weshalb soll überhaupt Gold durch die Schweiz nach Italien geschmuggelt werden?»

«Überleg mal, Schwesterchen», schaltete sich Filippo wieder ein. «Die Nazis suchen auf Teufel-komm-raus Verbündete, und wie du weisst, lebt in Italien ein ähnliches Monster, das gleiche Ziele verfolgt, wie Adolf Hitler – nur nennt dieser seine Ideologie anders. Der Faschismus des *Benito Mussolinis*[1] ist nämlich genau so militant und korrupt wie der des deutschen Nationalsozialismus. Beide wollen sie Macht – und Gold bedeutet bekanntlich Macht. Ich fresse einen Besen, wenn dies nicht ihre Ziele sind.» Filippos Augen funkelten vor Eifer.

«Nun mal ruhig Blut», ermahnte Justus von Richtfeld. «Das sind doch vorläufig nichts als Spekulationen. Versuchen wir mal die Ereignisse zu ordnen. Sicher scheint mir nur, dass Gold über die Grüne Grenze verschoben werden soll. Aber ehrlich gesagt, ist das wichtig für uns? Haben wir deswegen Nachteile?»

Die Fragen wirkten zwar entwaffnend. Doch für Filippo waren sie zu einfach gestellt. Er begann nämlich langsam zu begreifen, wel-

---

[1] Benito Amilcare Andrea Mussolini, genannt *Duce del Fascismo* (* 29. Juli 1883 in Dovia di Predappio bei Forlì, Region Emilia-Romagna; † 28. April 1945 in Giulino di Mezzegra bei Dongo am Comersee): von 1922 bis 1943 faschistischer Diktator Italiens.

che Folgen diese Entwicklung für alle haben könnte. «Sie haben vielleicht Recht. Direkte Nachteile erkenne ich momentan keine. Aber Herr von Richtfeld, im Ernst, wohin kämen wir, wenn alle so denken würden? Bedeutete dies nicht den Anfang vom Ende?»

«Von welchem Ende?», fragte Herr von Richtfeld erstaunt. Er erkannte offenbar Filippos Einwand nicht.

«Das Ende von unseren Freiheiten, verstehen Sie?» Der Antwort haftete etwas Drohendes an. «Bedenken Sie doch mal, wenn wir im Norden wie im Süden von diesen diktatorischen Imperialisten umgeben sind, was wird dann aus unserem kleinen Land dazwischen? Wer sichert uns dann unsere Freiheiten und die Existenz? Wir wissen ja nicht einmal, auf welcher Seite der Baron, unser Brötchengeber, steht? Vielleicht ist er ja auch ein Nazi?»

Die Fragen blieben Justus von Richtfeld noch lange im Gedächtnis haften. Nachdenklich betrachtete er Filippo, wie er sichtlich erregt im Raum auf und ab ging. Tatsächlich: Daran hatte er in der Tat noch nicht gedacht.

⌘

Das Valle Veddasca, ein einsames Tal im Grenzgebiet des *Monte Tamaro*[1], erstreckt sich in südlicher Richtung bis nach Maccagno an den Ufern des Lago Maggiore. Der grösste Teil des Tals befindet sich auf italienischem Gebiet.

Indemini, das fast vergessene Grenzdorf, noch auf Schweizerboden, ist die höchst gelegene Siedlung des Tessins. Von hier aus geniesst man einen der herrlichsten Ausblicke in ein einsames und weltabgeschiedenes Tal.

Bevor gegen Ende des ersten Weltkriegs mit dem Bau der Strasse von Vira nach Indemini begonnen worden war, bot der Fussmarsch über den Colle Sant'Anna die einzige Verbindung von Italien zum schweizerischen Gambarogno. Damit war es nahelie-

---

[1] Monte Tamaro: Berggipfel oberhalb von Rivera, 1960 müM

gend, dass hier – wie vielerorts im Kanton Tessin – über Jahrhunderte die Schmuggelei blühte.

Bei den Schmugglern handelte es sich aber nur um die «kleinen Fische» dieser Zunft. Die Erträge aus ihrer illegalen Tätigkeit waren schon deshalb gering, weil sie das Schmugglergut mit einfachsten Mitteln über die grüne Grenze zu schleppen hatten. Ihre Maultiere oder die Grösse des Rucksacks bestimmten die noch transportierbare Menge und beeinflussten damit direkt den Schmugglerlohn. Die grossen Drahtzieher jedoch, welche die kleinen Schmuggler für ihre Zwecke anheuerten, lebten nicht in Abgeschiedenheit. Für ihre Geschäfte nahmen sie auch nicht die Strapazen einer risikoreichen Bergtour bei Nacht und Nebel auf sich.

Filippo wusste von dieser langjährigen Schmugglertradition. Es konnte daher kein Zufall sein, dass auch Heydenreich sich ausgerechnet für dieses Gebiet und für eine bestimmte Person interessiert hatte, die in Indemini lebte. Das belauschte Gespräch bot genügend Hinweise, um sich darüber ein Bild zu machen, und je mehr er über das Gehörte nachdachte, desto mehr Zusammenhänge erkannte er darin. Andererseits verspürte er keine Lust, mit anderen Menschen mehr darüber zu sprechen. Dafür beschäftigten Filippo die Ereignisse der letzten Tage zu sehr. Zudem zweifelte er auch bald einmal an von Richtfelds Ehrlichkeit. Irgendwie bekam Filippo das Gefühl nicht los, dass es diesem Mann ebenfalls gleichgültig war, woher das Geld stammte, mit dem man ihn entlöhnte – selbst wenn es sich um schmutziges Geld handelte.

Noch mehr Fragen aber warf das Verhalten des Barons auf. Nachdem die zahlreichen Informationen auftragsgemäss an ihn weitergeleitet worden waren, hüllte sich der Baron immer mehr in Schweigen. Dem Vernehmen nach soll er sich gleich nach dem Fest nach Holland abgesetzt haben, wo er angeblich mit wichtigen Bankgeschäften beschäftigt sein würde.

Auf dem Monte Verità kehrte indes der Alltagsbetrieb schnell wieder ein. Heydenreich und Konsorten reisten nach dem Fest unverzüglich ab, was dazu führte, dass Filippo seine Tätigkeit als Kellner wieder aufnehmen konnte. Von nun an distanzierte er sich jedoch bewusst von weiteren Bespitzelungen der Gäste, wie es eigentlich immer noch von ihm erwartet wurde. Die Erlebnisse der letzten Tage reichten ihm vorderhand.

Das Thema war daher auch oft auch Gegenstand von Gesprächen mit seiner Schwester. Sie kamen dabei zum Schluss, dass sie das undurchsichtige Spiel – wenigstens vorläufig – weiter wagen wollten, nicht zuletzt, um sich ihre Vermutungen bestätigen oder widerlegen zu lassen. Filippo liess es keine Ruhe, den Faden dort wieder aufzunehmen, wo er nach dem Fest geendet hatte. Intensiv suchte er in der Folge nach einer Verbindung, die ihn nach Indemini führte, und er spürte: Sein Verdacht würde sich nur dort bestätigen, oder aber entkräften.

Die Äusserungen Heydenreichs und die Informationen, die er von Justus von Richtfeld erhielt, reimte Filippo sich schliesslich so zusammen, dass Ende Monat ein ominöser Goldtransport durchgeführt werden sollte. Ausserdem hörte er auch, als er damals die Gruppe auf der Insel belauscht hatte, dass Heydenreich auch jemanden kennen würde, der sowohl über die nötige Anzahl Tragpferde als auch über die entsprechenden Ortskenntnisse verfügte. Filippo hatte also zunächst herauszufinden, wer für diesen riskanten Schmuggel von Indemini aus überhaupt in Frage kommen könnte. Dies war jedoch keine leichte Aufgabe. Er kannte ja auch niemand, den er in diesem gottverlassenen Dorf hoch über dem Verbano mit den Nazis in Verbindung bringen konnte.

Als Filippo in einer Arbeitspause wieder einmal mit seiner Schwester im Personalraum über das geplante Manöver der Nazis redete, erinnerte sich Filippo plötzlich an eine Aussage seines Vaters, der – zwar in einem anderen Zusammenhang – einen bestimmten Mann aus Indemini erwähnt hatte.

«Magst du dich noch an seinen Namen erinnern? Du weisst, jener Mann, der damals mit Vater zusammen auf einer Baustelle in Locarno gearbeitet hatte?», fragte er daraufhin Cynthia, nachdem er erfolglos nach dessen Namen suchte.

Cynthia schüttelte den Kopf. «Ich weiss nicht wen du meinst, aber ich erinnere mich, dass einmal ein gut aussehender junger Mann bei uns zuhause gewesen war und unseren Eltern berichtet hatte, sein Vater sei an Tuberkulose gestorben. Meinst du den?»

«Das ist wieder mal typisch, mein Schwesterchen», frotzelte Filippo. «Der gut aussehende Mann ist dir offenbar gut in Erinnerung geblieben.»

Verlegen schaute Cynthia weg, fasste sich aber schnell und konterte leicht zynisch: «Du schaust ja auch den Frauen nach, oder hast du dagegen etwas einzuwenden, lieber Poppy?»

Da war er wieder, dieser «Poppy». Wie hasste Filippo diesen Namen. Er würde ihm wohl zeitlebens haften bleiben. Cynthia brachte es damit tatsächlich immer wieder fertig, eine Unterhaltung ultimativ zu beenden.

Filippo überspielte die Neckerei. «Du hättest dir gescheiter seinen Namen gemerkt als sein Aussehen.»

«Du hast mich ja nicht nach seinem Namen gefragt. Was ist es dir wert, wen ich den Namen herausfinde?», spottete Cynthia überlegen.

«Komm schon, mach es nicht spannend!» Filippos Ungeduld wuchs.

«Cosimo», kam die Antwort wie selbstverständlich. «Ich glaube, er ist Italiener und lebt in Domodossola, wenn er nicht grad die Ziegen bei seiner Tante in Indemini hütet.»

«Ja richtig, jetzt fällt mir sein Name auch wieder ein. Ist Cosimo nicht ein Neffe eines verstorbenen Arbeitskollegen von unserem Vater? Natürlich: seine Mutter war Italienerin und der Vater Tessiner, oder? – Jetzt bin ich mir fast sicher. Ich denke, irgendjemand von dieser Familie ist bestimmt noch aufzutreiben.»

«Was willst du damit sagen? Willst du einen Familienbesuch abstatten?»

«Vielleicht. Also hör zu, ich habe einen Plan. Wir wollen doch herausfinden, wer für einen solchen Transport über den Colle St.Anna überhaupt in Frage kommen könnte. Wenn wir dies wissen, sind wir doch der Lösung schon ein Stück näher. Ich möchte nämlich zu gerne wissen, was da im Busch ist und wohin das Gold gebracht werden soll. Am liebsten würde ich diesen Transport begleiten.»

«Und was versprichst du dir davon? Willst du den Nazis das Gold abjagen oder es gar dir selber unter den Nagel reissen?»

«Warum nicht?»

«Jetzt spinnst du», schüttelte Cynthia den Kopf und tippte mit dem Zeigefinger an ihre Schläfe.

«Vielleicht bin ich tatsächlich verrückt? Aber versuche mal zu verstehen: Wir stehen immer noch in den Diensten des Barons. Auch wenn er lange nichts mehr von sich hat hören lassen, erwartet er doch von uns immer noch Informationen.»

«Und dafür willst du Kopf und Kragen riskieren?», Cynthia schüttelte abermals verständnislos den Kopf.

Filippo aber liess nicht locker. «Liebes Schwesterchen. Ich will es dir gerne nochmals erklären. Zuerst aber frage ich dich: Die Arbeit im Hotel gefällt uns beiden doch sehr?»

Cynthia nickte, blickte ihren Bruder jedoch ungläubig an. Doch Filippo fuhr sogleich fort: «Also, sorgen wir doch dafür, dass wir unsere Arbeit behalten können. Dafür müssen wir aber unser Umfeld unbedingt besser kennen, und so sind halt gewisse Risiken nicht auszuschliessen. Wir müssen jedenfalls lernen, die Weltlage und die politische Entwicklung besser zu verstehen. Dann sind wir auch in der Lage, uns darauf einzustellen. Andernfalls werden wir doch laufend vor vollendete Tatsachen gestellt. Du weisst doch, nur tote Fische schwimmen mit dem Strom.»

Cynthia schien immer noch nicht zu begriffen zu haben, was ihr Bruder sich da so zusammenreimte. «Ich befürchte, du spielst ein gefährliches Spiel. Denk einmal an Heydenreich und Nannen. Beide kennen uns, und die schrecken vor nichts zurück, besonders dann nicht, wenn wir ihnen zu nahe treten.»

«Eben, und genau deshalb müssen wir die Zusammenhänge und Hintergründe kennen.»

Nun hüllte sich Cynthia in Schweigen. Sie kannte ihren Bruder. Wenn er auf diese Weise mit ihr zu diskutieren begann, dann hatte er sich schon längst etwas in den Kopf gesetzt; dann war er nicht mehr zu bremsen. Sie wusste, in den nächsten Tagen würde er alle Register ziehen, um über diesen ominösen Goldtransport mehr herauszufinden.

⌘

Cosimo, ein naturharter, kräftig gebauter Bursche, mit einem von romanischen Zügen geprägten Gesicht, welches sich zum überwiegenden Teil unter einem Vollbart versteckte, lebte seit einigen Jahren in Indemini, einem Ort, rund tausend Meter über Meer hinter dem *Monte Gambarogno*[1] gelegen. Die leichten Blatternnarben auf den Wangen beeinträchtigten sein Antlitz jedoch keineswegs – im Gegenteil: Dadurch bekam Cosimos Aussehen erst recht eine männliche Note.

Ungeduldig wartete Cosimo im Schatten des Stalls auf den Sonnenuntergang. Von Zeit zu Zeit schaute er zum Himmel und hoffte, dass die Nacht ebenso klar blieb, wie es bisher der Tag gewesen war. Die Sonne warf bereits lange Schatten.

Cosimo ahnte, mit diesem Auftrag würde sich sein Leben ein weiteres Mal verändern. Die erste Umstellung hatte er erlebt, als sein Onkel gestorben war und die Tante ihn gebeten hatte, vom lebhaften *Domodossola*[2], wo er seit seiner Geburt gewohnt hatte, nach Indemini ins einsame Valle Veddasca zu übersiedeln. Er empfand dies zwar anfänglich als eine willkommene Abwechslung, denn seit Monaten schon war er ohne Arbeit. In diesem schier ausweglosen Zustand sah er keine Perspektiven mehr, und da er zu seinem Onkel und der Tante, die zeitlebens in Indemini gelebt hatten, schon immer gute Kontakte gepflegt hatte, und umgekehrt sie ihn auch gerne mochten, war es selbstverständlich, diesem Wunsche nachzukommen und in das weltabgeschiedene Hochtal zu

---

[1] Gambarogno: Kreis im Bezirk Locarno am südöstlichen Ufer des Lago Maggiore.

[2] Domodossola: Stadt in der Provinz Verbano-Cusio-Ossola, Italien.

ziehen. Ein bescheidener Bergbauernbetrieb mit einigen Ziegen, Schafen, etwas Federvieh und einem Mutterschwein sowie drei Maultieren sicherten ihm nun seit einigen Jahren eine leidlich gute Existenz mit hauptsächlicher Selbstversorgung. Cosimo stellte jedoch schon zu Anfang die Bedingung, dass er nicht mit der betagten Witwe im gleichen Haushalt leben wollte. So hatte er sich oberhalb des Dorfes nahe der Schweizergrenze gelegen, in einem einfachen Steinhaus eingerichtet – sehr zur Freude seiner Tante. Denn ohne die Hilfe eines starken Mannes, die ihr nun seit dem Tod ihres Mannes fehlte, wäre sie gezwungen gewesen, die Tiere zu verkaufen und ins Tal zu ziehen. Das Leben im Tal aber war ihr schon immer ein Gräuel und für sie völlig unvorstellbar gewesen. Zeitlebens hatte sie ihre Tage in der Abgeschiedenheit des Hochtals verbracht. Ein Leben anderswo kam daher für sie nicht mehr in Frage und hätte ihr in ihren Alter wohl jeden Lebensmut geraubt.

Die Alpwirtschaft und weitgehende Selbstversorgung reichte jedoch kaum, um immer über die Runden zu kommen. Das zusätzliche Bargeld beschaffte sich Cosimo, indem er für unbekannte Auftraggeber verschiedene Güter über die grüne Grenze nach Italien schmuggelte. Auf den Rücken seiner Maultiere schaffte er so manches schwarz nach Italien oder umgekehrt in die Schweiz. Überhaupt; Indemini war nicht das einzige Dorf, welches vom Schmuggel lebte. Viele Dörfer in den Tessiner Hochtälern wären schon längst entvölkert, wenn die Menschen dort diesen Nebenverdienst nicht gehabt hätten.

Auf diese Weise lernte Cosimo das Valle Veddasca, seine Seitentäler und umliegenden Berge bald wie seine eigene Westentasche kennen. Meistens war sein Ziel Maccagno oder Luino an den Gestaden des Lago Maggiore. Dort traf er sich nicht nur mit denjenigen, die das Schmuggelgut entgegen nahmen. Dies gab Cosimo auch Gelegenheit, sich mit alten Bekannten zu treffen und Neuigkeiten auszutauschen. Ohne die Schmuggelei wäre sein sonst eintöniges Leben völlig farblos gewesen.

Die raue Bergwelt hatte ihn aber auch als Mensch geprägt. Die vielen Entbehrungen und der ständige Kampf mit der Natur formten ihn zum wahren Überlebenskünstler. In allen Lebenslagen lernte er mit einfachsten Mitteln zu improvisieren. Die Sprache und Gesetze der Natur verstand er bald so gut, als wäre er hier geboren und hätte nie woanders gelebt.

Cosimo wusste, das Leben auf der Alp war nur als Übergangslösung gedacht. Seine Tante kränkelte schon seit langem, und die Gebrechen nahmen in letzter Zeit bedrohlich zu. Für ihn war es daher klar, solange sie lebte, wollte er ihr in dieser Abgeschiedenheit beistehen. Daher verlor er kaum einen Gedanken daran, mit dem Schmuggeln aufzuhören und zögerte keinen Augenblick, einmal mehr nach Luino zu gehen. Unten direkt am See traf er sich wie üblich mit seinen Auftraggebern im Restaurant nahe dem Schiffssteg.

Als Cosimo dieses Mal die besagte Gaststätte betrat, winkte ihm der Kellner schon von weitem zu und wies ihn mit einer stummen Geste in den hinteren Teil des Lokals. Offenbar wartete sein neuer Auftraggeber bereits auf ihn.

Cosimo erkannte in der hintersten Ecke einen Mann, der in einer Zeitung las. Grusslos setzte sich Cosimo an seinen Tisch und bestellte beim Kellner, der ihm gefolgt war, einen Kaffee.

Erst jetzt sah der Fremde zu ihm hinüber und fragte ohne Umschweife, ob er Cosimo sei und deutsch verstehe.

Der Mann wirkte auf Cosimo auf Anhieb unsympathisch. Geschniegelte und nach dem letzten Schrei der Mode gekleidete Menschen waren ihm schon seit jeher ein Gräuel gewesen. Trotzdem gab er sich zu erkennen und bejahte seine Frage. Der Fremde kam sogleich zur Sache und erklärte ihm den Grund ihres Treffens, und dass er wüsste, wo sich Cosimos Vater zurzeit befände, nämlich in Deutschland inhaftiert in einem Gefängnis.

Als Cosimo dies hörte, sträubten sich bereits die Haare. Wortlos sass er dem Mann gegenüber. Er hatte zwar seinen Vater kaum gekannt. Schon früh war er von Zuhause weggezogen und seine Familie allein zurück gelassen. Hin und wieder überwies er ihnen etwas Geld, was wenigstens half, die schlimmste Not zu lindern. Nur selten stand er – wenn auch völlig unerwartet – vor ihrer Tür, und dann wunderte er sich jedes Mal, wie die Kinder inzwischen wieder gewachsen wären. Meistens aber suchte er seine Familie auf, wenn er arbeitslos war.

Der Deutsche wusste überhaupt viel über seinen Vater zu erzählen, verriet jedoch nicht, woher sein Wissen stammte. Noch mehr aber erstaunte Cosimo, als der Deutsche ihm sagte, dass nur er in der Lage wäre, seinem Vater die Freiheit wieder zu geben.

Das Misstrauen Cosimos stieg ins unermessliche. Auf seine Fragen wich der Deutsche jedes Mal geschickt aus. Sollte Cosimo am Ende erpresst werden? Cosimo wusste, sein Vater liess zwar seine Familie oft im Stich. Aber ein Krimineller war er nie.

Der mit allen Wassern gewaschene Deutsche drehte im weiteren die Geschichte so geschickt, dass Cosimo schliesslich keine andere Wahl blieb, als den Auftrag zu akzeptieren, den er in den nächsten Tagen auszuführen hatte. Cosimo staunte aber nicht schlecht, als er hörte, welcher Preis für ihn dabei herausspringen würde. Noch nie war ihm für einen Transport so viel geboten worden.

Als Cosimo mehr Einzelheiten wissen wollte, verweigerte der Deutsche jedoch jede Antwort. Er sagte nur, dies sei alles, was für ihn momentan interessant wäre und er wissen müsste. Zu gegebener Zeit würde er sich wieder bei ihm melden.

Wenige Tage nach diesem Treffen erhielt Cosimo von Filippo Besuch. Cosimo hatte soeben die Ziegen gemolken und die Milch in eine grössere Kanne umgeleert, als er den Stall betrat.

Filippo stellte sich vor, erklärte, wer er sei und woher er kam. Dann erzählte er, dass sein Vater Cosimos Onkel gekannt hätte, die beide, bevor sein Onkel gestorben war, in Locarno zusammengearbeitet hätten.

Cosimo sah darin zunächst noch keinen Zusammenhang. Als sie sich jedoch über ihre familiären Banden weiter unterhielten, erinnerte er sich, dass er vor einiger Zeit einmal eine Familie im Pedemonte aufgesucht hatte, um dort die Mitteilung vom Tod seines Onkels zu überbringen.

Damit war es für Filippo erwiesen, dass er den gesuchten Mann vor sich hatte. Nun erzählte Filippo dem immer noch ahnungslosen Cosimo eine Geschichte über einen Goldtransport, der demnächst hier über die Grenze gehen sollte.

Nun schien bei Cosimo langsam der Groschen zu fallen. Sofort vermutete er einen Zusammenhang mit dem Deutschen von Luino. Als Filippo dann noch jene Männer nannte, die für den Schmuggel verantwortlich waren und darauf hinwies, dass der eine einen gepflegten Oberlippenbart trug und seine linke Wange von einem grossen Leberfleck verunziert war, bestanden für Cosimo keine Zweifel mehr. In Luino hatte er damals bestimmt mit diesem SS-Obersturmbannführer zu tun gehabt.

Cosimo erzählte von der Begegnung und wie Heydenreich sich wegen seines Vaters so geheimnisvoll verhalten hatte. Filippo hörte ihm aufmerksam zu und gab ihm zu verstehen, dass der Transport schon deswegen nicht ungefährlich wäre. Cosimo schien dies jedoch nicht zu stören. Er verstand es auch nicht, als Filippo ihm erzählte, dass an diesem Gold bestimmt noch das Blut vieler unschuldiger Menschen kleben würde. Cosimo sorgte sich vielmehr um seinen Vater. Für ihn heiligte der Zweck offenbar die Mittel, und ein weiterer Gang über die grüne Grenze war für ihn ohnehin nur eine reine Routinesache.

Das gegenseitige Vertrauen stieg dennoch, denn beide ahnten, sie verfolgten gemeinsame Interessen. Sie vereinbarten, sich zu einem späteren Zeitpunkt wieder zu treffen. Bis dahin lägen bestimmt mehr Informationen vor, zumal Heydenreich versprochen hatte, sich wieder bei Cosimo zu melden.

Sie vermuteten richtig: Heydenreich liess bereits am anderen Tag von sich hören und begab sich dafür sogar persönlich nach Indemini. Das Treffen mit Cosimo war jedoch kurz. In militärisch knappen Worten eröffnete Heydenreich ihm den Zeitpunkt, die Route, die zu begehen war, sowie den Zielort und weitere Details über den Transport. Allerdings verschwieg er, was zu transportieren war.

Aufmerksam hörte Cosimo dem Deutschen zu, nickte hin und wieder und liess Heydenreich im Glauben, er wüsste nicht, um welche Ware es sich handelte, die über die Grenze zu schmuggeln war.

⌘

Die Tage tröpfelten dahin, und Cosimo wartete ungeduldig auf weitere Anweisungen. Endlich kam die erlösende Nachricht per Post, die einmal in der Woche ins Dorf gebracht wurde.

Heydenreich liess Cosimo mitteilen, sich zu einem bestimmten Zeitpunkt auf der Alpe di Neggia einzufinden. Des weiteren wurde angeordnet, dass sich ein Vertrauensmann rechtzeitig mit ihm in Verbindung setzen und ihm mitteilen würde, wo die Ware für den Weitertransport bereit stünde. Dem Vernehmen nach sollte das Schmuggelgut sich irgendwo beim höchsten Punkt der neuen Passstrasse befinden. Irgendwie war Cosimo erleichtert, dass Heydenreich diesen Transport nicht selber begleiten wollte.

Der Übergang, wo er die Ware aufzunehmen hatte, befand sich auf einer Höhe von rund 1400 Metern und führte vom schweizerischen Gambarogno am Lago Maggiore und auf der anderen Bergseite bis ins italienische Valle Veddasca, welches bis nach Luino, wieder am See gelegen, hinunter reichte.

Um zu diesem Treffpunkt zu gelangen, hatte Cosimo mit den Tragtieren zunächst in Richtung Indemini aufzusteigen. Oberhalb der Pfarrkirche St. Bartholomäus, noch auf schweizerischem Territorium gelegen, wollte er die neu erstellte Strasse benutzen.

Cosimo rechnete sich aus, um welche Zeit er spätestens aufzubrechen hatte, um pünktlich zu sein. Von Indemini aus war es ein gut einstündiger Marsch bis zur Alpe di Neggia. Dann benötigte er noch etwa eine weitere Stunde für das Aufbasten der Ladung und nochmals eine Stunde für den Weg nach dem Colle St.Anna, wo die vor vielen hundert Jahren erstellte kleine Kappelle der Madonna del Monte stand.

Nach dieser Planung dürfte er ungefähr um Mitternacht dort eintreffen. Cosimo nahm sich vor, diesmal besonders vorsichtig zu sein. Erst vor einer Woche hatte er eine Ladung Zigaretten verloren, nur weil sein Kurier so unvorsichtig gewesen war und sich in der Nähe der Kappelle von Grenzwächtern erwischen liess.

Die Risiken seines Berufs waren naturgemäss gross. Solange die Ware den Bestimmungsort erreichte, solange war man den Auftraggebern gut genug. Wurden die Schmuggler jedoch erwischt, liess man sie fallen, als wären sie heisse Kartoffeln. Die Drahtzieher aber verzogen sich unerkannt in den Hintergrund.

Bis heute war Cosimo jedoch das Glück beschieden, dass er auf seinen nächtlichen Märschen über die Berge noch nie ertappt worden war. Dies war vor allem seiner Schlauheit und den Ortskenntnissen zuzuschreiben. Er war es sich gewohnt, allein zu arbeiten. Nur selten ging er zu zweit oder gar zu dritt auf eine Mission. Fremden misstraute er aus Prinzip. Für ihn war es schon schlimm genug, sich unbekannten Auftraggebern anzuvertrauen.

Eigentlich wäre es ihm lieber gewesen, wenn er noch einige Tage hätte warten können, denn in jener Nacht strahlte ein wundervoller Vollmond von einem klaren Himmel. Die Alpweiden und Berggipfel lagen im gleissenden Licht, was jeder Schmuggler meiden würde. Es blieb ihm jedoch keine andere Wahl. Heydenreich hatte den Termin bestimmt.

Cosimo wusste, die vorgegebene Route galt schon bei mondlosen Nächten als äusserst riskant. Ausserdem wurden die Landesgrenzen in jenen Bereichen viel intensiver überwacht, und neuerdings setzten die Grenzwächter auch Spürhunde ein. Selbst der Übergabeort der Ware jenseits der Grenze war für ihn unüblich. Anstatt in Curiglia sollte die Ware in einem Dorf weiter unten übergeben werden. Die Folge davon war, dass sie eine völlig andere, wesentlich längere Route wählen mussten. Der Umweg über den Colle Sant'Anna und unterhalb dem Paglione durch, bis zur Grenze im Valle di Zenna erforderte einen völlig anderen Zeitplan. Ab der Landesgrenze bis zum Monti di Pino, dann nach Forcara und schliesslich nach Graglio, wo die Kuriere für den Weitertransport auf sie warten sollten, war es jedoch nicht mehr weit.

Zweifellos, dies würde ein sehr heikler Auftrag werden, dessen war sich Cosimo bewusst. Doch der Schmugglerlohn war entsprechend hoch, und den wollte er sich nicht entgehen lassen.

Er rechnete sich aus, der Weg müsste mit einer gesamten Marschzeit von rund fünf Stunden zu schaffen sein. Wenn alles gut ginge, könnte er am frühen Vormittag wieder zuhause sein.

Als Cosimo sich anschickte, sich für den Abmarsch bereit zu machen und den Rucksack aus dem Futterraum zu holen, kam ihm ein knapp dreissig Jahre alter Mann entgegen. Seiner Kleidung nach erkannte Cosimo sofort, dass er nicht aus dieser Gegend stammte. Er trug einen weiten leichten Mantel, und auf seinem Kopf thronte ein schwarzer Schlapphut. Eine Hand steckte in der Manteltasche, mit der anderen schlenkerte er einen Bergstock. An den wadenhohen, ursprünglich sicher einmal blank polierten braunen Lederstiefeln klebten Dreck und Lehm, als hätte der Mann schon einen langen Marsch hinter sich.

Mit gespielter Selbstsicherheit blieb der Ankömmling stehen und musterte die Umgebung kritisch. Die Sonne war am Horizont bereits untergegangen, so dass das Licht der einzigen im Stall befindlichen Laterne den Raum kaum zu erhellen vermochte. Der Schein genügte kaum, das Gesicht des Fremden zu erkennen.

Irritiert hielt Cosimo in seiner Tätigkeit inne, spürte aber instinktiv, dieser Mann war ihm nicht geheuer; und wenig später, als er näher auf ihn zukam und das Licht der Stalllaterne auf sein Gesicht fiel, fand er sich in seinem Eindruck bestätigt: Der verschlagene Blick aus seinen grünlich schimmernden Augen schien ihn geradezu zu durchbohren. Sein Antlitz erinnerte ihn an eine Viper, jene Giftschlange, die im ganzen Valle Veddasca allenthalben anzutreffen war und zwar immer dort, wo man sie am wenigsten vermutete.

Normalerweise war Cosimo es sich gewohnt, den Menschen in die Augen zu sehen. Nun aber empfand er ein ähnliches Gefühl, wie damals, als er in Luino Heydenreich gegenüber gesessen hatte. Auch diesem Blick vermochte er kaum standzuhalten, doch überwand er sich und fragte in einem hörbar gehässigen Tonfall: «Was fällt Ihnen ein, betreten Sie fremde Häuser immer auf diese Weise? Wer sind Sie überhaupt?»

Der Fremde überhörte die Frage und erdreistete sich jetzt, noch tiefer in den Stall zu treten. Nachdem er offenbar seine Umgebung genug inspiziert hatte, fragte er nach einer Weile in schlecht gesprochenem Italienisch: «Sie sind Cosimo, der Schmuggler, nicht wahr?» Cosimo hatte jedoch keine Gelegenheit zu antworten. Beinahe übergangslos redete der andere weiter: «Sie wohnen hier wirklich in einem gottverlassenen Kaff.»

«Jetzt reichts!», entgegnete Cosimo sehr ungehalten. «Wer sind Sie und was wollen Sie?»

«Oh Entschuldigung! Ich habe mich ja noch gar nicht vorgestellt: Nennen Sie mich einfach Alfons, das genügt.»

Cosimo schwieg, und Alfons setzte seine Lästereien fort: «Wie kann man es hier nur aushalten? Aber kommen wir zur Sache: Ich komme im Auftrag von Herrn Heydenreich, der ihnen vor einigen Tagen einen Brief geschickt hat.»

Wortlos rückte Cosimo seine Baskenmütze auf seinem Kopf zurecht und schaute dem Fremden jetzt selbstsicher, aber kritisch ins Gesicht. «*Aha, der kommt wegen des Transports*», dachte sich Cosimo und fragte sich sofort, ob sich wohl das Gold schon in der Nähe befindet.

«He, Sie Trampel! Haben Sie mich verstanden?», fragte Alfons nun sehr gehässig.

«*Na warte, du eitler Schnösel. So spricht keiner mit mir.*» Cosimo liess sich nicht provozieren. Den Gehorsamen spielend, erwiderte er: «Naturalmente, ich bin ja nicht taub.»

«Also zur Sache! Wie Ihnen bekannt sein dürfte, werden Sie für uns einen Auftrag erledigen.»

«*Dummkopf!*», wunderte sich Cosimo über die einfältige Unterhaltung und gab sich weiterhin wortkarg.

Der Fremde verlor nun die Geduld. «Also wenn Sie glauben, Sie können mit mir Spielchen treiben, dann haben Sie sich aber gewaltig getäuscht. Von jetzt an bestimme ich, wo's lang geht. Jetzt holen wir erst mal die Ware, die über die Grenze gebracht werden muss.»

Die Zurückhaltung fiel Cosimo immer schwerer. Um sich abzulenken, widmete er sich wieder den Vorbereitungsarbeiten für den langen Nachtmarsch. Zunächst brachte er die Maultiere aus dem Stall und band sie draussen an den Zaun. Als er sich aber wieder seinem Begleiter zuwenden wollte, hielt er wegen eines verdächtigen Geräuschs plötzlich inne. Der Fremde stand jetzt unmittelbar hinter ihm und drückte ihm etwas Hartes, Dumpfes in den Rücken.

«Damit wir uns recht verstehen: Befolgen Sie einfach meine Anweisungen. Wie Sie spüren, bin ich bewaffnet.» Der Gegenstand, der ihm stark gegen seinen Lendenwirbel gedrückt wurde, war zweifellos der Lauf einer Handfeuerwaffe.

Cosimo hatte verstanden. Ihm blieb offenbar keine andere Wahl, doch, geprägt vom ständigen Überlebenskampf in der rauen Bergwelt, gab er sich gelassen und handelte jetzt instinktiv. Sein Gefühl sagte ihm, jetzt sind um jeden Preis die Nerven zu behalten – aber genau in diesem Moment erblickte er Filippo, der durch die Stalltüre und direkt auf sie zukam. «*Was um alles in der Welt, sucht Filippo hier?*», schoss es Cosimo durch den Kopf, und er merkte, wie der Druck in seiner Lende zunahm. Alfons hatte den Neuankömmling offenbar auch bemerkt.

Als Filippo die beiden Männer in dieser höchst eigenartigen Position erblickte, wusste er sofort, dass Cosimo von diesem Mann bedrängt wurde.

Der Überraschungseffekt war perfekt. Für Cosimo erschien Filippo wie ein Retter in der Not. Geistesgegenwärtig nutzte er die Gunst des Augenblicks mit der banalen Frage: «Wo hast du so lange gesteckt? Wir sind schon lange zum Abmarsch bereit.»

Kaum einen Herzschlag später reagierte Filippo ebenso spontan: «Ich weiss nicht, wo meine Schuhe geblieben sind. Hast du sie irgendwo gesehen?» Doch kaum hatte er die Frage gestellt, bemerkte Filippo, dass er mit der Frage voll ins Fettnäpfchen getreten war, denn beide Füsse steckten nämlich schon in robusten Militärschuhen. So versuchte er vom eben begangenen Fauxpas abzulenken: «Aha, wir haben Besuch. Wer gibt uns denn die Ehre?»

Alfons bemerkte allerdings in der Dämmerung diese Feinheit nicht und wandte sich an Cosimo in ungehaltenem Ton: «Wer ist dieser Mann?»

«Das ist ein Freund von mir; er wird uns heute begleiten.»

«Was?!», schrie Alfons hysterisch, womit er durchblicken liess, dass er damit überhaupt nicht einverstanden war. Gehässig insistierte er: «Kommt nicht in Frage! Dieser Transport wird ausschliesslich von mir und Ihnen ausgeführt», und zeigte mit dem Schiesseisen für einen Augenblick auf Cosimo.

Filippo versuchte ruhig zu bleiben, und Cosimo antwortete leicht zynisch: «Mein lieber Herr Alfons, oder wie Sie sonst noch heissen mögen. Da sieht man wieder, wie unerfahren die Deutschen in unserer Bergwelt sind. Stellen Sie sich vor, mir würde etwas geschehen, ein Beinbruch oder so – dies passiert oft in unserer Gegend. Schauen Sie nur, überall Steine und Geröll, oder im Weg lauern Löcher. Da stolpert man schnell. Oder wussten Sie, dass in diesen Wäldern Wölfe leben? Bedenken Sie, was würde Herr Heydenreich sagen, wenn unsere Mission scheitern würde? Vier Augen sehen und vier Ohren hören bekanntlich immer besser als nur deren zwei. Und nicht zu vergessen, mein Freund ist ein sehr erfahrener Bergführer.»

Die Erklärung wirkte. Dem Schweigen von Alfons war zu entnehmen, dass er darüber nachdachte. «Sie haben vielleicht Recht. Gehen wir also zu dritt. Aber eines will ich nochmals klargestellt haben: Hier befehle ich. Macht also keine Schwierigkeiten.»

Augenzwinkernd wandte sich Cosimo Filippo zu, der ein Lachen unterdrückte.

Die letzten Abmarschvorbereitungen waren schnell verrichtet. Alfons stand derweil betont ungeduldig im Eingang zum Stall, die rechte Hand nach wie vor im Mantelsack versteckt. Mit der anderen umklammerte er seinen Stock und fuchtelte damit unablässig herum. Cosimo und Filippo liessen sich davon nicht beeindrucken. Sie sprachen im für die Ohren des Fremden unverständlichen *ladinischen Dialekt*[1]. In kurzen Sätzen erklärte Filippo, weshalb er den Transport begleiten werde. Danach wollte er herausfinden, um welche Menge Gold es sich handle und wohin es gebracht werden sollte. Sobald er mehr darüber wisse, wolle er sich irgendwo absetzen und sie allein weiterziehen lassen.

Obwohl Cosimo einige Fragen auf der Zunge brannten, erwiderte er nichts. Er zog eines der Maultiere zu sich, um es in die richtige Richtung für den Abmarsch zu bringen. Mit einem Klaps auf den Hintern gab er ihm zu verstehen, dass es jetzt losgehen sollte. Das zweite Tier, welches mit dem vorderen mit einem Strick verbunden war, trottete gehorsam hintendrein.

Der kleine von Cosimo geführte Trupp setzte sich bald in Bewegung. Hinter Cosimo ging Filippo, der das zweite Tier führte. Am Schluss stapfte Alfons, dem man es bald anmerkte, dass er solche Märsche offensichtlich nicht gewohnt war.

Nach einer kurzen Wegstrecke gelangten sie bereits zur Landesgrenze. Der Grenzlinie entlang gingen sie bis zur Kirche und gelangten bald auf die kürzlich neu erstellte Strasse, die zur Passhöhe führte.

Nur gut, dachte Cosimo, befand sich heute der Pfarrer nicht im Dorf. Sonst würde er ihm wieder «eine gute Reise» wünschen, oder vielleicht sogar Verdacht schöpfen. Erleichtert ging er weiter und hiess die anderen, ihm zu folgen.

Nach knapp einer Stunde gelangten sie auf die Alp. Dort angekommen, zeigte Alfons wortlos mit seinem Bergstock auf die markante Wettertanne, die neben dem höchsten Punkt der Passstrasse stand.

---

[1] Ladinischer, auch dolomitenladinischer Dialekt: eine im Norden Italiens gesprochene romanische Sprache mit enger Verwandtschaft mit dem in Gebieten Graubündens und teilweise im Nordtessin gesprochenen Romanischen und Furlanischen.

Bei der Tanne hiess Alfons die beiden mit rasselndem Atem, anzuhalten und kroch unter die weit ausladenden Äste. Mit dem Stock stocherte er in einem darunter liegenden Reisighaufen herum. Nachdem er den Haufen ausgebreitet hatte, beförderte er ein mit einem Tuch umwickeltes Bündel ans noch spärliche Tageslicht.

Immer noch ausser Atem, erklärte er, im Bündel befänden sich vier Holzkisten, die nun auf die beiden Tiere zu verteilen wären. Nebenbei erinnerte er Cosimo und Filippo an seine Warnung. Die geladene und entsicherte Pistole wäre immer auf einen von ihnen gerichtet, was Cosimo mit einem unverständlichen Murren quittierte.

Filippo überlegte differenzierter, denn er wusste mehr über die Tragweite und Bedeutung dieses Goldtransports. Justus von Richtfeld berichtete ihm, dass damit wahrscheinlich Waffen und Munition für die SS-Angehörigen gekauft werden sollten, denn in Deutschland finden *demnächst Wahlen*[1] statt. Für ihren Sieg wollten Adolf Hitler und die gesamte nationalsozialistische Bewegung offenbar auf ihre Weise gerüstet sein.

Der Plan, wann und wo Filippo sich von den beiden absetzen wollte, war noch nicht geboren. Für ihn stand es aber immerhin fest, nicht bis zum Übergabeort mitzugehen. Er wollte von Cosimo aber noch wissen, auf welcher Route sie die Grenze überschreiten würden.

Während Cosimo die schweren Holzkisten auf die Maultiere lud, sass Alfons etwas abseits auf einem umgestürzten Baumstamm. Er nestelte, mit sich selber beschäftigt, in der Manteltasche. Die Gelegenheit nutzend, fragte Filippo leise Cosimo nach dem Weg. Ebenso leise nannte dieser ihm einige Flur- und Ortsnamen, so dass Filippo sofort erkannte, welche Route sie gehen würden.

Doch Alfons bemerkte den leisen Wortwechsel und fuhr energisch dazwischen: «Ruhe! Ich dulde keine Privatunterhaltung!»

---

[1] Reichstagswahl am 31.07.1932

«Keine Aufregung, Fremder. Wir haben nur den Weg besprochen.» Filippo liess sich nicht aus der Ruhe bringen und zeigte hinauf zum Monte Gambarogno «Oder möchten Sie, dass wir uns da oben verirren?»

Alfons murmelte etwas Unverständliches und ermahnte sie zur Beeilung.

Während Cosimo weiter damit beschäftigt war, die Tiere zu beladen, dachte Filippo über das bevorstehende Abenteuer nach. Alfons behielt sie von nun an im Auge. Filippo liess sich davon nicht beirren, setzte sich auf einen Stein und überlegte die weiteren Schritte.

Er wusste nun, das Gold sollte bei der Kirche von Craglio übergeben werden. Wenn alles gut verlief, würden sie bei Sonnenaufgang dort eintreffen. Die Planung Heydenreichs war so einfach wie genial. Mit dem Umweg über die Berge schloss er viele Risiken und Mitwisser aus. Er liess Cosimo ausserdem nach wie vor im Glauben, mit seinen Diensten helfe er seinem Vater.

Sobald der Vollmond – etwa um zwei Uhr – hinter dem Horizont verschwand, dürften sie ungefähr die Piano Volpera, die Ebene hinter der Landesgrenze, erreicht haben. Filippo kannte die Gegend von einer früheren Wanderung mit der Familie her und erinnerte sich, dass die Ebene von Wald umgeben war. Diesen hatten sie aber auch noch zu durchqueren, um nach Craglio zu gelangen, was seinen Plan vereinfachen würde.

In diesem Wald also, wenn kaum genügend Licht zum Sehen blieb, musste es ihm gelingen, sich von der Gruppe abzusetzen. Doch so einfach würde es ihm Alfons wohl kaum machen. Der lechzt doch geradezu danach, noch von seiner Schusswaffe Gebrauch zu machen, wenn er sich aus dem Staub machte. Also musste erstens eine List erdacht werden, und zweitens ginge dies nicht, ohne Alfons für eine gewisse Zeit ausser Gefecht zu setzen. Ausserdem musste dafür gesorgt werden, dass seine eigene und Cosimos Glaubwürdigkeit weiterhin erhalten blieb. Zu seinem Plan gehörte es auch, den Deutschen in eine Situation zu bringen, durch die er bei seinen Vorgesetzten in Ungnade fallen und als

Dieb dastehen würde. Für Filippo war es nun klar, wie er dies einzufädeln hatte. Cosimo durfte sich nur bei der Übergabe der Ware nicht verplappern. Bei passender Gelegenheit wollte er ihn deshalb über sein Vorhaben einweihen.

Nach Beendigung der in Gedanken erfolgten Planung, zeigte er sich zufrieden. Jetzt konnte er nur noch hoffen, dass nichts Unerwartetes dazwischen kam.

Wenig später meldete Cosimo, er wäre nun zum Abmarsch bereit. Der kleine Tross setzte sich in Bewegung. In gleicher Formation stiegen sie die Spitzkehren zum Gipfel des Monte Gambarogno hoch. Etwa 200 Meter unter der höchsten Erhebung verlor der Weg an Steigung. Auf der östlichen Flanke führte der schmale Pfad nur noch der Höhenkurve folgend südwärts.

Nach etwa zwei Kilometern erreichten sie die Weggabelung, wo linkerhand ein anderer Weg wieder nach Indemini zurückführte. Sie wählten den Weg nach oben, einen Saumpfad, auf dem man in wenigen Serpentinen über etwa 400 Höhenmeter zum Colle St. Anna gelangte. Dort stand die kleine Kappelle, die der Madonna del Monte geweiht war.

Über eine Stunde dauerte ihr Marsch nun schon. Bis jetzt verlief alles ohne Zwischenfälle. Der gewählte Weg war auch die normale Verbindung und der Übergang zu den schweizerischen Ufergemeinden am Lago Maggiore. Cosimo wusste, hier wurden um diese Zeit gewöhnlich keine Grenzkontrollen gemacht. Doch später würden solche nicht mehr auszuschliessen sein.

Ab hier führte der Weg über den weiten, nach Nordwesten abfallenden Berghang des *Paglione*[1]. Im Lichte des am wolkenlosen Himmel stehenden Vollmonds überquerten die drei Männer die von niederen Gestrüppen überwachsene Weide, dem nahen Waldrand entgegen.

Der Trupp erreichte den Waldsaum ohne Zwischenfall und folgte nun diesem, ohne dabei an Höhe einzubüssen. Die Landesgrenze

---

[1] Monte Paglione: Grenzgipfel Italien / Schweiz, 1554 müM

befand sich ab hier vielleicht noch etwa zwei Kilometer weiter vor ihnen. Dies war der Bereich, in dem sie schon mit schweizerischen Grenzpatrouillen zu rechnen hatten. Gelang es ihnen, auch diese Strecke unerkannt zu überwinden, könnten ihnen jenseits der Grenze höchstens noch deren italienischen Kollegen gefährlich werden. Allein, diese nahmen ihre Aufgabe weniger ernst. Nach Mitternacht begaben sich jene Grenzwächter meistens schon zur Ruhe.

Cosimo ging stets etwa fünfzig bis hundert Meter voraus – so weit, dass trotz des fahlen Mondlichts noch Blickkontakt zu Alfons und Filippo bestand. Der Deutsche blieb immer dicht hinter Filippo, der mit dem Führen des Maulesels alle Hände voll zu tun hatte.

Bedacht, so wenig Geräusche wie möglich zu verursachen, pirschten sie sich bis zur Grenze vor. Die Verständigung untereinander reduzierten sie auf das Notwendigste und erfolgte soweit überhaupt nötig nur noch durch Zeichengebung.

Die Nervosität von Alfons stieg nun zusehends. Auch machten sich bei ihm bereits Ermüdungserscheinungen bemerkbar. Immer wieder blieb er stehen, atmete tief durch und rieb sich die Waden. Offenbar litt er an Muskelkrämpfen.

Dies blieben Cosimo und Filippo, die ruhig und gelassen wirkten, nicht unbemerkt. Wie ein jahrelang eintrainiertes Team sicherten sie den Weg, denn mögliche Ereignisse konnten keine Minute vorausgesehen werden.

Nach einem kleinen Gratsporn bog der Weg in den Wald. Endlich! Ein kleiner unauffälliger Granitblock markierte die Landesgrenze. Lautlos atmete Cosimo tief durch: Der schwierigste Abschnitt lag hinter ihnen.

Nach der Demarkationslinie verschlechterte sich der Weg. Bald mussten sie sich durch wirres Gestrüpp und Unterholz kämpfen, sehr zum Leidwesen der Maultiere. Cosimo befürchtete, die Tiere könnten noch kurz vor dem Ziel ihren Dienst verweigern. In vorsorglicher Art band er ihnen einen kleinen Hafersack vor das Maul und hoffte, ihr Gemüt würde sich dadurch etwas beruhigen.

Der Trick zeigte Wirkung. Ohne Zwischenfall erreichte der Treck die grosse Alpweide vor dem Monti di Pino. Sie standen nun vollständig auf italienischem Territorium.

Alfons blieb erneut stehen. Er schien völlig ausser Atem zu sein. Cosimo beschloss, eine kleine Rast einzulegen. Im Schutz einer grösseren Buschgruppe banden sie die Tiere an einen Baum. Sichtlich erschöpft sank Alfons zu Boden und lehnte sich, den Schweiss von der Stirn wischend, an den Stamm. Plötzlich hatte er es nicht mehr so eilig, wie zu Beginn ihres Marsches.

Cosimo und Filippo setzten sich ebenfalls etwas abseits. Alfons war mit sich selber so beschäftigt, dass Filippo die Gelegenheit nutzte, Cosimo in knappen Worten sein Plan zu erklären. Allerdings verriet er ihm nur, dass er Alfons vorübergehend ausser Gefecht setzen würde, um sich anschliessend von ihnen zu trennen. Einzelheiten, flüsterte ihm Filippo weiter zu, würde er ihm später mitteilen, wenn Alfons in Morpheus Armen liegen würde.

Schmunzelnd nahm Cosimo die Worte von Filippo zur Kenntnis. Um aber keinen Verdacht zu erregen, erhob er sich daraufhin, um sich um die Tiere zu kümmern. Filippo sah ihm bei seiner Tätigkeit zu und konzentrierte sich auf das Bevorstehende. Auf besondere Weise dankte er dem Schicksal, Cosimo begegnet zu sein und dass er sich auf diesen Mann verlassen konnte. Der weitaus gefährlichere Teil ihres nächtlichen Abenteuers konnte nun also beginnen.

Doch wie Filippo über das Bevorstehende sinnierte und sonst an nichts Böses dachte, meldete sich wahrhaftig im dümmsten Moment wieder sein Angsthase: «*Hallo, Poppy! Ich hatte es dir schon einige Mal geraten, lass die Finger von diesen Nazis. Was meinst du, was wohl Mutter sagen würde, wenn sie erführe, dass du einem ausgewachsenen Menschen eins auf die Birne geben willst, um ihn zu betäuben? Sie hätte bestimmt keine Freude daran.*»

«*Schweig Coniglio!*», zischte Filippo erzürnt. «*Ausgerechnet jetzt hältst du mir wieder eine deiner Moralpredigten. Mutter wäre sicher stolz, wenn sie uns jetzt beobachten könnte. Und jetzt lass mich in Ruhe*», versuchte er sich seines ständigen Aufpassers zu entledigen und schaute um sich, als wollte er sich überzeugen, dass sein mentaler Dialog von Alfons nicht bemerkt worden war.

Als Cosimo zum Aufbruch mahnte, riss sich Filippo von seinem Gedankenintermezzo los. Alfons erweckte den Eindruck, als hätte er sich von den bisherigen Strapazen ein bisschen erholt. Auf eher wackligen Beinen stehend, machte er sich ebenfalls zum Weitermarsch bereit.

Während ihrer Rast, hatte Cosimo die Tiere so aufgestellt, dass sie nicht in die Richtung ihres Weges blickten, der nun vor ihnen lag, sondern etwas abweichend davon. Filippo erkannte die Absicht, schwieg jedoch. Cosimo beabsichtigte offenbar bewusst, in eine falsche Richtung zu gehen. Langsam setzte sich der Trupp in Bewegung.

Nachdem sie ungefähr fünf Minuten durch immer lichter werdendes Unterholz gegangen waren, blieb Filippo plötzlich stehen und stellte mit besorgter Stimme fest: «Verdammt, das ist nicht der richtige Weg.» Er schaute nach oben und zeigte gegen den Himmel, der durch die Baumwipfel zu erkennen war: «Ich glaube, wir haben uns verlaufen. Cosimo, guck mal, ich sehe jetzt ein völlig anderes Sternbild. Vorher lag der grosse Wagen noch direkt vor uns. Jetzt sehe ich ihn überhaupt nicht mehr.»

Der Angesprochene konnte sich ein Lachen nicht verkneifen, mimte jedoch ebenfalls den Überraschten. Auch Alfons schien Filippo zu glauben und fiel auf den Trick herein. Ihm war offenbar nicht bekannt, dass sich Sternbilder so schnell verändern können. «Was seid ihr doch für Dummköpfe. Worauf warten wir noch? Gehen wir zurück, wo wir gerastet haben! Befanden wir uns wenigstens dort noch auf dem richtigen Weg?» Alfons fluchte wie ein Rohrspatz.

Cosimo versuchte, ihn zu beruhigen, und führte die Tiere mittels einer Drehung um 180° zurück auf die dünne Wegspur, von der sie abgekommen waren.

Der nächtliche Trupp folgte diesem Weg eine Weile, da näherte sich Filippo unauffällig dem Deutschen, bis er zu ihm aufgeschlossen hatte. Eine Zeit lang ging er auf gleicher Höhe neben ihm her. Plötzlich, für Alfons völlig überraschend, liess sich Filippo gewandt wie eine Katze direkt vor ihn hinfallen, und zwar so, dass der Deutsche über ihn stolperte. Im Fallen noch packte ihn Filippo mit der rechten Hand am Mantelkragen, zog ihn näher zu sich und verpasste ihm mit der linken Faust einen kurzen, hart und präzis geführten Schlag punktgenau auf die Kinnlade.

Der Schlag zeigte sofort Wirkung. Der Getroffene realisierte wohl kaum noch, was mit ihm geschehen war. Bevor er in sich zusammensackte, wurde es bereits dunkel vor seinen Augen. Filippos Schlag leistete ganze Arbeit. Wie Alfons hingefallen war, lag er reglos am Boden.

Die Gelegenheit nutzend, schilderte Filippo hastig, wie nun zu handeln war, um bei der Übergabe der Ware glaubwürdig zu scheinen. In erster Linie war dafür zu sorgen, dass er nicht des Diebstahls verdächtigt wurde, und er gab zu verstehen, dass er sich nun von Cosimo trennen würde und obendrein einen der Goldbarren mitnehmen würde.

Sein Freund hatte verstanden. Wortlos öffnete er eines der auf den Maultieren gebasteten Holzkistchen und entnahm ihm einen der kostbaren Barren. Sodann rollten sie den Bewusstlosen so zur Seite, dass er auf den Rücken zu liegen kam. Den Barren stopften sie ihm in die Brusttasche seines Mantels. Um die Geschichte noch glaubhafter erscheinen zu lassen, die Cosimo den SS-Angehörigen erzählen sollte, suchte Filippo nach der Waffe. Sie befand sich noch in der Manteltasche.

Filippo zog sie heraus, richtete sie auf den Nachthimmel und feuerte zuerst einen Schuss, und etwas später noch zwei weitere Schüsse ab. Das Geknalle war bestimmt weit herum zu hören, was auch Filippos Absicht war.

«So, das war's.» Filippo sicherte die Pistole und streckte sie Cosimo am Lauf haltend entgegen. «Ab nun trennen sich unsere Wege. Übergib das Schiesseisen denjenigen, denen du das Gold ablieferst und erzählst ihnen, mit Alfons wäre es zum Kampf gekommen, weil er versuchte habe, das Gold an sich zu reissen. Versuche ihnen glaubhaft zu machen, es wäre nur dir zu verdanken gewesen, dass bis auf einen noch alle Barren vorhanden sind. Einen jedoch, hätte er noch entwenden können, bevor er abgehauen ist.»

Cosimo nickte: «Raffiniert; ob die mir glauben werden?»

«Bestimmt. Erzähle ihnen einfach eine glaubhafte Räubergeschichte, zum Beispiel, wie du um Haaresbreite und mit viel Glück einem Schuss aus Alfons Waffe entgangen wärest und wie du nach einem Handgemenge den Rest des Goldes an dich hast reissen können. Nachher hättest du ihm noch zwei Schüsse nachgeschickt, die jedoch im Dunkeln ihr Ziel verfehlten. Als Beweis zeigst du ihnen die Waffe von Alfons.»

Cosimo grinste schadenfroh. Auf die Frage hin, wohin nun Filippo gehen werde, erwiderte dieser, dass er nach Scaiano und zurück in die Schweiz und dann direkt nach Ascona ziehen werde. Filippo versicherte, er werde sich wieder melden, sobald Gras über die Sache gewachsen sei.

Wie zwei alte Freunde drückten sie sich die Hände und blickten sich einen Moment lang fest in die Augen. Kurz darauf verschwand Filippo eilends im Dunkel des Unterholzes.

Cosimo überzeugte sich davon, dass Alfons noch im Tiefschlaf versunken war. Vorsichtshalber schleifte er ihn an einen Baum und fesselte ihn mit einem Strick an den Stamm. Den Knoten band er jedoch so, dass er sich mit etwas Geschick ohne fremde Hilfe befreien konnte.

Nachdem sich Cosimo überzeugt hatte, dass ihm Alfons nun kaum mehr gefährlich werden konnte, zog er mit den Tieren und dem restlichen Gold weiter. Sein Weg führte nochmals über einen kurzen Aufstieg nach Forcara und dann direkt nach Graglio hinunter.

Cosimo trieb seine Tiere zur Eile an, und immer wieder blickte er zurück. Offenbar war er sich der Sache doch nicht so sicher, und Alfons hatte sich schneller erholt als erhofft. Er erreichte jedoch sein Ziel unbehelligt und war erleichtert, endlich das Dorf vor sich in der Dunkelheit erkennen zu können.

Am vereinbarten Ort bei der Kirche warteten drei Personen, ungeduldig neben einem Geländefahrzeug stehend. Misstrauisch näherte sich Cosimo den Männern. Sie waren zivil gekleidet; zwei von ihnen trugen eine Armbinde mit dem Hitlerkreuz. Beim Dritten handelte es sich vielleicht um einen Italiener, denn er sprach Cosimo als Erster an, als er ihnen nahe genug war: «Bringen Sie Ware aus der Schweiz?»

Cosimo nickte knapp, aber so, dass es alle sehen konnten. Ohne weitere Worte zu verlieren, band er die Kisten sofort von seinen Tieren. Kaum hatte er sie auf den Boden gestellt, machten sich die beiden Deutschen darüber her und öffneten die Kisten. Es blieb daher keine Frage, dass sie bald merken würden, dass die Ladung nicht vollständig war. Hastig erzählte Cosimo daher die Geschichte, wie er es mit Filippo vereinbart hatte.

Interessiert hörten die Männer den Schilderungen zu, die der Italiener den Deutschen übersetzen musste. Offenbar gelang es Cosimo, den Vorfall glaubhaft darzustellen. Als er ihnen die Waffe zeigte und einem der Deutschen in die Hände drückte, blieben keine Zweifel mehr offen. Nachdem dieser an der Laufmündung geschnuppert hatte, nickte er zustimmend: «Unverkennbar, aus dieser Waffe wurde kürzlich geschossen. Es scheint zu stimmen, was dieser Mann da erzählt.»

Damit wurde Alfons – wie von Filippo geschickt eingefädelt – zum Verräter abgestempelt. Der zweite Deutsche meinte zwar darauf: «Mensch, was ist doch Alfons für ein Schwein. Ein solcher Hund gehörte standrechtlich erschossen. Aber wie bringen wir dies unserem Obersturmbannführer bei?»

«Frag nicht so blöd. Wir laden jetzt mal das Gold ins Fahrzeug und bringen es ins Tal. Dann bleibt uns ohnehin nichts anderes übrig, als diese Scheisse so zu rapportieren, wie sie uns geschildert wurde. Ich schenke dieser Geschichte zwar nicht so recht glauben. Alfons ist nicht der Typ, der uns verraten würde.»

Sie verstauten die Kisten mit den Goldbarren in den Kofferraum des Geländewagens. Cosimo schaute ihnen bei der Arbeit zu. Er hoffte, sie würden ihm keine weiteren Fragen mehr stellen. Als alle

Kisten weggepackt worden waren, wies ihn der Wortführer an: «Sie können gehen. Aber halten Sie sich für weitere Transporte bereit. Sie wissen, Sie tun es für ihren Vater...», fügte er mit einer vielsagenden Miene an und bestieg das Fahrzeug. Wenig später verschwand das Auto um die nächste Wegbiegung und war von der Dunkelheit verschluckt, als wäre es ein Spuk gewesen.

«Narren!» Cosimo sah ihnen kopfschüttelnd nach. Er hatte sich das Abenteuer zwar weit schwieriger vorgestellt, doch sorgte er sich jetzt immer mehr um seinen Vater.

Die Morgensonne schien bereits über die Bergkuppe, als Cosimo Indemini erreichte. Erst jetzt, als er sich völlig übermüdet neben seine Tiere ins Stroh setzte und nochmals über die Ereignisse der letzten Nacht nachdachte, wurde er sich dessen erst richtig bewusst, dass er da in eine Sache hineingeraten war, welche bestimmt noch ein Nachspiel haben würde.

Das Leittier, welches ihn einmal mehr treu begleitet hatte, leckte Cosimo die salzige Wange. Zufrieden, das alles glimpflich verlaufen war, schlief er neben den Tieren ein.

⌘

Kopfschüttelnd hielt Heydenreich den Goldbarren in den Händen und betrachtete fassungslos das Corpus Delicti. «Das glaube ich einfach nicht. Alfons ist vielleicht ein intellektuelles Arschloch, aber ein Verräter? Nein! Eher würde er seine Mutter verraten als unseren Führer. Und trotzdem, hier halte ich den Beweis in den Händen. Das wirft Fragen auf.» Er fixierte den Barren, als wollte er ihn beschwören. «Was immer auch geschehen ist, ich will die Wahrheit wissen. Ich fresse einen Besen, wenn hier *Picchio Rosso* nicht wieder seine Hand im Spiel gehabt hat.»

Dr. Nannen, der Heydenreich gegenüber sass, widersprach dieser Vermutung: «Wohl kaum. *Picchio Rosso* ist zwar ein gerissenes Bürschchen und schlau genug, um so etwas zu inszenieren. Aber zu jenem Zeitpunkt befand er sich nachweislich in Ascona. Dafür gibt es Zeugen, die ihn in jener Nacht im Hotel gesehen haben.

Und überhaupt, woher sollte er die Informationen haben, um ein solches Ding drehen zu können?»

«Das ist es ja, was mich stutzig macht.» Heydenreich blieb hartnäckig und legte die Stirn in Falten. «Erinnerst du dich noch an das Feuerwerk, damals auf der Insel?»

Sein Gegenüber schien zu überlegen, sagte jedoch nichts.

Heydenreich half seinem Gedächtnis auf die Sprünge: «Da hielt sich doch kurz vor dem Feuerwerk jemand im Gebüsch auf. Geht dir jetzt ein Licht auf? Es wäre ja gut möglich, dass dieser Jemand *Picchio Rosso* gewesen war - oder? Nehmen wir einmal an, er wäre es tatsächlich gewesen? Und jetzt zähle eins und eins zusammen, addiere einige Zusatzinformationen dazu, kaufe ein paar Zeugen, die bestätigen, dass er zu jener Zeit im Hotel gewesen war. Was hältst du von dieser Theorie, na?»

«Ja schon, theoretisch könnte es so gewesen sein. Aber ich sage dir, du warst nicht dabei gewesen, als uns an jenem Morgen in Graglio dieser Cosimo das Gold übergeben hatte. Der war derart nervös und aufgebracht. Da musste etwas Dramatisches vorausgegangen sein. Der zitterte am ganzen Körper, als er mir die Pistole von Alfons gegeben hatte. Und die Geschichte, die er erzählte – und das kannst du mir glauben – klang glaubwürdig.»

Heydenreich schüttelte erneut ungläubig den Kopf. Er war nach wie vor überzeugt, dass Alfons kein Verräter war, obwohl im Augenblick alles dafür sprach. «Wir werden sehen, wer von uns beiden Recht behält. Ich neige immer mehr zur Ansicht, dass hier ein übles Ding gespielt wird. Vielleicht steckt hinter dieser ganzen Sauerei der Baron.»

«Jetzt gehst du aber zu weit. Was hätte er schon davon? Und überhaupt: Dann hätte der Baron wohl kaum seine Dienste für das Gelingen des Festes angeboten, oder?»

«Vielleicht? Aber vielleicht gehörte das zum Plan? Du weisst, ich bin von Natur aus misstrauisch. Solange wir die Person nicht eindeutig kennen, die unsere Gespräche auf der Insel belauscht hat, solange zweifle ich an jeder anders lautenden Theorie. Ausserdem bin ich überzeugt, dass sich hinter allem niemand anderer als dieser Filippo Negri versteckt. Dieses Bürschchen ist mir schon seit längerer Zeit aufgefallen.» Diesen Worten war tatsächlich nichts mehr entgegen zu halten. «Ich will die Wahrheit erfahren, notfalls mit allen Mitteln, die mir zur Verfügung stehen.» Was Heydenreich damit meinte, war klar.

Dr. Nannen kannte Heydenreich. Wenn er in dieser Weise sprach und dabei seine Augen einen seltsamen Glanz bekamen, war er zu allem bereit. Dabei würde er auch vor kriminellen Taten nicht zurück schrecken.

Mit lauter Stimme rief Heydenreich den Dienst habenden Rottenführer herbei, der ihm die Sekretariatsarbeit erledigte: «Rudolf, sorgen Sie dafür, dass Alfons weiter arretiert bleibt. Die Verhöre sind fortzusetzen, und zwar im üblichen Rhythmus. Sie wissen schon, acht Stunden Verhör, acht Stunden Arbeit, acht Stunden Ruhe. Neue Erkenntnisse sind mir umgehend zu melden.»

«Verstanden!», bestätigte der Rottenführer zackig, ehe er die Fersen zusammenschlug und den linken Arm zum Gruss erhob.

Mit einer wegscheuchenden Handbewegung gab ihm Heydenreich zu verstehen, dass er gehen konnte, und wandte sich erneut Dr. Nannen zu: «Und dir sage ich, du organisierst jetzt umgehend einen neuen Transport. Ich will die Glaubwürdigkeit aller Beteiligten überprüfen, den Italiener eingeschlossen. Um das Risiko klein zu halten, werden dieses Mal nur zwei Barren Gold verschoben.»

«Und wer begleitet den Transport?», wollte Nannen wissen.

«Ich denke, Cosimo sollte dieses Mal alleine gehen. Nur so können wir seine Integrität prüfen». Heydenreich dachte noch eine Weile darüber nach, ob dem noch etwas hinzuzufügen war. «Ausserdem wirst du in Craglio das Gold wieder entgegennehmen und nach Varese bringen. Nach diesem Transport wollen wir weiter sehen. Ich will jedenfalls über alle Einzelheiten informiert werden.»

«Und was gedenkst du mit dem Mann aus Ascona zu tun?» Dr. Nannen meinte damit zweifellos Filippo.

«Meinst du *Picchio Rosso*?» Heydenreich dachte nach. «Der ist zwar gerissen und intelligent, aber ein Grünschnabel, der meint, er hätte die Weisheit mit Löffeln gefressen. Dem werde ich mal gehörig auf den Zahn fühlen, darauf kannst du dich verlassen. Ich werde schon noch was Passendes für ihn finden.»

Nannen schwieg, wusste aber, Heydenreich hatte sich wieder eine Teufelei ausgedacht, denn er gab sogleich erste Anweisungen dafür: «Wenn es sich bei *Picchio Rosso* tatsächlich um diesen Filippo Negri handelt, dann müssen wir uns nur seine Schwester vornehmen. Vielleicht wäre eine kleine Entführung auch mal eine nette Einlage, oder was meinst du?»

⌘

Die Tage nach den nächtlichen Ereignissen in den Bergen verliefen ruhig. Filippo verrichtete wieder seinen ursprünglichen Dienst im Hotel. Nach Meinung des Barons sowie von Justus von Richtfeld war es nach den letzten Ereignissen nicht mehr erforderlich, ihn von den Gästen fern zu halten. Ob allerdings Heydenreich und Dr. Nannen mittlerweile auch schon herausgefunden hatten, dass Filippo mit *Picchio Rosso* identisch war, wusste selbst der Baron nicht. Sie hofften jedoch alle, diese Tarnung sei noch intakt.

Zwischendurch, wenn Filippo dienstfrei hatte, unternahm er ab und zu kleine Reisen ins nahe Ausland. Dabei handelte es sich meistens um harmlose Botengänge im Auftrag von Justus von Richtfeld. Auch für Cynthia galten wieder die Alltagsregeln. Sie verrichtete ihre Arbeit abwechslungsweise im Service und im Hausdienst.

Etwa zwei Wochen nach dem Sommernachtsfest übergab der Concierge Filippo ein verschlossenes Couvert. Es trug als Absender die Adresse von Herrn von Richtfeld. Im Umschlag befand sich eine Mitteilung in maschinengeschriebener Schrift, dass Filippo am folgenden Tag nach Mailand zu reisen hätte, um dort in einer Bar nahe der *Stazione Centrale*[1] an der Piazza Duca d'Aosta für den Baron eine antike Bronzestatue abzuholen.

Filippo freute sich über diesen Auftrag. Er hatte schon lange vor gehabt, wieder einmal nach Mailand zu reisen, um den alten Don Pasquale zu besuchen, der ihm soviel über die schönen Künste beigebracht hatte.

Als er in der kleinen Stehbar auf den Kunden des Barons wartete, der ihm das Paket übergeben sollte, wunderte er sich noch nicht über den Kerl, der ihn schon eine Zeit lang unentwegt verfolgt hatte. Filippo fühlte sich seiner Sache sicher, denn seit den Ereignissen auf der Insel von Brissago war es eigenartig still um Heydenreich und seine Gefolgschaft geworden.

Gelassen und mit knappen Worten bestellte er sich beim Cameriere einen *Caffè corretto*[2], als ein auffallend aussehender Mann das Lokal betrat. Seine dürren säbelkrummen Beine steckten in engen schwarzen Hosen, welche die auffällige Anomalie noch mehr betonten. Suchend schaute er eine Weile in die Runde, bis er schliesslich Filippo erblickte und auf ihn zuging. Grusslos fragte er ihn ohne Umschweife: «Sie müssen Filippo Negri sein, nicht wahr?»

Einen Augenblick lang erschrak Filippo und blickte dem Kellner entgegen, der in diesem Moment den Kaffee brachte. Filippo bedankte sich, ohne die Frage zu beantworten, entnahm der vor ihm stehenden Dose mit gespielter Lässigkeit zwei Löffel Zucker und sann über das sonderbare Aussehen des Fremden: «*Mein Gott, wenn seine Frau auch noch über solche O-Beine verfügte, dann müsste sein Nachwuchs eigentlich auf Rädern gehen.*» Er liess den Süssstoff langsam in die Tasse gleiten und verkniff sich ein Lachen.

---

[1] Stazione Centrale: Mailands Hauptbahnhof

[2] Espresso corretto (auch *Caffè corretto*): ein mit Spirituosen «verbesserter» Kaffee, in der Regel mit einem Schuss Grappa «korrigiert».

Der Fremde bemerkte nicht, wie sein Gegenüber sich über ihn lustig machte, und stellte fest, als wäre es völlig selbstverständlich: «Dann habe ich ja grosses Glück, Sie auf Anhieb zu treffen.»

«Was wollen Sie von mir?», fragte Filippo gespielt ungehalten, vermied es jedoch, den Ankömmling anzusehen, um nicht wieder ins Lästern zu geraten.

«Von Ihnen? Nichts. Im Gegenteil, ich will Ihnen etwas übergeben.»

Filippo richtete nun seinen Blick auf den Ankömmling und musterte ihn genauer. Jetzt glaubte er tatsächlich, eine Karikatur vor sich zu haben und dachte sich: «*Wie kann man neben so krummen Beinen auch noch so viele Pickel im Gesicht haben! Und diese Nase? Mein Gott, da würde selbst Pinocchio[1] neidisch werden.*»

Mit kreisenden Bewegungen rührte Filippo im Kaffee und lenkte seine Gedanken wieder auf das Wesentliche: «Und was sollen Sie mir übergeben?»

«Hier, einen Briefumschlag. Den dürfen Sie aber unter keinen Umständen verlieren.»

Der Fremde hielt ihm ein gelbes Couvert entgegen. Filippo hatte eigentlich etwas anderes erwartet. Schliesslich sollte er für den Baron eine Statue abholen.

Misstrauisch betrachtete er den Umschlag, nahm ihn wortlos entgegen und steckte ihn in sein Jackett. «*Was befindet sich darin wohl so Wichtiges? Bestimmt nicht die Statue für den Baron*», feixte er mit sich selber.

«Wissen Sie», fuhr der Fremde fort. «Der Brief ist für den Baron bestimmt. Er enthält wichtige Informationen.»

---

[1] Pinocchio: bekannte Kinderbuchfigur des italienischen Autors Carlo Collodi. Erstmals 1881 in einer italienischen Wochenzeitung unter dem Titel *Le Avventure Di Pinocchio: Storia Di Un Burattino* (Abenteuer des Pinocchio: Geschichte eines Hampelmanns) als die Holzfigur Pinocchio erschienen.

«Woher wollen Sie das wissen? Haben Sie den Brief gelesen?» provozierte ihn Filippo und wartete gespannt auf seine Reaktion.

«Selbstverständlich nicht. Aber man kann heute nicht vorsichtig genug sein. Überall wird man von den Menschen betrogen.»

Filippo rührte weiter gelassen in seinem Kaffee. «*So ein Schwätzer!*», dachte er und nahm sich vor, von jetzt an zu schweigen. Seine Mission war damit ohnehin erfüllt. Jetzt wollte er nur noch in Ruhe seinen Kaffee trinken und sich dann so rasch wie möglich auf den Heimweg begeben.

Der Fremde liess jedoch nicht locker und suchte beharrlich nach einem Gesprächsthema. Offenbar lag ihm daran, Filippo noch etwas anderes mitzuteilen. Und je länger Filippo schwieg, desto nervöser wurde er.

«Kennen Sie einen Italiener mit Vornamen Cosimo?» Die Frage kam unerwartet, und Filippos Interesse wuchs. «Wieso sollte ich einen Mann mit diesem Namen kennen?» fragte Filippo ausweichend und witterte eine Falle.

«Natürlich, Sie müssen Cosimo kennen. Sie waren doch letzthin mit ihm zusammen und haben ein krummes Ding gedreht.»

Verdammt, nun wurde es heiss. Was wusste dieser Mann? Filippo versuchte weiterhin, gelassen zu wirken, und stellte eine Gegenfrage: «Woher kennen Sie einen Mann mit diesem Namen?»

«Ganz einfach, Cosimo ist ein entfernter Verwandter von mir. Mein Vater ist ein Vetter seines verstorbenen Onkels.»

«*Mein Gott*», dachte Filippo. «*Das ist mir doch egal, in welcher verwandtschaftlichen Beziehung er zu Cosimo steht. Vielmehr sollte ich dieses Schwatzmaul dazu bringen, zu sagen, was er sonst noch weiss.*»

«Also, Sie haben mit diesem Cosimo gesprochen. Dann erzählen Sie mal, was dieser Cosimo so krummes gedreht haben soll?»

«Tun Sie doch nicht so, als wüssten Sie von nichts. Sie wissen doch ganz genau, welcher Arbeit Cosimo so nebenbei hergeht. Das letzte Mal hat er ganz schön was dazu verdient.»

Sachte packte Filippo nun den Fremden am Weston und zog ihn so nahe zu sich, dass er ihn nur noch im Flüsterton verstehen konnte. «Sie sollten nicht so vorlaut daher schwatzen. Das könnte für Sie gefährlich werden. Also sprechen Sie gefälligst leiser, oder besser noch, schweigen Sie, Sie Scheisskerl, vor allem, wenn Sie solche Räubergeschichten verbreiten.»

Der Fremde schien begriffen zu haben. Er löste sich aus dem Griff und wischte sich mit hastigen Bewegungen den Mantelkragen ab. «Schon gut, beruhigen Sie sich. Ich habe begriffen. Hier ist doch niemand, den das interessieren könnte, mit Ausnahme von Ihnen.» Er schaute um sich, als wollte er damit sagen, sie wären allein. Tatsächlich: Ausser dem Barmann hielt sich niemand im Lokal auf.

Filippo war drauf und dran, die Geduld zu verlieren. Der Mann ging ihm auf die Nerven. Ungeduldig rief er den Kellner herbei und bezahlte den Kaffee. Danach hiess er den Fremden, ihm zu folgen. Sie verliessen das Lokal.

Nach einigen Schritten hielt Filippo an und ermahnte seinen unerwünschten Begleiter abermals: «Hören Sie, Sie haben wohl immer noch nicht verstanden. Was Sie da eben erzählt haben, sind reine Räubergeschichten. Selbst wenn ich einen Mann namens Cosimo kennen sollte, weiss ich auch von keinem Ding, welches da irgendwer irgendwo gedreht haben soll. Seien Sie vorsichtig mit solchen Behauptungen. Sie riskieren sonst selber Kopf und Kragen.»

«Also kennen Sie Cosimo doch», insistierte der Fremde.

«Das sagte ich ihnen doch schon; ich kenne diesen Mann nicht», log Filippo hartnäckig. «Aber wenn Sie wollen, dann erzählen Sie mir doch mehr über diesen Cosimo.»

Der Fremde zierte sich plötzlich. Doch nach einer Weile sprudelte es aus ihm hervor, als hätte er das Sprüchlein auswendig gelernt. «Also jetzt werden Sie doch vernünftig. Cosimo sagte mir nämlich, er hätte demnächst einen weiteren Transport für die Deutschen auszuführen. Sie wissen, was ich meine. Und ich soll Ihnen sagen, dass Sie ihn dieses Mal auf keinen Fall mehr begleiten dürfen.

Denn er vermutet, dieses Mal würde ihm eine Falle gestellt. Haben Sie eine Ahnung, was er damit gemeint hat?»

Natürlich erkannte Filippo die Zusammenhänge sofort, hütete sich jedoch, diesem Schwatzmaul seine eigenen Schlüsse zu offenbaren. «Und weiter sagte er nichts?»

«Nein, er lässt Sie aber herzlich grüssen – doch halt, er sagte mir noch, die Übergabe fände wieder am gleichen Ort wie das letzte Mal statt.»

«Und wann soll die Sache steigen?»

«Was wollen Sie damit sagen, welche Sache soll da steigen?»

Die Gegenfrage des Säbelbeinigen verwirrte Filippo. Das Verhalten des Fremden war höchst merkwürdig. Entweder war der Mann beschränkt oder ein Überläufer, oder er war von Heydenreich mit Absicht auf diese naive Masche getrimmt worden.

«Also dann, wann soll der Transport stattfinden?», präzisierte Filippo und hob ungeduldig den Kopf.

«Ach so, das meinen Sie. Ich glaube, in drei Tagen, in der Nacht vom Sonntag auf den Montag.»

Das genügte Filippo; er hatte genug gehört. Offenbar lag wieder einmal etwas ganz Grosses in der Luft. Aber wer steckte dieses Mal dahinter? Der Baron? Heydenreich? Oder ein Komplott von beiden, trotz aller Dementis? Filippo vermutete nämlich inzwischen, dass die Verbindungen des Barons bis in die obersten Etagen der NSDAP-Zentralverwaltung reichten. Woher sonst käme er an Informationen von solcher Brisanz heran? Oder war das ganze am Ende eine gemeine Falle der SS, mit dem Ziel, Filippo aus dem Verkehr zu ziehen?

Er betrachtete die Unterhaltung mit dem Fremden nun als beendet und wollte sich schon von ihm verabschieden. Doch dieser kam nochmals auf den Brief zurück: «Also vergessen Sie nicht, den Brief dem Baron zu übergeben. Er wird morgen im Hotel sein – Sie wissen, im Hotel, wo Sie arbeiten. Geben Sie den Umschlag einfach an der Rezeption ab. Der Baron wird den Concierge bei seiner Ankunft danach fragen.»

Filippo merkte sich diese Anweisung und kehrte ins Lokal zurück. Die säbelbeinige Karikatur entfernte sich in die andere Richtung.

In die Bar zurückgekommen, bestellte sich Filippo erneut einen Kaffee; dieses Mal jedoch mit einem doppelt bemessenen Grappa. Jetzt brauchte er ein besonders starkes Getränk, um seine Gedanken zu entwirren.

Während er auf seine Bestellung wartete, zog Filippo den Briefumschlag zögernd aus dem Jackett und legte ihn vor sich hin. Kritisch betrachtete er ihn und überlegte, ob er ihn doch öffnen sollte.

Jetzt noch nicht, dachte er. Aber daheim könnte er ihn über Dampf öffnen und danach wieder sorgfältig verschliessen. Er wollte unbedingt wissen, was darin geschrieben stand.

⌘

Als Filippo gleichentags ins Hotel zurückgekehrt war, ohne den alten Don Pasquale zu besuchen, teilte ihm der Concierge beim Eintreffen mit, dass Cynthia nach Como beordert worden sei. Auf die flüchtige Frage, in wessen Auftrag, antwortete ihm Gaetano, Cynthia hätte diesen schriftlich erhalten, und nebenbei fügte er hinzu, sie würde sich dort mit Justus von Richtfeld treffen.

Filippo hörte die letzten Worte schon nicht mehr und eilte davon. Er stand noch zu sehr unter den Eindrücken der letzten Stunden. Das ominöse Treffen mit diesem Schwätzer gab ihm inzwischen weit grössere Rätsel auf als die plötzliche Abreise seiner Schwester.

Auf direktem Weg begab er sich auf sein Zimmer und legte sich aufs Bett, seinen Blick starr auf irgendeinen Punkt an der Zimmerdecke gerichtet. Während er über die letzten Ereignisse nachdachte, entledigte er sich mit den Füssen der Schuhe, die unkontrolliert auf den Boden polterten.

«Hey Poppy. Interessiert es dich nicht, dass Cynthia abgereist ist?», meldete sich nun sein Angsthase, jedoch eher in besorgter Weise.

«Was willst du damit sagen? Cynthia geht wieder einmal einem Auftrag nach; was soll da daran aussergewöhnlich sein?» Filippo ärgerte sich dieses Mal eigenartigerweise überhaupt nicht über die erneute Einmischung seines Coniglios. *«Mich beschäftigt vielmehr meine Begegnung von heute in Mailand. Eigentlich sollte ich eine Bronzestatue abholen. Stattdessen wurde mir aber nur so ein doofer Brief übergeben. Ich glaube, da will mich irgendwer zum Narren halten.»*

«Bist du dir da sicher? Denk mal nach; auf welche Weise hast du diesen Auftrag erhalten, he?» Der Angsthase zeigte sich entgegen allen, früheren Einmischungen plötzlich intelligent.

«Mensch Coniglio, was bin ich für einen Depp! Was sagte Gaetano noch, wie Cynthia den Auftrag erhalten hatte?» Wie von der Tarantel gestochen, schoss er auf. *«Natürlich! Auch ich wurde brieflich nach Mailand beordert. Normalerweise erhalte ich solche Aufträge direkt von Herrn von Richtfeld. Verdammt, wenn das kein Zufall ist.»*

Filippos Herzschlag erhöhte sich: Und dieses Schwatzmaul in Mailand? Auch der hatte sich so merkwürdig verhalten. Woher wusste er überhaupt von diesem Ding, bei dem es so viel zu verdienen gab? Blitzartig schnellte er hoch und suchte nach seinen Schuhen. Mit eiligen Bewegungen zog er sie an, schnürte die Senkel und überzeugte sich, ob der ominöse Brief noch in seiner Jacke steckte. Dann rannte er nach unten in die Hotelküche.

Über dem Herd baumelten Pfannen von verschiedener Grösse. Filippo suchte sich eine davon aus, füllte sie mit etwas Wasser und stellte sie auf den Herd. Nachdem er das Gas unter der Pfanne entzündet hatte, erwärmte sich die Flüssigkeit schnell, bis sie schliesslich zu verdampfen begann. Jetzt nahm Filippo den Briefumschlag aus der Jackentasche und hielt ihn mit der verklebten Stelle über den aufsteigenden Dampf.

Bald saugte das Papier die winzigen Wasserpartikel so weit in sich auf, dass sich die Klebestelle zu lösen begann. Ohne dass das Papier Schaden nahm, öffnete Filippo den Umschlag vorsichtig und entnahm ihm einen zusammengefalteten Briefbogen.

Behutsam entfaltete er das Papier und begann es zu lesen.

Je länger er die geschriebenen Zeilen las, desto mehr sträubten sich seine Nackenhaare. Seine Hände begannen noch feuchter zu werden, als sie es schon waren, und sein Herz raste bald vor Zorn, Aufregung und Angst.

Die Mitteilung, die der Brief enthielt, war unverkennbar an ihn persönlich und nicht an den Baron gerichtet. Offenbar rechnete der Absender damit, dass Filippo den Brief öffnen und den Inhalt lesen würde.

Darin war weiter zu lesen, Cynthia befände sich gegenwärtig in Gewahrsam der SS in Como, und wenn er, *Picchio Rosso*, seine Schwester noch lebend sehen wollte, so hätte er sich ebenfalls innerhalb von vierundzwanzig Stunden nach Como zu begeben. In der Albergo *Le due Corti* an der Piazza Vittoria würden beim Empfang weitere Anweisungen auf ihn warten.

Der Brief enthielt weder einen Absender noch eine Unterschrift. Aber er stammte zweifelsfrei von Heydenreich, da war sich Filippo sicher. Er las das Papier zweimal, dreimal, viermal.

«*Mein Gott! Cynthia ist entführt worden – entsetzlich!*» Filippo konnte es nicht fassen: Seine geliebte Schwester in den Händen der SS – nicht auszudenken, was sie ihr antun würden.

Die Gedanken blieben gelähmt, bis sich Coniglio wieder meldete: «*Siehst du; das dachte ich mir. Gehst du jetzt nach Como? An deiner Stelle würde ich es bleiben lassen. Das ist doch nur eine weitere Falle, in die du tappen solltest.*»

Ratlos ging Filippo auf und ab, immer noch den Brief in den Händen haltend. «*Möglich? Ich weiss es nicht. Wenn ich mir das aber genau überlege, dann hast du vielleicht tatsächlich einen richtigen Schluss gezogen. Überlegen wir mal; was könnte geschehen, wenn ich hier bleibe und wie geheissen den Brief an den Baron weiterleite?*»

Mechanisch nahm er die noch immer auf dem Herd stehende Pfanne vom Feuer und drehte das Gas ab. Verwirrt verliess er die Küche und kehrte auf sein Zimmer zurück.

In seine Kammer zurückgekehrt, ging er zum Fenster und öffnete es. Tief sog er die frische Nachtluft in sich hinein. Die Wirkung liess nicht lange auf sich warten. Seine Gedanken begannen sich langsam zu ordnen. Er legte sich auf das Bett – wieder mit den Schuhen an den Füssen, doch behielt er sie jetzt an.

«*Jetzt nur nicht nervös werden*», ermahnte er sich selbst zur Ruhe und redete sich ein, wenn sich Cynthia tatsächlich in den Händen der SS befand, hätte sie mindestens so lange nichts zu befürchten, bis er mit ihren Entführern Kontakt aufgenommen hatte. In diesem Punkt schenkte er seinem Coniglio Glauben: Nämlich, dass die Entführung nichts anderes als ein Mittel zum Zweck gewesen war. *Picchio Rosso* sollte ausgeschaltet werden, und Cynthia diente als Lockvogel.

Je länger Filippo darüber nachdachte, erschien ihm der ganze Plan plötzlich sehr simpel. Heydenreich besass ja bis jetzt nicht mit letzter Sicherheit Beweise, ob Alfons tatsächlich ein Verräter war. Folglich setzte er alles daran, die Wahrheit zu erfahren.

Filippo überlegte hin und her, erwog alle möglichen und unmöglichen Szenarien, bis er schliesslich zum Schluss kam, dass Heydenreich sich diese Schweinerei bestimmt nur ausgedacht hatte, um ihn in eine Falle zu locken. Würde er nämlich jetzt Hals über Kopf nach Como reisen, käme dies doch einem Geständnis gleich.

Bliebe er jedoch daheim, als wäre nichts geschehen, müsste Heydenreich eigentlich annehmen, er hätte vom Inhalt dieses Briefes keine Ahnung – im Gegenteil, wenn er das Couvert auftragsgemäss und ungeöffnet weiterleitete, fiele überhaupt kein Verdacht auf ihn.

Dann blieb noch die Frage, wie der Baron reagierte, wenn er den Brief erhielt und lesen würde? Immerhin war darin von einer üblen kriminellen Tat mit einer klaren Morddrohung die Rede – und just in diesem Moment hielt wieder sein Coniglio die Lösung bereit: «*Keine Sorge, lieber Poppy. Der Baron weilt momentan in London. Weisst du dies nicht mehr? Herr von Richtfeld hatte dir doch von dieser wich-*

tigen Auktion bei Sotheby's in der New Bond Street[1] erzählt. Also wird er morgen kaum nach Ascona kommen.»

«Ich Idiot! Danke Coniglio. Ich glaube bald, du bist doch schlauer als ich dachte – aber ein Angsthase bleibst du doch», doppelte Filippo nach und war nun von dieser Version so überzeugt, dass er beschloss, nicht zu reisen. Ein gewisses Restrisiko, seiner Schwester würde trotzdem etwas zustossen, blieb hingegen bestehen. Trotzdem entschied er sich nicht zu gehen. Würde aber Cynthia in den nächsten achtundvierzig Stunden nicht zurückkehren, dann würde er Himmel und Hölle in Bewegung setzen, um sie aufzuspüren.

Filippo ging zum Fenster, schaute in den wolkenlosen Nachthimmel. Hinter dem Monti di Pino, wo er hinter dem Grat Alfons mit einem gezielten Schlag auf den Sinusnerv vorübergehend ins Reich der Träume geschickt hatte, erhellte sich der Himmel nach und nach, ein untrügliches Zeichen, dass in den nächsten Minuten der Mond hinter dem Bergkamm aufgehen würde.

Nachdem er das Fenster geschlossen hatte, nahm er das immer noch offene Couvert an sich und faltete den Brief sorgfältig zusammen. Dann steckte er das Papier in den Umschlag zurück und verklebte ihn sorgsam. Prüfend hielt er sein Werk gegen das Licht und zeigte sich damit zufrieden. Dem Umschlag war nicht anzusehen, dass er schon einmal geöffnet worden war, und er verstaute ihn in der Nachtischschublade, wo er eine Zeit lang liegen bleiben sollte.

In grosser Sorge um seine Schwester, verliess Filippo das Zimmer.

⌘

Filippos Rechnung ging bereits am übernächsten Tag auf: Gegen Abend kehrte Cynthia ins Hotel zurück, als wäre nichts vorgefallen. Und was sie zu erzählen wusste, überraschte eigentlich schon nicht mehr. Pikant waren nur die Details ihres kleinen Trips nach Como:

---

[1] Sotheby's: traditionsreiches, im Jahre 1744 vom Buchhändler Samuel Baker in London gegründetes Auktionshaus.

Als Filippo sich bereits in Mailand befunden hatte, wurde Cynthia auf gleiche Weise eine Mitteilung zugespielt, wonach sie nach Como beordert wurde, um sich mit Herrn von Richtfeld in einem mitten in der Stadt gelegenen Albergo zu treffen. Dort war für sie bereits ein Zimmer reserviert, da der genaue Zeitpunkt, wann Herr von Richtfeld eintreffen würde, nicht bekannt war. Als Cynthia sich dort eingerichtet hatte, blieb ihr nichts anderes übrig, als zu warten.

«Warst du die ganze Zeit allein?», fragte Filippo und hatte für seine Neugier gute Gründe.

«Ja. Es war ganz schön langweilig, auf etwas zu warten, dass vielleicht oder auch nicht eintreffen sollte.»

«Und du hast während der ganzen Zeit mit keinem Menschen gesprochen? Befanden sich noch andere Gäste im Hotel?»

«Ja doch, das Albergo war gut besetzt. Aber es waren alles langweilige Leute. Wieso fragst du? Bist du eifersüchtig?», frotzelte sie.

«Wieso? Sollte ich? Nein, sicher nicht; aber ich habe andere Gründe, danach zu fragen.» Jetzt erzählte Filippo von seiner Reise nach Mailand. Allerdings verschwieg er ihr den Brief. «Befanden sich Deutsche im Hotel?», bohrte Filippo weiter.

Cynthia verstand den Hintergrund der Frage nicht, berichtete jedoch ausführlich über eine Begegnung, die ihr offensichtlich gut in Erinnerung geblieben war: «Ja doch, es befanden sich sogar mehrere Deutsche im Hotel; aber um dich zu beruhigen, es waren alles Typen, die mich nicht interessierten.»

Diese Aussage passte jedoch ganz und gar nicht zu ihren Augen, die einen völlig anderen Ausdruck annahmen, was Filippo nicht entging. «Hey Schwesterchen; was ist mit dir? Deine Augen beginnen plötzlich so zu leuchten. Hat dir trotzdem einer gefallen?»

«Poppy, du kennst mich doch; so leicht...»

«...eben kenne ich dich. Komm, sag die Wahrheit», insistierte Filippo.

«Also gut. Einer gefiel mir schon. Er hatte zwar nie mit mir gesprochen. Doch ich vermute, es war kein Deutscher. Er war aber immer in Begleitung von Männern, die sich deutsch unterhielten.»

Filippo wurde hellhörig: «Beschreibe mir den Mann!»

«Na ja, du kennst meinen Geschmack. Er hatte die Züge eines Italieners: Dunkles krauses Haar, wunderschöne schwarze Augen, gross, schlank - ja, und etwa im gleichen Alter wie du. Nur der Vollbart passte nicht zu ihm. Aber trotzdem; sonst ein gut aussehender Mann, und weisst du, ich glaube fast, ich bin ihm schon einmal begegnet, ich weiss nur nicht mehr, wo dies gewesen ist.»

«Komm erzähl, wie war er gekleidet, einfach, ärmlich oder wie ein Deutscher? Trug er eine Kopfbedeckung?» Filippos Neugierde wuchs weiter.

«An die Kleidung erinnere ich mich nicht mehr. Aber eine Mütze trug er; ja! So eine schwarze, wie sie normalerweise die Franzosen tragen.» Cynthia kreiste mit der Hand über ihrem Kopf, um die Form der Mütze zu beschreiben.

«Du meinst ein *Barett*[1], eine Baskenmütze? Dann war das Cosimo!», entfuhr es Filippo.

«Wer ist Cosimo? Kennst du ihn?»

«Du kennst ihn auch. Es war jener Junge, der einmal bei uns Zuhause gewesen war und ausrichten liess, dass Vaters Berufskollege verstorben sei.»

Cynthia schien sich langsam an diesen Burschen zu erinnern. Ihr Augenglanz verstärkte sich sogar um einige Nuancen, was Filippo ein zweites Mal nicht entging.

Das Bild, das sich für Filippo nun ergab, war klar, wie es nicht deutlicher sein konnte. Die Reisen organisierte zweifellos nicht der Baron, sondern in beiden Fällen Heydenreich. Vermutlich hatten

---

[1] Barett: flache, runde bzw. eckige Kopfbedeckung aus Wollstrick, Stoff, Samt oder gefütterter Seide ohne Schirm oder Krempe.. Die Baskenmütze als eine Abwandlung des Baretts noch bis heute erhalten.

sie auch Cosimo unter irgendeinem Vorwand nach Como beordert und hielten ihn für die Begegnung mit Filippo bereit.

Nachdem aber die Falle nicht zugeschnappt war, weil Filippo in Ascona blieb, war Alfons Unschuld immer noch nicht bewiesen. Somit galt er für die SS weiter als Verräter.

Schelmisch freute sich Filippo über den Erfolg. Seine Entscheidungen waren jedenfalls richtig gewesen, und Cynthia war ebenfalls unbehelligt geblieben.

«*Na Poppy; in Zukunft wirst du bestimmt mehr auf meine Ratschläge hören, oder?*», frohlockte Coniglio.

Stumm bedankte sich Filippo bei seiner inneren Stimme, die sich immer mehr zum Schutzengel entwickelte. Trotzdem lief es ihm eiskalt den Rücken hinunter, als er daran dachte, was alles hätte passieren können, wenn er nach Como gereist wäre.

Als Cynthia zur Krönung noch das Couvert präsentierte, welches sie von der Reise nach Hause brachte, bestätigten sich Filippos Vermutungen: Der Umschlag war von der gleichen Art wie derjenige, welcher ihm in Mailand übergeben worden war – nur mit dem Unterschied, dass jener von Cynthia nur ein unbeschriebenes Blatt Papier enthielt.

⌘

4. Kapitel
1933 bis 1936

Der 30. Januar 1933 war für die Welt von entscheidender Bedeutung. An diesem denkwürdigen Tag wurde Adolf Hitler zum Reichskanzler ernannt, was von den Nationalsozialisten als die eigentliche Machtübernahme durch die NSDAP angesehen wurde.

Die Nationalsozialisten strebten von Anfang an nach der totalen Macht in Deutschland. Ihre Führer dachten jedoch nie an die Verwirklichung eines politischen Programms, welches im Kontext mit den demokratischen Parteien und den Institutionen eines demokratischen Staates stehen sollte.

Die wirtschaftliche Entwicklung – besonders gegen Ende der Zwanzigerjahre – begünstigte den Machtzuwachs der NSDAP. In dieser aussichtslosen Wirtschaftslage konnte sich ihre Propaganda in Deutschland wirkungsvoll entfalten.

Nachdem sich namhafte Persönlichkeiten der deutschen Wirtschaft mit Adolf Hitler verbündet hatten – der Wahlkampf der NSDAP wurde zur Hauptsache von damaligen Wirtschaftsbossen wie *Gustav Krupp*[1] und weiteren bekannten Zeitgenossen unterstützt – trat der amtierende *Reichskanzler General von Schleicher*[2] am 28. Januar 1933 zurück.

Die Machtübernahme durch die NSDAP veränderte nicht nur die politische Landschaft Deutschlands. Nach und nach wurden durch das Regime demokratische Grundrechte aufgehoben. Europa und besonders das nahe Ausland bekamen die Veränderungen ebenfalls nachhaltig zu spüren.

---

[1] Gustav Krupp von Bohlen und Halbach (* 7. August 1870 in Den Haag; † 16. Januar 1950 in Blühnbach): deutscher Diplomat und später, nach Heirat mit Bertha Krupp, Aufsichtsratsvorsitzender der Friedrich Krupp AG.

[2] Kurt von Schleicher (* 7. April 1882 in Brandenburg an der Havel; † 30. Juni 1934 in Neubabelsberg): Generalleutnant und Reichskanzler der Weimarer Republik von Ende 1932 bis Anfang 1933.

Die neu gegründete geheime Staatspolizei (Gestapo), welche 1933 auf Betreiben *Hermann Görings*[1] aus der politischen Polizei Preussens, dem grössten Land des Deutschen Reichs, hervorging, war überall und nicht nur in Deutschland allgegenwärtig. Diese am meisten gefürchtete Institution der Nazis erhielt immer mehr uneingeschränkte Machtbefugnisse, beispielsweise, dass sie ohne gerichtliche Kontrollen Hausdurchsuchungen durchführen, Menschen verhaften, sie in Konzentrationslager einweisen, sie quälen, foltern und gar ermorden konnte. Selbst Landesgrenzen bedeuteten für die Gestapo keine Hindernisse mehr. Staatsgefährdende Bestrebungen wurden überall sofort im Keime und mit brutalsten Methoden erstickt.

Weil zu jenem Zeitpunkt das Nazi-Deutschland zu anderen Ländern noch diplomatische Beziehungen pflegte, war es für die Gestapo im Ausland nicht möglich, in gleicher Weise zu agieren wie in Deutschland selber. So blieb ihr ausserhalb Deutschlands nichts anderes übrig, als im Untergrund zu wirken. Da ihr jedoch schier unerschöpfliche Mittel zur Verfügung standen – die sie sich jedoch in den wenigsten Fällen auf rechtsstaatliche Weise verschafften – war es ihr möglich, viele einflussreiche Politiker und Beamte überall zu bestechen und für ihre Zwecke zu verdingen.

Der gefürchtete Polizeiapparat arbeitete anfänglich selbständig. Später wurde er der SS unterstellt. Es war daher verständlich, dass ehemalige SS-Angehörige in leitender Funktion schon von Anfang an der Gestapo zugeteilt waren.

Als getreuer Gefolgsmann Adolf Hitlers traf dies auch für Heydenreich zu. Voll und ganz der Idee des Nationalsozialismus verfallen, wurde er bald nach der Machtübernahme nach Berlin abberufen. Dort erhielt er an der Prinz-Albrecht-Strasse, dem zentralen Sitz der Gestapo, in einem hohen Offiziersrang ein eigenes Büro und entsprechendes Personal. Allerdings hatte er sich an dieser

---

[1] Hermann Wilhelm Göring (* 12. Januar 1893 in Rosenheim; † 15. Oktober 1946 in Nürnberg durch Suizid): Oberbefehlshaber der deutschen Luftwaffe im Zweiten Weltkrieg und einer der führenden Politiker in der Zeit des Nationalsozialismus. Im Nürnberger Prozess als Kriegsverbrecher zum Tode verurteilt.

Adresse mit anderen Dingen zu kümmern als nur mit den Geschehnissen der letzten Wochen rund um *Picchio Rosso* und den Monte Verità in Ascona. Die Schmach, die er wegen des teilweise misslungenen Goldtransports in den Augen seiner Vorgesetzten einzustecken hatte, traf ihn zwar persönlich tief. Es war ihm trotz allen ihm zur Verfügung stehenden Mitteln nie gelungen, die wahren Hintergründe der Zwischenfälle aufzuklären. Demzufolge galt Alfons auch nach der Machtübernahme immer noch als Verräter, so dass er bald darauf ohne viel Aufsehen von der Bildfläche verschwand und eliminiert wurde, wie es in solchen Fällen in Gestapokreisen gewöhnlich war.

Heydenreich glaubte jedoch nie an die offizielle Version dieser Geschichte. Nach wie vor war er überzeugt davon, dass Alfons nur das Opfer einer geschickt eingefädelten Intrige geworden war. Das mittlerweile umfangreiche Aktendossier mit der Aufschrift *Picchio Rosso* wurde daher - wenigstens vorübergehend - ins Archiv an der Prinz-Albrecht-Strasse in Berlin gebracht.

Es existierte aber auch noch ein weiterer Grund, weshalb Heydenreich die Vergangenheit ganz gerne schlummern liess: Als nämlich Adolf Hitler die Macht übernommen hatte, trat der Baron der Nationalsozialistischen Deutschen Arbeiterpartei als Mitglied bei. Der Baron nahm es zwar bekanntlich mit der nationalsozialistischen Bewegung nie so ernst. Die spätere Geschichte bewies bekanntlich auch, dass seine Mitgliedschaft in der NSDAP mehr dem Schein und dem Profit diente als den Zielen des Führers.

Anders empfand dies Justus von Richtfeld, der über den totalen Machtwechsel in Deutschland alles andere als glücklich war. Per Definition der Nazis war er seiner Abstammung nach ein so genannter Vierteljude und daher von nicht rein arischem Geblüt. Grund genug, nicht nur um seine berufliche Existenz, sondern auch um sein Leben zu fürchten.

Während Hitler also seine Macht so beharrlich und mit allen Mitteln ausbaute, verschob der Baron seine Kunstschätze nach wie vor in alle möglichen Länder und Museen. Aufgrund dessen erhoffte sich Justus von Richtfeld, wenigstens solange unter dem

Protektorat des Barons unbehelligt zu leben und vom Büro in Zürich aus dessen Geschäfte zu erledigen.

Der Baron baute sein weitläufig verzweigtes Beziehungsnetz wechselweise von Berlin, Ascona und Holland weiter aus und sorgte als gewiefter Taktiker dafür, möglichst unerkannt und unantastbar zu bleiben. Diese Strategie war nicht neu für ihn; er verfolgte sie bereits, als er 1931 das erste Mal Hitler persönlich getroffen und sich danach mit ungeheurem Aufwand bemüht hatte, Schweizer Bürger zu werden. Nach und nach erwarb er sich so das Vertrauen der obersten Nazi-Führungsschicht – nicht aber dasjenige von Heydenreich, der immer noch überzeugt war, dass hinter allen früheren Intrigen der Baron gesteckt hatte.

Nach diesen Ereignissen verfloss eine Menge Zeit, die für Filippo und Cynthia zumeist ruhig verlief. Sie verrichteten ihre Arbeit pflichtbewusst im Hotel auf dem Monte Verità. Gelegentlich reisten sie im Auftrag des Barons nach Zürich, was für Filippo immer eine willkommene Gelegenheit war, alte Bekannte zu besuchen. Auch die kurzen Reisen nach Mailand, Florenz oder Rom, wo die Geschwister immer wieder spannende Augenblicke erlebten und interessante Bekanntschaften machten, waren willkommene Abwechslungen. Als jedoch ihre Mutter durch eine heimtückische Krankheit völlig unerwartet verstarb, veränderte sich ihr Leben auf einen Schlag. Ihr Vater schien diesen tragischen Verlust nicht zu verkraften, weshalb sich Cynthia nun mehr um ihn kümmerte. Dank ihrer Liebe, Zuneigung und Hilfe erreichte sie, dass er nicht vollends in eine dauernde Depression versank. Seither verspürte sie keine Lust mehr, umher zu reisen. Sie überliess dies jetzt voll und ganz ihrem Bruder, was diesem zweifellos half, besser über den Verlust seiner geliebten Mutter hinweg zu kommen. Glücklicherweise blieb beiden ihre Anstellungen im Hotel auf dem Monte Verità erhalten. So verdienten sie genug, um sich selber und ihren Vater über die Runden zu bringen, während andere im Land arbeitslos wurden.

⌘

Der Nachtschnellzug verliess fahrplanmässig den Badischen Bahnhof in Basel und nahm die lange Reise nach Hamburg unter die Räder.

Filippo stand noch eine Weile am Fenster des luxuriösen Schlafwagens. In Gedanken versunken schaute er auf die Silhouette der Stadt am Rheinknie, die sich vor der untergehenden Sonne von ihrer besten Seite her in Szene setzte. Über dem Horizont lagen noch einige Wolkenfetzen, welche die niedergehende Sonnenscheibe in schönste Rot- und Gelbtöne tauchte. Auf solche Weise mussten die grossen Meister wie *Michelangelo*[1] und *Raffael*[2] inspiriert worden sein, deren Genius solche Momente mit Pinsel und Farben auf Leinwand umzusetzen vermochten.

Die Sonnenscheibe schob sich langsam gegen den Horizont. Immer noch am Fenster stehend und das Naturschauspiel betrachtend, erinnerte sich Filippo, als ihn Justus von Richtfeld vor etwa zwei Wochen aufgesucht und ihn gefragte hatte, ob er Lust hätte, sich zum Fotografen ausbilden zu lassen. Der Baron beabsichtigte nämlich, seine Kunstgegenstände fotografisch dokumentieren und katalogisieren zu lassen, und Filippo sollte damit betraut werden. Hierfür hatte er jedoch für etwa ein bis zwei Monate nach Hamburg zu übersiedeln. Bei einem bekannten Pressefotograf und Kunstkritiker sollten ihm die dafür erforderlichen Kenntnisse und handwerklichen Kniffe beigebracht werden.

Wie immer in solchen Fällen, besprach Filippo dieses Angebot mit seiner Schwester. Den Vater wollte er damit nicht belasten, zumal er wusste, dass er seit Mutters Tod zu sehr mit sich selber beschäftigt war und ihn dies kaum mehr interessieren würde. Cynthia aber zeigte für das Vorhaben grosses Verständnis. Er müsse sich um Papa keine Sorgen machen. Sie würde sich schon um ihn sorgen.

---

[1] Michelangelo Buonarroti: (* 6. März 1475 in Caprese, Toskana; † 18. Februar 1564 in Rom): italienischer Maler, Bildhauer, Architekt und Dichter und einer der berühmtesten Künstler aller Zeiten und der bedeutendste Repräsentant der italienischen Hochrenaissance.

[2] Raffaello Santi, Raffaello Sanzio oder Raphael: (* vermutlich am 6. April 1483 in Urbino; † 6. April 1520 in Rom): Maler und Baumeister der Hochrenaissance.

Der Entschluss, diese einmalige Gelegenheit zu ergreifen, war schnell gefasst, und Filippo begann mit den Reisevorbereitungen. Justus von Richtfeld kümmerte sich um die Einreiseformalitäten nach Deutschland und suchte in der Hansestadt für ihn eine passende Unterkunft.

Nachdem die Sonne hinter dem Horizont verschwunden war, wurde es Filippo bewusst, wie lange er schon unterwegs war. Die lange Anreise von Ascona, von wo er heute früh aufgebrochen war, hinterliess nun doch Spuren, so dass er beschloss, sich bald schlafen zu legen – wollte er doch anderntags ausgeruht sein.

Als sich der Himmel ganz verdunkelt hatte, suchte er sein Schlafabteil auf. Auf der Bettkante sitzend, betrachtete er die Einrichtung der geräumigen Einzelkabine. Zufrieden nahm er den aussergewöhnlichen Luxus wahr, der ihm nun für den Rest der Reise zur Verfügung stand. Gegenüber dem mit blütenweisser Wäsche angezogen Bett befand sich ein Spiegelschränkchen, unter dem ein Handwaschbecken eingelassen war. Daneben stand ein Hochschrank, in welchem der Fahrgast Kleider und andere Reiseutensilien verstauen konnte.

«Eigentlich ist ein solcher Luxus völlig überflüssig», dachte sich Filippo und zog die grosse Reisetasche zu sich herüber, die immer noch am gleichen Ort unter dem Fenster stand, wo er sie nach dem Bezug des Abteils hingestellt hatte. *«Die meiste Zeit werde ich ja ohnehin schlafen.»*

«Aber gefallen tut es dir doch, nicht wahr, kleiner Poppy?», mischte sich Coniglio plötzlich in seine Gedankengänge ein, als wollte er damit sagen, so leb doch nicht in einer falschen Bescheidenheit. *«Oder wäre es dir lieber, du würdest hinten in der dritten Klasse reisen, zwischen Hühnerkäfigen, streitenden Kindern und schwitzenden Menschen?»*

«Du hast ja Recht. Stimmen tut es aber trotzdem: Die meiste Zeit werde ich sowieso schlafen, und dann nützt mir all dieser Luxus ja ohnehin nichts.» Damit hatte es sich, denn darauf wusste auch Coniglio nichts mehr zu erwidern.

Suchend wühlte Filippo in der Reisetasche, in der sich neben den Reiseutensilien und Kleidern auch etwas Aussergewöhnliches befand. Das Geschenk war ihm im Namen des Barons von Herrn von Richtfeld, als er ihn in Basel nochmals getroffen hatte, als Dank für die bisher geleisteten Dienste überreicht worden.

Seine Freude war Filippo anzusehen. Doch hätte er dieses Dankeschön viel lieber vom Baron persönlich empfangen. Nun denn, tröstete sich Filippo, der Baron gehörte nun einmal einer Gesellschaftsschicht an, in der man offenbar solche Gesten durch seine Bediensteten überbringen lässt.

Nachdem Filippo das Geschenkpapier aufgerissen und den darunter eingewickelten Karton geöffnet hatte, kam ein mit einer Kordel zugebundenes, dickes Lederetui zum Vorschein. Vorsichtig löste er den Knoten und zog den Inhalt vorsichtig aus dem Etui, als wäre es aus zerbrechlichem Glas – ein nagelneuer Fotoapparat.

Schon als kleiner Junge hatte Filippo von dieser geheimnisvollen *Laterna Magica*[1] gehört, die in den letzten Jahren einen wahren Siegeszug um die Welt feierte. Es hatte seither jedoch noch Jahre gedauert, bis er ein solches Wunderding endlich zu Gesicht bekam. Sie gehörte einem Amerikaner, der sich einmal im Hotel aufgehalten hatte. Eigenartigerweise sprach dieser jedoch immer von einem *Kodak*[2], und Filippo fragte sich damals, wieso er das Gerät so nannte. Später erfuhr er, dass in Amerika solche Geräte nur von einer einzigen Firma hergestellt wurden. So bezeichneten die Amis noch lange danach jeden Fotoapparat nach diesem Markennamen.

Die Fotografie hatte auch im alten Europa schon lange Einzug gehalten. Es fand bald kein Familienfest mehr statt, wo nicht reinstes Aluminiumpulver unter höchster Brandgefahr zu Blitzlichtern entflammt wurde, nur um die Eindrücke für die Nachwelt auf Celluloid festzuhalten.

---

[1] Laterna magica: (lateinisch „Zauberlaterne") Projektionsgerät (17. bis 20. Jahrhundert)

[2] Kodak: ein vom Erfinder George Eastman erfundener kurzer, prägnanter Phantasiename für Filme und Kameras. Eastman Kodak Company, multinationales Unternehmen, hervorgegangen aus der Eastman Dry Plate Company, gegründet 1881 von George Eastman und Henry Strong.

Für Filippo blieb es seit jeher ein Rätsel, wie sich Bilder auf Papier einbrennen konnten, sodass man noch nach Jahren erkennen konnte, was der Fotograf festhalten wollte. Diese Technik faszinierte ihn immer schon, und so war es keine Frage, dass er das Angebot des Barons gerne angenommen hatte.

Interessiert betrachtete Filippo das schwarze Gerät von allen Seiten. Zusammengeklappt sah es aus, wie ein grosses Zigarrenetui. Filippo hatte jedoch überhaupt keine Ahnung, wie dieses Wunderding zu bedienen war. Das einzige, was er nach einiger Zeit herausgefunden hatte, war, wie sich das Objektiv und der daran befestigte schwarze Balg aus dem Gehäuse herausziehen liess. Vorsichtig hatte er dazu das seitliche Schloss entriegelt und zog mit Daumen und Zeigefinger den Boden aus dem Etui. Der dahinter sich entfaltende schwarze Balg, wo zuvorderst die Optik befestigt war, liess sich in Endstellung einrasten. Seitlich des Objektivs entdeckte Filippo verschiedene eingeritzte Zahlen. Ebenso war daran ein kleiner Hebel befestigt, der sich nach oben und nach unten schieben liess. Je nach Stellung veränderte sich hinter der Glaslinse die Öffnung des Objektivs.

Die filigrane Mechanik war faszinierend. Neugierig schaute Filippo von oben durch den Sucher, der sich auch um 90 Grad drehen liess. Darin erkannte er das Schlafwagenabteil, jedoch in einer viel kleineren und leicht verzerrten Perspektive.

Zufrieden verstaute er das Gerät wieder im Gepäck, und kaum hatte er die Reisetasche wieder unter das Bett geschoben, klopfte es energisch an der Türe. Überrascht über den späten Besuch, reagierte Filippo mit einem heiseren «Herein!».

Die Türe öffnete sich und ein uniformierter Mann zwängte sich in die Kabine. «Passkontrolle! Ihren Ausweis und den Fahrschein bitte», forderte der Beamte kurz und bündig.

Draussen im Gang stand ein zweiter Mann. Seine Hände in die Seitentaschen des schwarzen Ledermantels gesteckt, schaute er dem Zollbeamten mit höchster Wachsamkeit über die Schultern.

Filippo hatte völlig vergessen, dass ihm die Zollkontrolle noch bevorstand. Der Mann im Gang musterte ihn kritisch.

«*Ein finsterer Typ*», dachte Filippo, zog die Reisetasche wieder hervor und kramte nach den Ausweisen. Nachdem er sie gefunden hatte, übergab er sie wortlos dem Beamten.

Dieser studierte die Dokumente ungewöhnlich lang. Immer wieder blätterte er im Pass Seite um Seite mal vor, mal zurück, und verglich die Eintragungen. Währenddessen studierte Filippo die beiden Männer. Vermutlich war der im Gang stehende Mann ein Mitglied der neuen Gestapo.

Der Beamte liess sich Zeit. Zwischendurch fragte er: «Sie heissen Filippo Negri?»

Filippo bejahte die Frage.

Der Zollbeamte übergab die Papiere dem Mann hinter ihm, der sich jedoch nur für den Pass interessierte. Die anderen Dokumente überliess er dem Beamten, der mürrisch die nächste Frage stellte: «Sie reisen nach Hamburg?» Auch diese Frage beantwortete Filippo mit einem kurzen «Ja».

Eine Weile ereignete sich nichts, bis der Beamte halb fragend, halb bestätigend feststellte: «Was gedenken Sie in Hamburg zu tun? Gemäss Ihren Dokumenten treten sie dort eine Ausbildung an.»

«Das ist korrekt», antwortete Filippo eifrig.

Die Männer schwiegen daraufhin erneut, und es schien, als verständigten sie sich jetzt nur noch mit Blicken. Nachdem der Gestapomann kurz genickt hatte, frage der Beamte: «Was für eine Ausbildung soll das sein?»

Jetzt wurde Filippo vorsichtig und beschloss, nicht mehr zu sagen, als unbedingt erforderlich: «Fotograf.»

«Reisen Sie allein?» – «*Dumme Frage*», dachte Filippo. Ausser ihm befand sich wirklich niemand im Abteil. Er nickte stumm.

«Treffen Sie sich mit jemandem in Hamburg?» – «Ja. Ich werde abgeholt.» – «Von wem?» – «Ich kenne die Person nicht.»

Der Beamte blätterte wieder in Filippos Papieren. Der Raum füllte sich langsam mit einem spürbaren Misstrauen: «Führen Sie sonst noch Waren mit?» – «Nur das Nötigste.» – «Zeigen Sie her?»

Filippo empfand die Fragerei langsam zermürbend. Widerwillig schob er mit dem Fuss die immer noch offene Reisetasche dem Beamten entgegen.

«Was soll das? Zeigen Sie den Inhalt, oder soll ich Ihren Kram selber auspacken?» Gehorsam hob Filippo die Tasche auf das Bett und öffnete sie soweit, dass der Beamte hinein sehen konnte.

«Was ist in diesem Futteral?» Der Beamte zeigte auf den Beutel mit dem Fotoapparat.

«Ach so. Das ist mein neues Arbeitsgerät.» – «Zeigen Sie her», befahl der Beamte und schnippte ungeduldig mit dem Zeigefinger und Daumen.

Langsam wurde es Filippo ungemütlich zumute. Er war sich ja bei den vielen Zollkontrollen, die er schon erlebt hatte, einiges gewohnt. Aber diese Behandlung überstieg bald seine Geduld. Dagegen waren die Zollkontrollen nach Italien noch harmlos. Er zog das Lederetui hervor und übergab es dem Beamten.

Als dieser den Fotoapparat in den Händen hielt, schaute er ihn zuerst kritisch von allen Seiten an, dann schickte er seinem Begleiter einen fragenden Blick, sagte jedoch kein Wort. Die Blicke der beiden aber sprachen Bände. Die finstere Gestalt im Ledermantel nickte kaum merklich und flüsterte dem Zollbeamten etwas ins Ohr. Den Reisepass steckte er in seine Manteltasche. Daraufhin entfernte er sich, ohne sich zu verabschieden.

Der Zollbeamte reichte Filippo den Fotoapparat samt Futteral zurück. «Ihren Reisepass behalten wir vorläufig. Sie bekommen ihn morgen in Hamburg zurück.» Die übrigen Reisedokumente legte er neben Filippo auf das Bett und folgte seinem Begleiter.

Mit einem schalen Geschmack im Mund packte Filippo langsam seine Sachen in die Reisetasche zurück. Ein Blick durch das Fenster verriet ihm, dass der Zug in diesem Moment den Bahnhof von Freiburg passierte. Filippo schaute auf die leeren Bahnsteige. Die

Bahnhofsuhr zeigte auf fünf Minuten vor zehn. Doch zum Schlafen war ihm jetzt begreiflicherweise nicht mehr zumute, und so beschloss er, dem Speisewagen noch einen Besuch abzustatten. Er wollte den gehabten Ärger mit einem kühlen Gerstensaft hinunterspülen.

«*Poppy, sei vorsichtig!*», flüsterte ihm Coniglio ins Gewissen, als er das Getränk beim Kellner bestellt hatte. «*Diese Passkontrolle wird garantiert noch Folgen haben, das sage ich dir*».

⌘

Ungefähr eine Stunde vor Ende der Reise drehte der Schaffner seine übliche Wecktour. Bei jedem Abteil klopfte er so energisch an die Türe, dass der darin Schlafende schon rein durch die Schwingungen, die das Klopfen auf dem Türblatt hinterliessen, aus dem Bett fallen musste. In regelmässigen Abständen schrie er bei seinem Rundgang, als gälte es, in Hamburg schon gehört zu werden: «Nächste Station Hamburg-Altona. Endstation. Alles aussteigen!»

Verschlafen rieb sich Filippo die Augen. Das würzige Pilsner, welches er am Vorabend noch zu sich genommen hatte, hatte seine Wirkung nicht verfehlt. Der Schlaf war tief und fest gewesen. Das monotone «ta-tam-ta-tam-ta-tam» der Eisenräder der Waggons tat das übrige, um ihn doch für einige Stunden in Morpheus Armen ruhen zu lassen.

Nach einem herzhaften Gähnen und einer kurzen Katzenwäsche fühlte er sich wieder zu neuen Taten bereit. Neugierig schob er den Nachtvorhang hoch und schaute aus dem Fenster. Die ersten Vorortshäuser der grossen Hansestadt huschten vor dem Fenster vorbei. Die Eisenbahn fuhr jedoch nicht so schnell, dass Filippo bereits die Stadt erkennen konnte. Neugierig folgte er mit den Augen der Siedlungskulisse, die vor dem Fenster vorbeizog.

Bedächtig, noch leicht schläfrig, kleidete er sich an. Vor dem kleinen Spiegel über dem noch kleineren Waschbecken kämmte er sich das Haar. Angesichts der knappen Zeit, die ihm noch bis zum Eintreffen verblieb, verzichtete er auf die sonst übliche Rasur.

Die Eisenbahn verlangsamte nochmals das Tempo. Dies gab Filippo Gelegenheit, die Szenerie, die vor dem Fenster vorüber zog, genauer zu betrachten.

Bald kurvte die Eisenbahn über weite Schienenanlagen in das Bahnhofsgelände ein. Immer noch pustend rollte die Dampflok in die hohe, von gigantisch erscheinenden Stahlstützen getragene, halbrunde Bahnhofshalle. Bei der Einfahrt fielen Filippo die zahlreichen Fahnen an den Fassaden auf. Der weissgraue Dampf, den die Lokomotive beim Vorbeifahren ausstiess, liess die Hakenkreuze auf den Fahnenstoffen für einen kurzen Augenblick verschwinden. Bald fuhr der Zug in den Bahnhof ein. Der Dampf der Lokomotive füllte bald die ganze Bahnhofshalle. Mit einem kurzen Ruck stoppte der Zug auf dem Bahnsteig für ankommende internationale Züge im Bahnhof der Hansestadt schliesslich seine Fahrt. Wie auf Kommando öffneten sich die Türen. Bald zwängten sich die Reisenden aus den Waggons.

Filippo geduldete sich, bis er an der Reihe war und wartete in seinem Abteil. Ihm blieb ja genügend Zeit. Ausserdem hatte er sich noch um seinen Reisepass zu kümmern. Allerdings entdeckte er weit und breit niemanden, der ihm dabei behilflich sein konnte; nicht einmal der Zollbeamte von gestern Abend war zu sehen.

Wie er überlegte, was er nun tun sollte, fiel ihm eine Gruppe uniformierter Männer auf, die sich in ein Gespräch vertieft am Ende des Bahnsteigs gegenüber standen. Sie trugen Polizeiuniformen und waren bewaffnet. Neben ihnen lag angeleint ein deutscher Schäferhund, der trotz seiner scheinbar schlafenden Stellung seine Umgebung scharf beobachtete.

Filippo wollte sich eben zu diesen Männern begeben und sie fragen, wo sich das Einreiseamt befände, als sich der Gruppe zwei Männer näherten. Äusserlich glichen sie einander wie zwei eineiige Zwillinge. Beide trugen schwarze lange Ledermäntel und schwarz polierte Stiefel. Die breitrandigen Schlapphüte hatten sie tief in ihre Gesichter gezogen. An den linken Oberarmen prangte auf der roten Binde das Hakenkreuz.

Gewarnt vor diesen Emblemen, wartete Filippo und beobachtete aufmerksam, wie sich die Situation entwickeln würde. Zweifellos waren diese Männer von der Gestapo. Einer von ihnen sprach jenen Polizisten an, der den Hund an der Leine hielt. Daraufhin blickten alle auf den Waggon, in dem sich noch Filippo befand. Der angesprochene Polizist zeigte in diese Richtung.

Mit einer Handbewegung forderte er die Polizisten auf, ihnen zu folgen. Einer davon war der Hundeführer. Sie kamen direkt auf den Schlafwagen zu.

Als die Männer sich etwa noch zehn Meter vor dem Waggon befanden, erkannte Filippo einen der «Zwillinge». Es war der finstere Typ vom Vorabend, der seinen Reisepass beschlagnahmt hatte.

Filippos Vermutung bestätigte sich: Der Besuch galt ihm.

«Achtung Poppy! Gefahr ist im Anzug. Verhalte dich ruhig, dann wird dir nichts geschehen.»

«Du hast gut reden, Coniglio. Das sind keine Chorknaben; die meinen es ernst.»

Filippo machte sich nach dem kurzen Dialog mit Coniglio bereit, den Waggon zu verlassen. Aber kaum hatte er den Bahnsteig betreten, kam bereits jener Beamte auf ihn zu, der gestern seinen Pass beschlagnahmt hatte, und forderte ihn unmissverständlich auf: «Filippo Negri, folgen Sie mir!»

Filippo mimte den Überraschten: «Jetzt schau her, das trifft sich aber gut. Ich wollte eben das Einreiseamt aufsuchen. Sie haben nämlich immer noch meinen Pass.»

Der Mann erwiderte nichts und griff nach Filippos Oberarm. Unsanft zog er ihn beiseite. «Was soll das, lassen Sie mich los, ich komme schon alleine zurecht. Wann bekomme ich meinen Reisepass zurück?»

«Machen Sie keine Schwierigkeiten. Ich sage es nochmals: Folgen Sie mir.» Der Mann neigte sich soweit nach vorne, dass Filippo seinen Atem spürte. Ihm blieb nichts anderes übrig, als sich dem unerwarteten Empfangskomitee anzuschliessen. Die Begrüssung hatte er sich allerdings anders vorgestellt.

Vorneweg pflügte der andere «Zwilling» die Menschen auf dem Bahnsteig auseinander, während der eine, immer noch Filippos Oberarm haltend, dicht neben ihm her ging. Den Abschluss der Gruppe bildeten die Polizisten mit dem Hund.

Filippo blieb kein Ausweg. Würde er jetzt wegzurennen versuchen, würden sie bestimmt den Hund auf ihn hetzen.

Nach Verlassen des Bahnhofsgebäudes steuerten sie auf ein Fahrzeug zu, welches mit laufendem Motor wartete. Filippo wurde angewiesen, einzusteigen.

«Wohin fahren wir?», fragte er und blieb vor der geöffneten hinteren Fahrzeugtüre stehen.

«Fragen Sie nicht, steigen Sie ein!» Die Antwort liess ihm keine Wahl. Gefügig bestieg er das Automobil. Seine Reisetasche nahm ihm der Fahrer ab und verstaute sie im Kofferraum.

Die beiden Polizisten blieben zurück. Der eine «Zwilling» setzte sich vorne neben den Fahrer, der andere nahm hinten neben Filippo Platz. Die Fahrt ging quer durch die Stadt.

«Hey Poppy!», meldete sich Coniglio. *«Ich wette mit dir um eine Flasche Grappa, dass du gerade entführt wirst. Merke dir deshalb um Himmels Willen den Weg, den sie mit dir fahren.»*

«Auf diese Idee bin ich auch schon gekommen. Lass mich jetzt aber in Ruhe; sonst kann ich mich nicht konzentrieren.» Filippo schaute aus dem Wagenfenster und mied jeden Blickkontakt mit seinen Begleitern.

Rechterhand eröffnete sich jetzt der Blick auf einen breiten Fluss: «Das muss die Elbe sein», dachte Filippo. Riesige Schiffe lagen an weitläufigen Landungsbrücken vertäut und warteten, Passagiere oder Waren aufzunehmen.

Die Fahrt ging weiter über eine Brücke. Die Kulisse glich jetzt einer riesigen Industriestadt. Grosse Ladekrane reihten sich am Ufer entlang. Auf dem Fluss tuckerten Schleppkähne in den Fluten oder liessen sich mit der Strömung flussabwärts treiben. Auf dem Wasser herrschte reger Schiffsverkehr.

Die riesigen Hafenanlagen liessen sie bald hinter sich. Der Fahrer steuerte das Fahrzeug südwärts. Er kannte offenbar den Weg. Während der ganzen Fahrt sprach niemand ein Wort.

Hunderte von Fragen brannten Filippo auf der Zunge. Er brachte jedoch nicht den Mut auf, sie zu stellen. Sie würden ihm vermutlich ohnehin nicht beantwortet werden. Eigentlich hätte ihn jener Pressefotograf am Bahnhof abholen sollen, der ihn ausbilden wollte. Von ihm hatte er jedoch weit und breit nichts gesehen.

«*Ich sage dir, Poppy*», orakelte Coniglio, als das Fahrzeug das Hafengelände verliess. «*Diesen Pressefotografen gibt es überhaupt nicht. Das war bestimmt nur ein ganz gemein abgekarteter Plan von Heydenreich. Ich wette um eine weitere Flasche Grappa; diesen Mann werden wir heute noch sehen.*»

Filippo dachte sich seinen Teil: Vielleicht behielt Coniglio sogar Recht. Aber jetzt sass er vorerst in diesem gottverdammten schwarzen Automobil, welches ihn weiss der Teufel wohin fuhr. Filippo verspürte das erste Mal in seinem Leben wirkliche Angst. Allein auf sich gestellt und ohne eine Ahnung, wohin man ihn brachte und was ihn dort erwartete. Er musste an Justus von Richtfeld denken, der ihm schon oft von solchen Verschleppungen von Menschen erzählt hatte, die dann in irgend so einem Konzentrationslager geendet hatten. Mein Gott – er wagte nicht daran zu denken.

Nach der Reise quer durch die Stadt lichteten sich die Häuserreihen. Die Siedlungsstruktur wirkte zunächst provinziell, später sogar ländlich. Auf den unendlich flachen Weiden grasten schwarzweisse Kühe. Selten begegneten sie einem Fuhrwerk, dass ihnen entgegen kam.

Sie steuerten auf eine Ortschaft zu. Am Dorfeingang entzifferte Filippo flüchtig ein Ortsschild: *Neuengamme*.

«*Noch nie gehört*», dachte Filippo und wusste erst recht nicht, in welcher Ecke von Hamburg er sich jetzt befand. Er prägte sich jedoch den Namen ein.

Nach der kurzen Ortsdurchfahrt lichteten sich die Bebauungen mehr und mehr. Weite, flache Ebenen beherrschten wieder die Szene.

Nach einer weiteren Fahrt durch die marschähnliche Ebene liess sich am Horizont bald ein fabrikartiger Gebäudekomplex ausmachen, dem sie zusteuerten.

Auf dem Fabrikareal befanden sich kleinere und grössere Hallen. Etwas abseits stand ein Haus, dessen Architektur eher an ein Verwaltungsgebäude erinnerte. Direkt davor parkte der Fahrer das Fahrzeug. Über dem Eingang des Gebäudes prangte ein Schild: *Reichssicherheitshauptamt.*

Filippo überlegte, als er die in alter deutscher Schrift beschriebene Tafel entzifferte, was dies zu bedeuten hätte. Weshalb schleppte man ihn hierher?

«Steigen Sie aus und folgen Sie mir», forderte der eine «Zwilling» Filippo auf. Die anderen Männer blieben im Fahrzeug sitzen.

Widerwillig stieg Filippo aus und tat wie geheissen.

Ihr Weg führte ins Gebäude und zwei Treppen hoch. Oben angelangt, klopfte sein Begleiter an eine Tür.

Nach dem Betreten des Raumes grüsste er den Mann, der an einem eher bescheiden ausgestatteten Schreibtisch den Dienst versah, mit einem zackigen «Heil Hitler!».

Filippos Blut geriet blitzartig in Wallung, als er den Mann hinter dem Schreibtisch erkannte: Heydenreich!

«Danke, Sie können gehen», entgegnete dieser und wandte sich sofort Filippo zu.

Der Beamte verabschiedete sich ebenso zackig, wie es seine Begrüssung war, und verliess den Raum.

«*Picchio Rosso*!» Genüsslich und breit artikulierte Heydenreich den Namen, der bereits viele Gestapo-Dokumente zierte. Selbst die anschliessende Begrüssung triefte vor Zynismus. «Ich freue mich ausserordentlich, Sie hier zu sehen. Hatten lange Zeit nicht das Vergnügen, nicht wahr?»

Der ersten Überraschung wich ein bodenloser Zorn. Filippo hatte Heydenreich zwar schon vom ersten Moment an gehasst. Aber jetzt wäre er ihm am liebsten an die Gurgel gesprungen. Seine Wut nützte ihm allerdings nichts – im Gegenteil: Filippo erinnerte sich an Coniglios Worte und hämmerte sich ein, ruhig zu bleiben. Also überwand er seine Emotionen und antwortete ebenso spontan, wenn auch nicht ganz frei von Spott: «Sie sehen, so spielt eben das Leben. Ich frage mich nur, welche Gründe mich hierher in dieses gottverlassene Kaff führen? Eigentlich wünschte ich mir nur, meinen Reisepass wieder zu bekommen. Wissen Sie vielleicht, wer ihn hat?»

Heydenreich überging die Anspielung und entgegnete: «Ihren Pass bekommen Sie, wenn Sie mich nicht wieder an der Nase herum führen.»

«Wieso? Hatte ich Sie schon mal an der Nase herum geführt?» Filippo mimte den Naiven.

«Also hören Sie, tun Sie nicht so ahnungslos. Sie wissen genau, dass ich mit Ihnen noch eine Rechnung offen habe, und ich garantiere Ihnen, ich werde sie noch begleichen und Sie der Lüge überführen.»

«Bedaure; ich weiss immer noch nicht, wovon Sie sprechen», log Filippo und staunte über sich selber, wie überzeugend er wirkte.

«Na ja, wir werden sehen. Setzen Sie sich!» Heydenreichs Gesicht zeigte eine Spur von Schadenfreude. Er wies auf den Stuhl, der seinem Arbeitsplatz direkt gegenüber stand.

«So, und jetzt raten Sie mal, wer uns jetzt gleich besuchen wird.»

Heydenreich nahm den Telefonhörer zur Hand, wählte eine Nummer und sprach nach einer Weile: «Sie können ihn vorführen.»

Filippos Neugierde wuchs. Jetzt war er wirklich gespannt, mit wem er konfrontiert werden sollte. Während sie warteten, sprach keiner ein Wort. Nach einer Weile nahm Heydenreich Filippos Reisepass demonstrativ zur Hand, der vor ihm auf seinem Schreibtisch lag.

Filippo starrte darauf in der Hoffnung, ihn so bald wie möglich zurück zu bekommen.

«Sie sehen richtig, dies ist Ihr Reisepass.» Heydenreichs Zynismus steigerte sich. «Den bekommen Sie, wenn wir quitt sind.»

Bevor Filippo darauf etwas erwidern konnte, klopfte es an der Tür. Nach einem laut gesprochenem «Herein» öffnete sich die Tür. Ein Beamter schob einen Mann vor sich her: Cosimo!

Filippos Herzschlag stockte, als er seinem Freund gegenüber stand, gekleidet in einen viel zu weiten schwarz-weiss gestreiften Drillichanzug, die Hände auf den Rücken gebunden. Über der linken Brust prangte ein mit Zahlen aufgenähtes Etikett.

«Mein Gott. Wie ist das möglich?», dachte Filippo und versuchte, die Überraschung so gut wie möglich zu verbergen. Alles hatte er für möglich gehalten, nur nicht Cosimo hier anzutreffen.

«Da staunen Sie! Was sagen Sie nun?» Heydenreichs Gesicht nahm einen triumphierenden Ausdruck an, der nicht zu überbieten war. Es schien, als wollte er sich am liebsten, einem männlichen Orang-Utan gleich, mit beiden Fäusten auf die Brust klopfen.

Müde blickte Cosimo ihm entgegen und Filippo fragte sich entsetzt: *«Ist das mein Freund aus der fernen Heimat? Nein! Das ist ja nur noch ein Schatten seiner selbst. Was haben diese Schweine dir nur angetan?»* Filippo war erschüttert, doch realisierte er geistesgegenwärtig die Gefahr, in der er sich jetzt befand. *«Jetzt nur keine Fehler begehen»*, schoss es ihm durch den Kopf.

Filippo versuchte, die angefangenen Gedanken schon gar nicht zu Ende zu denken. Vielmehr war er darauf bedacht, den Überraschungseffekt geschickt zu überspielen und hoffte, Heydenreich hätte seine erste Verunsicherung nicht wahrgenommen.

Betont gleichgültig wandte sich Filippo von Cosimo ab und fixierte Heydenreich. Dieser merkte aber, dass Filippo ihm irgendein

Theater vorspielte. Erneut stellte er eine Frage: «Freuen Sie sich nicht, einen alten Bekannten wieder zu sehen.»

«*Diese Frage musste ja kommen*», dachte Filippo, «*aber so leicht kriegst du mich nicht.*» Filippo blieb gefasst. «Was soll das Theater? Wer ist dieser Mann?», fragte Filippo und hoffte, Cosimo würde das Spiel mitmachen.

«*Picchio Rosso* – Sie lügen schon wieder!» Heydenreichs Ton verschärfte sich.

Jetzt ging Filippo aufs Ganze: «Ich verbitte mir solche Unterstellungen. Geben Sie mir nun sofort meinen Pass zurück und verschonen Sie mich mit diesem Schabernack.»

«Gut, wie Sie meinen. Wir haben schon andere Kaliber gefügig gemacht.» Heydenreich nahm erneut den Telefonhörer zur Hand und befahl nach einer Weile: «Herbert, Sie können jetzt die beiden Männer abführen. Sie wissen, das übliche Prozedere.»

Filippos Geduld war nun endgültig erschöpft. Gehässig fuhr er dazwischen: «Ich wünsche nun endlich eine Erklärung, was das Ganze hier soll. Wenn ich nicht sofort meinen Reisepass zurückbekomme, verlange ich ein Gespräch mit dem Schweizer Konsul. Ich bin ein unbescholtener Schweizer Bürger, und Sie halten mich hier ungerechtfertigt fest, Gott weiss, warum. Das muss ich mir nicht bieten lassen – auch von Ihnen nicht.»

Heydenreich blieb gelassen und lachte, als er den Hörer auf die Gabel zurücklegte: «Sie werden es schon noch erfahren, weshalb Sie hier sind. Begnügen Sie sich erst einmal mit unserer Gastfreundschaft.»

Bevor Filippo reagieren konnte, wurde er von hinten am Arm gefasst und unsanft vom Stuhl gezerrt. Zwei uniformierte Beamte führten Cosimo und Filippo ab.

Fieberhaft dachte Filippo nach, wie er Cosimo klar machen konnte, dass sie sich auf keinen Fall als Freunde zu erkennen geben durften.

Auf dem Flur ergab sich eine passende Gelegenheit. Leise sprach er Cosimo in ihrer Muttersprache an und flüsterte ihm zu, er solle um Himmels Willen das von ihm begonnene Spiel weiter spielen.

Cosimos Antwort war ebenso knapp wie beruhigend: «Capito; ich halte dicht, sie wissen von nichts.»

Einer der Beamten bemerkte die leise Unterhaltung und schrie dazwischen: «Ruhe! Hier wird auch nicht geflüstert!»

Der Wachtmann hatte nicht verstanden, was sie gesprochen hatten. Zumindest schien es Filippo so. Ihre Begleiter nahmen sich selber viel zu wichtig, als dass ihnen für logisches Denken Zeit übrig bliebe.

Am Ende des Flurs trennten sich ihre Wege. Filippo wurde eine Etage höher geführt, während Cosimo mit dem anderen Beamten die Treppe nach unten ging.

Filippos Begleiter hielt vor einer Tür. Er zeigte auf das kleine Zahlenschild oben an der Türe und gab pflichtgemäss die Anweisungen, wie man es ihm vermutlich eingetrichtert hatte: «Da drinnen befinden sich ein Klappbett, ein Tisch und ein Stuhl sowie ein Klo und eine Waschgelegenheit. Ich rate Ihnen, befolgen Sie die Hausordnung. Sie steht auf der Innenseite der Türe. So – und nun wünsche ich Ihnen einen angenehmen Aufenthalt.» Der Beamte schloss die Tür auf und öffnete sie.

Im knapp zwei mal vier Meter grossen Raum erblickte Filippo tatsächlich das eben geschilderte Mobiliar und realisierte nun erst, dass er anstatt das Fotohandwerk zu erlernen, jetzt ein Gefangener der Gestapo war. Der Beamte schubste ihn in die Zelle. Widerwillig sah sich Filippo in dem kleinen Raum. Das kleine vergitterte Fenster gegenüber der Türe liess gerade mal soviel Licht hinein, dass die Gegenstände bei Tag noch zu erkennen waren. An der Decke baumelte hoch oben eine Glühbirne, die allerdings ohne eine Leiter nicht zu erreichen war. An der rechten Wand befand sich eine hochgeklappte, mit einem Schloss gesicherte Pritsche. Gegenüber standen ein roh gezimmerter Holztisch und ein ebenso grober Schemel. Links hinter der Zellentür erblickte Filippo einen Kübel, der die Latrine sein musste. Der Deckel liess sich abnehmen. An die Wände waren allerlei Sprüche und Wörter gekritzelt. In dieser Zelle hatten offenbar schon viele arme Kerle geschmort, die ihr Schicksal mit solchen Schreibereien ein wenig angenehmer machen wollten.

Fassungslos setzte sich Filippo auf den einzigen Schemel, und wie er da sass und ungläubig seine neue Behausung betrachtete, hörte er, wie die Türe hinter ihm von aussen abgeriegelt wurde.

Seinen ersten Tag in Hamburg hatte er sich wirklich anders vorgestellt.

⌘

Volle vier Tage schmorte Filippo in der engen Zelle, ohne Angaben von Gründen, weshalb man ihn hier festhielt. Zweimal am Tag erhielt er eine dünne Suppe mit etwas Brot. Jeweils am frühen Morgen wurde ihm ein Kübel voll mit Wasser in die Zelle gestellt. Daraus entnahm er einen kleinen Vorrat als Trinkwasser. Mit dem Rest reinigte er das Klo, nachdem er seine Fäkalien in einen zweiten Kübel geleert hatte. Filippo ekelte sich jedes Mal über den Gestank und war jedes Mal erleichtert, wenn der Kübel gegen Abend vom Gefängnsipersonal abgeholt wurde.

Anfänglich versuchte er den für ihn zuständigen Wärter zu fragen, wie das mit ihm hier weiter gehen sollte. Von diesem aber war gar nichts zu erfahren. Der Aufseher war entweder stur oder dermassen abgerichtet worden, dass aus ihm nichts heraus zu bekommen war – oder er wusste tatsächlich von nichts. Selbst seine Beteuerungen, dass er Schweizer Staatsbürger sei und man ihn hier zu Unrecht festhielt, halfen nichts.

Es war zum Verzweifeln. Aber warum nur hielt man ihn hier fest? Was bezweckte Heydenreich damit? War dies vielleicht eine späte Rache, nur weil Filippo damals schlauer gewesen war, als die ganze SS zusammen? Und weshalb befand sich Cosimo hier? Die Fragen bohrten sich in sein Hirn, ohne dass klare Hinweise folgten. Nur Coniglio wusste darauf eine Antwort: «*Poppy, suche nicht zu weit. Das ist reine Zermürbungstaktik. Die wollen dich auf diese Weise weich klopfen. Aber halte durch; die haben keine Beweise gegen dich.*»

Filippo erkannte, Coniglio hatte Recht. Trotzdem ergab alles noch keinen Zusammenhang. Zwar erinnerte sich Filippo, dass Cosimo einmal erzählt hatte, sein Vater lebte in Deutschland und wäre in arge Schwierigkeiten geraten. Aber welche Art von Schwierigkeiten war das? Verschwieg er ihm etwas? Vielleicht bestand hier ein Zusammenhang? Die Ungewissheit und das Warten auf Antworten auf seine Fragen liessen ihn kaum schlafen. Er versuchte es mit Turnübungen, um sich müde zu machen und um sich von den allgegenwärtig bohrenden Fragen abzulenken. Nach und nach verlor er jedes Zeitgefühl. Nicht einmal Coniglio meldete sich mehr. Einzig das Licht vor dem Fenster verriet ihm, ob es Tag oder Nacht war. So schlief er bald auch am Tag. Es gehörte offenbar zur Taktik, Internierte solange in Isolationshaft zu stecken, bis ihr Zeitgefühl verloren ging.

Als es Filippo auf der harten Pritsche, eingehüllt in der nach Sperma riechenden, dünnen Wolldecke wieder einmal geschafft hatte, einzuschlafen, wurde die Türe zu seiner Zelle krachend aufgeschlossen.

«Aufstehen!» Der Aufseher liess Filippo keine Chance, den Schlaf aus dem Gesicht zu schütteln. Unsanft riss er ihn von der Pritsche, so dass er auf den Boden fiel.

Ein zweiter Beamte kam hinzu. Vereint hoben sie ihn hoch. Mehr stolpernd als gehend, versuchte Filippo das Tempo mitzuhalten. Filippo wusste zunächst überhaupt nicht, was ihm geschah. Mechanisch folgte er den Anweisungen.

Im selben Raum, wo Heydenreich ihn vor einigen Tagen empfangen hatte, stand wieder der Stuhl, auf dem er schon einmal gesessen war. Man fesselte ihn nun an die Lehne. Seine Füsse wurden ebenfalls zusammengebunden. Filippo hatte keine andere Möglichkeit, ausser sitzen zu bleiben und den Dingen zu harren, die da kommen sollten.

Der Raum war verdunkelt. Eine Schreibtischlampe vor ihm brannte. Das Licht war direkt auf ihn gerichtet. Geblendet schloss Filippo die Augen. Der Raum verlor jede Kontur.

Eine Weile sass er so, als plötzlich von weit her Heydenreichs Stimme erklang: «Na P*icchio Rosso*, wie gefällt es Ihnen bei uns?»

Filippo erwiderte nichts, hatte aber trotz der geschlossenen Augen seine sieben Sinne wieder unter Kontrolle. Er konzentrierte sich, wie er sich jetzt am besten verhalten sollte. Vermutlich empfahl es sich, momentan nicht auf solche Fragen einzugehen. Das Verhör verfolgte bestimmt andere Ziele, als sich bloss nach seinem Befinden zu erkundigen. Er kannte die Methoden der Gestapo vom Hörensagen. Justus von Richtfeld hatte ihm auch schon davon erzählt.

Heydenreichs Stimme liess nicht locker und spottete weiter im selben Ton: «Vermissen Sie den Hotelkomfort? Sehen Sie, dies hier ist nun mal unsere Art, Gäste zu verwöhnen.»

In gleicher penetranter Weise setzte sich der Monolog Heydenreichs eine Zeit lang fort. Sein Zynismus triefte immer mehr und war bald nicht mehr zu überbieten. Filippo hoffte nur, er hörte damit auf, um endlich zu erfahren, welche Absichten wirklich dahinter steckten, und hoffte, dass den Worten nicht noch körperliche Qualen folgen würden. Trotzdem schwieg Filippo weiter. «*Jetzt sich nur nicht provozieren lassen*», hämmerte er sich wieder ein und versuchte, hinter dem Licht das Gesicht Heydenreichs zu erkennen.

Dieser beendete jedoch abrupt die hohnvolle Einführung und kam endlich zum Thema: «Ich kann mir denken, Sie wissen tatsächlich nicht, weshalb wir Sie hier festhalten. Aber freuen Sie sich nicht zu früh. Wir kennen Sie besser, als es Ihnen lieb ist.»

«*Aha.*» Filippo schöpfte Hoffnung und hörte seinen Worten wachsam zu. Äusserlich gab er sich gelassen. So gut es ihm die Fesseln erlaubten, hob er den Kopf und schaute mit ruhigem Blick in die Richtung, aus der Heydenreichs Stimme kam. Mit fester Stimme entgegnete Filippo: «Mag sein, dass Sie viel über mich wissen. Ich weiss auch viel über Sie. Aber was ich überhaupt nicht weiss, ist, weshalb ich hier festgehalten werde. Es scheint mir, als sei ich euer Staatsfeind Nummer Eins. Ich verlange sofort einen Kontakt zum Schweizer Konsulat.»

Heydenreich brach in schallendes Gelächter aus, dass es im Raum nur so dröhnte. «Ha ha ha! Ich habe schon schlechtere Witze gehört. Jetzt hören Sie mal gut zu.» Heydenreich trat jetzt aus dem Hintergrund hervor und kam auf Filippo zu. Als er vor ihm stand, starrte er ihm bedrohlich in die Augen: «Wir halten Sie hier fest, weil Sie unserem nationalsozialistischen Staat und der Arbeiterpartei des Führers schon zu viel Schaden zugefügt haben. Eigentlich sollte man Sie standrechtlich auf der Stelle erschiessen.» Heydenreichs Stimme überschlug sich.

Filippo lief es eiskalt den Rücken hinunter. Seine Handflächen begannen feucht zu werden. Ein eigenartiges Kribbeln machte sich in seinem Nacken bemerkbar. Trotzdem fragte er mit fester Stimme: «Was soll ich angestellt haben? Das müssen Sie mir schon genauer erklären.»

«Spielen Sie nicht den Naiven. Es wäre für Sie ohnehin besser, wenn Sie endlich zur Wahrheit finden. Ihr italienischer Freund hat es nämlich vorgezogen, alles zu gestehen, was er wusste.»

«Welcher italienische Freund? Ich habe hier keine Freunde.» Die Antwort darauf war ein harter Schlag von hinten, der ihn voll auf die rechte Schulter traf. Sein Kopf flog nach vorn, so dass er beinahe vom Stuhl kippte.

«Ich will es Ihnen gerne erklären. Ihr Freund Cosimo hat nämlich gestanden, seinerzeit zusammen mit ihnen das Gold geklaut zu haben.»

«Welches Gold?» Filippo rollte die Schulter, um den Schmerz zu lindern. Jetzt wusste er wenigstens, worum es ging. Irgendwie hatte er es ja vermutet, dass nur dies der eigentliche Grund seiner Verhaftung gewesen sein konnte.

Ohne auf die Frage einzugehen, fuhr Heydenreich fort: «Ausserdem lieben wir es nicht, wenn sich jemand in unsere Angelegenheiten einmischt und uns ausspioniert.»

«Was soll ich? Spionieren? Für wen soll ich was ausspionieren?» Ein zweiter Schlag folgte. Filippo wurde es übel. Sein Kopf hing nun nach vorne.

Heydenreich liess nicht locker: «Militärische Geheimnisse sind doch ihre Spezialität, oder für welche Zwecke sonst haben sie Ihren Fotoapparat mitgebracht?»

«*Aha, daher weht der Wind!*» Filippo ging ein Licht auf. «*Die denken doch tatsächlich, weil ich im Besitz eines Fotoapparats bin, sei ich ein Spion. Wenn die das so sehen, na dann ... dann kann ich mich ja auf was gefasst machen.*» Kalter Angstschweiss machte sich auf Filippos Stirn bemerkbar.

Übergangslos wechselte Heydenreich in eine verbindlichere Tonart: «*Picchio Rosso*! Sie hatten bisher nur dank der Protektion des Barons unerhörtes Glück gehabt. Aber glauben Sie mir, der Einfluss Ihres Übervaters ist beschränkt. Jetzt bestimmen wir die Spielregeln!»

«Und die wären?», fragte Filippo immer noch selbstsicher.

«Stellen Sie sich nicht dumm. Ab jetzt arbeiten Sie für uns. Sie können sich aber auch weigern, nur dann – ach was! Dazu brauch ich Ihnen wohl kaum etwas zu erklären. »

Filippo zwang sich ein gequältes Lachen ab: «Ach so, Sie denken, ich sei ein Spion, und jetzt soll ich auch noch für Sie arbeiten? Da liegen Sie aber völlig falsch. Ich habe Ihnen ja schon mehrmals gesagt, der Fotoapparat ist ein Geschenk des Barons, und ich kam nach Hamburg, um mich zum Fotograf ausbilden zu lassen. Wenn Sie meinen, ich sei zum Spionieren hierher gekommen, dann sind Sie auf dem falschen Dampfer.»

«Und wie erklären Sie sich diese Bilder, die wir vom Film in Ihrer Kamera entwickelt haben?» Heydenreich trat in den Lichtkegel der Lampe und hielt ihm eine Fotografie vor das Gesicht.

Aufmerksam betrachtete Filippo das Bild. Darauf war ein mobiles Feldgeschütz abgebildet, wie er solche noch von seiner Militärdienstzeit her kannte. «Was soll das? Die Kamera war fabrikneu, als ich sie bekommen habe. Damit konnten noch gar keine Bilder geknipst worden sein. Ich wüsste nicht einmal, wie ich einen Film einlegen müsste. Und überhaupt, solche Bilder können jedem Militärarchiv entnommen worden sein.»

Das war zuviel; der dritte Schlag traf ihn von hinten wesentlich härter, als die vorhergehenden. Für einen Moment verlor Filippo das Bewusstsein.

Als er wieder bei Sinnen war, hörte er noch, wie Heydenreich mit greller Stimme schrie: «Werden Sie nicht frech! Meine Geduld geht langsam zu Ende. Ich sage Ihnen nun, weshalb Sie nach Hamburg gekommen sind. Sie wollten sich mit ihrem italienischen Freund treffen und mit ihm zusammen für sein Land spionieren. Die Fotografie hier hat Sie aber beide verraten. Ist Ihnen eigentlich bewusst, was wir mit Leuten wie Sie machen?»

Filippo schwieg. Natürlich kannte er die Antwort. Er vermied es, daran zu denken.

«Ich gebe Ihnen aber noch eine allerletzte Chance. Erzählen Sie mir nur, wer hinter diese Schweinerei damals in den Bergen gesteckt hatte.»

Filippo zeigte sich unwissend: «Ich weiss nicht wovon Sie reden. Da hätte ich schon mehr Gründe, um zu erfahren, was damals im Hotel vorgefallen war...», blickte Heydenreich zornig in die Augen und fügte an: «...als Sie zusammen mit ihrem schwulen Freund versucht haben, das weibliche Hotelpersonal zu bumsen?»

Diese Bemerkung war für Heydenreich eindeutig zu viel. Der vierte Schlag traf Filippo voll am Kopf. Der harte Gegenstand, der ihm von hinten über den Scheitel geschlagen wurde, rutschte seitlich ab und streifte das rechte Ohr. Kurz darauf spürte Filippo, wie ihm warmes Blut in den Kragen lief.

Heydenreichs Stimme nahm jetzt eine höchst bedrohliche Tonart an. Hasserfüllt zischte er zwischen den Zähnen hervor: «Seien Sie vorsichtig, was Sie sagen. Denken Sie daran, Ihr Freund hat gestanden. Da verbleiben Ihnen wenig Alternativen.»

«Und ich sage Ihnen nochmals, ich habe hier keine Freunde.» Obwohl Filippo der Verzweiflung nahe war, versuchte er sich zu beherrschen.

Das darauf folgende Schweigen liess Filippo aber doch vermuten, dass Heydenreich bisher nur geblufft hatte. Leise schöpfte er

Hoffnung. Es verfügte vermutlich tatsächlich über keine Beweise, wie er damals Alfons diese Schlappe verpasst hatte.

«Bringen Sie ihn zurück in die Zelle!», befahl Heydenreich nach einer Weile dem zweiten Mann, der während des Verhörs hinter ihm gestanden und ihm vermutlich auch die Schläge verpasst hatte. «Wir sehen uns in einigen Tagen wieder.» Heydenreich verliess den Raum, ohne weitere Fragen zu stellen. Daraufhin wurden Filippo die Fesseln abgenommen. Unter Aufsicht brachte man ihn in die Zelle zurück.

Filippo fühlte sich elend. Am Boden hockend legte er den Kopf in die Hände, die Arme auf den Knien aufgestützt. Die Schmerzen waren schier unerträglich. Er war dem Weinen nahe. Unsägliches Heimweh machte sich bemerkbar. Doch um Tränen zu vergiessen reichte es nicht. Sein Selbsterhaltungstrieb war stärker als alles andere.

Trotzig versuchte er klare Gedanken zu fassen. Um sich abzulenken, zog er den Wasserkübel zu sich. Von seinem Hemd riss er einen Fetzen Stoff ab und legte ihn ins Wasser. Danach benetzte er damit die Wunde, welche ihm der Schlag über seinem Ohr aufgerissen hatte. Das kühle Nass linderte wenigstens die Schmerzen.

Langsam kehrten Filippos Sinne zurück. Erneut fragte er sich, was die Gestapo mit seiner Inhaftierung überhaupt bezweckte. Filippo wurde das Gefühl nicht los, dass dahinter eine klare Absicht stand. Er war bald einmal überzeugt, man wolle ihn nur für irgendetwas gefügig machen. Als entlarvten Spion hätte man ihn vermutlich bereits exekutiert. Von Justus von Richtfeld wusste er, mit Staatsfeinden fackelte die Gestapo nicht lange.

Wie er diesen Spekulationen nachging, kam ihm der Gedanke, Heydenreich wolle ihn als Doppelagenten gewinnen. Dafür brauchte die Gestapo aber Argumente. Die beste Methode dafür war, einige Scheinbeweise aufzubauen und ihn anschliessend zu zermürben. Bis hierher stimmten seine Vermutungen. Sie benötigten offenbar nur noch den Beweis dafür, dass er hinter dem Komplott mit dem Goldtransport gesteckt hatte.

Gegen Abend kam ein Aufseher in seine Zelle und klappte die Pritsche von der Wand. Filippo legte sich darauf und streckte seine geschundenen Glieder. Es dauerte nicht lange, bis er eingeschlafen war.

Tief war der Schlaf jedoch nicht. Ständig meldete sich Coniglio und sprach ihm Mut zu: «*Hey Poppy! Denk daran: Nachts weilen die Sorgen, die Freude kommt am Morgen.*»

Gegen Tagesanbruch verfiel er trotz allem in einen Tiefschlaf, der ihm die Sorgen wenigstens vorübergehend vergessen liess.

⌘

Im Hotel auf dem Monte Verità liess die Gestapo durch Verbindungsleute das Gerücht verbreiten, Filippo sei in Hamburg gut angekommen, und er sei mit neuen Aufgaben bereits so beschäftigt, dass er kaum an zuhause denken könnte. Diesen Meldungen schenkte Cynthia jedoch keinen Glauben. Sie kannte ihren Bruder. Normalerweise hätte er ihr spätestens am Abend nach seiner Ankunft eine Nachricht gesendet, dass alles in Ordnung wäre.

Da sie nun schon seit mehreren Tagen kein Lebenszeichen von ihm erhalten hatte, war sie äusserst beunruhigt. Sie war überzeugt, Filippo steckte in Schwierigkeiten. Sie suchte daher den Kontakt zu Justus von Richtfeld auf, der ihr bestimmt bei der Suche nach ihrem Bruder weiter helfen konnte. Nach einigen Schwierigkeiten verschaffte ihr der Concierge die Gelegenheit, mit Herrn von Richtfeld zu telefonieren. Er hielt sich zu diesem Zeitpunkt in München auf. Cynthia erzählte ihm von ihren Sorgen.

Seltsamerweise zeigte sich Justus von Richtfeld nicht sonderlich überrascht. Er wunderte sich nur, dass über die lange Zeit überhaupt kein Lebenszeichen von Filippo gekommen war. Er versprach ihr, der Sache nachzugehen und ihr so rasch wie möglich zu berichten.

Das Gespräch lag nun schon zwei Tage zurück, als Herr von Richtfeld vom Baron erfuhr, dass das Verschwinden von Filippo vermutlich im Zusammenhang mit einer von der Gestapo inszenierten Aktion stünde, die in einigen Wochen durchgeführt würde.

Danach sollte eine Sondereinheit verschiedenes, von jüdischen Kaufleuten und Familien konfisziertes Raubgut ins Ausland bringen, um es auf den internationalen Markt zu verkaufen. Darunter befanden sich auch etliche Kunstgegenstände. Die Gewinne sollten gewaschen und schliesslich in die Staatskasse fliessen.

Diese Hinweise behielten der Baron und Justus von Richtfeld vorläufig für sich. Es wäre auch zu gefährlich gewesen, wenn zu viele Personen von dieser Aktion gewusst hätten. Filippo hätte dies auch mehr geschadet als genützt, zumal die wahren Gründe für seine Gefangennahme nur wenigen bekannt waren. Da er sich jedoch in den letzten Monaten zu einem weitherum bekannten Kunstexperten gemausert und dabei auch die übelsten Hehler von ganz Westeuropa kennen gelernt hatte, erschien es durchaus logisch, dass die Wahl für diese Operation ausgerechnet auf Filippo gefallen war.

Durch seine Mittelsmänner suchte der Baron den direkten Kontakt zur Gestapo. Auch ihm war es offensichtlich ein Anliegen, zu wissen, wo Filippo sich befand. Er bat daher die dafür zuständigen Stellen um Unterstützung bei der Suche, obwohl er sich der Sache eigentlich sicher war, dass die Gestapo sehr wohl über den Aufenthaltsort von Filippo Bescheid wusste.

Die Meldung erreichte im Netz des gut ausgebauten Nachrichtendienstes der Staatspolizei schliesslich auch das Reichssicherheitshauptamt in Neuengamme. Die Bürokratie der Ämter funktionierte tatsächlich mit deutscher Gründlichkeit. Kaum eine Information, die von einer Amtsstelle nicht rapportiert oder in einer Aktennotiz festgehalten worden war, blieb irgendwo ungelesen liegen. Alles und jedes wurde weitergereicht und vor allem von Diensthabenden befolgt. Demgemäss grenzte es an nicht an ein Wunder, als Heydenreich, wie jeden Vormittag bei Dienstantritt, die eingegangenen Meldungen sofort zur Hand nahm und diese noch vor dem Schreibtisch stehend nach ihrer Dringlichkeit selektionierte. Unter der heute eingegangenen Post fiel ihm somit auch die Vermisstmeldung eines gewissen Filippo Negri auf. Der Meldung entnahm er weiter, dass sachdienliche Hinweise der Polizeihauptdienststelle für Vermisste in Hamburg zu melden seien.

Heydenreich schüttelte den Kopf und konnte es vor allem nicht verstehen, weshalb der zentrale Sicherheitsdienst die Verhaftung von Filippo Negri nicht zur Kenntnis genommen hatte und diese Person nun als vermisst meldete. Die Inhaftnahme war doch vorschriftsgemäss der Zentrale gemeldet worden.

«*Schlamperei*», sagte er vor sich hin und überlegte, welche Gründe hinter dem Versagen stecken könnten. Um sich unter den gegebenen Umständen aber nicht eine Blösse zu geben, überlegte er sich die nächsten Schritte genau. Heydenreich kam zur Einsicht, dass es damals, als sie Filippo verhaftet hatten, vermutlich ein Fehler gewesen war, ihn nicht nach Hause berichten zu lassen, dass er in Hamburg gut angekommen sei.

Über diese Unterlassung ärgerte er sich im Nachhinein, «*doch ist noch nicht aller Tage Abend*», sagte er sich und beschloss, Filippo diese Gelegenheit nachträglich zu geben. Beim nächsten Verhör sollten ihm daher Papier und Bleistift zur Verfügung gestellt werden, um eine entsprechende Botschaft verfassen zu können. Die Zensur würde schliesslich schon dafür sorgen, dass keine verfänglichen Meldungen nach aussen gelangten. Nötigenfalls würde er Spezialisten einsetzen, um den Brief so zu verfälschen, dass der oder die Empfänger keinen Verdacht schöpften.

Gedacht – getan: Als Filippo zwei Tage später Heydenreich erneut zum Verhör vorgeführt wurde, eröffnete man ihm, seine Schwester hätte ihm geschrieben. Man teilte ihm mit, dass sie sich angeblich sehr um ihn sorgte und dass sie erbost sei, dass er ihr seither noch nicht geschrieben hätte.

Als Filippo davon unterrichtet wurde und es ihm verweigert wurde, das Schreiben seiner Schwester zu sehen, vermutete er richtigerweise eine neue Falle. Woher auch sollte Cynthia seinen genauen Aufenthaltsort kennen?

Trotzdem nahm er die Gelegenheit wahr und erhoffte sich, damit endlich ein Lebenszeichen senden zu können. Vielleicht war dies überhaupt die einzige Chance, endlich frei zu kommen. Für ihn war es klar, die Mitteilung war als *Kassiber*[1] abzufassen, und zwar so, dass es selbst die Zensur der Gestapo nicht entschlüsseln konnte.

⌘

Mit zitternden Händen öffnete Cynthia den Briefumschlag. Zweifellos, die Handschrift war die ihres Bruders. Eilig überflog sie die Zeilen. Doch nachdem sie den Brief flüchtig zu Ende gelesen hatte, kamen ihr erste Zweifel. Ein solches Geschreibsel entsprach doch überhaupt nicht dem Stil ihres Bruders. Erneut begann sie nochmals von vorn und nahm sich vor, nun alles langsamer und sorgfältiger in sich aufzunehmen.

Sonderbar, auch nachher war sie so schlau wie vorher. Selbst nachdem sie das Schreiben weitere Male gelesen hatte, der Inhalt blieb ihr voller Rätsel.

Nachdenklich legte sie den Brief beiseite. Zwar war sie erleichtert, von ihrem Bruder endlich ein Lebenszeichen zu haben. Aber da war diese seltsame Schreibweise, die überhaupt nicht dem Charakter ihres Bruders entsprach. Wenn Filippo schon mal zur Feder griff, dann wählte er eine weit direktere und verständlichere Redewendung.

Aber das Geschreibsel hier – nein! Dies entsprach ganz und gar nicht seinen Gepflogenheiten. Das bei Cynthia schon anfängliche ungute Gefühl verstärkte sich. Steckte Filippo vielleicht in Schwierigkeiten? Oder was bezweckte er damit?

Kritisch nahm Cynthia den Brief nochmals zur Hand und las ihn halblaut vor sich hin murmelnd langsam Wort für Wort durch:

Cara Sorella

Asche über mein Haupt und verzeih mir, wenn ich solange nichts von mir hören liess. Aber das Leben in Hamburg ist abenteuerlich. So etwas hatte ich

---

[1] Kassiber (jidd. *kessaw* «Geschriebenes»): verbotene und deswegen geheim gehaltene schriftliche Mitteilung eines Gefangenen an andere Gefangene oder aus dem Gefängnis heraus an die Aussenwelt.

in der Tat noch nie erlebt. Da wird die Nacht zum Tag und die Tage können völlig dunkel sein.

Selbst durch die Fotografie habe ich eine völlig andere Seite des Lebens erkannt. Was du im Bild festhalten willst, muss von der Sonne beschienen sein, damit dein Schatten von dir fällt und du direkt ins Licht sehen musst.

Das vor Dir stehende Bild ist aber erst das Negativ. Beim Kopieren des Bildes werden die weissen zu schwarzen und die schwarzen zu weissen Flächen - Du musst nur die Vorzeichen kehren.

Kompliziert was? Wenn ich wieder bei dir bin, werde ich es dir erklären. So wie damals an Vaters Geburtstag, als ich dir zu erklären versuchte, warum uns Mutter immer und immer wieder ermahnte, vermehrt in der Bibel zu lesen. Nur über diese Schrift erfährst du den wahren Wert des Lebens. Weisst du noch, wie du an Vaters Geburtstag darüber "Sprüche" machtest?

Ich wünschte, ich könnte Mutter bei ihrem nächsten Geburtstag darüber erzählen und sie fotografieren.

Wie geht es Papa? Leidet er noch über Mutters Tod? Grüss ihn von mir.

*Und wenn du mir schreiben möchtest, sende den Brief einfach an meine Wohnadresse in der **Ge**meinde Neuengamme, einem Vorort der **Sta**dt Hamburg, aber bitte sende alles **po**stlagernd.*

Ich hoffe, die ersten Eindrücke meines Aufenthaltsorts und der Brief erfreuen dich.

In Liebe, dein Poppy.

Zweifellos, der Brief stammte von Filippo. Nur er kannte seinen eigenen Kosenamen. Aber je länger sie über den Inhalt nachdachte, desto mehr gelangte sie zur Überzeugung, in den Zeilen steckte eine verschlüsselte Botschaft. Sie nahm sich vor, ihn nach Dienstschluss nochmals zu lesen, und zwar so lange, bis sie begriff, was ihr Bruder ihr tatsächlich mitteilen wollte.

Sorgfältig faltete sie das Schreiben zusammen, steckte es in den Umschlag zurück und versorgte es in ihrer Schürzentasche. Bis zum Feierabend dauerte es allerdings noch einige Stunden. Unterdessen kreisten ihre Gedanken immerzu um den Brief. Von Zeit zu Zeit zog sie den Umschlag aus der Tasche, las die Zeilen abermals und versuchte sie zu verstehen.

Sie zwang sich zur Logik. Aber warum um alles auf der Welt, beschrieb er ihr die Technik der Fotografie so detailliert und versuchte sie in einem Schwarz-Weiss-Bild zu zeichnen? Und was wollte er ihr damit sagen: *Sie müsste nur die Vorzeichen kehren?* Für Cynthia ergab dies alles keinen Sinn.

Nach Dienstschluss eilte sie auf direktem Weg nach Hause. In ihrem Zimmer angelangt, begab sie sich zum Fenster und öffnete es. Tief sog sie die würzige Abendluft in sich hinein und erhoffte sich, dadurch zur Erleuchtung zu gelangen – erfolglos!

Sie beschloss zunächst eine kleine Mahlzeit zu sich zu nehmen. Lustlos kaute sie, während der Brief neben ihr auf dem Tisch lag. Die Worte kannte sie inzwischen auswendig. Der Inhalt blieb ihr allerdings nach wie vor unverständlich.

Mitternacht war längst vorüber. Inzwischen hatte sich ihre Vermutung immer mehr erhärtet, dass die Botschaft ein Hilferuf mit Hinweisen war, wie man ihm helfen konnte. Filippo steckte bestimmt in argen Schwierigkeiten! Wenn es anders wäre, hätte er Klartext geschrieben und nicht um den Brei herum geredet.

Cynthia begann die Sätze in allen möglichen Betonungen laut vor sich hin aufzusagen und sie auf ihre Bedeutungen hin zu interpretieren. Rätselhaft blieben ihr vor allem die umständliche Erklärung des «Negativs», und weshalb dieses im positiven Licht stehende fotografische Endresultat ihr zeigen sollte, dass der Inhalt des Briefs mit umgekehrten Vorzeichen zu lesen sei. Sollte dies ein Hinweis sein, dass er in Hamburg gar nicht so wohlbehütet war, wie er schrieb? Und weshalb erwähnte er ausgerechnet Vaters Geburtstag und Mutters Ermahnung, sie sollten vermehrt in der Bibel lesen? In der Tat, über Mutters Ratschläge klopften sie oft Sprüche – aber niemals, um ihre Religion zu verunglimpfen, zumal Mutter eine strenggläubige Katholikin war, die ihre geistige Nahrung regelmässig in der heiligen Schrift gefunden hatte.

Sie erinnerte sich noch gut, wie sie sich als Kinder oft einen Spass daraus gemacht hatten, die Daten der Geburtstage ihrer Verwandten mit den Sprüchen in der Bibel zu vergleichen. Filippo brachte es bei deren Auslegung zu wahren Meisterleistungen. Bald kannte er alle Bibelverse auswendig, die mit den Geburtsdaten im Zusammenhang standen. Lag des Rätsels Lösung vielleicht im Datum von Vaters Geburtstag? Cynthia verkrallte sich in diesen Gedanken.

Sofort begab sie sich zum Nachttisch und holte die Bibel aus der Schublade, die sie zur Erstkommunion von ihren Eltern geschenkt bekommen hatte. «*Sprüche? Halt! Das könnte es sein*», sprach sie halblaut vor sich hin. «*Die Sprüchesammlung befindet sich im Alten Testament. Aber welchen Spruch könnte er gemeint haben? Vater war an einem 29. Dezember geboren.*» Aufgeregt suchte sie die Stelle im 29. Kapitel.

Als sie die Seiten des vierten Teils der Sprüche des Salomon, des Sohnes Davids, des Königs von Israel aufgeschlagen hatte, war sie überzeugt, diese Zahlenfolge sei der Schlüssel zur Lösung. Der Dezember ist der 12. Monat im Jahr. Aufgeregt las sie den zwölften Vers vor sich hin:

«*Wenn ein Herrscher auf Lügen hört, so werden alle seine Diener zu Schurken.*»

Nach einer Weile des Nachdenkens legte sie das Buch enttäuscht zur Seite und schüttelte den Kopf: «*Nein, das ergibt auch keinen Sinn.*» Nun war sie wieder so schlau wie vorher: «*Welchen Herrscher meinte er nur? Und wer sollten die Diener sein, die zu Schurken würden?*»

Zum zigsten Mal las Cynthia den Brief im gesamten Zusammenhang, bis ihr plötzlich ein weiteres Detail am Schluss des Briefes auffiel, nämlich, dass Filippo von «*ersten Eindrücken seines Aufenthaltsorts*» schrieb. Cynthia suchte nach solchen «*Eindrücken*», stellte aber fest, dass Filippo im Abschnitt, wo er seinen Aufenthaltsort beschrieb, zwar keine Eindrücke im Sinne von Empfindungen nieder schrieb. Aber bei einigen Wörtern waren die Anfangsbuchstaben etwas fetter geschrieben. Langsam reihte sie diese zu einem Wort zusammen: «*Ge-Sta-po*»

Als sie sich der Bedeutung dieses Wortes bewusst wurde, sass der Schock tief. Cynthia begriff nun sofort und erkannte die Zusammenhänge auf einen Blick. Der Brief war ein Kassiber. Kein

Wunder, konnte Filippo nicht Klartext schreiben. Der Brief wäre sonst in der Zensur der Gestapo hängen geblieben.

Für sie bestanden nun keine Zweifel mehr: Filippo befand sich in Gefangenschaft der Gestapo – und somit war es auch klar, *wer die Diener zu Schurken machte, nur weil sie auf ihren Herrscher hörten*. Ebenso verstand sie nun, dass derselbe Brief mit umgekehrten Vorzeichen gelesen, auch eine andere, nicht so positive Bedeutung bekam. Sie beschloss, am kommenden Tag umgehend Justus von Richtfeld anzurufen und ihn zu fragen, wie man den Aufenthaltsort ihres Bruders am schnellsten ausfindig macht und auf welche Weise man ihn befreien könnte.

⌘

Die verschlüsselte Mitteilung hatte Cynthia offenbar richtig interpretiert. Sie telefonierte mit Justus von Richtfeld beinahe eine Stunde lang. Nachdem er vom Inhalt des Schreibens erfahren hatte, teilte er ihre Meinung: Filippo musste ganz tief in Schwierigkeiten stecken. Und er wusste wovon er sprach, denn er kannte die Gestapo und die Mittel, mit denen sie arbeiteten. Besonders stach ihm die Formulierung Filippos ins Auge, wo er schrieb: «...*im Bild etwas festzuhalten ist, muss es von der Sonne beschienen sein, damit dein Schatten von dir fällt und du direkt ins Licht sehen musst.*» Dies könnte durchaus ein Hinweis auf eine der zahlreichen Verhörmethode sein, welche die Gestapo bei Gefangenen oft anwendet. Um sie gefügig zu machen, werden sie von gleissenden Scheinwerfern geblendet. Diese Methode hatte zudem den Vorteil, dass der Verhörende hinter der Lampe im Dunkeln unerkannt blieb.

Was vorher rätselhaft erschien, fügte sich langsam zu einem Bild zusammen: Filippos Verhaftung war – und dabei war sich Justus von Richtfeld mittlerweile sicher – ein Vorwand. Die Gestapo wollte ihn sich bestimmt für irgendeine Aktion nutzbar machen. Selbst in diesen Kreisen war sein Fachwissen nicht unbekannt. Diese These liess sich auch durch ein Gespräch untermauern, welches er vor einigen Tagen mit dem Baron geführt hatte. Schon damals vermuteten beide übereinstimmend, dass das Verschwinden Filippos im Zusammenhang mit einer geplanten Verschiebung von Raubkunst stand. Denn es war in einschlägigen Kreisen schon längst kein Geheimnis mehr, dass einflussreiche Mitglieder der NSDAP von jüdischen Familien Kunstgegenstände konfiszierten und diese über dunkle Kanäle um die halbe Welt verschoben. Dafür benötigten sie jedoch Fachleute, die Unechtes von wirklich Wertvollem zu trennen wussten. In dieser Beziehung sahen sie in Filippo bestimmt den geeigneten Mann.

Diesen Sachverhalt und seine Vermutungen berichtete Justus von Richtfeld sofort dem Baron. Er schlug ihm vor, dass er so rasch wie möglich nach Hamburg reisen wollte. Zunächst aber war abzuklären, wo Filippo genau festgehalten wurde. Sodann sollte herausgefunden werden, welche Pläne die Gestapo mit Filippo tatsächlich verfolgte. Mit der Unterstützung des Barons und seinen Beziehungen zu den obersten Parteiführungsspitzen würde dies bestimmt rasch herauszufinden sein. Cynthia versprach Herrn von Richtfeld, unterdessen nichts zu unternehmen, sich jedoch für Aufträge jederzeit bereit zu halten.

Justus von Richtfeld war sich der Tatsache bewusst, dass Heydenreich von ihrem Eingreifen Wind bekommen könnte, was ihn allerdings nicht weiter störte. Fraglich blieb, wieweit Heydenreich sein eigenes Vorgehen ändern würde.

⌘

Der Nachrichtendienst der Gestapo funktionierte wieder einwandfrei. Kaum hatte der Baron den genauen Aufenthaltsort von Filippo erfahren, allerdings über andere Kanäle als sonst, war am anderen Tag auch schon Heydenreich informiert. Ein leises Lächeln huschte über sein Gesicht, als er von der Zentrale in Berlin erfuhr, der Baron interessierte sich für seinen Gefangenen.

Rätselhaft blieb für ihn allerdings, über welche Verbindungen der Baron von der Inhaftierung Kenntnis bekommen hatte. Offenbar waren seine falsch ausgelegten Spuren nicht raffiniert genug gewesen. Hatte der Baron Verdacht geschöpft?

Er beschloss, die Strategie zu ändern. Das Ziel blieb jedoch dasselbe. Auf die Fähigkeiten und Fachkenntnisse seines Gefangenen wollte er auf keinen Fall verzichten. Für die unmittelbar bevorstehende Aktion war innerhalb der noch zur Verfügung stehenden Zeit ohnehin kein Ersatz von der Qualität eines *Picchio Rosso* zu finden. Heydenreich wusste nur zu gut, wie weit er sich in dieser Sache und besonders gegenüber seinen Vorgesetzten schon vorgewagt hatte. Er beschloss, sich seinen Gefangenen nochmals vorzunehmen.

Um fünf Uhr früh des anderen Tags wurde Filippo erneut zum Verhör geholt. Trotz der frühmorgendlichen Stunde vermutete Filippo bald, dass er heute einer anderen Situation gegenüberstand. Zu diesem Schluss kam er nicht nur wegen des unrasierten Gesichts Heydenreichs, der sonst immer geschniegelt daher kam. Nein! Es waren vielmehr die Umstände, die er im Verhörzimmer antraf: Keine blendenden Scheinwerfer, keine Fesseln mehr – überhaupt, im Vergleich zur bisherigen Behandlung, empfand Filippo den Empfang beinahe angenehm.

Kaum hatte Filippo den Raum betreten, kam Heydenreich schon auf ihn zu und bot ihm an, Platz zu nehmen. Damit waren Filippos Neugier und Misstrauen endgültig geweckt. Äusserlich gab er sich zwar betont lässig und schaute eher gelangweilt in eine Ecke des Raums. Seine Sinne blieben jedoch aufs Äusserste gespannt.

«*Picchio Rosso*», begann Heydenreich im höflichen Plauderton. «Sie haben unwahrscheinliches Glück. Wenn es stimmt, was man mir heute Morgen berichtet hatte, sind Sie peinlicherweise das Opfer einer fatalen Verwechslung geworden. Es hat sich nämlich herausgestellt, dass Sie von jedem Verdacht der Spionage gegen das Deutsche Reich entlastet worden sind. Der Verräter, für den wir sie bisher gehalten hatten, wurde in dieser Nacht auf frischer Tat ertappt und entlarvt.» Heydenreich legte eine wohlwollende Pause ein, um die Wirkung seiner salbungsvollen Worte abzuwarten. Filippo aber zeigte sich unbeeindruckt. «Aber das eine sage ich Ihnen: Bevor wir Sie entlassen, haben Sie Ihre Einstellung gegenüber dem Deutschen Reich noch unter Beweis zu stellen!»

Langsam drehte Filippo den Kopf in Richtung Heydenreich und hielt ihm erstaunt entgegen: «Ist es denn die Möglichkeit? Was verlangen Sie noch von mir? Genügt es Ihnen nicht, was Sie mir schon angetan haben?»

«Ach tun Sie nicht so zimperlich. Wir sind ganz einfach an Ihren Fähigkeiten als Kunstexperte interessiert», präzisierte Heydenreich lakonisch.

Nun war es Filippo, dem der Kragen platzte: «Wie kommen Sie dazu, eine solche Ungeheuerlichkeit von mir zu verlangen? Und wie kommt es, dass Sie an meiner Person plötzlich so interessiert sind? Gestern war ich in Ihren Augen noch der Staatsfeind Nummer Eins. Wissen Sie eigentlich, welchen Blödsinn Sie da von sich geben?»

Es waren gewagte Worte. Doch Heydenreich lachte gekünstelt: «Ja sehen Sie, so kann sich die Situation verändern. Nun, sind Sie bereit, für uns zu arbeiten?»

Die Frage verschlug Filippo nun glatt die Sprache. Nach einer Weile verzog sich sein Gesicht zu einem ungläubigen Grinsen, und er schüttelte gleichzeitig den Kopf. Alle seine Gedanken richteten sich nach Hause. Sein Brief hatte seinen Zweck erfüllt. Wie aber und weshalb überhaupt sollte er nun mit diesen Schurken zusammenarbeiten? «Das ist ja hoch interessant», bemerkte Filippo, nachdem er sich wieder gefasst hatte, «ich hatte ja schon immer vermutet, Sie verfügten in Ihrer Garde nicht über die besten Leute.» Der Zynismus seiner Worte war nicht zu überhören: «Ich sehe aber nicht ein, weshalb ich meine Integrität gegenüber Ihrem Land unter Beweis zu stellen hätte. Sie vergessen, ich bin Schweizer Staatsbürger und sonst keinem anderen Land verpflichtet. Was ich jetzt will, ist eigentlich ganz einfach: Ich will endlich freigelassen werden und meinen Reisepass zurück haben. Das ist alles – basta!»

Heydenreich rechnete nicht mit einer solchen Entschlossenheit: «Moment mal! So schnell geht das nicht. Vergessen Sie nicht, Sie sind immer noch mein Gefangener. Unter irgendeinem Vorwand könnte ich sie jederzeit endgültig aus dem Verkehr ziehen. Aber eigentlich habe ich andere Pläne mit Ihnen.»

– «...und die wären?» Filippo überlegte schnell. Bestimmt hatte Cynthia Herrn von Richtfeld oder dem Baron vom Brief erzählt. Nun suchen sie nach ihm; und so auf die Schnelle konnte Heydenreich ihn tatsächlich nicht laufen lassen. Der anfängliche Verdacht erhärtete sich mehr und mehr: Er sollte für sie ein schiefes Ding drehen, bei welchem sie dringend auf seine Fähigkeiten angewiesen waren.

Endlich liess Heydenreich die Katze aus dem Sack: «Wir wissen, Sie haben sich ein ausgezeichnetes Fachwissen bei der Beurteilung von Kunstgegenständen alter Künstler angeeignet – und an diesem Wissen sind wir interessiert.»

«*Aha*», dachte Filippo. «*Das ist es. Ich soll also zwei Herren dienen.*»

«Das verstehe ich nicht», antwortete Filippo nach einer Weile und spielte den Überraschten, obwohl er längst begriffen hatte. «Zuerst quälen Sie mich bis aufs Blut, und jetzt erwarten Sie, dass ich mit ihnen zusammenarbeite?»

Eine solche Antwort hatte Heydenreich nicht erwartet; sie erwischte ihn auf dem linken Fuss. Seine Haltung wirkte plötzlich hilflos.

Filippo erkannte seine Unsicherheit und nützte die Situation aus. Sichtlich erregt sprang er vom Stuhl und ging entschlossen auf Heydenreich zu: «Ja, das stimmt, über die bedeutenden Kunstwerke dieser Welt könnte ich Ihnen allerlei erzählen. Aber bilden Sie sich nicht ein, ich würde auf Ihren Vorschlag einfach so eingehen. Geben Sie mir erst Garantien, dass ich sofort auf freien Fuss gesetzt werde und meinen Pass zurück erhalte. Dann erwarte ich von Ihnen – nein, ich korrigiere – nicht von Ihnen, aber von Ihrer höchsten Stelle erwarte ich eine Entschuldigung dafür, dass ich während Tagen ungerechtfertigt gefangen gehalten worden bin.»

Heydenreichs Verhalten wich schlagartig und konterte zynisch wie zuweilen schon vorher: «Es ist doch richtig schön, mit Ihnen Geschäfte zu machen. Ich gebe Ihnen mein Ehrenwort als Offizier, Sie kriegen sofort Gelegenheit, sich zu waschen und zu rasieren. Anschliessend erhalten Sie Ihre Kleider und Ihr Gepäck zurück. Dann gehen Sie ausgiebig frühstücken, und dann melden Sie sich wieder bei mir. Alles Weitere werden wir in einem anderen Rahmen besprechen.»

«Und was ist mit meinem Reisepass und meinem Fotoapparat?», wollte Filippo wissen.

«Das alles erhalten Sie selbstverständlich auch zurück. Sind Ihnen das genug Garantien? So, nun gehen Sie. Wir sehen uns später.»

Eine solche Wende hatte Filippo tatsächlich nicht erwartet. Das Misstrauen aber blieb. Eigentlich hätte er am liebsten auch noch Cosimo Freilassung erwirken wollen. Dies erschien ihm jedoch zu riskant. Damit hätte er zugegeben, dass sie sich kennen. Filippo blieb somit nur die Hoffnung, dass sein Freund ebenfalls bald freigelassen wurde.

Von einem Aufseher wurde er in den Waschraum gebracht, wo er ausgiebig den Schmutz und Mief des Knasts von sich duschte. Danach nahm er seine Kleider in Empfang. Wenigstens für den Augenblick war er mit sich und der Welt wieder zufrieden. Vermutlich aber würden ihm die wahren Gründe dieser plötzlichen Wende für immer verborgen bleiben. Beim Umkleiden überlegte er sich seine weiteren Schritte.

⌘

Der 60'000-Turbinen-PS-Luxus-Steamer lag am Pier der Landungsbrücke fest vertäut. Erdrückend hob sich die Schiffsilhouette des über 43'000 *BRT*[1] grossen Luxusdampfers vor der filigranen Kulisse der Hansestadt ab. So überraschte es nicht, wenn viele Schaulustige hergekommen waren, um das Flagschiff der Franzosen, die *Ile de France,* am St.-Pauli-Fischmarkt bestaunen zu können.

Das Bemerkenswerte an diesem Schiff war jedoch nicht nur seine Grösse. Mit seinen Ausmassen von über 240 Metern Länge war es das Prunkstück und der Stolz der seefahrenden französischen Nation. Es war immerhin in der Lage, über 2000 Gäste aufzu-

---

[1] BRT: Bruttoregistertonnage bei Schiffen.

nehmen, um mit diesen mit der beinahe unvorstellbaren Geschwindigkeit von 24 Knoten durch den Atlantik zu stampfen.

Die Einmaligkeit des Schiffes zeichnete sich jedoch durch etwas völlig anderes aus: Die *Ile de France* war sprichwörtlich ein schwimmendes Kunstmuseum. Der Luxusliner, obschon ganz dem Komfort der Passagiere gewidmet, nahm ganze Gemäldegalerien auf, dazu Kunstschätze namhafter Sammler und sogar Originale aus Pariser Museen. Ihr Versicherungswert entsprach durchaus den Neubaukosten des gesamten Ozeanriesen. Dementsprechend zeichnete sich auch das Ambiente des Schiffes aus, welches sich durch die prunkvollen Einrichtungen, ungewöhnlichen Raumbemessungen und grosszügigen Passagierkabinen manifestierte. Die Vorbilder dafür waren ganz und gar den führenden Hotels der französischen Metropole nachempfunden.

Der Aufenthalt dieses wunderschönen Kreuzfahrtsschiffes war jedoch kein Zufall. Dem Vernehmen nach soll dieser auf persönliches Ersuchen des Reichsministers Joseph Goebbels beim französischen Ministerpräsidenten, *Edouard Daladier*[1], erfolgt sein, als dieser Hamburg unlängst mit einem Kurzbesuch beehrt hatte. Nach aussen hin sollte die Visite zwar vor aller Welt die Verbundenheit beider Staaten demonstrieren. Der Abstecher des Schiffs nach Hamburg, welches sonst auf der Nordatlantikroute vom Heimathafen Le Havre über Southhampton nach New York verkehrte, verfolgte allerdings auch andere Ziele. Die NSDAP plante nämlich schon seit längerer Zeit, einige ihrer auf dubiose Weise ergatterten Kunstwerke möglichst diskret und unauffällig ins Ausland zu verschieben. Das einzige Problem bestand allerdings darin, dass sich in den Reihen der Gestapo zurzeit niemand finden liess, der die Auswahl der Kunstwerke treffen konnte, um nicht auf billige Duplikate und Fälschungen herein zu fallen – und die Zeit drängte.

⌘

---

[1] Édouard Daladier (* 18. Juni 1884 in Carpentras, † 10. Oktober 1970 in Paris): französischer Politiker (Parti Radical Socialiste).

Inmitten von staunenden Passagieren, wartete Filippo ungeduldig auf den Augenblick des Einsteigens. Am unteren Ende der nach oben auf das Promenadendeck führenden Gangway des Luxusliners stehend, betrachtete er interessiert die quirlige Hafenatmosphäre. Der riesige Schiffsrumpf bildete dabei die imposante Kulisse und liess die Menschen am Pier wie Ameisen erscheinen.

Die Zoll- und Gepäckkontrolle hatte er ohne Schwierigkeiten hinter sich gebracht. Die ihm schier endlos erscheinende Wartezeit nutzte Filippo, um sich die letzten Stunden und Tage in Erinnerung zu rufen. Es gab dabei so manches, was er nicht begriffen hatte – doch einiges war ihm inzwischen klar geworden: Mit dem nationalsozialistischen Gedankengut konnte er sich in keiner Weise identifizieren. Tief im Innersten verspürte er gegen alles, was er in diesem Umfeld bisher schon erlebt hatte, einen abgrundtiefen Hass. Seine Abscheu gegen bestimmte Befehlshaber dieses Regimes ging zuweilen sogar soweit, dass er diese am liebsten ins Pfefferland wünschte. Jetzt galt es aber, einen kühlen Kopf zu bewahren. Gewalttaten konnte sich Filippo in seiner Situation schon gar nicht leisten.

Seine Gedanken kreisten um die letzten Ereignisse: Als man Filippo an jenem frühen Morgen nach dem letzten Verhör zum Duschen gebracht und ihm anschliessend seine Habseligkeiten ausgehändigt hatte, bestellte ihn Heydenreich nochmals zu sich. Filippo hoffte zwar, diesem Mann nicht mehr zu begegnen, war jedoch trotzdem gespannt, was er ihm noch zu sagen hatte. Heydenreich hatte ja erreicht, was er haben wollte. Ab sofort hatte er auf zwei Hochzeiten zu tanzen: Einerseits sollte er wie bisher für den Baron arbeiten. Andererseits hatte er keine andere Wahl, für die Gestapo zur Verfügung zu stehen.

Den Gefahren dieser Doppelrolle war sich Filippo durchaus bewusst. Dauernd überlegte er sich daher, wie er dies bewerkstelligen konnte. Erstmals zweifelte er an sich, ob ihm dies angesichts der schier ausweglosen Situation, in der er sich befand, überhaupt gelingen würde. Heydenreich hatte sich diesbezüglich deutlich genug ausgedrückt: Hätte er das Angebot ausgeschlagen, wäre er zweifellos auf Befehl des SS-Reichsführers Heinrich Himmler in ein Konzentrationslager deportiert worden. Filippo hatte das Gespräch noch im Ohr, als er nach dem Umkleiden nochmals Heydenreich gegenüber gestanden hatte, und wie er ihm in dämonischer Weise geschildert hatte, mit welchen Mitteln die Insassen in diesen Lagern gefügig gemacht würden. Die Massnahmen reichten von Entzug von Nahrung und Schlafgelegenheiten, über Einzelhaft in vollkommen dunklen Kammern – den so genannten Bunkern – bis hin zu Stockhieben und Elektroschocks. Es schauderte ihm noch jetzt beim Gedanken, in eine solche Umgebung zu gelangen. Da waren vermutlich die Tage im Gefängnis zu Neuengamme nur ein Honigschlecken gewesen. Die Ohnmacht, die er während dieser Zeit erlebt hatte, nagte noch in seinem Innern – eine solche Erfahrung wollte er nie wieder machen.

Der Zorn gegen seine Schinder und das gesamte deutsche Regime wuchs in seinem Innersten, und das Schlimmste daran war, er stand diesem Gefühl wehrlos gegenüber. Ihm blieb – wenigstens vorläufig – nichts anderes übrig, als mit den Wölfen zu heulen. Aus Angst, Fehler zu begehen, vermied er es sogar, mit seiner Schwester oder mit Justus von Richtfeld in Kontakt zu treten. Er beschloss vorerst, allein zu handeln und hoffte, seine Zeit, mit diesen Halunken abrechnen zu können, würde schon noch kommen – vorausgesetzt, er konnte ihnen solange widerstehen.

Beim letzten Verhör durch Heydenreich, bei welcher auch eine zweite Person anwesend gewesen war (dessen Name er aber inzwischen vergessen hatte), wurden ihm die nächsten Schritte erklärt. Seine Aufgaben wurden ihm eingetrichtert, als gälte es, einem greisen Analphabeten das Lesen beizubringen. Zunächst hatte er sich auf der *Ile de France* als Erste-Klasse-Passagier einchecken zu lassen und sich in der ihm zugewiesenen Luxuskabine einzurichten, die er aber erst nach dem Auslaufen des Schiffes wieder verlassen durfte. Auf der Überfahrt nach *Le Havre*[1] hätte er die Zeit dafür zu nutzen, das Schiff – besonders einen bestimmten

---

[1] Le Havre: Stadt im Nordwesten Frankreichs, Region Haute-Normandie / Département Seine-Maritime, am rechten Ufer der Seine gelegen; nach Marseille zweitgrößter Hafen Frankreichs.

Bereich davon – zu erkunden. Dabei liess Heydenreich durchblicken, dass der Ozeanriese eine stattliche Anzahl von Kunstgegenständen mitführe.

Für Filippo war es somit klar: Le Havre war der nächste Anlaufhafen. Das liess für ihn aber immer noch die Frage offen, weshalb er auf dieser relativ kurzen Fahrt nur das Schiff zu erkunden hatte. Die Antwort liess er vorläufig unbeantwortet und konzentrierte sich wieder auf das bevorstehende Einsteigeprozedere.

Das Warten im Erste-Klasse-Bereich wurde ihm wesentlich angenehmer gestaltet als den Passagieren der zweiten oder gar der dritten Klasse. Filippo nahm auf einer Holzbank Platz und stellte sein Gepäck daneben. Die Passagiere der zweiten und der dritten Klasse, wie ihm ein Blick hinüber zu diesen Warteräumen zeigte, kannten diesen Luxus nicht. Dort hockten die Menschen entweder auf dem blossen Boden oder auf ihren Gepäckstücken.

Filippo fragte sich, weshalb man ihn in der ersten Klasse reisen liess – nicht etwa, dass er etwas dagegen einzuwenden hätte! Nein, ganz im Gegenteil: Die mondäne Gesellschaft war ihm vom Hotel auf dem Monte Verità her ja vertraut, und in ihr hatte er sich, obwohl er sich nie dazu gezählt hatte, immer wohl gefühlt. Er vermutete daher einen Zusammenhang mit der bevorstehenden Aufgabe, die ihm jedoch immer noch rätselhaft erschien.

Er zwang sich, sich das letzte Gespräch mit Heydenreich in Erinnerung zu rufen: Auf dem Schiff sollen also Kunstgegenstände – wohl Bilder und Skulpturen – befördert werden. Soviel stand für Filippo fest. Aber weshalb sollten diese nach Frankreich verschifft werden? Heydenreich hatte sich dazu selbstverständlich nicht geäussert. Aber er erwähnte immerhin, für die Transaktion verbliebe nicht viel Zeit, die wertvollen von den übrigen Schätzen zu trennen. Da wären sie – damit meinte er wohl die Gestapo oder ihre Auftraggeber – auf die Unterstützung von Fachleuten angewiesen. Und was war einfacher und ungefährlicher als eine solche Arbeit auf einem Schiff auf hoher See, fernab vor jeder Zollkontrolle zu verrichten.

Für Filippo war es offensichtlich: Bestimmt würde er von scharfen Aufpassern kontrolliert. Dies allein bereitete ihm aber noch keine Bauchschmerzen. Vielmehr fürchtete er die Tatsache, dass er überhaupt keine Hinweise hatte, was für Kunstwerke er zu beurteilen hatte. Echtes von Unechtem zu unterscheiden erforderte in jedem Fall viele spezielle Kenntnisse, über die er nicht lückenlos verfügte. Seine Spezialgebiete waren bisher auf italienische, französische und ein paar wenige holländische Meister beschränkt geblieben.

Wie aber sollte er sich verhalten, wenn er Fälschungen oder minderwertige Ware entdeckte? Und was würde geschehen, wenn ihm bei der Beurteilung ein Irrtum unterlief? Oder, wenn er das Exponat überhaupt nicht kannte? Er fragte sich auch, weshalb ein solcher Aufwand überhaupt betrieben wurde, und weshalb die Selektion nicht in aller Ruhe an Land in irgendeiner geheimen Lagerhalle durchgeführt wurde. Filippo schlussfolgerte, dass seine Auftraggeber unter einem unheimlichen Zeitdruck stehen mussten. Er schloss aber auch nicht aus, dass man mit ihm schliesslich ganz andere Pläne hegte.

Beim so-und-so-vielten Betrachten des prachtvollen Schiffs fragte er sich, um sich abzulenken, wie wohl das Schiff im Inneren aussehen würde, wenn schon das Äussere so gigantisch wirkte. Geduldig wartete er auf den Moment, bis die Hafenbehörde den Zutritt über die wacklige Gangway erlauben würde.

Als er bei der schier endlos erscheinenden Warterei in die Runde schaute, erspähte er nicht weit entfernt ein ihm bekanntes Gesicht. Obwohl Heydenreich einen breitkrempigen Hut trug, der sein Gesicht nur halbwegs zu verdecken vermochte, erkannte Filippo seinen Peiniger der letzten Tage an der typischen, leicht gebeugten Körperhaltung und am schwarzen Ledermantel, den üblicherweise alle SS-Offiziere trugen. Die rote Armbinde mit Hakenkreuz am linken Arm bestätigte ihm zudem, dass er sich nicht irrte. Filippo spürte, wie sich sein Puls markant erhöhte und versuchte, wenigstens äusserlich ruhig zu bleiben. Langsam schwenkte er seinen Blick wie zufällig in eine andere Richtung. Trotzdem pochte sein aufwallendes Blut immer mehr gegen seinen Adamsapfel. Ob Heydenreich wohl auch zu den Passagieren gehörte?

Die Antwort darauf fand Filippo wenig später, als er seine Aufmerksamkeit wieder Heydenreich schenkte: Er stand eindeutig ausserhalb des Warteraums, der ausschliesslich den Passagieren vorbehalten blieb. Dennoch war Filippo nach wie vor überzeugt, dass er auf dem Schiff bestimmt beschattet würde. Heimweh- und Angstgefühle machten sich bemerkbar. Sollte er dieses Abenteuer wirklich heil überstehen, würde er jedenfalls so rasch wie möglich nach Hause fahren.

«Hey Poppy! Hast jetzt Heimweh, was? Macht dir nichts draus. Du hast ja jetzt eine wunderbare Schiffsreise vor dir. Freue dich doch ein wenig!» Wirklich im dümmsten Augenblick machte sich wieder einmal Coniglio bemerkbar.

«Was, dich gibt es auch noch?», ärgerte sich Filippo über die Einmischung seiner inneren Stimme. *«Wo warst du eigentlich, als ich in der Tinte gesteckt hatte? Gib mir jetzt gescheiter einen guten Rat, aber lass mich jetzt mit deinen dummen Sprüchen in Frieden».* Zwar hatte sich dieser zuvor langsam vom ewigen Miesmacher zum Mutmacher durchgerungen. Jetzt aber wurde Coniglio zynisch, was Filippo noch mehr verärgerte.

Um sich abzulenken, zog Filippo die Schiffskarten aus der Tasche und stellte erneut fest, dass diese eigenartigerweise nicht nur bis Le Havre gültig waren. Sie enthielten auch die Passage durch den Ärmelkanal bis nach *Southampton*[1]. Den Anweisungen von Heydenreich zufolge, hätte er dort nach Verlassen des Schiffs aber noch vor der Einreise in das Vereinigte Königreich von England auf weitere Anordnungen zu warten.

Seine Gedankengänge wurden abrupt unterbrochen. Eine Durchsage orientierte die Wartenden, dass das Einschiffen für die Passagiere der Ersten Klasse nun freigegeben sei. Sofort kam Bewegung in die wartende Menge.

---

[1] Southampton: Hafenstadt an der Südküste Englands, im County Hampshire.

Das Schiff fasste gegen 670 Passagiere der Ersten Klasse. Filippo versuchte, die Personen zu zählen, die dafür in Frage kamen. Er stellte fest, dass die Gruppe im dafür vorgesehenen Warteraum weit weniger Menschen umfasste. Das Schiff war offenbar nicht voll ausgebucht.

Wie er eben seine Zählübung abgeschlossen hatte, erkannte er ein weiteres Gesicht, welches ihm bestens vertraut war. Etwa zwanzig Meter schräg hinter ihm und im gleichen Warteraum, stand Justus von Richtfeld. Ihre Blicke trafen sich. Herr von Richtfeld hielt sofort diskret den Zeigefinger auf die Lippen. Damit wollte er bestimmt zum Ausdruck geben, dass er unerkannt bleiben wollte. Filippo begriff und liess den Blick wieder von ihm weg wandern.

«*Jetzt bist du aber sicher erleichtert, einen Schutzengel in deiner Nähe zu wissen*», stellte Coniglio fest, was Filippo nicht zu verleugnen wagte. Eine bessere Begleitung konnte sich Filippo in der Tat nicht wünschen. Aber woher wusste er...? Neue Fragen tauchten auf, die keine Antworten fanden. Mit dieser Begegnung hatte er am wenigsten gerechnet. Bevor er die Gangway betrat, blickte er nochmals zurück: Justus von Richtfeld folgte ihm.

Sein Blick suchte nochmals Heydenreich. Ob dieser wohl Justus von Richtfeld auch bemerkt hatte? Filippo blieb keine Zeit, sich davon zu überzeugen. Die Passagiere der Ersten Klasse drängten ungeduldig der Gangway entgegen. Filippo blieb nichts anderes übrig, als sein Gepäck zu ergreifen und sich mit der Menge treiben zu lassen.

⌘

Was sich vor Filippos Augen nach dem Betreten des Hauptdecks auftat, versetzte ihn in grenzenloses Staunen. Wo er hinschaute, erstreckte sich nur Prunk und Glanz. Das Mobiliar und die Ausstattungen waren nur von edelsten Materialien gefertigt – und von Meisterhänden verarbeitet. Luxus auf engstem Raum soweit sein Auge reichte. Völlig verzückt betrachtete Filippo die ganze Pracht und liess sich von den vielen Exponaten begeistern. Staunend schritt er durch die zweistöckige, von Galerien umgebene *Grand Hall* der Rezeption entgegen. Schwülstige Ledersofas luden zum

Verweilen ein. Über der grossen geschwungenen, mit edelsten Teppichen belegten Treppe hing ein wunderbares, vom französischen Skulpteur Marcel-Armand Gaumont geschaffenes *Flachrelief*[1]. Filippo kannte einige Werke von diesem besonders auf Reliefskulpturen spezialisierten Künstler. Das Jugendstilbild war einer Schutzgöttin gewidmet. Sie schwebte auf einem üppigen, von sechs leicht bekleideten Nymphen getragenen Blumenbeet. In ihren Händen hielt die Göttin die Lothringerlilie, das Symbol der französischen Nation. Darüber und darunter hatte der Künstler weitere holde Göttlichkeiten und Symbole der Fruchtbarkeit gemalt. Das Werk taxierte Filippo als ein besonders gelungenes Meisterstück seines Genres. Zweifellos: Das Schiff bot nebst dem bevorstehenden Abenteuer auch einiges, vor allem, was die schönen Künste anbelangten.

Bedächtig ging Filippo zum *Grand Salon* hinüber, der nicht schöner hätte ausgestattet sein können. Über dem Konzertflügel, der am Ende des grossen Raumes protzig seinen Platz einnahm, hing ein riesiges Gemälde. Das Motiv zeigte ein Edelmann mit Pferden. Der Kleidung nach zu schliessen, welche der abgebildeten Mann trug, widerspiegelte das Bild eine Szene aus der Zeit der französischen Revolution. Darunter standen im Raum zwanglos aufgestellt Dutzende von runden Glastischchen, zu denen jeweils zwei oder drei ebenso elegante gobelinbestickte Lehnenfauteuils gehörten.

Völlig ausserhalb seines Vorstellungsvermögens präsentierte sich auch der *Salle à Manger*, ein ungefähr über drei Stockwerke reichender Speisesaal. Von der Decke hingen zylinderartige Jugendstil-Glasleuchten.

In einem anderen Schiffsteil fehlte selbst ein Lichtspieltheater nicht, in der *Salle de Spectacle*, und für den Nachwuchs der Erste-Klasse-Passagiere stand sogar ein separater Speisesaal, ein *Salle à Manger des Enfants*, zur Verfügung.

---

[1] Flachrelief: Darstellung, die sich plastisch vom Hintergrund abhebt, auch Basrelief, Halbrelief oder Hochrelief genannt.

Luxus pur, wo man hinschaute. An den Wänden hingen nur wertvolle Kunstwerke von vielen bekannten Künstlern. Das über 240 Meter lange Schiff entpuppte sich als ein einzigartiges Kunstmuseum mit Gemäldegalerien und Kunstwerken im Besitze von namhaften Sammlern. Sogar Originale aus dem Pariser Rodin-Museum waren darunter anzutreffen.

Die Neugierde trieb Filippo weiter von Raum zu Raum, und er vergass vor lauter Begeisterung beinahe seinen eigentlichen Auftrag. Der Rundgang führte ihn bald auch in die unteren Schiffsbereiche.

Auf dem untersten Deck angelangt, stiess er einen Schwingflügel auf und schaute in den dahinter liegenden Raum: Vor ihm lag ein mit Unterwasserleuchten illuminiertes veritables Hallenbad, und lud ihn geradewegs zum Baden ein. Ums Schwimmen war es ihm jetzt zwar nicht zumute; doch nahm er sich vor, dies eventuell nachzuholen – sofern er dafür überhaupt Zeit aufbringen konnte.

Fürs Erste hatte Filippo vom vielen Luxus des Schiffes genug gesehen und stieg wieder zum Hauptdeck hoch, wo sich die Rezeption befand.

Nachdem Filippo einer freundlichen Dame seine Schiffskarte vorgezeigt hatte, übergab sie ihm den Kabinenschlüssel und einige Unterlagen, die Wissenswertes über das Schiff enthielten. Danach erklärte ihm die Dame, wie er auf dem schnellsten Weg zu seiner *Cabine Terrasse* kam. Jetzt stieg Filippos innere Spannung nochmals an. Gespannt, was ihn dort erwartete, schritt er den langen Korridor ab, wo sich auf beiden Seiten Tür an Tür reihte. Bestimmt würde es sich auch hier nicht um eine herkömmliche Schiffskabine handeln, so wie man sich solche von konventionellen Passagierschiffen her gewohnt war.

Endlich stand er vor der für ihn bestimmten Kabine. Umgehend schloss er die Tür auf und betrachtete zunächst ungläubig sein

Zuhause für die nächsten Tage. Was sich ihm nun präsentierte, hätte im Hotel auf dem Monte Verità bereits als *Suite*[1] gegolten.

Der vor ihm liegende Raum wurde von einem grosszügigen Sofa, einem eleganten Fauteuil und einem halbhohen Glastisch dominiert. Gegenüber der Kabinentüre liessen grosse Fensterscheiben einen freien Blick nach draussen, und vor den Fenstern befand sich eine kleine, ebenfalls teilweise verglaste Aussenterrasse, auf der nochmals ein kleines Tischchen und zwei elegante Stühle aufgestellt waren.

Der rechten Wand gegenüber der Sitzgruppe waren zwei Türen eingelassen, die beide offen standen. Filippo erkannte hinter der ersten Türe ein Schlafzimmer, in dem ein breites französisches, mit edelsten Damaststoffen bezogenes Doppelbett stand. Die zweite Türe führte zum Badezimmer.

Das Gepäck hatten die Stewards bereits in die Kabine gebracht; es lag im Schlafzimmer auf einem eigens dafür vorgesehenen Klappständer. Nachdem sich Filippo von der ersten Überraschung beim Anblick seiner Kabine erholt hatte, begab er sich wie ein König, den Kabinenschlüssel in der Hand schwenkend, ins Schlafzimmer. In einem hohen Bogen warf er den Schlüssel auf das Bett und schickte sich ein Liedchen pfeifend an, seine Sachen auszupacken und im Kleiderschrank zu versorgen.

Als er die Schranktüre öffnete, befanden sich zu seinem grossen Erstaunen bereits einige Kleidungsstücke darin. Zuerst dachte Filippo, der vorherige Bewohner dieser Suite hätte die Kleider vielleicht vergessen. Ein an das Jackett geheftetes Zettel belehrte ihn jedoch eines Besseren. Darauf stand neben der Etikette des Modehauses, aus welchem dieser Anzug stammte, deutlich und unverwechselbar sein Name. Noch grösser war die Überraschung, als er im zweiten Schrankfach auch zwei tadellos gebügelte weisse

---

[1] Suite: oder Zimmerflucht, eine Folge von Räumen ähnlicher Funktion und höheren Ausstattungsstandards, die untereinander verbunden, bzw. nur durch Türen getrennt, gemeinsam eine abgeschlossene Nutzungseinheit bilden.

Smokinghemden samt einer weissen *Seidenschleife*[1], einen roten *Kummerbund*[2] und dazu passende Manschettenknöpfe vorfand. Beim zweiten Hinschauen identifizierte Filippo den Anzug als *Smoking*[3]. Die Gestapo hatte offensichtlich an alles gedacht, um ihn an Bord standesgemäss auftreten zu lassen.

Ein Smoking zu tragen war für Filippo an sich nichts ungewöhnliches. Bei gewissen Anlässen im Hotel auf dem Monte Verità war diese Kleidung für das männliche Personal sogar obligatorisch.

Mit diesem Smoking hingegen sollte Filippo in eine andere Rolle schlüpfen: Er hatte ihn nicht als Kellner, sondern als Gast der Ersten Klasse auf einem Schiff zu tragen, dessen Name in seinen Ohren schon edel klang: *Ile de France*. Leise, ja fast andächtig sprach Filippo den Namen vor sich hin und betonte die drei Worte genüsslich, als ob er sie auf der Zunge wie zartsüsse Schokolade zerfliessen lassen wollte.

Wie er das Jackett vor sich hielt und sich im Spiegel betrachtete, klopfte es an die Kabinentüre. Filippo zuckte leise zusammen. Wer mag das wohl sein? «Herein», sagte er nach kurzem Zögern und hängte den Smoking zurück in den Schrank.

Die Türe war geschlossen, so dass Filippo das Schloss zuerst von innen entriegeln musste. Als er die Türe öffnete, stand ihm Justus von Richtfeld gegenüber.

Bevor Filippo eine Reaktion wegen dieser freudigen Überraschung von sich geben konnte, stiess ihn sein Besucher wortlos zur Seite, blickte noch einmal den Korridor entlang in beiden Richtungen, und betrat die Kabine erst, als er sich davon überzeugte hatte, dass ihm niemand gefolgt war.

---

[1] Seidenschleife: Krawattenschleife, auch kurz Schleife, Querbinder oder umgangssprachlich Fliege genannt (engl.: *bow-tie*).

[2] Kummerbund: eine von Männern vorab bei Smokings und festlichen Gewändern getragene Schärpe / Leibbinde.

[3] Smoking: festlicher Abendanzug, auch *kleiner Gesellschaftsanzug* (im Gegensatz zum Frack oder Cut als grossem Gesellschaftsanzug), aus dem Englischen *smoking jacket* («Rauchjackett»), in den USA als *Tuxedo* (kurz *Tux*) bekannt.

«Da staunen Sie, nicht wahr?» Die Begrüssung hätte bestimmt herzlicher sein können. Justus von Richtfeld schien sichtlich unter Druck zu stehen.

Filippo fand immer noch keine Worte und schüttelte bloss die zum Gruss entgegengestreckte Hand seines Besuchers.

«Seien Sie vorsichtig», warnte ihn Justus von Richtfeld, anstatt Filippos stumme Grussgeste zu erwidern. «Die Gestapo weiss nicht, dass ich auf dem Schiff bin. Ich reise nicht unter meinem richtigen Namen.»

Nachdem Filippo wieder klare Worte fassen konnte, fragte er als Erstes: «Wissen Sie, welche Aufgaben auf mich warten? So weit man mich informiert hat, soll ich hier Kunstgegenstände bewerten. Haben Sie eine Ahnung davon?»

«Papperlapapp, das ist nur ein Vorwand der Gestapo. Ihre Reise hat einen ganz anderen Grund. Hören Sie, ich habe nicht viel Zeit. Das Wichtigste sollten Sie jedoch wissen: Unsere Recherchen haben nämlich ganz andere Erkenntnisse ergeben, als man ihnen vermutlich erzählt hat. Die Gestapo will Sie nur dazu benutzen, um für den Reichspropagandaleiter der NSDAP, Joseph Goebbels, höchstpersönlich einige Kunstgegenstände ausser Landes zu bringen. Wohin genau, wissen auch wir nicht.» Justus von Richtfeld tigerte wie immer, wenn er etwas Besonderes zu erzählen hatte, unentwegt im Raum auf und ab. Filippo hörte ihm trotzdem aufmerksam zu und setzte sich auf die Bettkante.

«Die Gestapo», berichtete Herr von Richtfeld weiter, «ist momentan im Besitz von wertvollen *Fayencen*[1], welche sie, wie schon so oft, auf höchst dubiose Weise beschafft haben, vermutlich von einem wohlhabenden Juden geklaut, der nun in irgend einem gottverdammten KZ auf den Tod wartet.

---

[1] Fayence: von der italienischen Stadt Faenza abgeleitete französische Bezeichnung, mit Unterglasurfarben dekorierte, einer deckenden weißen oder farbigen Zinnglasur überzogene und mehrmals gebrannte Tonware aus porösen Scherben.

Die Kunstwerke sind bereits an Bord gebracht worden. Ich hatte nämlich vor dem Einschiffen ein Fahrzeug der Gestapo beobachtet, wie aus einem Fahrzeug eine verdächtige Kiste ausgeladen und an Bord gebracht wurde. Die Beobachtung deckt sich übrigens mit den Prognosen des Barons. Er hatte mich nämlich eigens für diesen Auftrag hierher beordert, weil wir nicht sicher waren, ob Sie freikommen würden.»

Filippo reagierte heftig: «Höre ich richtig? Ich soll als Kurier für Raubgut missbraucht werden?»

«Sie hören absolut richtig. Oder haben Sie diesen Bockmist tatsächlich geglaubt, dass man Sie hier exklusiv als Kunstexperten einsetzen würde? Die Gemälde und Skulpturen, die sich an Bord befinden, sind doch längst schon von Experten geschätzt und katalogisiert worden. Ich glaube auch kaum, dass sich die Gestapo solcher Dreistigkeiten bedient und auf einem unter französischer Flagge verkehrenden Schiff Kunstwerke verschiebt, die der Grand Nation gehören.» Herr von Richtfeld zwinkerte mit einem Auge: «Der Baron und ich sind fest davon überzeugt, mit der bevorstehenden Überfahrt von Hamburg nach Le Havre und dann weiter nach Southampton, eventuell sogar nach New York sollen die Fayencen ausser Landes gebracht werden. Wir vermuten, einzelne Parteibonzen horten auf diese Weise ihr persönliches Vermögen, um für den Fall vorbereitet zu sein, wenn das Tausendjährige Reich vorzeitig zusammenbrechen sollte.»

«Wo sind die Fayencen jetzt?», wollte Filippo wissen.

«Ich weiss zwar, dass sie sich bereits auf dem Schiff befinden.» Justus von Richtfeld schien nachzudenken. «Aber wo genau, habe ich noch nicht herausgefunden.»

Bevor Filippo zur nächsten Frage ansetzen konnte, klopfte es erneut an der Türe. Beide schwiegen für einen Augenblick. Eine Sekunde später zeigte Filippo stumm zur Terrasse, und gab seinem Gast zu verstehen, dass er sich draussen verstecken sollte.

Nachdem Filippo sich überzeugte hatte, dass man Herr von Richtfeld von der Kabine aus nicht mehr sehen konnte, öffnete er langsam die Kabinentür. Davor stand in strammer Haltung ein livrierter Steward. Sympathisch grinste er Filippo entgegen und begrüsste ihn in einem Kauderwelsch in Deutsch und Französisch, aber mit dem unverkennbar französischen Akzent: «Bonsoir Monsieur Negri, je suis Alain, votre Steward für die Reise. Haben Sie problème, drücken sie dort auf Knopf über table de nuit. Hier bringe ich pour vous frische *draps de bain*[1]. Und vergessen Sie nicht, le Dinner est en huit heures dans La Salle à manger.»

Trotz des unerwarteten Besuchs konnte sich Filippo über dieses amüsante Sprachenwirrwarr ein Schmunzeln nicht verkneifen. Er bedankte sich höflich und nahm die flauschigweichen Tücher entgegen. Alain wünschte ihm noch einen guten Appetit und setzte seinen Kabinenrundgang fort, noch ehe Filippo etwas erwidern konnte.

Kaum hatte Filippo die Türe wieder ins Schloss schnappen lassen, klopfte es erneut. Als er sie wieder öffnete, lachte ihm allerdings kein fröhlicher Steward entgegen. Ein finsterer, unrasierter Kerl starrte Filippo mit stechenden Augen an. Das – pockennarbige Gesicht verunzierte zusätzlich eine grässliche Hakennase. Hätte der Mann noch über seine Haarpracht verfügt, wäre seine Erscheinung vermutlich gar nicht so furchterregend gewesen. Aber insgesamt erweckte der Typ den Eindruck, als wäre er mit *Mephistopheles*[2] direkt verwandt.

«*Picchio Rosso*, na?», fragte der Fremde, der seine Zugehörigkeit nicht verleugnen konnte. Über dem modischen Kittel trug er die Hakenkreuzarmbinde.

«*Ein widerlicher Typ*», dachte Filippo und nickte bloss auf seine Frage. Das hässliche Aussehen verschlug ihm fürs Erste glatt die Sprache.

«Kann ich eintreten?» – «Was wünschen Sie?», fragte Filippo stattdessen und versperrte ihm den Weg.

---

[1] Drap de bain: Badetücher franz.

[2] Mephistopheles oder Mephisto: Name eines Teufels.

Der Fremdling liess sich nicht beirren und zwängte sich, ohne einen weiteren Kommentar abzugeben, an Filippo vorbei und betrat die Kabine. Nach etwa drei Schritten drehte er sich um und hielt ihm einen Briefumschlag entgegen: «Ich habe ihnen etwas zu übergeben.»

Glücklicherweise stand nun der hässliche Fremde mit dem Rücken zur Terrasse, wo sich Justus von Richtfeld versteckt hielt. Filippo veränderte seine Position nicht und nahm den Umschlag entgegen. Der Inhalt enthielt einige Zeichnungen von Porzellanfiguren.

«Kennen Sie sich damit aus?», stellte er die Frage, als sich Filippo die Bilder einige Zeit betrachtet hatte.

«Nein warum; sollte ich?» Filippo streckte dem Fremden die Zeichnungen entgegen, um sie ihm zurückzugeben.

Der Eindringling machte jedoch keine Anstalten, sie ihm abzunehmen, sondern erklärte wichtigtuerisch: «Das sind Leihgaben, die ihnen Herrn Goebbels persönlich anvertraut. Sie befinden sich momentan in meiner Kabine, ein Deck unter ihnen.»

«Na und? Was soll ich damit?», fragte Filippo abermals.

«Ganz einfach, Sie sind Schweizer Bürger, offenbar mit allen Wassern gewaschen, ein Kunstkenner obendrein, und wissen, wie man heikle Gegenstände ausser Landes bringt», meinte der Hakennasige augenzwinkernd und sprach damit offensichtlich jenen Goldtransport an, bei dem Heydenreich fürs Leben gerne gewusst hätte, ob Filippo damals tatsächlich seine Hand im Spiel gehabt hatte.

Filippo reagierte nicht auf die Anspielung. Vielmehr wies der Hakennasige ihn an: «Heute Abend, punkt dreiundzwanzig Uhr, erwarte ich Sie in meiner Kabine. Dann übergebe ich Ihnen den Koffer mit elf Porzellanfiguren. Diese haben Sie als Handgepäck nach Le Havre und weiter nach Paris zu bringen. Weitere Details dazu erfahren Sie heute Abend.»

Der Baron und Justus von Richtfeld behielten Recht. Man erwartete von ihm einmal mehr als Kurier eingesetzt zu werden.

Kaum hatte der Fremde seine Anweisungen beendet, verliess er die Kabine ebenso schnell, wie er sie betreten hatte. Zurück blieb ein konsternierter Filippo, der die Zeichnung immer noch in der Hand hielt. Abwechslungsweise schielte er zur Kabinentür, dann zur Terrasse, wo sich Justus von Richtfeld hinter dem Korbsessel langsam aufrichtete. Die unbequeme Stellung hatte ihm offenbar Rückenschmerzen bereitet. Mit schmerzverzerrtem Gesicht rieb er sich beim Aufrichten das Kreuz.

Sein Leiden blieb jedoch nicht von langer Dauer. Beim Betreten der Kabine kam er, halb grinsend, halb fragend, auf Filippo zu. «Glauben Sie mir nun? Ihre Aufgabe besteht einzig und allein darin, wie ich schon sagte, die Fayencen heil ausser Landes und nach Frankreich zu bringen.»

«Gut möglich. Aber glauben Sie im Ernst, dass dies der einzige Grund für meine Anwesenheit ist? Die Gestapo überlässt mir doch nicht einfach diese wertvollen Porzellanfiguren? Ausserdem sind meine Schiffskarten bis Southampton gültig, und jetzt soll ich bereits in Le Havre von Bord gehen? Das verstehe ich nicht.»

«Das ergibt doch einen Sinn!», insistierte Justus von Richtfeld und fixierte Filippo scharf. «Denken Sie daran, in jedem Hafen verlassen Passagiere ein Schiff, obwohl ihre Passage eigentlich für eine längere Fahrt vorgesehen wäre. Solches fällt dann weniger auf, zumal, wenn triftige Gründe dies erfordern. Und ich fress einen Besen, wenn uns unsere «Freunde» ein solcher Grund heute Nacht nicht noch liefern.» Justus von Richtfeld begann unruhig in der Kabine auf und ab zu gehen. «Zugegeben, ich blicke bei dieser Intrige – und eine solche ist es hundertprozentig – auch noch nicht ganz durch. Daher passen Sie auf sich auf – und denken Sie daran: Ihre Schatten werden überall sein. Tun Sie, was man von Ihnen verlangt. Haben Sie einmal Paris erreicht und Ihre Aufgabe erfüllt, dürfte die Gefahr vorbei sein.»

«Sie haben gut reden», fuhr Filippo dazwischen. «Vorderhand fühle ich mich wie auf einem Präsentierteller. Was mich am meisten beunruhigt: Wir wissen beide nicht, wie viele Gestapoleute uns beschatten. Jede Person, der wir begegnen, könnte doch eine von diesen sein.»

«Keine Bange. So weit möglich, halte ich mich hier auf dem Schiff in Ihrer Nähe auf. Und gehen Sie in Le Havre tatsächlich von Bord, werde ich Ihnen folgen.»

«Sehen wir uns vorher noch einmal?», fragte Filippo mit belegter Stimme.

«Besser nicht. Man sollte uns nicht zusammen sehen.» Die Bedenken von Justus von Richtfeld waren berechtigt.

«Dann schlage ich aber vor», meinte Filippo, «wenn ich tatsächlich in Le Havre von Bord gehe, dass wir uns dann treffen sollten.»

«Das denke ich auch. Haben Sie eine Idee bezüglich Treffpunkt? Kennen Sie sich Le Havre aus?», fragte Justus von Richtfeld.

Filippo schüttelte den Kopf: «Nein, aber Le Havre hat bestimmt einen Hauptbahnhof mit einer Gepäckaufbewahrung. Mein Reisegepäck samt der Kiste mit den Fayencen werde ich dort deponieren. Den Gepäckschein lege ich dann in der ersten Herrentoilette vom Eingang her gesehen oben auf den Spülkasten. Achten Sie darauf, wenn Sie das Gepäck abgeholt haben, finden Sie meine Anschrift in einer Seitentasche, wo ich mich aufhalten werde. Dort treffen wir uns.»

«Sind Sie verrückt? Soll dies heissen, ich soll das ganze Gepäck an mich nehmen und damit abhauen?»

«Warum nicht? Es wäre nicht das erste Mal, dass wir diesen Scheisskerlen etwas abjagen», feixte Filippo schelmisch.

«Nein! So geht das nicht. Ich werde dies alles noch einmal mit dem Baron besprechen. Ich glaube nicht, dass er damit einverstanden ist. Aber lassen wir uns dort ruhig etwas Zeit. Vielleicht wissen wir dann mehr. Die Idee, mir Ihren Aufenthaltsort auf die vorgeschlagene Weise bekannt zu geben, finde ich jedenfalls gut. Also hinterlassen Sie mir Ihre Anschrift, dann wollen wir weiter sehen. Viel Glück, *Picchio Rosso!*»

Ohne weitere Worte zu verlieren, verabschiedeten sie sich. Vorsichtig öffnete Justus von Richtfeld die Türe einen Spalt breit und schaute erneut den Korridor hinauf und hinunter. Als er sich unbeobachtet fühlte, schlich er auf leisen Sohlen davon.

Zurück blieb ein nachdenklicher Filippo. Er liess sich die Abmachungen nochmals durch den Kopf gehen. Insofern zeigte er sich beruhigt, wenigstens einen Freund an Bord zu haben Er wusste, Justus von Richtfeld würde ihn bestimmt nicht im Stich lassen. Trotzdem verspürte er ein ungutes Gefühl im Magen und hoffte, dass alles wie besprochen ablaufen würde.

Nun aber freute er sich auf das bevorstehende Abendessen. Wie würden wohl an Bord die Küchenkünste sein – und die des Servicepersonals? Nach dem zu schliessen, was er bereits gesehen hatte, dürfte sich dieses bestimmt ebenfalls auf höchstem Niveau bewegen.

Für die Erste-Klasse-Passagiere gab es – im Gegensatz zu den anderen Klassen – nur eine Essenszeit mit freier Platzwahl. Das bedeutete, dass man nicht an feste Zeiten und an einen festen Tisch gebunden war. Soweit möglich, wurden auch persönliche Wünsche bezüglich Tischwahl erfüllt.

Als Filippo sich eben die Fliege umbinden wollte, ging ein sanfter Ruck durch das Schiff. Leise begann es in den Fugen zu knarren. Die Wandlampen erzitterten leicht. Filippo schaute nach draussen. Der grosse Moment schien gekommen zu sein: Das Schiff legte soeben vom Pier ab und nahm die Fahrt auf, die Elbe hinab in Richtung Meer.

Neugierig begab er sich auf die Terrasse seiner Kabine. Unter Sirenengeheul begann das Schiff gemächlich abzulegen. An Land winkten die Menschen den Passagieren zu; die an der Reling Stehenden winkten zurück. Langsam vergrösserte sich die Distanz zwischen Pier und Schiff. Die Wasseroberfläche schäumte sich unter den Drehungen der Schiffsschrauben auf, was die Seevögel besonders schätzten. In eleganten Kurven flogen sie dicht über dem Wasser, um in der Gischt etwas Essbares zu ergattern.

Die Kulisse hätte nicht schöner sein können. Ergriffen genoss Filippo die imposante Szene. Nach einem mitten auf dem Fluss durchgeführten Wendemanöver stampfte das Schiff schliesslich langsam durch die Fluten der Elbe, dem offenen Meer entgegen.

Noch lange liess Filippo die Bilder vor seinem geistigen Auge vorbei ziehen und auf sich wirken. Dann besann er sich auf das bevorstehende Dîner und kehrte in die Kabine zurück.

Nachdem er sich in die Smokinghose gezwängt, den Kummerbund umgebunden, den einreihigen Sakko angezogen und das farblich zur Fliege passende *Pochette*[1] eingesteckt hatte, betrachtete er sich stolz im Spiegel: *Picchio Rosso*, gekleidet als Kavalier und Edelmann. Wahrlich, wer hätte das gedacht! Nach den bleischweren Tagen im Gefängnis wirkte dieser Anblick beinahe unwirklich.

Selbst Coniglio liess sich vom Anblick hinreissen: «*Wow! Du bist ja bald so elegant wie der Baron bei einem Staatsempfang.*»

«*Na, na!*» ulkte Filippo. «*Immerhin bin ich ein paar Zentimeter grösser – und um einiges jünger.*»

«*Oh pardon!*», entschuldigte sich Coniglio höflich. «*Ich wusste nicht, dass du noch eitel wirst.*»

«*Quatsch! Ich bin nicht eitel. Aber du weisst: In einer eleganten Umgebung fühlt man sich auch elegant.*»

«*Ja schon. Aber studiere mal dieselben Menschen in einer einfachen Umgebung. Benehmen sie sich dann immer noch elegant?*» Coniglio liess nicht locker.

«*Du hast ja Recht. Aber lass mich jetzt in Frieden und verdirb mir nicht den Abend*», beendete Filippo den Dialog mit Coniglio, wischte sich mit der linken Hand ein vermeintliches Stäubchen vom seidenen Kragen seines Sakkos und verliess die Kabine. Mit schlenkernden Armen und betont lässig ging er den Gang hinab. Einer ebenfalls festlich gekleideten, entgegen kommenden Dame wich er galant aus und wünschte ihr einen schönen Abend. Die Dame lächelte zurück.

---

[1] Pochett: Einstecktuch franz.

Filippo war – zumindest für den Augenblick – mit sich und der Welt zufrieden. Er stellte fest: Alles passte durchaus zum Ambiente, welches ihn umgab.

Vor dem Speisesaal warteten bereits einige Paare. Die Damen zeigten sich samt und sonders in gepflegter Abendrobe, die Herren im gediegenen Sakko oder Cutaway, genau so, wie es sich in solchen Kreisen gehörte. Jetzt wusste Filippo auch, weshalb ihm die Gestapo diesen Smoking besorgt hatte. In anderen Klamotten wäre er an Bord bestimmt unangenehm aufgefallen.

Beim Eingang zum Speisesaal wurde er vom üppig livrierten Maître d'Hotel empfangen. Neben ihm standen flankiert einige Kellner und warteten darauf, die Gäste zum Tisch zu begleiten.

Nach der höflichen Begrüssung erkundigte sich der Maître d'Hotel nach dem Platzwunsch. Filippo antwortete, er wolle allein speisen.

Der Livrierte nickte wortlos, blickte kurz in ein Buch, welches sich auf einem kleinen Pult befand. Mit einem Handzeichen und einer unverständlichen Anweisung an einen bereitstehenden Kellner wurde Filippo schliesslich zu einem Einzelplatz geführt.

Der Tisch befand sich etwas abseits, nicht weit von einer Schwingtüre, die offenbar zu den rückwärtigen Räumen führte. Der beflissene Kellner rückte zunächst den Stuhl zurecht und bat Filippo dann, Platz zu nehmen. Als er sich gesetzt hatte, wurde ihm eine blütenweisse Stoffserviette über die Knie gelegt.

Nun ging es Schlag auf Schlag. Ein zweiter, eilig herbei eilender Kellner übergab ihm feierlich die Speisekarte. Kaum hatte Filippo begonnen, zu überlegen, auf welche der vielen Köstlichkeiten er sich festlegen möchte, trat ein dritter Kellner – offenbar der Sommelier – neben ihn und reichte ihm die Weinkarte. Fast gleichzeitig füllte eine freundliche Serviererin das Trinkglas mit sprudelndem Wasser. Bald darauf kam der zweite Kellner zurück und stellte ein Körbchen mit frischen Brötchen auf den Tisch.

Von alldem liess sich Filippo nicht beeindrucken, denn derartige Zeremonien kannte er ja aus seiner Servicezeit im Hotel.

Nachdem Filippo mit allem für seine Wahl eingedeckt war, liess er sich Zeit. Genüsslich begann er die Speisekarte zu studieren und verglich die angebotenen Speise, ob diese mit dem anderen Prunk und Luxus ebenfalls Schritt zu halten vermochten: In der Tat, sie erfüllten in jeder Weise seine Erwartungen. Inzwischen lief Filippo schon bei der Lektüre das Wasser im Munde zusammen – Kunststück, nach der armseligen Knastküche in Neuengamme gelüstete es ihn heute nach etwas Währschaftem.

Jetzt war die Weinkarte an der Reihe. Respektvoll las Filippo die vielen bekannten Namen von französischen und italienischen Weingütern. Wahrlich! Selbst der Weinkeller stand dem übrigen Luxus in nichts nach. Filippo plagte nun die Qual der Wahl. Er winkte dem Sommelier, der diskret im Hintergrund stand, und liess sich von ihm beraten.

Nach eingehender Abwägung der mannigfaltigen Eigenschaften der Weine, die ihm der Sommelier bereitwillig erklärt hatte, entschloss sich Filippo schliesslich für einen Bordeaux vom Chateau Beauregard im Weingebiet des *Pomerol*[1]. Die Wahl Filippos entlockte dem Sommelier höchste Anerkennung, und er meinte, er hätte ausgezeichnet gewählt. Dieser Wein sei etwas ganz besonderes und typisch für das *Bordelais*[2], weil er ausschliesslich von der Merlottraube gekeltert worden sei.

Die Auskunft weckte bei Filippo Heimwehgefühle. War doch diese Traubensorte auch in den Weinbergen seiner Heimat weit verbreitet.

Diskret verschwand der Sommelier, um die Bestellung auszuführen, und kurz darauf stand bereits der Kellner neben ihm und fragte Filippo diskret, ob er schon gewählt hätte. Standesgemäss bestellte Filippo – selbstverständlich in französischer Sprache, wie es sich gehörte:

---

[1] Pomerol: Weinbaugebiet im Bordelais, vor den östlichen Toren der kleinen Stadt Libourne, etwa 30 km nördlich von Bordeaux, berühmt für qualitativ hoch stehende Rotweine.

[2] Bordelais: Weinbaugebiet Bordeaux

Amuse-gueule
✽
Turbot au fumet de Meursault
Timbale de courge
✽
Entrecôte Sauce Béarnaise
Pommes Duchesse
Legume variée
✽
Glace Pralinée
✽
Fromage assortie

Wie er auf den ersten Gang wartete und in die Runde blickte, erkannte er nicht weit von seinem Tisch den unsympathischen Kerl mit der Hakennase. Als sich ihre Blicke trafen, entblösste dieser lachend sein hässliches Pferdegebiss und hob das Glas zum Gruss.

Höflich, aber innerlich angewidert, begegnete Filippo dem Gruss und griff ebenfalls zum Glas, welches zwar noch leer vor ihm stand. «*Ekelzwerg*», dachte Filippo. Sogar in dieser noblen Umgebung trug er die Hakenkreuzarmbinde!

Trotzdem liess er sich das Dîner nicht verdriessen und stellte fest, dass er sich an ein solches Leben eigentlich gewöhnen könnte. Er überlegte, was wohl auf diesem Schiff eine Passage nach New York kosten würde.

Das Essen mundete Filippo ausgezeichnet. Er kam zum Schluss, dass auch in dieser Küche wahre Meister am Werk sein mussten.

Zufrieden wischte er sich nach dem Essen mit der Serviette über den Mund und legte sie danach auf den Tisch zurück. Bevor er sich zum Treffpunkt mit dem hakennasigen Widerling begeben würde, beschloss er, noch etwas frische Luft zu schnappen. Die Uhr zeigte auf halb elf. Er hatte also noch eine halbe Stunde Zeit für sich.

Auf dem backbordseitigen Promenadendeck angekommen, sog er die würzige Nachluft tief in sich. Es war eine mondlose Nacht, und der Himmel war bedeckt. Nicht weit entfernt vom Schiff erblickte er einige Lichter am Ufer. Filippo vermutete, dass es sich um Strandlichter der Stadt *Cuxhaven*[1] handeln könnte. Offenbar hatten sie das offene Meer der Nordsee noch nicht erreicht.

Bequem lehnte er sich über die Reling und schaute auf das Wasser. Das spärliche Licht reichte aus, um die weissen Wellenkrönchen zu beleuchten, die das stampfende Schiff hinterliess.

Die Luft fühlte sich kühl an. Filippo begann zu frösteln. Lange würde er es hier wohl nicht aushalten. Allerdings war es noch zu früh, um sich zum Treffpunkt zu begeben.

Mehr zufällig schwenkte sein Blick Richtung *Achtern*[2] dem Promenadendeck entlang. Etwa zwanzig Meter weiter hinten stand Justus von Richtfeld, der ebenfalls die frische Nachtluft zu geniessen schien.

Sie wechselten kurze Blicke. Mit einem kurzen Handzeichen gab Herr von Richtfeld ihm zu verstehen, dass sie nicht alleine waren, und er zeigte diskret in die andere Richtung. Dort stand ebenfalls ein Mann rauchend an die Reling gelehnt. Er tat so, als würde er die beiden nicht beachten.

Filippo beschlich ein leichtes Unbehagen und er beschloss, obwohl noch viel zu früh, zum vereinbarten Treffen mit der Hakennase zu gehen.

Nach einem Umweg über den *Salle de Spectacle*, wo eine halbe Stunde später eine Variétéschau beginnen würde, verlor er sich aber im Gewirr der vielen Treppen und Gänge. Eilig versuchte Filippo, die Orientierung wieder zu finden. Nachdem er mehr zufällig in die grosse Halle mit der Rezeption gelangt war, wusste er wieder, wo er sich befand.

---

[1] Cuxhaven: Kreisstadt des gleichnamigen Landkreises in Niedersachsen. Liegt an der Mündung der Elbe in die Nordsee.

[2] Achtern: auf einem Wasserfahrzeug *achterlicher als querab* liegend (hinter der Mitte; vorn ist der Bug, hinten das Heck – das Achterschiff).

Bald darauf stand Filippo vor der Kabine des Hakennasigen. Leise klopfte er an die Tür. Prompt wurde sie geöffnet, und der unsympathische Zeitgenosse bat Filippo herein. «Sie sind früh. Macht aber nichts. So bringen wir das Geschäft schneller hinter uns.»

Filippo registrierte, dass es sich bei dieser Kabine um die gleiche Luxusklasse handelte. Auf dem Bett lag ein Lederkoffer.

«Treten Sie näher. Ich zeige Ihnen nun etwas, dass Sie sich gut zu merken haben.»

Der Hakennasige begab sich auf die andere Seite des Bettes und zog den Koffer zu sich. Mit einer kurzen Handbewegung öffnete er die Verschlüsse und hob den Deckel bedächtig hoch.

«Da, hier drin eingewickelt sind sie, die kostbare Fayencen, die Sie für den Reichsminister nach Paris bringen müssen», wurde Filippo vom Hakennasigen beinahe feierlich erklärt. Neugierig betrachtete Filippo den Inhalt des Koffers, der jedoch ausser dicke, wollene Tüchern nichts erkennen liess.

Behutsam hob Filippo das oberste Tuch hoch. Darunter befanden sich sorgsam in Watte eingewickelte Gegenstände. Der Form nach zu schliessen könnte sich tatsächlich darin seltenes und wertvolles Porzellan befinden. «Ist das alles?», fragte Filippo Unzufriedenheit vorgetäuscht.

«Was meinen Sie?» Der Hakennasige blickte Filippo ungläubig an.

«Ganz einfach, ist das alles? Meine Schiffspassage lautet bis Southampton. Wieso soll ich nun plötzlich das Schiff schon in Le Havre verlassen?»

«Das kann Ihnen doch egal sein.» Der Hakennasige winkte ab. «Sie haben nur zu tun, was wir von Ihnen verlangen. Begeben Sie sich nach dem Verlassen des Schiffs zur Zollkontrolle. Wenn Sie dort durch sind, wartet hinter dem Gebäude ein Taxi, welches sie nach Paris bringen wird.»

«Und wie komme ich mit dem Koffer unbehelligt durch die Zollkontrolle?» Filippo wusste, dass dies sein grösstes Risiko war.

Ging alles gut, war er fein raus – wurde er jedoch geschnappt – na ja, dann hatte er Pech gehabt.

«Das ist Ihr Problem. Wenn alles so verläuft, wie wir annehmen, sollte es weder für Sie noch für uns Zwischenfälle geben. Also nehmen Sie den Koffer. Ich wünsche Ihnen viel Glück.» Der Widerling deutete auf den Koffer vor ihm.

«Nein!» Filippo weigerte sich, der Aufforderung nachzukommen. «Erstens sehe ich nicht ein, weshalb ich das Schiff schon in Le Havre verlassen soll. Heydenreich, den Sie bestimmt kennen, hat von mir verlangt, bis nach Southampton zu fahren. Und jetzt möchte ich gerne wissen, wer Sie sind! Zeigen Sie mir mal Ihren Ausweis.»

«Jetzt reichts!» Der Hakennasige wurde ungehalten. «Nehmen Sie nun sofort diesen Koffer und verlassen Sie das Schiff übermorgen wie verlangt in Le Havre. Übrigens, den Taxifahrer in Le Havre, der Sie nach Paris bringen wird, kennen Sie; es wird nämlich Herr Heydenreich sein – höchstpersönlich! Genügt das Ihnen?»

Nun strahlte er triumphierend über das ganze Gesicht und stellte sich bedrohlich vor Filippo auf. Nur liess sich Filippo davon wenig beeindrucken. Erst als sein Gegenüber darauf hinwies, dass er während der ganzen Zeit auf dem Schiff und auch danach stets von wenigstens drei Gestapoleuten observiert werde, die nicht lange fackeln würden, liess sich Filippo überreden. Er erinnerte sich an den rauchenden Beobachter auf dem Promenadendeck.

Widerwillig nahm Filippo daraufhin den Koffer an sich und verliess, ohne sich zu verabschieden, die Kabine. Er wollte das Abenteuer so rasch wie möglich hinter sich bringen.

⌘

Der folgende Seetag verlief zunächst ohne nennenswerte Ereignisse. Filippo begnügte sich, den Tag lesend zu verbringen und zwischendurch die Menschen zu beobachten. Zu diesem Zweck platzierte er einen Liegestuhl auf dem Promenadendeck in einer dafür geeigneten, windgeschützten Position.

Er wickelte sich in Wolldecken ein. Aus der Schiffsbibliothek hatte er sich zuvor ein Buch geholt. Es stand zwar keine grosse Auswahl zur Verfügung. Die meisten Bücher waren französisch oder englisch geschrieben. Dennoch entdeckte er eine deutsche Übersetzung über den Bau des Panamakanals.

Interessiert blätterte er im Buch und beschaute sich die zahlreichen Bilder und Zeichnungen. Besonders faszinierten ihn die Beschreibungen der technischen Details der Schleusen, welche die Schiffe über mehrere Stufen hoch – sage und schreibe 85 Meter vom Meer zum Gatunsee – zu heben vermochten.

Zu den Essenszeiten liess er sich von der exquisiten Bordküche verwöhnen. So plätscherten die Stunden dahin.

Mehr Bewegung kam allerdings nach dem Dîner in die Sache. Nach dem Essen suchte Filippo zunächst die Toiletten auf. Danach begab er sich gut gelaunt auf den Weg zu seiner Kabine. Dort angekommen, stellte er erstaunt fest, dass die Tür nur angelehnt war. Er war sich jedoch sicher, diese vor dem Essen abgeschlossen zu haben. Seine fröhliche Laune war wie weggeputzt. Zaghaft stiess er die Tür auf und spähte misstrauisch in den Raum. Zunächst konnte er nichts Auffälliges erkennen, sah aber bald, dass zwischen dem Schrank und dem Bett am Boden überall Kleidungstücke herumlagen, und die Schranktüre stand offen! Filippo wusste nun sofort was die Eindringlinge gesucht hatten: Den Koffer mit den Fayencen, denn dort, wo er den Koffer hingestellt hatte, klaffte eine gähnende Leere.

«*Verdammt – was tu ich jetzt? Die bringen mich um!*», war Filippos erster Gedanke.

Nach einer kurzen Überlegung eilte er in die Halle an die Rezeption. Er wollte sich nach der Kabine von Justus von Richtfeld erkundigen. Sie hatten zwar vereinbarten, die wahre Identität von Justus von Richtfeld zu wahren. Doch darauf konnte er jetzt keine Rücksicht mehr nehmen. Der Koffer musste unter allen Umständen wieder her.

Der beflissene Rezeptionist nannte ihm die Kabinennummer, und schon eilte Filippo davon. Als er in den Gang einbog, wo sich die

Kabine seines Verbündeten befand, versperrte ihm plötzlich ein stämmiger Mann den Weg. In der Hand trug er einen Koffer – seinen Koffer!

Filippo erschrak dermassen, dass er wie zur Salzsäule erstarrt stehen blieb. Ungläubig starrte er den Mann an, dann wieder auf den Koffer. Sofort realisierte er: Gegen diese menschliche Mauer hatte er nicht die geringste Chance. Der Mann war ihm vom Körperbau her um einiges überlegen.

Blitzschnell schätzte Filippo die Situation ein und erkannte, dass sich die Kabine von Justus von Richtfeld nur wenige Meter hinter dem Fremden befinden musste.

Filippo versuchte unter einem fadenscheinigen Grund an seinem Gegenüber vorbei zu kommen und steuerte auf ihn zu. «Guten Abend», begrüsste Filippo den Mann mit einem möglichst höflichen Unterton.

Der Fremde liess ihn unbehindert vorbei, erwiderte sogar den Gruss. Jedoch kaum war Filippo ein paar Schritte weitergegangen, versperrte ihm eine andere Person den Weg. Wie aus dem Nichts stand Filippo dem Hakennasigen gegenüber, der ihn mit hämischem Grinsen anlachte.

Jetzt erst realisierte Filippo, weshalb ihn der Kofferträger hatte vorbeigehen lassen. Er war in eine gut vorbereitete Falle getappt.

Für einen Augenblick standen sich Filippo und der Hakennasige reglos gegenüber. Filippo getraute sich nicht umzuschauen, vermutete jedoch, hinter ihm schnitt ihm der Kofferträger jeden Fluchtweg ab. Entweder war jetzt Gewalt angesagt oder eine List, schoss es ihm durch den Kopf. In letzter Verzweiflung schätzte er seine Chancen ein, wenigstens einen der beiden zu überwältigen.

Er nahm den Hakennasigen ins Visier, der ihm körperlich eher unterlegen erschien. Filippo nahm Mass, rannte los und rammte diesen sein linkes Knie heftig in den Unterleib, so dass der Angegriffene wie ein Klappmesser zusammensackte und zur Seite fiel. Der Weg war frei! Filippo spurtete los und hoffte, der andere

Mann wäre wegen seiner Körpermasse zu träge, um ihm folgen zu können.

Filippo rannte um sein Leben. Ein kurzer Blick zurück zeigte ihm, dass er schneller war. Der Abstand dazwischen wurde grösser.

Bald erreichte er das grosse Treppenhaus, welches zur grossen Halle führte. Er hoffte, dass sich dort auch jetzt Personen aufhalten würden. So wäre er wenigstens für einen Augenblick sicher.

Aber weit gefehlt. Ein weiterer Verfolger stand bereits oben auf der Galerie und schaute nach unten, wo er ihn entdeckte.

Filippo beschloss, auf das Promenadendeck zu flüchten. Hier gab es genug Verstecke, wo er warten wollte, bis sich die grösste Aufregung gelegt hatte. Ausserdem dürften sich dort um diese Zeit wenige Leute aufhalten, da im *Salle de Spectacle* bestimmt schon das Variétéprogramm begonnen hatte.

Kaum hatte er das *Schott*[1] zum Promenadendeck geöffnet, stand ihm schon wieder der Hakennasige gegenüber. Keine zehn Meter lagen zwischen ihm und seinem Widersacher. Das hämische Grinsen von vorhin war ihm nun allerdings aus dem Gesicht gewichen. Blanker Zorn sprühte ihm aus den Augen.

Filippo wollte eben zum Sprung über die Reling ansetzen, um auf das darunter liegende Deck zu gelangen, da bemerkte er eine verdächtige Bewegung seines Gegenübers. Blitzschnell griff der Hakennasige unter sein Jackett und zog eine Faustfeuerwaffe hervor.

Was sich jetzt ereignete, daran konnte sich Filippo später nicht mehr genau erinnern. Er realisierte zwar noch, dass er instinktiv auf Distanz zu seinem Gegenüber gegangen war. Auch prägte es sich in sein Hirn ein, wie der Fremde die Körperhaltung drohend verändert hatte und einige Schritte auf ihn zugekommen war, und kaum einen Herzschlag später – wie durch einen Nebel hindurch – hatte Filippo noch bemerkt, wie der Hakennasige, die Waffe mit beiden Händen haltend, sich breitbeinig vor ihm aufgebaut und

---

[1] Schott: Hermetisch schliessende Trennwand oder Tür auf Schiffen.

genau auf ihn gezielt hatte. Mit der rechten Hand lud er die Waffe durch; Filippo hörte noch das metallische Klicken im Ohr, welches ihm verraten hatte, dass sich die tödliche Patrone nun im Lauf befand.

Bevor aber Filippo in seinen Bewegungen innehalten und noch blitzschnell zur Seite hechten konnte, hatte er ein kleines blaues Wölkchen am Ende des Laufes der Waffe wahrgenommen. Der leise aufpeitschende Knall war noch an seine Ohren gedrungen. Der Schlag gegen seinen Körper war dumpf gewesen.

Was dann folgte, war Stille. Nur der Fahrtwind säuselte das Promenadendeck entlang. Filippo fiel auf die Planken und blieb reglos liegen. Der Hakennasige rollte ihn mit den Füssen zur Seite. Offenbar war er mit seiner Tat zufrieden, liess sein Opfer liegen und verliess das Promenadendeck durch das nächste Schott.

Die Bewusstlosigkeit Filippos dauerte nicht lange. Schon nach wenigen Minuten wachte er auf. Er verspürte ein Brennen im Unterleib. Immer noch am Boden liegend, tastete er mit der Hand die Bauchgegend ab.

Er hatte die schmerzende Stelle noch nicht erreicht, verspürte aber einen unbändigen Harndrang. Es schien ihm, als würde seine Blase jeden Augenblick in tausend Stücke platzen.

Ein erstickter Schrei entglitt ihm, als er die Wunde betastete. Er zog die Hand zurück und sah, wie seine Fingerspitzen mit Blut verschmiert waren. Nur langsam realisierte er, was dies zu bedeuten hatte: Der Schuss musste ihn in der Bauchgegend erwischt haben. Panische Angst kam in ihm auf und eine Erinnerung durchzuckte ihn: In der Rekrutenschule war ihnen im Sanitätsdienst erklärt worden, wie Schussverletzungen zu verarzten waren; es wurde ihnen aber auch gesagt, dass Bauchschüsse meist tödlich endeten.

Jetzt erfuhr er am eigenen Leib, wie solche Verletzungen schmerzten. Nun erinnerte er sich auch, dass er kurz zuvor noch die Toiletten aufgesucht hatte. Dies war sein Glück. Das Projektil musste seine Blase getroffen haben. Hätte sich darin noch Harn befunden, wäre das volle Organ wie eine Bombe geplatzt. Er mochte nicht daran denken.

Mühevoll versuchte er sich aufzurichten. Kaum stand er wankend auf den Beinen, wurde es ihm übel. Halb stehend, halb kauernd an die Reling gelehnt, übergab er sich. Der gebeugte Körper drückte auf die durchschossene Blase. Der Schmerz wuchs ins Unermessliche. Noch bevor Filippo das Bewusstsein erneut verlor, sackte er zu Boden. Erst einige Zeit später bemerkte ein dem Promenadendeck entlang gehendes Ehepaar den reglos und einsam am Boden liegenden Körper.

Die Frau stiess einen spitzen Schrei aus. Der Mann kniete nieder und beugte sich über das Opfer. Mit den Fingerspitzen betastete er Filippos Hals. Der Mann erkannte seine Verletzung zwar nicht, vermutete aber wegen des Blutes, welches sich am Boden zunehmend verbreitete, dass schnelles Handeln angezeigt war. Er stellte fest, dass Filippo noch lebte.

Schnell entledigte sich der Fremde seines Mantels und legte ihn über den Körper. Die Frau wies er an, rasch Hilfe zu holen.

Für einen kurzen Augenblick erlangte Filippo wieder das Bewusstsein. Ein fragender Blick lag in seinen Augen. Er brachte jedoch keinen Laut über die Lippen. Der Passagier riet ihm, sich ruhig zu verhalten. Der Arzt sei bereits unterwegs.

Trotz des Mantels zitterte Filippo am ganzen Körper wie Espenlaub. Der Mann hob Filippos Hinterkopf etwas hoch und versuchte gleichzeitig, ihn in eine bequemere Lage zu betten. Danach zog der Mann ein Taschentuch aus seiner Hosentasche, entledigte sich seines weissen Smokingschals und probierte damit, die immer noch starke Blutung zu stillen, was auch leidlich gelang.

Die Körperqualen wurden immer unerträglicher. Eine weitere Ohnmacht erlöste Filippo wenigstens vorübergehend von den Schmerzen. Mit einer auf einem nahe gelegenen Liegestuhl vergessenen Wolldecke faltete der Passagier eine Art Kissen zurecht, die er Filippo unter den Kopf schob.

⌘

Den beissenden Geruch von Karbol nahm Filippos Nase als Erstes wahr. Doch auch nachdem er die Augen aufgeschlagen hatte, wusste er überhaupt nicht mehr, was mit ihm geschehen war. Nur langsam kehrten seine Erinnerungen zurück.

Das durch das Fenster herein scheinende Sonnenlicht blendete ihn. Wieder mit geschlossenen Augen versuchte er zu überlegen. Nach und nach erinnerte er sich, dass er als Erste-Klasse-Passagier auf der *Ile de France* gewesen war, und dass ein hakennasiger Kerl auf ihn geschossen hatte. Aber wo waren seine Schmerzen geblieben?

Er wagte einen Blick in die Runde. Zweifellos befand er sich jetzt in einem Spitalbett, allein in einem Zimmer – und neben ihm sass Justus von Richtfeld.

Obwohl Filippos Geist noch leicht benebelt war, hätte er den Mann umarmen können; doch das ging nicht. Sein rechter Arm war ans Bett festgebunden. Filippo versuchte, den Arm zu befreien. Aber Justus von Richtfeld legte seine rechte Hand ruhig auf Filippos Arm, um ihn davon abzuhalten. Mit dem linken Zeigefinger zeigte er stumm nach oben auf eine, an einem galgenartigen Ständer, hängende Flasche, aus der langsam und stetig eine klare Flüssigkeit in einen dünnen Schlauch tropfte.

Langsam realisierte Filippo, was um ihn geschah. «Wo bin ich?», fragte er gequält.

Justus von Richtfeld lächelte. «In einem Spital in Le Havre.»

Filippo schloss wieder die Augen und drehte den Kopf gegen die Wand. Das grelle Tageslicht blendete ihn. Die kurze Antwort sagte ihm: Er musste eine lange Zeit ohne Bewusstsein gewesen sein. «Was war geschehen?», fragte Filippo leise.

«Nun mal ruhig Blut. Sie müssen sich erst mal erholen. Man hat auf Sie geschossen.»

«Das war der Hakennasige», präzisierte Filippo.

«Ja», bestätigte Justus von Richtfeld. «Die Kugel hatte Sie an der Blase erwischt – glatter Durchschuss! Gott sei Dank hat sie Ihre

Wirbelsäule verfehlt – um Haaresbreite zwar nur, sonst wären Sie jetzt bestimmt gelähmt. Sie trugen auch nicht viel Wasser mit sich herum. Wäre Ihre Blase voll gewesen, wäre auch von Ihrem Bauch kaum viel übrig geblieben. Sie haben wirklich mächtig grosses Glück gehabt.»

Instinktiv ertastete Filippo sich mit dem freien Arm seinen Unterleib. Aber ausser dicken Bandagen spürte er nichts. Fragend schaute er auf seinen Besuch. «An soviel kann ich mich noch erinnern: Im Unterleib hatte ich grauenhafte Schmerzen verspürt. Dann muss ich wohl ohnmächtig geworden sein.»

Justus von Richtfeld liess Filippo Zeit, um sein Erlebnis verarbeiten zu können und schwieg.

«Was war nachher geschehen?», fragte Filippo nach einer Weile. «Bitte erzählen Sie. Im Kopf bin ich noch in Ordnung», witzelte er mit einem gequälten Lachen und schaute zu Herrn von Richtfeld hoch. «Aber weshalb verspüre ich jetzt keine Schmerzen mehr?»

«Mit soviel Morphium intus hätte auch ich keine Schmerzen mehr.» Justus von Richtfeld rückte lachend den Stuhl näher. «Hören Sie, um es vorwegzunehmen, Sie waren ganz einfach nur das Mittel zum Zweck, und die verdammten Nazis haben nun, was sie wollten.»

«Was haben die denn gewollt?» Filippos war nun voll konzentriert und blickte Justus von Richtfeld ungläubig an.

«Eigentlich war es von zu Beginn an klar. Wir hätten auch von selber darauf kommen können, was für ein schmutziges Spiel Heydenreich wieder mit Ihnen spielte. Aber anfänglich mussten wir alle annehmen, dass Ihre Aufgabe nur darin bestanden hätte, die Fayencen unbehelligt über den Zoll nach Frankreich zu schmuggeln.»

«Und weshalb gerade ich? Für eine solche Aufgabe hätte man doch irgendwen beauftragen können. Und warum hat man auf mich geschossen? Wenn ich draufgegangen wäre, wer hätte dann den Koffer durch die Zollkontrolle bringen können?» Filippos Zorn war unüberhörbar.

«Eben, das war der Trick. Denken Sie nach: Der Hakennasige brachte Ihnen den Koffer. Den stellten Sie in den Schrank in Ihrer Kabine. Daraufhin wurde er Ihnen wieder entwendet. Damit wollte man Sie aber nur irritieren. Heydenreich wusste genau, aufgrund ihres Pflichtbewusstseins würden Sie daraufhin alle Hebel in Bewegung setzen, um ihn sich wieder zu beschaffen. Die Begegnung vor meiner Kabine ist der Beweis dafür.»

«Woher wissen Sie, was vor Ihrer Kabine geschehen ist?»

«Mein lieber Freund, ich bin Ihnen auf dem Schiff als Ihr steter Schatten gefolgt. Schliesslich fühle ich mich für Sie verantwortlich.»

Filippo passte die Antwort nicht in den Kram: «Und warum haben Sie mir nicht geholfen, als ich es am nötigsten gehabt habe?» Der leise Vorwurf war nicht zu überhören.

Justus von Richtfeld war darauf vorbereitet: «Nach der Attacke mit dem Hakennasigen ging alles sehr schnell. Als Sie davon rannten, habe ich Sie für einen Moment aus den Augen verloren. Erst als ich von einem Steward gehört hatte, auf dem Promenadendeck sei ein Mann angeschossen worden, wusste ich, was geschehen war. Ich rannte auf dem schnellsten Weg nach oben – doch leider zu spät.» Justus von Richtfelds Blick wanderte zum Fenster, als schämte er sich.

«Was ist danach geschehen?», fragte Filippo, dem die Betroffenheit seines Freunds nicht entgangen war.

«Der Schiffsarzt leistete hervorragende Arbeit», begann Justus von Richtfeld erneut zu erzählen. «Im Schiffshospital wurden Sie unverzüglich verarztet – mit Druckverband, Infusionen und so weiter. Kurze Zeit später kam der Kapitän dazu. Als er gesehen hat, was geschehen ist, liess er sofort ein Funkspruch nach Le Havre senden und veranlasste, dass Sie am Hafen in ärztliche Obhut kamen. Und jetzt sind Sie hier.»

«Das kann doch nicht alles gewesen sein, oder? Weshalb hat man mir den Koffer überhaupt zuerst gegeben, um ihn danach gleich wieder zu klauen? Das verstehe ich nicht.» Filippo schlussfolgerte richtig. «Wo ist der Koffer jetzt?»

«Ach so, der Koffer?» Justus von Richtfeld zeigte sich nachdenklich. «Ich vermute, man hat Ihnen den Koffer nur deshalb entwendet, um ihn später, als sie bereits auf der Krankenstation gelegen haben, wieder auf Ihre Kabine zu bringen. Ich habe nämlich nach der Ankunft in Le Havre beobachten können, wie Ihr gesamtes Gepäck ohne jede Zollkontrolle der Hafenambulanz übergeben wurde. Darunter befand sich auch dieser ominöse Koffer mit den Fayencen. Allerdings wurde das Gepäckstück nach der Zollschranke gleich wieder von Ihrem übrigen Gepäck entfernt. Ich habe dann noch sehen können, wie der Hakennasige den Koffer in ein Fahrzeug mit deutschen Kontrollschildern verstaut hat. Die Gestapo hatte offenbar schon von Anfang an fest damit gerechnet, dass Gepäckstücke von Verletzten, die von Bord gebracht werden, jede Zollkontrolle beanstandungslos überstehen würden.

Offen gesagt, dies war der heimtückischste Trick, den ich je miterlebt habe, um Kunstgüter in ein Land einzuschmuggeln. Der Koffer samt Inhalt befindet sich jetzt bestimmt in irgendeinem Haus eines SS-Offiziers irgendwo in Frankreich. Da sieht man nur, wie weit die Fäden der Gestapo schon gesponnen worden sind, und vor allem, wie sich die obersten Parteibonzen ihre Schäfchen bereits ins Trockene bringen lassen – und immer wieder naive Handlanger finden – wie Sie und mich.»

Ungläubig starrte Filippo Justus von Richtfeld an. Beide schwiegen eine Weile.

«Wenn ich alles richtig verstanden habe, hatte Heydenreich sogar mit meinem Tod gerechnet.» Die Feststellung Filippos war unmissverständlich, ebenso die Antwort des Angesprochenen:

«Das sehe ich auch so. Vielleicht war dies als Racheakt geplant gewesen. Gründe, Sie irgendeinmal erschiessen zu lassen, hätte Heydenreich ja genügend gehabt.»

Justus von Richtfelds Schlussfolgerung war in der Tat das Schrecklichste, was Filippo schon gehört hatte. Die Nazis waren noch viel grausamer, als er es sich in seinen schlimmsten Alpträumen je hätte vorstellen können. Er schwieg und schloss die Augen. «Bitte benachrichtigen Sie meine Schwester.» Filippos Kopf neigte sich zur Seite. Er wünschte sich, wieder daheim im Pedemonte, in seiner Heimat zu sein. Selbst Coniglio blieb in dieser schweren Stunde stumm.

⌘

Epilog

Als sich Justus von Richtfeld verabschiedet und das Spital verlassen hatte, dachte Filippo über seine Erlebnisse der letzten Tage und Wochen nach. Dabei stellte er sich immer wieder die Frage, ob es sich überhaupt gelohnt hatte, sich für jemanden und für etwas so einzusetzen, wie er es getan hatte. Inzwischen hegte er grosse Zweifel daran, obwohl er immer versucht hatte, nach dem Grundsatz zu leben: besser nichts unternehmen, als Halbheiten zu machen. Trotzdem: Wer hätte die letzten Ereignisse zum Voraus ahnen können.

Andererseits liebte er sein Leben. Für den Baron arbeiten zu dürfen, war für Filippo stets eine Freude. Und besonders schätzte er seinen Freund, Justus von Richtfeld. Wenn nur dieser Heydenreich und diese nationalsozialistischen Deutschen nicht wären. Filippo entwickelte inzwischen einen immer grösser werdenden Zorn gegenüber diesem Regime. Bald wusste er nicht mehr, ob es für ihn nicht besser wäre, von gewissen Dingen überhaupt die Finger zu lassen.

Wie er im Halbdunkel des Zimmers so vor sich hingrübelte, betrat die Stationsschwester das Zimmer. Sie brachte das Abendessen. Lustlos hob Filippo den über den Teller gestülpten blechernen Deckel. Als er die breiähnliche Speise erblickte, verging ihm noch der letzte Appetit. Er sagte der Schwester mit einer wegweisenden Geste, er hätte keinen Hunger und bat sie, ihm für die Nacht nur einen Krug mit Tee bereitzustellen. Missmutig nahm die Schwester das Tablett wieder zu sich und verliess, etwas Unverständliches murmelnd, das Zimmer.

Kurz vor einundzwanzig Uhr trat die Nachtschwester ihren Dienst an und begab sich zuerst in Filippos Zimmer. Im Gegensatz zur Stationsschwester war diese weit freundlicher. Sie versorgte nochmals Filippos Wunde und verabreichte ihm noch einige Medikamente. Filippo nahm die Arbeit der Nachtschwester jedoch kaum mehr wahr; kurz darauf erlöste ihn der Schlaf von den vielen trüben Gedanken.

Filippos Schlaf war unruhig und wurde von Alpträumen geplagt. Immer wieder brachen die Erlebnisse der vergangenen Tage aus seinem Unterbewusstsein auf, und zu allem Überfluss quälte ihn noch eine furchtbare Vision. Vor seinem geistigen Auge nahm Filippo gegen den Morgen hin träumend ein schreckliches Bild wahr, welches sich ihm in klaren Konturen abzeichnete:

Am Rande einer Strasse stand eine Frau vor einem grob gezimmerten Holzkreuz und weinte leise vor sich hin. Dicke Tränen kullerten ihr über die Wangen. Andächtig hatte sie die Hände zum Gebet gefaltet. Bergwärts des Kreuzes zog sich eine prachtvolle Alpenweide, auf der duftender Thymian, zarte Alpenveilchen und Soldanellen ihre Blütenköpfchen friedlich der Sonne entgegen streckten.

Das schräg im Boden steckende Grabmal trug keinen Namen. Die Frau aber wusste: An dieser Stelle musste es gewesen sein, wo ihr Geliebter von den Nazis erschossen worden war. In stiller Trauer versuchte sie die dramatischen Ereignisse zu begreifen. Tief lag der Schmerz der jungen Frau.

Während sie das schlichte Holzkreuz still und traurig betrachtete, gesellte sich ein kleiner Junge zu ihr und griff nach ihrer Hand.

Schweissgebadet und mit einem leisen Aufschrei erwachte Filippo. Er versuchte sich im Bett aufzurichten. Langsam erwachte sein Bewusstsein, vermochte das Bild jedoch nicht zu deuten. Filippo verspürte plötzlich Angst – Angst vor der Zukunft.

⌘

Was Filippo damals nicht wissen konnte: Der von der Gestapo geschickt inszenierte Kunstschmuggel war unter anderem auch ein Ablenkungsmanöver für eine Aktion, die viel weit reichendere Ausmasse hatte. Mit dem gleichen Schiff wurden nämlich zur selben Zeit durch verdeckte SS-Offiziere Dokumente nach Frankreich gebracht, welche auf keinen Fall den französischen Behörden in die Hände fallen durften. Dabei handelte es sich vor allem um politisches Material und strategische Pläne, was die Gestapo ihren Agenten in Frankreich zuspielen wollte. Dies wurde durch ein neues Gesetz möglich, welches Adolf Hitler am 20. September 1936 erlassen hatte. Damit wurden die Handlungsbefugnisse der

Gestapo auf ganz Deutschland ausgedehnt, mit dem Ziel, dass die Nationalsozialisten ihr Gedankengut auch in anderen Ländern und international weiter ausbauen konnten.

Im August 1936 liess Adolf Hitler in einer geheimen Denkschrift verlauten, wie die Ziele der verstärkten Aufrüstung und der Selbstversorgung mit Rohstoffen zu lauten hatten. Kaum zwei Monate später wurde durch Hitler persönlich in Nürnberg, anlässlich des Reichsparteitags, ein denkwürdiger Vierjahresplan verkündet. Danach rief er allen ins Bewusstsein, was geschehen würde, wenn es der nationalsozialistischen Partei nicht gelänge, die deutsche Wehrmacht innerhalb kürzester Zeit zur ersten Armee der Welt zu entwickeln.

Mit eindringlichen Reden warnte Hitler davor, Deutschland würde verloren sein, wenn dies nicht gelingen würde. Die Folge wäre, dass Deutschland sich wegen einer drohenden Überbevölkerung auf den eigenen Grundlagen nicht mehr selber ernähren könnte.

Mit solchen und ähnlichen politisch-zynischen Dogmen wurden schliesslich in den Nachbarländern die Grundlagen geschaffen, um in Europa weitere Zellen für eine deutsche nationalsozialistische Zukunft vorzubereiten.

⌘

Anhang
Hauptpersonen

Filippo «Picchio Rosso» Negri	Arbeitersohn aus dem Pedemont
Cynthia Negri	seine jüngere Schwester
Cosimo Scarpo	Filippos Freund
Baron	Privatbankier und Kunstsammler
Justus von Richtfeld	Kunsthändler
Heydenreich	SS-Obersturmbannführer

Die Handlung des Romans beruht in seinen Grundzügen auf historisch belegbaren Ereignissen (siehe Quellennachweis). Die meisten Romanfiguren sind frei erfundenen und haben keine Ähnlichkeiten mit lebenden oder verstorbenen Persönlichkeiten. Die im Roman erwähnten, geschichtlich belegten Personen und Namen, wie der Baron, Max Emden, Ugo «Mirko» Scrittori, Peter, Mario, ein Schweizer Nachrichtenoffizier, uam., stehen dabei im Kontext mit der Handlung der Geschichte. Damit wird jedoch weder ein absoluter Identitätsanspruch gegenüber diesen Personen erhoben, noch eine Wertung oder Kritik auf deren Leben und Wirken beabsichtigt.

Quellennachweis

Schweizer Geschichte
Peter Dürrenmatt
Verlag Hallwag AG, Bern, und Schweizer Druck- + Verlagshaus AG, Zürich, 1963

150 Jahre Schweizer Bahnen
AS-Verlag AG, Zürich, 1996

Das motorisierte Transportwesen der Schweizer Armee
Eidgenössische Militärbibliothek 1995

Lexikon Nationalsozialismus
Hilde Kammer / Elisabeth Bartsch
rororo Sachbuch, Hamburg 1999

Der zweite Weltkrieg 1939 - 1945
Janusz Piekalkiewicz
Manfred Pawlak-Verlagsgesellschaft mbH, Herrsching 1986

Leben und Werk des Freiherrn Eduard von der Heydt
Detlef Bell

Deutsches Schifffahrtsmuseum
Wissenschaftliches Institut
Bremerhaven, 2001

Lago maggiore 1943
Prozessnotizen dreier Korrespondenten der Tageszeitung La Stampa
herausgegeben von der «Società Storica Novarese»

Die Kriegsjahre 1941 bis 1945 im Ossolagebiet
Peter Bamatter

Restistenza Ossolana
Paolo Bologna

Storia locale con testimonzione 1944 - 45
Schriften und Archiv von Augusto Rima, Losone

I sentieri della memoria nel Locarnese 1939 – 1945 / Terra d'asilo
Renata Broggini, Marino Vigano
Armando Dadò Editore - Ente Turistico Lago Maggiore, 2004

Geschichte der schweizerischen Neutralität, Band VI
Edgar Bonjour

Kapitulation in Norditalien
Max Weibel

Die Grosstat eines ungehorsamen Majors
Willy Schenk, Tages Anzeiger Magazin vom 15.08.1981

Tessiner Zeitung
«TZ»-Serie über den zweiten Weltkrieg, Ausgaben vom 31.5. 1997 bis 21.7.1997 und darin wiedergegebene Quellen sowie zeitgenössische Berichte aus dieser Zeitung

Bundesarchiv / Staatsarchiv Thurgau

Archiv Christoph Heuter, Wuppertal / BRD

http://de.wikipedia.org

Ausserdem dankt der Autor allen Personen, die mit ihrer Unterstützung und ihrem Wissen zum Gelingen des Romans beigetragen haben:
- meinem Bruder, Erich Schneider, Zürich † 2003
- Dr. Carole Enz, Zürich
- Michèle Combaz Thyssen, lic. phil. I, Zürich
- Dr. Christoph Heuter, Wuppertal / BRD
- Gesellschaft Mühle Tiefenbrunnen, Dr. Fritz Wehrli, Seefeldstrasse 219, Zürich
- Sabine Schneider-Lützelschwab, Zeiningen / AG
- Sybille Utz-Nick, Dietlikon / ZH

Ebenfalls bei Sistabooks erschienen:

Carole Enz, Michèle Combaz Thyssen
Rabenherz - ISBN 978-3-907860-00-7
Rabenherz auf Schloss Neu-Bechburg
- ISBN 978-3-907860-14-4
Die zwölfjährige Margarethe wird nirgends für voll genommen, weder in der Schule, noch zuhause. Doch sie zeigt es allen: Mit Schwert und Rabe besteht sie beherzt Abenteuer in der Gegenwart und in der Vergangenheit.

Michèle Combaz Thyssen
Der Schlüssel des Scarabäus - ISBN 978-3-907860-01-4
Die Rache des Scarabäus - ISBN 978-3-907860-06-9
Die Tochter des Scarabäus - ISBN 978-3-907860-15-1
Niemals hätte sich Mira erträumt, ein solches Abenteuer zu erleben. Eine Heldin wird gebraucht, die die Welt von der Herrschaft eines bösen Zauberers befreit.

Carole Enz
Fao oder Der Aufschrei der Wildnis - Aus dem Leben eines Rehbocks - ISBN 978-3-907860-07-6
Waldkauz Hannu - Sieben Tier-Fabeln für Kinder und Junggebliebene - ISBN 978-3-907860-12-0
Psi oder die letzte Hoffnung für Jado 2 - Science Fiction, Teil 1 - ISBN 978-3-907860-03-8
Psi & das Geheimnis der Jado-Schattenblattpalme - Science Fiction, Teil 2 - ISBN 978-3-907860-04-5
Psi und die Abgründe des Jenseits - Science Fiction, Teil 3 - ISBN 978-3-907860-05-2
Sieben Leben, sechs Entscheide und ein Piraten-Kapitän - ISBN 978-3-907860-13-7

Viktoria Abdai
Alle Wege führen in die Schweiz - Odyssee einer Exil-Ungarin
- ISBN 978-3-907860-02-1

«Während des 2. Weltkriegs trotzte ich als Frühgeborene widrigsten Lebensumständen. Es endete damit, dass wir 1956, kurz vor der Niederschlagung der Revolution, Ungarn endgültig verliessen und auf Umwegen in die Schweiz gelangten ...»

Steffi Gmür
«Ich bin d'Steffi» - «Ich bin krank, und trotzdem ist mein Leben lebenswert!» - ISBN 978-3-907860-11-3

Steffi wurde mit Cystischer Fibrose geboren. Dank einer Spender-Lunge erhält sie die Chance auf ein zweites Leben. Ihre tief bewegenden Erlebnisse vertraut sie ihrem Tagebuch an. Ihre Botschaft: «Ich bin krank, und trotzdem ist mein Leben lebenswert!»

Harry Schneider
Bosco Quarino - Die Walser in Bosco Gurin
- ISBN 978-3-907860-08-3

Die Walser lebten genau die Freiheiten, die für die spätere Schweiz sehr bedeutsam wurden. Der Roman beruht auf historischen Ereignissen des 13. und 14. Jahrhunderts und spielt in der höchstgelegenen Gemeinde des Tessins, in Bosco Gurin.

Picchio Rosso - Schweizer Agententhriller im Zweiten Weltkrieg
Teil 1: ISBN 978-3-907860-09-0
Teil 2: ISBN 978-3-907860-10-6

Das geschichtsträchtige Hotel auf dem Monte Verità oberhalb von Ascona, ein Bankier und Kunstsammler aus Berlin, die gnadenlose Gestapo – und mitten drin Filippo Negri, ein tessiner Arbeitersohn, der zu Beginn des 2. Weltkriegs zum Doppelagenten wider Willen wird.

Etliche Print-Titel sind auch als eBook erhältlich.
www.sistabooks.ch